Le Chant des sans repos

ROSEANNE A. BROWN

LE CHANT DES SANS REPOS

Traduit de l'anglais (États-Unis)
par Thibaud Eliroff

DE SAXUS

Ceci est une œuvre de fiction.
Toute ressemblance avec des personnages, lieux, organisations
ou évènements existant ou ayant existé ne serait que purement fortuite.

Le Chant des sans repos
par Roseanne A. Brown

A Song of Wraiths and Ruin

Photographie de couverture : © Tawny Chatmon
Illustrations de couverture : © Shutterstock.com
Couverture française / Conception graphique : Volodymyr Feshchuk
Carte : © 2020 by Leo Hartas

Ouvrage publié sous la direction de Sam Souibgui
Coordination et suivi éditorial : Christian Martin

À ma mère et à mon père,
et à tout enfant noir qui s'est un jour demandé
s'il était assez… Tu l'es.

Note de l'autrice

Ce livre décrit des situations d'automutilation superficielle, de violence fantasmée, de maltraitance physique et émotionnelle, d'angoisse et de crises de panique, de décès de parents et d'animaux. Je me suis efforcée d'aborder ces sujets avec sensibilité, mais si vous craignez de ne pas supporter ce genre de scènes, sachez qu'elles existent.

N
O
E
S
OSODAE
PREMSUA
OBOURE
KISSI-MOKOU
MONTS D'ESHRA
FALANDA
TALAFRI
MER EDRAFU
MER de DAKENDI
WASSIRA
ZIRAN
KALONGO
SAVANE DES EAUX DU LEVANT
DAJUBA
LES TERRES ENNEIGÉES
SONANDE

I

Malik

« Abraa ! Abraa ! Venez, regroupez-vous... une histoire va commencer ! »

La voix de la griotte gazouilla dans l'air brûlant du désert, fusa parmi les enclos des ânes et les caravanes parées de bijoux qui peuplaient le camp de tentes au pied de la porte du Ponant de la cité-État de Ziran. D'instinct, Malik se tourna dans la direction d'où était venu l'appel de la conteuse, tout en refermant le poing sur la lanière de la sacoche pendue en travers de son torse.

La griotte, une femme corpulente de près d'une tête de moins que lui, affichait un grand sourire édenté. Des tatouages ivoire composés de symboles inconnus de lui tourbillonnaient sur le moindre espace de sa peau sombre.

« Abraa ! Abraa ! Venez, regroupez-vous... une histoire va commencer ! »

Le rythme régulier d'un djembé accompagnait désormais l'appel de la griotte, et en quelques minutes une foule compacte s'était assemblée sous le baobab au pied duquel elle se tenait. C'était l'heure idéale pour entendre une histoire – ce moment où le crépuscule rencontre la nuit, où la clarté mourante du soleil illumine le ciel, mais plonge le monde dans l'obscurité. Le public avait pris place sur des cageots retournés, entre des charrettes fatiguées, et levait occasionnellement les yeux vers les cieux dans l'espoir d'apercevoir la comète de Bahia, même si son apparition et le début du festival de Solstasia n'étaient pas attendus avant plusieurs heures.

La griotte lança son appel pour la troisième fois, et Malik fit un pas vers elle, puis un autre. Quand les Ziranis avaient occupé sa maison dans les monts d'Eshra, les griots avaient été les premiers à lever le camp, mais les rares qui étaient restés avaient imprimé leur marque sur l'âme de Malik. La voix de ces conteurs vous emmenait dans un autre monde, un monde où les héros dansaient à travers les cieux, entraînant les esprits dans leur sillage, et où les dieux transformaient une montagne en un être vivant d'une simple torsion du poignet. Le corps de Malik semblait se mouvoir indépendamment de sa volonté, comme hypnotisé par la voix magnétique de la femme.

Ses sœurs et lui traversaient le désert de l'Odjubai depuis maintenant deux mois, avec pour seule compagnie les grincements du double fond du chariot dans lequel ils se cachaient, les mugissements du vent dans les dunes et les gémissements étouffés des autres réfugiés. Cela ne ferait de mal à personne, s'il écoutait une histoire, rien qu'une, et oubliait un instant qu'ils n'avaient plus ni foyer ni...

« Malik, attention ! »

Une main puissante l'attrapa par le col et le fit vivement reculer. Moins d'une seconde plus tard, un pied parcheminé de la taille d'une petite vache frappa le sol à l'endroit qu'il occupait juste avant. Une ombre rembrunit le visage de Malik quand le chipekwe le dépassa avec lourdeur, chacun de ses pas tonitruants projetant sable et cailloux alentour.

Malik avait entendu des histoires de chipekwes durant son enfance, mais aucune ne l'avait préparé à la taille gargantuesque de cette créature, qu'on élevait pour chasser l'éléphant dans la savane. Du plat du front, elle aurait pu défoncer sans effort le toit de la vieille ferme où vivait sa famille, et sa corne acérée était presque aussi grande que lui.

« Tu veux te faire tuer ou quoi ? » aboya Leila lorsque l'ombre du chipekwe se fut éloignée. Sa sœur aînée lui jeta un regard noir par-dessus l'arête tordue de son nez. « Regarde où tu mets les pieds ! » ajouta-t-elle.

La réalité tomba sur Malik comme des gouttes d'eau d'un robinet rouillé, et bientôt l'appel de la griotte se noya dans les cris des caravaniers invectivant leurs bêtes, dans les mélodies des musiciens qui régalaient leur public d'histoires des Solstasias passés et dans les autres bruits du camp. Plusieurs personnes s'étaient arrêtées pour observer l'idiot qui avait failli se faire écraser, et le poids de leurs regards fit monter le rouge aux joues de Malik. Il tritura le cuir usé de la sangle de sa sacoche jusqu'à ce qu'il morde dans la chair de sa paume. Des ombres voletèrent à la périphérie de son champ de vision, et Malik serra les paupières à se faire mal.

« Je suis désolé », marmonna-t-il entre ses dents.

Une petite tête ceinte d'un nuage de boucles brunes bondissantes apparut derrière Leila. « Vous avez vu ça ? » s'exclama Nadia. La bouche de leur sœur cadette béait d'émerveillement. « Il mesurait… un million de mètres de haut ! Il est là pour Solstasia ? Je peux le toucher ?

— Il est certainement là pour Solstasia, comme tout le monde ici. Mais ne touche à rien, maugréa Leila, avant de se tourner vers Malik. Et toi plus que tout autre devrais savoir qu'il vaut mieux ne pas s'éloigner. »

Malik raffermit sa prise sur la lanière de sa sacoche. Il ne servirait à rien d'expliquer à sa sœur aînée le pouvoir que l'appel de la griotte exerçait sur lui. C'était un rêveur, un flâneur, quand Leila ne jurait que par la logique, les plans. Ils posaient sur le monde un regard différent, et de plus d'une façon.

« Je suis désolé, répéta Malik, sans quitter des yeux ses pieds brûlés par le soleil, cloqués par des mois de voyage dans des sandales qui n'avaient jamais été conçues pour cela.

— Que Patuo, béni soit-il, me donne la force. Deux poulets sans tête seraient plus faciles à gérer que vous. » Malik grimaça. Leila devait être vraiment fâchée, pour invoquer le nom de sa divinité patronnesse.

Elle tendit à Malik sa main gauche, dont la paume portait la marque des Lune-alignés.

« Viens. Allons-nous-en avant qu'un éléphant s'assoie sur toi. »

Nadia gloussa, et si Malik s'irrita de la pique, il n'en prit pas moins la main de Leila dans la sienne. L'autre, il l'offrit à sa petite sœur, qui s'y accrocha sans hésitation.

Ils n'attirèrent aucune attention en se frayant un chemin parmi les dizaines de milliers de personnes venues assister aux festivités de Solstasia. Les camps aux portes de Ziran comptaient des centaines de réfugiés, et il en arrivait d'autres tous les jours ; trois de plus, même jeunes et non accompagnés, ne faisaient pas la moindre différence.

« Solstasia afeshiya ! Solstasia afeshiya ! »

Le cri s'éleva de partout et nulle part en particulier, appel à la célébration dans une langue plus vieille que Ziran elle-même. Dans quelques heures, la comète de Bahia, baptisée d'après la première sultane de la ville, apparaîtrait dans le ciel et resterait visible une semaine entière, symbole de la fin d'une ère et du début de la suivante. Durant cet intervalle, les Ziranis fêtaient Solstasia, un festival qui verrait sept champions – un pour chaque divinité patronnesse – relever trois défis, dont l'issue déterminerait quel dieu présiderait à la nouvelle ère.

« Imagine tous les carnavals, toutes les mascarades et tous les festivals du monde se produisant au même moment, avait un jour dit Nana, et quoique sa grand-mère se trouve dans un camp de réfugiés à des centaines de kilomètres de là, Malik sentait presque la chaleur de ses mains brunes et ridées contre ses joues, ses yeux sombres brillant d'un savoir qu'il pouvait à peine concevoir. Même cela n'est rien à côté d'une seule heure de Solstasia. »

Leila avait beau progresser lentement, Malik sentit son dos se couvrir de sueur et son souffle se réduire à de courtes inspirations douloureuses. Leurs voyages n'avaient pas ménagé son corps déjà fragile, si bien qu'à présent chaque pas sous le soleil implacable faisait naître des taches violettes et vertes dans son champ de vision.

Ils se dirigeaient vers six plateformes en bois identiques installées dans une clairière, où soldats et fonctionnaires ziranis inspectaient tous ceux qui espéraient entrer en ville. Les voyageurs, les marchands et les réfugiés transitant par les camps traînaient des pieds autour de ces structures grosses comme deux chariots de caravane, dans l'espoir de franchir les points de contrôle en attirant un minimum d'attention.

« Les commerçants et les groupes de cinq ou plus, à droite ! Les personnes seules et les groupes de quatre ou moins, à gauche ! » lança un fonctionnaire.

Bien que l'endroit grouille de soldats ziranis en armure argent et bordeaux, Malik ne vit pas de Sentinelle. Tant mieux – l'absence des guerriers d'élite de Ziran était toujours un bon signe.

Le jeune homme leva les yeux sur les bâtiments qui se dressaient devant lui. À la différence des chipekwes, les vieilles histoires n'avaient pas menti sur la taille de Ziran. Le Rempart s'étirait à perte de vue de chaque côté, disparaissant dans un mirage scintillant qui se confondait avec l'horizon. Sept étages de grès et de briques d'adobe polis par le temps jetaient une ombre menaçante sur le camp, muraille de pierre rouge uniquement prise en défaut par le brun foncé de la porte du Ponant.

Dans l'espoir de tirer quelque profit de la foule excitée, des marchands avaient installé leurs étals de part et d'autre du chemin et vantaient à s'en époumoner les mérites de leurs marchandises à tous ceux qui passaient à portée de voix. Leurs étagères débordaient de biens de toutes sortes – des statuettes votives en ébène de la Grande Mère et des sept divinités patronnesses, des cornes d'ivoire qui barrissaient plus fort qu'un éléphant, des talismans tintinnabulants pour chasser les esprits et les enténébrés.

Les clients affluaient autour des étals, mais la plupart d'entre eux dédaignaient ce genre de charmes ; les enténébrés – les êtres surnaturels – n'existaient que dans les histoires qu'on se murmurait au plus noir de la nuit. Malik savait d'expérience que les talismans ne fonctionnaient jamais et vous laissaient souvent la peau irritée et verdâtre.

À la pensée des enténébrés, il jeta de nouveau un coup d'œil par-dessus son épaule, mais il n'y avait que des gens ordinaires derrière lui. Il devait se détendre et cesser de se comporter comme si des monstres imaginaires allaient l'attraper d'une seconde à l'autre. Il n'avait besoin de se concentrer que sur un seul objectif : entrer dans Ziran avec les faux laissez-passer contenus dans sa sacoche. Puis Leila et lui trouveraient du travail parmi les milliers d'opportunités qu'offrait la ville grâce à Solstasia, et ils gagneraient assez d'argent pour acheter des sauf-conduits pour Nana et Mama.

Mais s'ils n'y arrivaient pas ?

Cette idée lui coupa le souffle, et les ombres à la périphérie de sa vision s'agitèrent de plus belle. Alors que le monde commençait à tanguer autour de lui, il ferma les yeux et se répéta le mantra que sa mère lui avait enseigné bien des années plus tôt, quand il avait fait ses premières crises de panique.

Respire. Reste présent. Reste ici.

Tant qu'ils ne se faisaient pas remarquer, qu'ils ne s'intéressaient ni ne parlaient à personne, tout devrait bien se passer. Ce n'était qu'une foule. La traverser ne le tuerait pas, même si ses paumes dégoulinaient de sueur, même si son cœur battait à lui sortir de la poitrine.

« Eh, fit Nadia en tirant sur la jambe du pantalon de Malik de sa main libre pour attirer son attention sur la chèvre de chiffon dont la tête sortait à l'avant de sa djellaba délavée. Djédjé veut savoir si je pourrais avoir ton sac, quand le chipekwe t'écrasera pour de bon. »

Malgré la panique qui lui retournait l'estomac, Malik lui adressa un faible sourire. « Djédjé a une très mauvaise influence sur toi. Tu ne devrais pas l'écouter.

— Elle a aussi dit que tu dirais ça », marmonna Nadia avec toute la gravité de ses 6 ans. Malik rit, et une vague de sérénité le traversa. Quoi qu'il puisse arriver, il avait ses sœurs. Tant qu'ils resteraient ensemble, tout irait bien.

Ils se joignirent à la file derrière une femme qui portait plusieurs paniers de papayes en équilibre sur sa tête. Alors seulement Leila lâcha la main de son frère.

« On y est ! Maintenant, on attend. »

Il y en aurait visiblement pour un moment. Tout le reste du camp n'était qu'agitation, mais la queue pour entrer dans Ziran progressait à un rythme douloureusement lent. Quelques groupes devant eux avaient même dressé le bivouac pour la nuit et ne semblaient pas pressés d'avancer.

Nadia fit la grimace. « Je peux aller voir les stands ?

— Non, répondit Leila en lissant un faux pli de son voile bleu.

— Mais la queue ne bouge même pas !

— J'ai dit non. »

Nadia poussa un soupir exagéré, et Malik sentit la colère de sa plus jeune sœur infuser. Leila était animée des meilleures intentions, mais elle ne savait pas s'y prendre avec les enfants. Il s'accroupit devant Nadia et tendit l'index vers le Rempart. « Tu vois ça ? »

Sa cadette tourna vivement la tête. « Quoi ?

— Là, tout en haut de la plus grande tour. »

Même le Rempart avait été décoré pour Solstasia. Chaque tour arborait des bannières à l'effigie des sept divinités patronnesses – du lion Gyata, qui régnait sur l'alignement du Soleil, à la hase Adanko, divinité patronnesse de Malik et de l'alignement de la Vie.

Chaque divinité patronnesse avait son jour de la semaine, et quand un enfant naissait, la sage-femme gravait l'emblème d'un des sept dieux au creux de sa paume afin que nul n'ignore son alignement. On disait que l'alignement présidait à tous les moments importants de la vie, du type de profession pour lequel on était fait jusqu'au choix de celui ou celle avec qui on passerait le reste de sa vie.

La bouche de Nadia s'ouvrit à la vue de la bannière de l'alignement du Soleil sur le mur. « C'est mon emblème !

— Eh oui, confirma Malik. Gyata observe tous les Soleil-alignés à la recherche de son champion. Mais il ne te choisira pas, si tu pleures.

— Je ne vais pas pleurer ! s'écria Nadia en ramassant un bâton et en le brandissant bien haut. Et quand Gyata fera de moi sa championne, j'irai vivre au palais avec la sultane, je mangerai tout ce que je veux et je ne ferai plus jamais la queue, sur ordre de la princesse Karina !

— Je ne crois pas que la princesse Karina écrive les lois. »

Nadia poussa de nouveau un soupir sonore, et Malik fut une fois de plus frappé par leur ressemblance – la même tignasse noire indisciplinée que nulle brosse ne pouvait coiffer, le même teint de peau brun fauve, les mêmes grands yeux sombres qui leur donnaient l'air surpris quelle que soit leur humeur. *Mes yeux de hibou,* comme les appelait Papa, et l'espace d'un demi-battement de cœur, son père lui manqua tant que Malik en eut le souffle coupé.

« Et toi, tu ferais quoi, si tu rencontrais la princesse ? » l'interrogea Nadia.

Que ferait-il s'il rencontrait la princesse Karina ? Malik repoussa la douleur que lui causait l'absence de ses parents et réfléchit à la question.

Devenir un des champions de Solstasia allait avec un certain nombre de privilèges, dont vivre au palais pendant toute la durée du festival n'était pas des moindres. Quoique Malik ne l'aurait jamais admis à voix haute, il avait plus d'une fois rêvé de représenter son alignement aux yeux de tous. Mais c'était là un vain espoir, car jamais un Eshran n'avait été choisi comme champion depuis le début de l'occupation ziranie, quelque deux cent cinquante ans plus tôt.

Du reste, on disait de la princesse Karina Alahari qu'elle était une jeune fille lunatique et irresponsable, qui n'hériterait du trône que parce que sa sœur aînée était morte dans un incendie près de dix ans plus tôt. Princesse ou pas, Malik ne voulait rien avoir à faire avec elle.

« Je ne crois pas que la princesse et moi nous entendrions très bien, répondit-il.

— T'es pas drôle ! souffla Nadia en donnant un petit coup de coude dans le ventre de son frère, qui fit semblant de tomber en se tordant de douleur.

— Argh ! Je me rends ! Si je te raconte une histoire, tu arrêteras d'essayer de me tuer ?

— J'ai déjà entendu toutes tes histoires. »

Malik dégagea le front de Nadia. Elle avait toujours été menue pour son âge ; désormais, après des mois de malnutrition, elle était si maigre qu'un coup de vent un peu plus fort que les autres aurait pu l'emporter.

« Je t'ai déjà raconté celle de la petite fille sur la lune ? »

Nadia ouvrit une bouche incrédule. « Il y a une petite fille sur la lune ? »

Malik hocha la tête en adoptant une expression exagérément sérieuse. « Oui. C'est son grand frère qui l'y a envoyée parce qu'elle n'arrêtait pas de bouder. »

Il ponctua sa phrase d'une pichenette sur le nez de sa sœur, qui poussa un gloussement outré. Papa les ayant quittés un an après la naissance de Nadia, Malik s'était occupé d'elle pendant que Mama, Nana et Leila travaillaient aux champs. Il la connaissait mieux que personne, et savait qu'elle oubliait tout le reste pour une bonne histoire, comme lui. Dans le chariot, Malik l'avait divertie en enchaînant les contes de l'astucieuse Hyène, et quand il était arrivé au bout, il avait inventé de nouvelles histoires en s'inspirant de toutes les légendes qu'il avait absorbées au fil des ans. Il avait parlé jusqu'à ce que la gorge lui brûle, mais mieux valait ça que de voir Nadia s'écrouler sous le poids de leur sort.

Malik leva de nouveau un regard interrogateur sur Ziran. Bien que les monts d'Eshra fassent partie des territoires ziranis, peu de ses compatriotes avaient posé les yeux sur la fameuse cité. Le prix des laissez-passer était trop élevé et les chances d'en obtenir un trop faibles, sans parler des dangers tapis dans l'Odjubai. Ziran contrôlait chaque aspect de la vie eshrane, jusqu'à la relocalisation de certaines populations, mais la ville elle-même n'avait jamais eu vocation à se faire aimer du peuple de Malik.

Et pourtant ils étaient là, au pied de la plus grande métropole du monde. Toutes ces nuits pelotonné avec ses sœurs sous des couvertures mangées par les vers, à supporter le vent mordant et les gémissements de leurs compagnons d'infortune traités comme du bétail. La peur insondable de ne plus jamais retrouver la terre qui les avait vus naître... Tout cela en avait valu la peine.

En fait, il n'avait pas encore aperçu la moindre trace des... créatures qui l'avaient tourmenté à Oboure.

Ils étaient désormais en sécurité.

Malik fut distrait de ses pensées par l'agitation qui se produisit dans la file à leur gauche quand un chariot en piteux état tiré par un âne galeux arriva à la plateforme. Son conducteur, un vieil homme, tendit une liasse de documents au soldat qui supervisait les opérations, sous l'œil angoissé de la famille de l'ancêtre, à l'arrière du chariot. Malik blanchit en reconnaissant les symboles familiers peints sur le flanc du véhicule – le motif géométrique des natifs d'Eshra.

Le soldat parcourut le mince dossier d'un œil expert, puis il leva la poignée de son épée et l'abattit sur le crâne du vieil homme. « Pas d'Eshrans, avec ou sans papiers ! »

Pas d'Eshrans. Le monde se remit à tanguer, mais Malik domina son vertige. Tout irait bien. Leurs propres papiers les identifiaient comme une fratrie originaire de Talafri, une cité bien à l'intérieur des frontières ziranies.

Les cris de la famille s'élevèrent tandis que les soldats emportaient le corps du malheureux et éloignaient le chariot du poste de contrôle. Dans le chaos, personne ne remarqua le garçon qui tomba du véhicule. L'enfant ne devait pas être plus âgé que Nadia, mais tous ceux qui étaient autour de lui l'ignorèrent, trop occupés à jouer des coudes pour prendre la place de la famille refoulée. Le cœur de Malik se brisa.

À la simple pensée que ç'aurait pu être Nadia, cet enfant dans la poussière que personne n'aidait, sa poitrine se contracta douloureusement. Il ne lâchait pas le garçon des yeux.

Leila suivit son regard et fronça les sourcils. « N'y va pas. »

Mais Malik était déjà parti. Quelques secondes plus tard, il l'aidait à se remettre debout.

« Est-ce que ça va ? » lui demanda-t-il en s'assurant qu'il ne s'était pas blessé.

L'enfant leva vers lui des yeux profondément enfoncés dans son visage défait, puits noirs dans lesquels Malik vit son propre reflet.

Rapide comme l'éclair, le garçon lui arracha sa sacoche et se volatilisa dans la foule. Pendant plusieurs secondes, Malik fixa bouche bée l'endroit où il se tenait un instant plus tôt.

« Eh ! »

Maudissant sa naïveté, Malik fit ce qu'il faisait de mieux.

Il courut.

2

Karina

Le Phoque dansant était plus vieux et plus sale qu'aucun établissement n'était autorisé à l'être, à en juger par la couche de crasse qui recouvrait la moindre surface visible et même le personnel. La nourriture y était cependant excellente et les spectacles plus encore, deux atouts qui avaient attiré Karina dans ce restaurant tout proche du Rempart de Ziran.

Flanquée d'une Aminata d'humeur boudeuse, Karina ne lâchait pas du regard le musicien qui faisait chanter l'assistance, un robuste joueur d'oud à la moustache si parfaitement entortillée qu'elle en paraissait fausse. Apparence mise à part, l'homme était doué, et à voir comment il fanfaronnait sur la scène circulaire au milieu de la salle, il le savait.

Ce soir-là, le public se composait essentiellement de voyageurs et de marchands aux visages burinés par des années de route dans le désert impitoyable. Dans les bavardages autour d'elle, Karina reconnut du kensiya, une des langues des peuples arkwasiens habitant les jungles au nord de l'Odjubai ; du t'hoga, un idiome parlé dans la Savane des Eaux du Levant ; et même un mot ou deux de darajat criés aux serveurs eshrans effarouchés. Les principaux groupes ethniques de Sonande étaient représentés.

Mais le mieux, c'était que personne ne connaissait l'identité de Karina.

Assis sur des coussins autour de tables chargées d'épais ragoûts de haricots et de morceaux d'agneau fumants, l'auditoire hurlait des suggestions au barde, toutes plus obscènes les unes que les autres, et chantait faux sur chaque air qu'il entonnait. Solstasia déliait les bourses même les moins remplies, et la plupart des clients en étaient à leur troisième ou quatrième verre alors que le soleil n'était toujours pas couché.

Le barde croisa le regard de Karina et sourit. Elle inclina la tête de côté, opposant une innocence angélique à son expression effrontément suggestive.

« Quand vous aurez fini de vous pavaner, allez-vous nous jouer quelque chose qui vaille la peine qu'on l'écoute ? » le mit-elle au défi.

Le public manifesta bruyamment son excitation, et les joues sombres de l'homme virèrent au violet. Malgré son hygiène douteuse, *Le Phoque dansant* était l'une des salles de concert les plus respectées de Ziran. Ici, seuls les meilleurs musiciens pouvaient dompter la foule.

Le barde se lança dans une chanson tapageuse racontant les amours tragiques d'un esprit solitaire et d'une pauvre esclave. Karina s'installa plus confortablement sur ses coussins pour examiner l'homme. Elle avait vu juste ; il était effectivement doué, modulant la mélodie en fonction de l'humeur changeante du public et reprenant le dessus au point culminant de l'histoire. Elle le supposa Feu-aligné ; cet alignement avait un don pour ménager les effets dramatiques.

Après avoir ajusté son voile pour s'assurer qu'aucune mèche de ses cheveux n'en dépasse, Karina se pencha vers sa compagne.

« Crois-tu qu'il huile sa moustache tous les matins, pour qu'elle brille autant ?

— Je crois qu'on est ici depuis trop longtemps, répliqua Aminata en se contorsionnant pour s'éloigner du liquide suspect qui s'était épanché sur leur table.

— On est arrivées il y a dix minutes.

— C'est bien ce que je dis. »

Karina leva les yeux au ciel en se demandant pourquoi elle avait attendu une autre réponse de sa suivante. Persuader un poisson de nager hors de l'eau aurait été plus facile que convaincre Aminata de se détendre ne serait-ce qu'une soirée.

« C'est Solstasia, Mina. Autant que nous en profitions.

— Est-ce qu'on pourrait au moins aller dans un endroit où on ne risque pas de se faire poignarder ? »

Karina s'apprêta à répondre que, techniquement, elles courraient ce risque partout où il y aurait des gens, mais le barde entonna une chanson que Baba lui avait souvent chantée, et une douleur sourde, comme celle que produirait un maillet à l'intérieur de son crâne, la détourna de ses pensées. Serrant les paupières, Karina souffla entre ses dents serrées et s'agrippa si fort au rebord de la table que les échardes lui mordirent les chairs.

Aminata fronça les sourcils, comprenant immédiatement ce qui avait déclenché cette migraine. « Nous devrions partir avant que ça n'empire, suggéra-t-elle de ce ton prudent que les gens employaient chaque fois que la douleur de Karina les mettait mal à l'aise.

— Pas encore. »

C'était sans doute le dernier moment de liberté dont Karina jouirait avant la fin de Solstasia. Migraine ou pas, elle ne laisserait pas cette opportunité lui filer entre les doigts.

Des acclamations s'élevèrent dans le restaurant alors que le barde faisait résonner la dernière note. Il fit passer sa bourse en velours parmi l'assemblée puis gagna leur table à grands pas, où il se fendit d'une profonde révérence.

« J'espère que vous avez apprécié ma performance autant que moi, votre apparence. »

Refoulant la vague de vertige qui accompagnait souvent les migraines, Karina leva un sourcil. Peut-être l'aurait-elle trouvé séduisant elle aussi si elle avait approché les 70 ans. Mais elle n'en avait que 17, et il lui rappelait les crapauds qui coassaient dans les fontaines du palais. Les coins de sa bouche se relevèrent, mais elle ne sourit pas.

« C'était impressionnant. » Le regard de Karina glissa vers la bourse sur sa hanche. « Puis-je vous demander ce que vous comptez faire de vos gains ? »

Le barde s'humecta les lèvres. « Donnez-moi une heure de votre temps, et vous le saurez. »

Aminata grogna de façon parfaitement audible en entendant Karina répliquer : « Je crois connaître un endroit idéal pour vos pièces.

— Et où cela se trouve-t-il donc, ma douce gazelle ? » demanda-t-il avec un regard lubrique. Karina jeta un coup d'œil à la paume gauche du musicien – pas d'emblème, ce qui signifiait qu'il était non aligné. Cet homme venait de très loin – de la Savane des Eaux du Levant, peut-être.

« Dans ma poche. » Elle se pencha en avant jusqu'à ce que leurs nez se touchent presque, si proches qu'elle sentit l'essence d'orange dont il oignait manifestement sa moustache. « Je vous les joue, reprit-elle. Une chanson. Le public décidera du vainqueur. »

La surprise puis l'agacement se succédèrent sur le visage du barde. Karina ravala un fou rire.

« Est-ce qu'au moins vous avez un instrument ?

— Bien sûr. Aminata ? »

La suivante soupira, mais tendit docilement à Karina l'étui en cuir sur ses genoux. L'homme eut un sourire méprisant en voyant l'état de l'oud de la jeune fille ; la table d'harmonie en forme de poire était très légèrement fissurée en plusieurs endroits, et le temps avait patiné les motifs floraux que Baba avait sculptés sur le chevillier au point de les rendre méconnaissables. Mais tenir entre ses mains le dernier présent de son père apaisa Karina et atténua son mal de crâne.

« Si je gagne, déclara-t-elle en accordant négligemment les onze cordes de son oud, je remporte votre recette du jour.

— Et *quand* j'aurai gagné, répliqua le barde, vous me ferez l'honneur d'être mienne pour le reste de la nuit. »

La jeune fille eut toutes les peines du monde à ne pas laisser voir son haut-le-cœur. « Marché conclu. Dans l'esprit de Solstasia, je vous autorise à choisir la chanson. »

Les yeux du barde se réduisirent à des fentes, mais son sourire s'élargit. « *La Ballade de Bahia Alahari.* »

La migraine de Karina redoubla, et son cœur se serra. Baba avait adoré cette chanson. « Après vous », dit-elle néanmoins.

La Ballade de Bahia Alahari racontait, sur un air mélancolique, comment la première sultane de Ziran avait combattu son propre mari, le Roi sans visage, quand il avait rallié l'Empire kennouan durant l'ultime bataille de la guerre du Pharaon. En quelques minutes, l'auditoire versait de chaudes larmes, certains allant jusqu'à sangloter sans retenue. Cependant, un certain nombre de clients, pour la plupart non ziranis, restaient insensibles à la performance. Karina se concentra sur eux tandis que son adversaire jouait.

Après une dernière note obsédante, le barde baissa son oud, et de bruyantes acclamations s'élevèrent dans le restaurant.

« À votre tour », dit-il, en posant sur le corps de la princesse un regard prédateur. Karina s'avança et prit son oud en main. Elle ignora les rires moqueurs que suscitait le piètre état de son instrument.

Certes, son adversaire était bon.

Mais elle était meilleure.

Trop vite pour que quiconque puisse l'arrêter, Karina bondit sur la table devant elle, dont les occupants poussèrent des glapissements alarmés, et battit de la semelle de sa sandale un rythme qui résonna dans toute la salle du restaurant. Quoiqu'elle ne puisse voir sa suivante, elle savait qu'Amina frappait dans ses mains et fronçait les sourcils. En quelques secondes, tous les clients se joignirent à elle, cognant contre le plateau de leur table le premier objet à leur portée.

Avec un sourire à faire honte à une hyène, Karina commença à jouer.

C'était toujours *La Ballade de Bahia Alahari*, mais avec une mélodie différente, presque méconnaissable. Alors que le barde s'était concentré sur la douleur oppressante et pourtant sublime qui avait rendu la chanson célèbre, Karina la joua à un tempo étourdissant, qu'on utilisait d'habitude dans les morceaux dansants les plus rapides. Elle créa un crescendo là où elle aurait dû calmer le jeu et explosa sur des phrases traditionnellement chantées au piano. Malgré tout, la chanson ne trahit jamais la mélancolie sous-jacente qui avait fait sa renommée – mais Karina l'avait transformée en une énergie magique, le seul genre de mélancolie qu'elle connaissait.

Elle chanta le premier couplet en zirani, en pivotant sur elle-même pour que tous puissent l'entendre.

Pour le second couplet, elle passa au kensiya. Un cri ravi s'éleva du groupe des Arkwasiens, inclus dans le concert pour la première fois de la soirée. Puis elle poursuivit en t'hoga, avant de revenir au kensiya. Pour chaque couplet, Karina s'assura d'être comprise des principaux peuples de Sonande. La seule langue dans laquelle elle ne chanta pas même une phrase était le darajat. Aucun de ses tuteurs n'y avait accordé suffisamment d'importance pour le lui enseigner, et elle avait manqué de motivation pour l'apprendre par elle-même.

Les applaudissements plurent avant même que la jeune fille n'ait joué les dernières notes. Elle adressa un sourire ingénu au barde, qui semblait à deux doigts de fracasser son instrument sur le sol.

« Je vais vous débarrasser de ceci », dit Karina en le délestant de sa bourse, qu'elle fit rebondir entre ses mains.

Il y avait bien une centaine de dairas, là-dedans.

« Je veux ma revanche ! exigea le musicien.

— Et avec quoi ? Qu'avez-vous d'autre à perdre ? »

Avec une grimace douloureuse, il sortit un lourd objet de son sac. « Ceci. »

Il produisit le plus vieux livre que Karina ait jamais vu. Le cuir vert de la couverture portait des marques de morsure sur les bords, et le temps avait jauni les pages de moisissures. Le titre, à peine lisible, était en zirani : *Le Livre des défunts, étude exhaustive des curieuses mœurs funéraires de l'Empire kennouan.*

« L'homme qui me l'a vendu était incapable de lire le titre, reprit le barde. Il ignorait qu'il avait mis la main sur un authentique vestige de l'époque lointaine des pharaons. »

Un frisson parcourut la colonne vertébrale de la princesse à la vue des glyphes kennouans embossés sur la couverture. La lecture n'avait jamais été son passe-temps favori, et elle n'avait ni besoin ni envie de posséder un vieux volume poussiéreux sur une culture disparue dans les limbes de l'histoire.

« Si ce livre est si spécial, pourquoi risquer de le perdre ?

— Possession vaut sacrifice. »

Karina n'était pas du genre à refuser un défi, quel qu'en soit l'enjeu. Souriant de toutes ses dents, elle décrocha son oud de ses épaules.

« La revanche. »

Vingt minutes plus tard, Karina sortait du *Phoque dansant* d'un pas sautillant, son sac alourdi par le poids de son nouveau livre, suivie comme son ombre par Aminata. Dehors, on mettait la main aux ultimes préparatifs de Solstasia. Des ouvriers suspendus à des échafaudages accrochaient des guirlandes de jasmin et de lavande entre des bâtiments proches à se toucher, tandis que des acolytes en robe blanche exhortaient les fidèles à se délester de tout ce qu'ils ne voulaient pas emporter dans la nouvelle ère pour en faire offrande à la Grande Mère au cours de la cérémonie d'Ouverture. Des foules de tous âges convergeaient vers la rue du Temple ; le choix des sept champions était sur toutes les lèvres.

Le butin de Karina tintait dans son sac. Elle ne pouvait retenir un sourire en s'imaginant ajouter ses gains à la pile de dairas cachée dans la boîte à bijoux de sa coiffeuse. Chaque pièce la rapprochait de la vie qu'elle appelait de ses vœux, loin de Ziran.

« Faut-il toujours que tu sois si dramatique ? soupira Aminata alors qu'elles contournaient un groupe construisant un autel à la gloire de Patuo au milieu de la rue.

— Je n'ai jamais dit ou fait quoi que ce soit de dramatique de toute ma *vie*, chère Mina. »

Tandis que Karina feuilletait négligemment *Le Livre des défunts*, ses yeux parcoururent plusieurs titres de chapitre, tels que « Des différences entre la magie zawenjie et la magie ulrajie » ou « Nourrir et élever un jeune serpopard », ou encore « Le Rite de Résurrection impliquant la comète Meirat ».

La princesse s'interrompit. Meirat était le nom que les Kennouans donnaient à la comète de Bahia.

... le Rite de Résurrection, la technique la plus avancée et la plus sacrée, n'est possible que durant la semaine où la comète Meirat est visible dans le ciel...

Elle sauta la suite du texte pour s'arrêter sur les images qui l'illustraient. Sur la première, on voyait des individus masqués autour d'un cadavre enveloppé de bandelettes. La deuxième montrait les mêmes silhouettes déposant un cœur humain gorgé d'une substance rouge et brillante sur le corps. Et sur la dernière, le défunt, de nouveau en couleur, marchait.

Karina fit claquer sa langue et rangea le livre dans son sac. Si les Kennouans avaient réellement connu le secret de la résurrection, quelqu'un d'autre l'aurait découvert, depuis le temps. Elle donnerait peut-être le livre à Farid quand elle rentrerait au palais. Il avait toujours été friand de choses anciennes et ennuyeuses.

Elles arrivèrent à une bifurcation. En prenant à gauche, elles arriveraient au marché de la Rivière et à la porte du Ponant ; à droite, à la place Jehiza et au cœur de la Vieille Ville. Le soleil n'était pas encore couché que, déjà, la fraîcheur nocturne du désert s'installait. Karina resserra son foulard sur sa tête en réfléchissant au chemin qu'elles devaient emprunter.

D'une certaine façon, deux villes se côtoyaient à Ziran. La Vieille Ville, la casbah originale au cœur de laquelle Bahia Alahari avait bâti la forteresse de Ksar Alahari, lieu de résidence de la cour ziranie, était flanquée à l'ouest par la Ville basse, fatras urbain en expansion qui occupait près des trois quarts de la superficie totale de la cité, où vivaient tous ceux qui rendaient Ziran intéressante.

Le tout était ceinturé par le Rempart et, au-delà, le reste de Sonande. Karina avait passé assez de temps à étudier la carte de leur continent pour savoir ce qu'elle trouverait si elle quittait un jour la cité. En allant vers le nord, elle pénétrerait dans les jungles impénétrables d'Arkwasi, tandis qu'à l'ouest elle rencontrerait les monts d'Eshra, et ceux-là n'étaient que les voisins les plus proches de Ziran, une toute petite partie du monde qui ne demandait qu'à être exploré.

Mais savoir que ce monde existait et le voir de ses yeux étaient deux choses différentes. Pourtant, chaque fois que Karina s'approchait du Rempart, un tiraillement irrésistible dans ses tripes la ramenait chez elle. Malgré tous ses efforts pour s'en défaire, son exaspérant sens des responsabilités prenait toujours le dessus.

Karina tourna à gauche, en ignorant le grognement de protestation d'Aminata. « Allons vers la rue du Temple. Peut-être qu'on trouvera une place à la cérémonie du Choix du temple du Vent. »

Quoique Vent-alignée elle-même, Karina ne ressentait que peu d'affinités avec sa divinité patronnesse, Santrofie. Elle n'avait formulé qu'une seule prière après la mort de Baba et Hanane, et son dieu n'y avait jamais répondu.

« Au fait, dit Aminata tandis qu'elles s'aplatissaient contre un mur pour livrer passage à un groupe de danseurs tenant en laisse un phacochère énervé. Je ne savais pas que tu connaissais cette chanson dans toutes ces langues.

— Je ne la connaissais pas. Pas avant ce soir, en tout cas.

— Tu as traduit au fur et à mesure ?

— Toutes ces années de tutorat linguistique ont fini par payer », commenta Karina sans cacher sa suffisance, et sa suivante leva les yeux au ciel.

À première vue, toutes deux formaient une paire bien mal assortie. Aminata, Eau-alignée, était aussi simple et réservée que Karina, extravertie et imprudente. La première avait un corps fin et élancé, la seconde, épais et rebondi. Aminata coupait les vrilles serrées de ses cheveux à quelques centimètres de son crâne, alors que les boucles de Karina tombaient librement derrière ses épaules, quand elle les portait bas. Mais parmi la petite armée de nurses au service de la mère de Karina, celle d'Aminata avait eu sa préférence, et les deux filles étaient inséparables depuis l'enfance. Les deux seules personnes avec qui Karina avait passé davantage de temps étaient le pupille de ses parents, Farid, et sa grande sœur, Hanane.

« Si tu consacrais ne serait-ce que la moitié de ton énergie à apprendre tes vraies leçons, tu obtiendrais probablement les meilleures notes de la ville.

— Pour donner à la Crécerelle des raisons d'en attendre encore plus de moi ? Je préfère encore manger du crottin de chameau.

— Je suis sûre que ta mère, insista Aminata sans utiliser le surnom dont les gens du peuple affublaient la sultane, serait ravie de savoir que tu as tant absorbé de tes études. Ce qui me fait penser que nous devrions rentrer avant qu'elle ne remarque ton absence.

— Je pourrais tomber raide morte à ses pieds que ma mère ne remarquerait pas mon absence.

— Ce n'est pas vrai. »

Une pointe de culpabilité inhabituellement forte traversa la poitrine de Karina. Cependant, elle n'avait pas fait tout ce chemin pour débattre de l'affection que lui portait la Crécerelle – ou pas.

« Mina, quel jour sommes-nous ? demanda Karina, coupant court aux leçons de morale.

— La Veille de Solstasia.

— Exactement. » Karina montra d'un geste le firmament, vers l'ouest. « La comète de Bahia sera visible ce soir pour la première fois depuis *cinquante ans*. Crois-tu vraiment que nous devions manquer cette opportunité pour nous enfermer dans le palais avec des gens que nous voyons tous les jours ? »

Les histoires de miracles de Solstasia avaient conduit à Ziran des gens de tous les coins de Sonande, même ceux qui ne croyaient pas aux divinités patronnesses. Pourquoi devrait-elle perdre son temps avec des personnes qui seraient toujours là la semaine suivante, quand il y avait tant de choses à voir et à faire maintenant ?

Aminata avait néanmoins raison de croire que l'absence de Karina ne passerait pas inaperçue très longtemps. Elle s'était glissée hors du palais par une poterne abandonnée dont elle connaissait l'existence à l'insu de tous, mais quelqu'un finirait forcément par découvrir qu'elle n'était pas en train de se préparer pour l'apparition de la comète, comme elle aurait dû le faire.

Karina leva de nouveau les yeux vers Ksar Alahari, joyau scintillant sur l'horizon qui rapetissait à mesure qu'elle s'éloignait de la Vieille Ville. Au moins ici se trouvait-elle au cœur de l'action, à défaut d'y participer.

« Je n'y retournerai pas, marmonna Karina, plus pour elle-même que pour Aminata. Pas tout de suite, en tout cas.

— Vous ne retournerez pas où, exactement ? »

Les deux jeunes filles firent volte-face au son de la voix du barde du *Phoque dansant*. Il se glissa hors des ombres, un couteau à la main, et les accula contre le mur d'un bâtiment. Karina jeta un bras protecteur devant Aminata alors que l'homme s'approchait d'elles.

« J'ai entendu des rumeurs à propos d'une jeune musicienne qui écumait Ziran, dit le barde, dont la dague luisait dans le clair-obscur. Elle part toujours juste après une performance et ne se produit jamais deux fois au même endroit. »

Karina balaya la rue du regard en quête d'assistance, mais elle était désespérément vide. Dans cette partie de la Ville basse, les gens avaient un don pour disparaître sitôt qu'ils sentaient venir la violence.

« Vous ne croyez pas que votre temps serait mieux employé à travailler votre art qu'à traquer vos adversaires ? » répliqua Karina. Elle envisagea d'appeler la garde, mais elle craignait que ça n'incite le barde à passer à l'action.

« C'est tout ce que vous avez à dire, ma douce gazelle ? Ou devrais-je vous appeler… Votre Altesse ? »

Le regard de son assaillant glissa sur son front, où une mèche de ses cheveux s'était échappée de son voile. Karina jura intérieurement. Elle avait le mensonge facile, mais aucune imposture ne pouvait cacher la réalité de sa chevelure argent, la couleur des nuages avant un orage.

La marque distinctive des Alahari, la famille royale de Ziran.

« Puisque vous connaissez mon identité, dit Karina en renonçant à dissimuler l'évidence, alors vous savez qu'il est de votre intérêt de lâcher votre arme et de faire demi-tour.

— Je crois au contraire qu'il est de mon intérêt de voir quelle rançon Haissa Sarahel serait disposée à payer pour sa fille unique. »

Sa fille survivante, corrigea silencieusement la princesse.

Peut-être était-ce l'effet de l'adrénaline de la victoire ou du vin qu'elle avait bu, mais Karina ne ressentit nulle peur en s'avançant vers la lame, alors même qu'Aminata la tirait frénétiquement par la manche.

Elle lança son deuxième défi de la soirée. « Faites-le. Si vous l'osez. »

Du reste, si elle mourait, elle rejoindrait Baba et Hanane. Et elle n'aurait jamais à être reine.

Quand le barde se ramassa pour bondir, un frisson parcourut l'échine de Karina. Mais alors un sifflement aigu fendit l'air, les ombres remuèrent, et à peine une seconde plus tard apparut derrière l'homme une Sentinelle armée d'une épée autrement plus imposante que sa petite lame. Le guerrier se mouvait à une vitesse déconcertante dans son armure d'un blanc immaculé, presque ivoire sous la lumière déclinante. D'un coup de pied, il fit perdre son équilibre à son adversaire et récupéra sa dague au vol.

Karina et Aminata, pelotonnées contre le mur, observaient la scène, les yeux écarquillés. Quand une Sentinelle entrait en action, il ne fallait pas intervenir – seulement s'écarter et remercier votre dieu de ne pas être sa cible.

Le soldat d'élite envoya son coude dans le visage du barde et lui brisa le poignet aussi facilement que s'il s'était agi d'une brindille. Il s'effondra dans une mare de son propre sang, le bras plié à un angle curieux sous lui.

Le sifflement aigu s'intensifia quand la Sentinelle se tourna vers les deux jeunes filles, et Karina remarqua l'insigne argent et écarlate sur sa poitrine. Ce n'était pas une simple Sentinelle… mais la commandante Hamidou. Quelqu'un à Ksar Alahari était *très* en colère, pour avoir dépêché la cheffe du corps des Sentinelles à sa recherche. Karina ignorait si elle devait se sentir flattée ou effrayée.

Après un coup d'œil pour s'assurer qu'Aminata allait bien, la princesse se tourna vers la guerrière et leva crânement le menton. Les Sentinelles avaient leur utilité – on leur confiait notamment les missions trop délicates pour de simples soldats –, mais elles avaient toujours déstabilisé Karina. « Très bien, vous m'avez trouvée. À qui me ramenez-vous ? À Farid ? »

Un silence trop long s'écoula avant que la commandante Hamidou reprenne la parole. « Je vous conduis à votre mère. »

Et pour la première fois de la soirée, une authentique terreur s'empara de Karina.

3

Malik

Le cœur tambourinant dans la gorge, Malik fonça à la poursuite du garçon qui lui avait volé leurs papiers, entraînant ses deux sœurs dans son sillage. Il passa à toute allure devant un groupe d'Arkwasiens vêtus de kenté aux couleurs vives qui examinaient des crécelles en bambou, et faillit rentrer dans une bande de gamins pratiquant le wakama. La brise portait le murmure d'êtres qui n'auraient pas dû exister, et la terreur donna des ailes à Malik.

Il finit par perdre sa cible de vue à proximité d'un groupe de marchands occupés à charger des tapis anciens dans un chariot. Ils étaient Terre-alignés, à en juger par l'insigne de Kotoko brodé sur leurs habits verts.

« Euh… Excusez-moi », marmonna Malik, presque plié en deux par l'épuisement. Il voulait leur demander s'ils avaient aperçu un garçon avec une sacoche en cuir brun et rouge, mais les mots s'étranglèrent dans sa bouche, comme toujours quand il essayait de parler à des étrangers. « Est-ce que… vous savez… Est-ce que vous avez vu un enfant avec un sac ? »

Les marchands froncèrent les sourcils en remarquant les cheveux emmêlés de Malik et les haillons dont il était vêtu.

Une seconde trop tard, le jeune homme se rendit compte qu'il avait oublié de dissimuler son accent.

« Hors de ma vue, maudits kekkis ! » Le marchand cracha un glaviot qui atterrit sur la tunique élimée de Malik.

Ses sœurs et lui s'enfuirent avant que l'homme ne s'en prenne à eux avec autre chose que des mots. Ils fouillèrent le camp pendant près d'une heure, mais ils durent bientôt se rendre à l'évidence : le garçon était parti. Tous ceux à qui Malik demanda de l'aide les envoyèrent au diable, et quelques-uns allèrent même jusqu'à leur jeter des pierres et des détritus.

La haine que subissaient les Eshrans n'avait rien de neuf pour Malik. C'était le lot de son peuple depuis plus de deux siècles, quand les Ziranis avaient investi leurs montagnes pour réprimer une guerre entre les clans eshrans et n'en étaient jamais repartis. Les envahisseurs avaient prétendu que les anciens Eshrans s'étaient par la suite montrés incapables de payer leurs dettes, justifiant ainsi leur occupation continue. Les anciens avaient protesté que Ziran avait utilisé la guerre comme un prétexte pour spolier des terres arables eshranes alors que l'Odjubai devenait de plus en plus inhospitalier.

Malik ignorait quelle version était vraie. La seule réalité qu'il connaissait, c'était celle qu'il vivait, celle où les Ziranis occupaient le haut de l'échelle sociale, et les siens, le bas.

Incapable de faire un pas de plus, le jeune homme s'écroula à l'ombre d'un mur en grès effrité. Leurs recherches les avaient ramenés à la périphérie du point de contrôle, où le chipekwe sommeillait paisiblement dans le sable et où la griotte frappait nonchalamment son djembé sous le baobab. Les tatouages ivoire de la femme semblaient danser sur son corps au rythme du tambour. Malgré l'épuisement, le désir ardent de répondre à son appel étreignit de nouveau Malik.

Il baissa la tête, trop honteux pour croiser le regard d'aucune de ses sœurs. La sacoche avait été leur seule chance de démarrer une nouvelle vie à Ziran. Sans elle, ils n'avaient plus rien, et il ne pouvait s'en prendre qu'à lui-même.

« Je suis tellement désolé », dit-il en s'étranglant sur les mots. Il se tourna à contrecœur vers Leila, mais celle-ci avait les yeux fermés et récitait une prière silencieuse. Malik et Nadia savaient qu'il ne fallait pas l'interrompre.

« Pourquoi as-tu quitté la file alors que je t'avais dit de ne pas le faire ? » Les épaules tremblantes de Leila démentaient le calme de sa voix. Le regard de Nadia sautait alternativement de l'un à l'autre ; elle avait l'air aussi bouleversée que son frère.

« Le garçon, répondit Malik d'une voix qui sonna creux, même à ses oreilles. Il avait besoin d'aide.

— Ce n'était pas à *toi* de l'aider ! As-tu oublié ce que nous a dit Mama avant notre départ ? “Vous ne pourrez compter que sur vous-mêmes. Personne ne se souciera de votre sort, à part vous.” Est-ce qu'un étranger compte plus que nous ? »

Malik ouvrit et referma la bouche plusieurs fois, mais rien n'en sortit. Leila avait raison. Il avait agi avec son cœur et non avec sa tête, et voilà que tous leurs efforts, les mois de voyage et les heures de travail harassant, étaient partis en fumée. La gravité de leur situation le frappa de plein fouet, et il chercha instinctivement la sangle de sa sacoche disparue, puis agrippa sa tunique à la place.

« Je... Je... »

Les ombres autour de lui tressaillirent, se rapprochèrent de lui lentement, comme aimantées par son désespoir. Malik pressa le talon de ses paumes contre ses yeux jusqu'à se faire mal. La voix autoritaire de son père résonna dans sa tête. Les vrais hommes ne pleuraient pas.

Mais plus il essayait de la contenir, plus la pression montait en lui. Sans argent et sans la moindre chance pour un Eshran d'obtenir un travail, ils ne pouvaient pas rester à Ziran. Mais ils ne pouvaient pas non plus rentrer chez eux – ils n'avaient plus de chez-eux. Leur foyer se résumait à Nana et Mama, et toutes deux se trouvaient dans un camp à Talafri, dépendantes de l'argent que Malik et ses sœurs étaient censés leur envoyer. Revenir les mains vides n'était pas une option, mais quel autre choix leur restait-il ?

Nadia lui dit quelque chose, mais Malik ne l'entendit pas, l'esprit obstrué par le bruit de ses propres pensées. Les ombres se refermèrent autour de lui, murmurant dans des langues qu'il ne connaissait pas. Son dos heurta la pierre alors qu'il partait à la renverse, les mains plaquées sur ses oreilles et les genoux remontés contre sa poitrine, incapable de détourner le regard des simulacres qui prenaient forme devant lui.

Des apparitions ichtyennes boursouflées zigzaguant entre les jambes de la foule. Des insectes géants aux écailles multicolores braillant dans les arbres sous des nappes de brouillard vert pulsatiles parsemées de dents humaines. Des créatures infernales à tête d'âne et à corps de scorpion qui entraient et sortaient en cavalant des minuscules fentes dans la roche autour d'eux.

Les enténébrés, aussi réels et tangibles devant ses yeux que le soleil dans le ciel.

Mais les pires d'entre eux étaient les spectres – les esprits sans repos piégés entre le royaume des vivants et celui des morts, au corps formé d'ombres tourbillonnantes agrégées autour d'un nuage rouge sang qui fut autrefois leur cœur. C'étaient les spectres qui faisaient le plus peur à Malik, et c'étaient eux qui le cernaient à présent alors que la panique menaçait de l'engloutir.

Quand il était plus jeune, Malik croyait les enténébrés si communs que personne n'en parlait, pas plus qu'on ne disait que le ciel était bleu. Il avait même naïvement considéré ces créatures comme ses amies, écoutant leurs histoires et en inventant pour les distraire.

Mais elles n'étaient pas ses amies, parce qu'elles n'étaient pas réelles. Papa, les anciens et tous au village s'étaient assurés que Malik comprenne qu'on devait respecter le surnaturel, mais pas y croire – des leçons dont il gardait encore les cicatrices. Les hallucinations témoignaient d'un profond dysfonctionnement en lui, et le fait qu'il en voie tant à la fois signifiait que la maladie progressait. Malik frissonna, les ongles plantés dans la peau de ses avant-bras.

À mesure que la panique montait, le monde autour de Malik disparaissait, comme s'il l'observait depuis le fond d'un océan où il coulait comme une pierre. Les enténébrés ne l'avaient jamais attaqué, mais il ne pouvait s'empêcher d'imaginer leurs serres lui déchirer les chairs, avant qu'ils ne les dévorent, lui et ses sœurs, sans personne à des milliers de kilomètres à la ronde pour s'en soucier.

« Laissez-moi tranquille, lâcha Malik dans un sanglot étranglé. Laissez-moi tranquille, laissez-moi tranquille, laissez-moi tranquille ! »

Tout le monde regardait à présent le jeune Eshran fou qui se balançait d'avant en arrière en parlant à des créatures que personne ne voyait. La partie rationnelle de son esprit lui hurlait de se lever avant de se ridiculiser davantage, mais son corps ne répondait plus.

Et parce que la Grande Mère semblait penser que la journée n'avait pas été assez humiliante, les larmes finirent par jaillir. À leur vue, Leila eut un mouvement de recul.

« Non, attends… Je vais réparer ça. Arrête de pleurer », dit-elle. Il fallut une seconde à Malik pour s'apercevoir que sa sœur aînée avait dit cela en darajat, leur langue natale, qu'ils n'avaient pas parlée depuis leur départ d'Eshra. Le zirani était la langue principale de l'Odjubai, la langue des érudits et des reines ; s'exprimer dans un autre idiome vous identifiait comme un étranger et une cible facile.

Nana avait un jour dit à Malik que lorsqu'il avait l'esprit trop agité, il devait penser à son endroit préféré au monde jusqu'à ce qu'il se sente mieux. Il respira profondément et se remémora le plus grand citronnier de la ferme familiale, l'odeur d'agrumes qui se répandait dans l'air juste avant que les fruits soient assez mûrs pour qu'on les cueille. L'écorce était rugueuse sous sa paume tandis qu'il passait de branche en branche pour grimper là où les monstres ne pourraient pas l'atteindre.

Leila tendit une main incertaine vers lui, mais la retira aussitôt. Malik prit d'amples inspirations, les mains pressées contre son visage jusqu'à ce que le monde revienne à une vitesse acceptable.

Les enténébrés n'existaient que dans les histoires et les cauchemars, manifestations hallucinatoires de son épuisement. Ils n'étaient pas réels. *Ça,* c'était réel.

Sans surprise, quand il releva la tête, ils étaient partis.

Un silence de plusieurs minutes s'étira entre eux avant que Leila reprenne la parole.

« Les caravaniers ont toujours une place dans leurs chariots pour de la main-d'œuvre. Nous en trouverons un qui nous prendra tous les trois. Ce n'est pas une solution idéale, mais je pense que c'est notre seule option. »

La gorge trop serrée pour parler, Malik acquiesça. Les choses avaient toujours fonctionné ainsi : Malik, le petit frère qui gâchait tout, et Leila, la grande sœur qui réparait les pots cassés. S'ils arrivaient à se sortir de ce pétrin, il ne discuterait plus jamais ses ordres. Tout allait mieux pour tout le monde quand il baissait la tête et gardait la bouche fermée.

Leila durcit les traits de son visage. « Très bien, filons d'ici avant qu'il fasse complètement nuit. Viens, Nadia… Nadia ? »

Leila et Malik baissèrent les yeux.

Nadia n'était plus là.

« Abraa ! Abraa ! » Le rythme du djembé s'était fait aussi régulier qu'un battement de cœur. « Venez, regroupez-vous... une histoire va commencer ! »

Le sang de Malik se glaça. Ses yeux sautaient d'une personne à l'autre en quête des boucles indisciplinées et du visage lunaire qu'il connaissait si bien, sa panique décuplée. Il se haïrait jusqu'à la fin de ses jours pour avoir perdu leurs papiers, mais s'il arrivait quelque chose à Nadia...

Une tête familière apparut dans la foule assemblée autour du baobab, interrompant le cours funeste des pensées de Malik. Avec une force qu'il ne se connaissait pas, il joua des coudes pour rejoindre sa petite sœur et l'attrapa par le bras.

« Ça va pas de te sauver comme ça ? » cria-t-il, en la secouant à la blesser. Nadia se tortillait sous sa poigne.

« Mais la griotte ! s'exclama la fillette au moment où Leila arrivait à leur hauteur. Elle a dit que si on trouvait la solution de son énigme, elle réaliserait notre souhait ! »

Malik échangea un regard désolé avec sa sœur aînée. Nadia avait si bien supporté le voyage, sans jamais pleurer ni se plaindre, qu'il en avait fini par oublier qu'elle n'avait que 6 ans, un âge où l'on croyait encore à la magie et à ses mensonges.

Leila s'accroupit et prit le visage de Nadia entre ses mains. « Notre souhait, même une griotte ne peut le réaliser. »

Le cœur de Malik se brisa en voyant toute joie quitter les yeux de sa petite sœur. Il fit abstraction de sa peur et de sa panique, renvoya les enténébrés dans les limbes de son esprit et se creusa la cervelle à la recherche d'un moyen – n'importe lequel – de les sortir de cette situation.

« Mes frères et sœurs, l'heure de l'arrivée de la comète approche ! clama la griotte. Tandis que notre ère expire son dernier souffle et que la nouvelle point à l'horizon, permettez-moi, l'humble Nyeni, de vous divertir un instant encore. L'histoire que je vais à présent vous raconter est celle du premier Solstasia, et elle commence un soir, pas si différent de celui-ci, où Bahia Alahari, sur le sable même où vous vous tenez, rêvait d'un monde libre, délivré de la loi du pharaon... »

L'irrésistible attirance de Malik était revenue, plus forte encore, et il ne désirait rien davantage que s'asseoir aux pieds de Nyeni et boire ses paroles. Ce n'était même pas l'histoire de son peuple, et pourtant il aurait pu réciter de mémoire comment Bahia Alahari avait défait l'Empire kennouan, une épopée où la romance, l'action et le tragique atteignaient un point inégalé.

« ... et c'est ainsi que Bahia alla quérir l'aide de la Hyène, car il est bien connu que cette dernière tient toujours ses promesses. »

Nyeni fit des griffes de ses doigts et ouvrit grand la bouche pour interpréter la célèbre arnaqueuse.

« La Hyène dit à Bahia : "Si tu veux que je t'aide, tu dois d'abord répondre à cette énigme : 'Ma femme et moi vivons dans la même maison. Elle me rend visite dans ma chambre chaque fois qu'elle le souhaite, mais quand je me rends dans la sienne, elle ne s'y trouve jamais. Qui suis-je, et qui est ma femme ?'" Quelle est la réponse à cette question, mes frères et sœurs ? La Hyène ne vous aidera qu'à ce prix. »

Le sel de cette histoire était que l'énigme changeait chaque fois qu'on la racontait. La foule lança une flopée de réponses, toutes plus ridicules les unes que les autres.

« Un cheval et une mule !

— Un mortier et un pilon !

— Moi et mon mari ! »

Nyeni ricana. « N'y a-t-il personne pour élucider ce mystère ?

— C'est le soleil et la lune », marmonna Malik d'une voix absente, l'esprit absorbé par la résolution de ses propres problèmes. Il avait toujours été doué pour les énigmes, et il en avait entendu de bien plus difficiles.

« On peut voir la lune quand il fait jour, expliqua-t-il, mais le soleil reste invisible la nuit. »

Nadia leva vivement la main, et Malik ne put l'empêcher de crier : « Le soleil et la lune ! »

Malik plaqua la main sur la bouche de sa petite sœur, au moment où Nyeni disait : « Exact ! »

Tous les muscles de Malik se tendirent. Mais la griotte reprit le fil de son histoire, et il soupira, le cœur toujours emballé.

« Tu m'as volé ma réponse, petite tricheuse ! » Nadia lui tira la langue, et il secoua la tête. Malik jeta un coup d'œil à Leila, qui lui sourit faiblement.

« On va s'en sortir, dit-elle, et pour la première fois depuis longtemps, Malik la crut.

— Comme toujours. »

« … telle était, mes frères et sœurs, l'histoire du premier Solstasia. »

Des acclamations et des applaudissements fusèrent de toutes parts. Déçu que la conclusion soit arrivée si vite, Malik se leva et brossa le sable collé à ses vêtements et à ceux de Nadia. Leila se mit elle aussi debout en s'étirant. Au moment où ils se tournèrent vers les caravanes au départ de Ziran, Nyeni s'écria : « Mais attendez ! Avant que nous nous dispersions, je voudrais voir la jeune fille qui a résolu l'énigme du jour. Viens, mon enfant ! »

Les yeux de Nadia brillèrent plus intensément que les étoiles. Elle se dégagea de l'étreinte de Malik et se précipita à l'avant de la foule, où la griotte l'accueillit avec un grand sourire. Les perles intriquées dans les tresses de Nyeni cliquetèrent lorsqu'elle s'agenouilla pour se mettre au niveau de la fillette.

« Pour te remercier de m'avoir aidée à raconter mon histoire, je t'accorde un vœu – tout ce que tu voudras.

— N'importe lequel ? demanda Nadia, bouche bée.

— Non, merci… Je veux dire, merci, mais ça ira », s'interposa Leila quand elle eut rattrapé sa cadette. Malik suivait de près, en s'efforçant d'ignorer les frissons qui lui parcouraient la peau à la pensée de tous ces gens qui les dévisageaient, lui et ses sœurs. Il y avait quelque chose de bizarre chez cette griotte, comme s'il la regardait à travers un morceau de verre coloré. Ils étaient maintenant assez près de la conteuse pour voir que ses cheveux étaient rassemblés en une multitude de microtresses mêlées de fils arc-en-ciel, et que ses tatouages figuraient des motifs récurrents des sept divinités patronnesses.

« Tout ce que tu voudras, promit Nyeni.

— Nadia, on y va », ordonna Leila, qui était déjà en train de faire demi-tour quand sa petite sœur lâcha : « Je veux aller à Ziran ! »

Les lèvres de la griotte se retroussèrent en un sourire qui laissait apparaître trop de dents. « Que ton vœu soit exaucé ! »

Nyeni regarda Malik droit dans les yeux. L'espace d'un instant si fugace qu'il crut l'avoir imaginé, ses iris se teintèrent d'un bleu clair et vif, la couleur d'une flamme trop chaude.

Puis un rugissement déchira l'air.

Le chipekwe, qui dormait paisiblement quelques secondes plus tôt, se cabra, arrachant sa longe des mains de son maître abasourdi. Plusieurs soldats se ruèrent en avant pour tenter de calmer la bête, mais celle-ci les écrasa sans plus de cérémonie qu'un humain marchant sur une fourmi.

Le chipekwe baissa sa tête plate, gronda et chargea la porte du Ponant. Le bois sombre se fendit en plusieurs endroits ; tous ceux qui se trouvaient en dessous coururent se mettre à l'abri. Le second impact creusa un énorme trou au milieu de la porte, et plus rien n'empêcha le chipekwe de s'engouffrer dans la brèche.

Durant plusieurs secondes tendues, personne ne bougea.

Puis la ruée commença.

Les réfugiés, les voyageurs et tous ceux qui avaient été refoulés de la ville jaillirent entre ses murs avec l'intensité d'un typhon. La foule était trop massive pour tenir dans la rue se profilant vers la porte, et la charge dégénéra rapidement en une bousculade où les gens n'hésitaient pas à se piétiner pour entrer.

Sans prendre le temps de réfléchir, Malik ceintura Nadia et remonta le flot frénétique de la foule. Un homme tomba à côté d'eux et agrippa Malik par la cheville, manquant de les faire chuter, sa sœur et lui. Il donna un coup de pied au visage de l'homme, et la nausée le prit à la vue du sang qui s'épanchait sous son pied, mais il ne s'arrêta pas de courir.

« Leila ! cria Malik, qui ne voyait nulle part sa sœur aînée dans la cohue. Leila ! »

On entendit retentir d'urgents battements de tambour appelant davantage de soldats dans la zone, et l'adrénaline donna des ailes aux muscles fatigués de Malik. S'éloignant de la furie des tambours, il tourna sèchement à droite et déboula sur la place Jehiza.

Du moins le pensait-il. Dans toutes les histoires que lui avait racontées Nana sur Ziran, un seul endroit était aussi chaotique que celui dans lequel ils avaient pénétré.

Une énorme marionnette de lion en tissu manipulée par une troupe d'artistes de rue rugit au visage de Malik, qui recula vivement et faillit s'étaler dans un stand d'odorants beignets à la muscade. Quelque part à sa gauche, un âne se mit à braire, et des jongleurs lancèrent leurs torches enflammées haut dans le pourpre du ciel.

Au centre de la place, un immense monticule de toutes sortes d'objets du quotidien – restes de chaises brisées, roues de chariot, pierres fendues, bijoux rouillés, sceaux percés, etc. – toisait les festivités telle une Sentinelle sur ses gardes. Le griffon à une aile de Ksar Alahari semblait prendre son envol sur la moindre surface, le bec ouvert sur un cri triomphant.

« Où coures-tu comme ça, petit frère ? l'interpella un homme qui tenait un singe dansant au bout d'une chaîne. Reste là et joue avec nous ! »

Malik pivota sur ses talons, et ils manquèrent de terminer leur course dans un enclos à moutons dont le berger, furieux, les agonit d'injures. Ils ne s'en écartèrent que pour être entraînés dans une grande ronde, au milieu de laquelle un officiant au visage couvert d'un masque de pierre incantait d'une voix gutturale une prière aux ancêtres et à la Grande Mère, les remerciant pour le festival sur le point de commencer.

Des tambours résonnaient, des flûtes trillaient. La sueur, la fumée, l'odeur de la viande grillée, du safran et des fruits trop mûrs saturaient l'air, brouillant tous les sens de Malik. La lumière des lanternes jetait tant d'ombres sur les visages qu'il n'arrivait plus à les distinguer les uns des autres. Nadia et lui se faisaient ballotter dans le courant de la célébration.

C'était en tout point conforme aux descriptions de Nana.

Un cauchemar.

Une main agrippa l'épaule de Malik, qui retint son cri en s'apercevant qu'elle appartenait à Leila, ébouriffée mais tout à fait en vie.

« Vous êtes là ! Venez ! »

Ils pénétrèrent dans une ruelle épargnée par l'agitation générale et passèrent devant un établissement incliné dont la porte était ornée d'un phoque dansant. Malik ne vit la fille qui lui fonçait dessus qu'après qu'ils se furent percutés.

Dans sa chute, Malik se tourna de telle manière que Nadia tomba sur lui et non sur les pavés. La force de la collision fit tanguer le monde autour de lui, mais il n'y avait pas de temps à perdre. Après s'être assuré que Nadia n'avait rien, il se releva et aida sa cadette à faire de même.

« Pardon ! » lança Malik.

La fille porta les mains à son voile marron, qu'elle resserra autour de son menton. La coupe simple de sa djellaba l'identifiait comme une servante, mais la férocité de ses yeux ambrés fit tressaillir Malik. *Des yeux de lion,* se dit-il. Elle avait la peau sombre, comme la terre chaude après les premières pluies du printemps, le nez épaté, les lèvres pleines. Une autre fille se tenait derrière elle et, en retrait, une Sentinelle. La guerrière le pétrifia sur place de son regard noir. Par chance, Leila choisit ce moment pour le tirer derrière le restaurant, où ils s'engagèrent à toute allure dans un petit sentier partiellement masqué par un épais rouleau de tissu. Il adressa des excuses silencieuses à cette fille pour l'avoir laissée aux soins d'une Sentinelle ; son destin était entre les mains de la Grande Mère, désormais.

Malik n'avait aucune idée de l'endroit où ils se trouvaient ou de la distance qu'ils avaient parcourue. Ils arpentaient un labyrinthe de venelles à peine assez larges pour un être humain, qui ne cessaient de tourner et virer. Des spectres hantaient chaque recoin, leurs yeux réduits à deux points de clarté lunaire dans un visage d'ombres. Le sol sous les pieds de Malik s'inclina, et Nadia poussa un cri quand ils commencèrent eux-mêmes à pencher.

« Par ici ! »

Nyeni leur adressait des gestes frénétiques depuis le seuil d'une maison décrépite qui paraissait plus vieille que Ziran. Ils la rejoignirent en courant. Le chipekwe mugit quelque part au loin.

Quand Malik eut suffisamment repris ses esprits pour lever les yeux, des centaines de visages lui rendirent son regard. Il ouvrit la bouche pour crier, mais… un instant. Ce n'était pas des visages – pas réels, en tout cas.

Des masques de toutes formes et tailles imaginables recouvraient les murs de la maison. Malik en reconnut quelques-uns d'Eshra, comme les spécimens en bois qu'utilisaient leurs chamanes avant que les Ziranis ne convertissent son peuple au système des alignements. Quelques-uns cependant représentaient des créatures qu'il n'avait jamais vues, comme ce masque de bélier avec neuf cornes recourbées. Une rangée de sept masques en pierre noire figurait les divinités patronnesses, et Malik salua respectueusement Adanko d'un geste automatique.

« Merci », souffla-t-il.

Nyeni se retourna pour leur faire face, les lèvres retroussées sur un ricanement sauvage.

« Ce n'est pas moi qu'il faut remercier, petit d'homme. »

Et sans autre forme de procès, elle disparut.

Malik, rendu muet par la terreur, considéra bouche bée l'espace que la griotte avait occupé un instant plus tôt et serra Nadia contre lui. Leur aînée se pelotonna contre eux lorsque des ombres s'infiltrèrent dans la pièce par les fissures des murs et que le même bleu clair trop vif, la couleur que Malik avait aperçue dans les yeux de Nyeni, se mit à palpiter à la périphérie de sa vision.

« Par ici ! » cria Leila en fonçant vers la porte.

Malik se jeta vers la sortie, mais s'arrêta *in extremis,* chancelant sur le seuil. Devant lui s'étirait un néant de ciel nocturne et, loin en contrebas, une étendue de terre aussi aride que le désert entourant Ziran.

Cette fois, il n'y avait nulle part où fuir.

4

Karina

La nuit était tombée quand Karina et Aminata parvinrent à Ksar Alahari, où régnait le désordre.

Soit, le mot *désordre* n'était peut-être pas le mieux choisi. Même au plus fort du chaos, l'organisation du majestueux palais demeurait sans faille, administrée par un système méthodique auquel Karina n'avait jamais pris la peine de s'intéresser.

Mais il y avait de la tension dans l'air, mélange explosif de l'excitation de Solstasia et de l'appréhension croissante que ressent tout hôte peu avant l'arrivée des premiers invités. Les couloirs sinueux du palais débordaient de serviteurs courant en tous sens, criant qu'il fallait plus d'oreillers dans la chambre de tel ambassadeur, ou que telle cuisine n'avait pas encore reçu ses oignons. D'autres domestiques récuraient furieusement les complexes mosaïques zellige qui ornaient les murs, et même les puissantes arches en albâtre noir et blanc drapées de guirlandes de laurier-rose en fleur semblaient frémir d'anticipation.

Malgré l'agitation, Farid trouva le temps de la réprimander.

« De toutes les choses stupides, imprudentes, irresponsables, stupides…

— Tu as déjà dit “stupides”. »

Karina n’avait jamais vu un visage virer au violet, mais Farid s’approchait rapidement de cette teinte. L’intendant de Ksar Alahari était un homme tout en angles curieux et en membres trop longs qui donnaient à sa colère un côté comique. Ses cheveux bruns impeccablement peignés en arrière et son long visage aux traits tirés par les soucis le faisaient paraître une décennie plus vieux que ses 27 ans.

Farid se passa les mains sur les joues en guidant Karina le long d’un chemin bordé de bassins-miroirs où flottaient des pétales de rose. Il dut respirer profondément avant de pouvoir reprendre la parole. « La Grande Mère me vienne en aide, une bousculade… au marché de la Rivière, comme par hasard.

— Tu dis ça comme si je savais que ça allait se produire, ce qui n’est pas le cas, je t’assure.

— Tu aurais pu être piétinée à mort ! Ou poignardée ! Imagine qu’une de tes migraines t’ait terrassée avant que la Sentinelle t’ait trouvée. » Farid croisa les bras sur sa poitrine. « Imagine ce qui se passerait si l’on apprenait que la princesse héritière de Ziran était morte quelques heures avant Solstasia. Oh, je sens que mon ulcère s’aggrave.

— Tu n’as pas d’ulcère, Farid.

— J’en aurai bientôt un, à ce rythme ! »

L’intendant continua de radoter, mais Karina ne l’écoutait plus. La nouvelle égratignure qu’avait récoltée l’oud de Baba quand ce garçon sale lui était rentré dedans l’inquiétait davantage. Fort heureusement, l’instrument n’en avait pas plus souffert que cela, mais elle ignorait combien de ces mauvais traitements il pourrait encore encaisser avant de devenir définitivement inutilisable. Rien de ce que Farid aurait pu dire ne pouvait lui inspirer une peur comparable à la perspective de perdre le dernier présent de Baba.

« Et toi, Aminata, tu as mieux à faire qu'encourager un tel comportement », tempêta Farid. La suivante baissa les yeux tandis que la princesse levait les siens au ciel. Farid n'occupait le poste d'intendant du palais que depuis cinq ans, mais il prenait déjà son rôle bien trop au sérieux. Pour Karina, il resterait le garçon effacé qui avait grandi avec Hanane et elle. De plus, lui comme elle savaient qu'il était bien trop sensible pour la punir de façon significative.

Ça, c'était le boulot de la Crécerelle.

La jeune fille fut soulagée de voir la commandante Hamidou partir, fût-ce pour aller prévenir la reine de son retour. La commandante était l'une des rares Sentinelles qui gravitaient régulièrement autour de la sultane, mais Karina n'était pas à l'aise en sa présence pour autant. Elle les avait suivies en silence depuis le marché de la Rivière, et maintenant qu'elle n'était plus là, Karina avait l'impression de respirer plus librement.

À la seconde où Aminata les quitta à son tour pour aller se préparer à l'apparition de la comète, Farid recommença à se faire du mauvais sang.

« Est-ce moi, le problème ? se demanda-t-il à voix haute. As-tu décidé de consacrer ta vie à compliquer la mienne ? »

L'esprit ailleurs, comme chaque fois que Farid la sermonnait, Karina observa les témoignages d'un millier d'années de règne des sultanes dans les œuvres d'art qui les entouraient. Chaque reine avait gagné sa place sur ces murs, et un jour les descendants de Karina se tiendraient ici et contempleraient son propre ajout à l'histoire familiale.

Un honneur que ne connaîtrait jamais Hanane, morte dans les flammes d'un incendie. La douleur omniprésente à l'arrière de son crâne redoubla, lui tirant une grimace.

« Est-ce que tu m'écoutes ? » la tança Farid.

Karina réprima le besoin de se masser les tempes. Les Lune-alignés avaient la réputation d'être calmes et posés, mais elle avait l'art de le faire sortir de ses gonds. « Absolument pas. »

En tant que principal administrateur du palais, l'intendant supervisait la vie quotidienne de l'héritière du trône. Au cours des cinq dernières années, Karina et Farid s'étaient enferrés dans une confortable routine consistant, pour lui, à établir à son intention des programmes détaillés et, pour elle, à les ignorer. Il ne se passait pas un jour où elle ne l'avait entendu déclarer qu'une vie à s'occuper d'elle le rapprochait inexorablement d'une mort prématurée.

L'intendant soupira et ajouta d'une voix plus douce : « Qu'est-ce qui se passe, Karina ? Ces dernières semaines, tu t'es comportée de façon particulièrement irréfléchie – plus que d'habitude. Tu as manqué tes leçons...

— Elles sont ennuyeuses.

— ... on t'a surprise avec des garçons d'écurie...

— Engages-en de moins jolis.

— ... ce qui serait déjà assez grave en temps normal, mais je ne peux pas traiter les nombreuses demandes qui affluent au palais pour Solstasia si je passe la moitié de la journée à te courir après. » Farid posa la main sur son épaule. « Tu sais que si quelque chose te tracasse, tu peux m'en parler, n'est-ce pas ? »

De nouveau ce ton doucereux que Karina détestait. L'eût-elle voulu, elle n'aurait pas pu dire à Farid ce qui n'allait pas, pour la simple et bonne raison qu'elle ne voyait pas quoi. L'arrivée de la saison des orages la mettait en ébullition, mais c'était le cas tous les ans. Et ce n'était pas non plus le vide qui la rongeait chaque fois qu'elle se rappelait l'excitation de Baba et Hanane à la perspective de Solstasia, qu'ils ne verraient jamais plus.

« Tu pourrais me laisser participer à certains événements, suggéra Karina. Ainsi tu ferais d'une pierre deux coups. Comme au wakama ! J'excelle à ce sport. »

Le wakama était une des rares activités physiques que la jeune femme était autorisée à pratiquer, depuis que la Crécerelle avait décidé, peu après l'incendie, qu'il était trop dangereux pour elle de s'entraîner avec de vraies armes. Toutes les précédentes princesses, y compris Hanane, avaient étudié l'escrime, mais aucune d'elles n'avait été enfermée dans un cocon protecteur comme l'était Karina.

Farid secoua la tête. « Tu sais bien que je ne peux pas faire ça », dit-il, avec néanmoins une note de compassion dans la voix.

Bien qu'elle ait proposé cela pour plaisanter, une pointe de déception la traversa. Elle croisa les bras et détourna les yeux de Farid.

« Alors je suppose que tu vas devoir libérer plus de temps dans ton planning pour me courir après. »

La commandante Hamidou avait largement eu le temps de prévenir la Crécerelle de leur arrivée. Karina considéra la porte tout en battant des doigts sur sa cuisse le rythme d'une nouvelle chanson qu'elle avait apprise récemment.

La plupart des filles avaient des familles – des sœurs pour leur apprendre des choses, des cousins et des cousines avec qui grandir, des grands-parents pour leur raconter des histoires.

Karina n'avait personne d'autre que la Crécerelle, et elles ne parlaient pas. Quand sa mère avait quelque chose à lui dire, elle lui faisait passer le message par Farid ou par un serviteur.

Mais la reine avait spécifiquement ordonné à la Sentinelle de la lui ramener. Les occasions de lui parler en privé étaient suffisamment rares pour que la curiosité de Karina supplante la peur à l'idée de ce que sa mère pourrait lui faire.

« Sérieusement, Karina, je me suis fait un sang d'encre », déclara Farid.

La princesse grogna et examina nonchalamment la boîte de son oud. « Je suis sortie à peine une heure, ça ne valait pas la peine de s'inquiéter.

— Je m'inquiète toujours pour toi », dit-il d'une voix radoucie.

Une émotion dont Karina ignorait le nom lui noua la gorge. Elle se l'éclaircit et répliqua : « J'apprécie ta sollicitude, mais ça ne rentre pas dans tes attributions.

— Ce n'est pas comme si je pouvais m'en empêcher, soupira-t-il. Tu sais, Hanane disait toujours que…

— Ne t'avise pas », l'avertit-elle, et son élan d'affection retomba.

Hanane avait peut-être été la meilleure amie de Farid, mais aussi la sœur de Karina. Les gens avaient la désagréable habitude de n'invoquer son souvenir que comme une arme.

La princesse et l'intendant se défièrent du regard. Leur histoire commune était devenue un gouffre infranchissable. Farid avait été placé à Ksar Alahari après la mort de ses parents, le Mwale et la Mwani de la famille Sibari, des années avant la naissance de Karina, et il avait été très proche de Hanane. Parmi ses premiers souvenirs, elle se rappelait comment elle leur courait après de son pas incertain et comment elle pleurait chaque fois qu'ils la semaient.

Mais la décennie qui s'était écoulée depuis l'incendie les avait changés tous les deux, et à présent toute trace du garçon dégingandé que Karina avait connu avait disparu.

Le grincement du vieux bois brisa le silence, et la commandante Hamidou passa la tête par l'entrebâillement de la porte. « Votre Altesse, Haissa Sarahel est prête à vous recevoir. »

Le jardin de la Crécerelle avait autrefois été l'endroit préféré de Karina. Ç'avait été leur terrain de jeu, à Hanane et elle, l'espace favori de Baba pour pratiquer sa musique et l'unique refuge de leur famille à l'abri des yeux indiscrets de la foule.

C'était en réalité une petite forêt de saules aux branches basses, de pins à l'odeur suave et d'autres plantes qui n'auraient jamais pu survivre dans un tel climat aride sans les soins experts de la Crécerelle. Karina n'y venait plus que rarement ; les seules personnes qui fréquentaient l'endroit étaient la Crécerelle elle-même, cinq serviteurs de confiance qui s'occupaient des plantes quand la reine ne le pouvait pas, et le conseil royal lorsque la sultane tenait réunion dans ses quartiers plutôt que dans le Marbre.

Sa mère présidait une telle réunion quand Karina et Farid approchèrent. Assis autour d'une longue table sous une pagode en fer forgé couronnée de lys parfumé, les membres du conseil royal débattaient avec passion autour d'une carte de Ziran déployée devant eux.

« Le trajet de la parade doit passer devant l'université, sans quoi la famille Chellaoui menace de retirer son financement du nouveau bimaristan ! Et si nous ne le construisons pas, nous n'aurons jamais assez d'hôpitaux pour satisfaire la demande croissante.

— Mais cela impliquerait de mobiliser plus de gardes dans le quartier de l'Université, et il n'en resterait pas assez pour canaliser les foules à l'ouest, surtout si vous tenez compte du nombre de soldats blessés durant la bousculade d'aujourd'hui ! »

Karina et Farid s'arrêtèrent à l'entrée de la pagode. Chacun des membres du conseil porta trois doigts à ses lèvres puis les posa sur son cœur, signe de respect à l'adresse de la princesse héritière. La Crécerelle n'accorda à sa fille que le plus fugace des regards avant de reporter son attention sur la dispute.

« Nous ne pouvons pas prendre le risque de mettre la parade en péril pour satisfaire les demandes ridicules des Chellaoui », affirma la grande viziresse Jeneba al-Bkhri en plantant son doigt dans la carte.

Rien dans son apparence ne laissait deviner que cette femme menue au visage en forme de cœur était la deuxième personne la plus puissante à Ziran, mais lorsqu'elle ouvrait la bouche, la voix impérieuse qui en sortait faisait trembler même les hommes les plus aguerris.

« Mais le bimaristan doit…

— Assez. »

Un seul mot de la Crécerelle réduisit le conseil au silence. Le visage parfaitement impassible, elle déplaça une des figurines sur la carte.

« Nous allons repousser le concert de percussions au troisième jour afin de laisser à la procession le temps de passer par l'université. Un contingent de cent soldats supplémentaires des garnisons sud-est viendra renforcer la zone pour tenir compte de ces nouvelles dispositions. En échange de quoi, la famille Chellaoui doublera le montant de sa donation pour le bimaristan. Passons au point suivant à l'ordre du jour. »

La Crécerelle dirigea le reste de la conversation de cette manière, prompte à solutionner chaque problème que lui soumettait le conseil. En quelques minutes, elle réorganisa le programme des festivités, alloua davantage de fonds aux auberges qui avaient déjà dépassé leurs capacités d'accueil et ébaucha une déclaration accordant un droit de passage exceptionnel aux diplomates étrangers dans les territoires ziranis – foisonnement de noms et de chiffres que Karina eut du mal à suivre.

Et tout du long, sa mère ne la regarda pas une seule fois.

« … et ce sera tout pour aujourd'hui. » Les yeux de la Crécerelle se posèrent enfin sur sa fille, qui se sentit écrasée sous leur poids. « À moins que l'un de vous ait une question urgente à me soumettre, vous pouvez disposer. Nous nous reverrons ce soir. »

Le conseil quitta le jardin. Farid s'apprêta à lui emboîter le pas quand la reine l'arrêta. « Farid, attends. »

L'intendant se figea à l'approche de la Crécerelle. Même lui, malgré sa grande taille, devait lever les yeux pour croiser le regard de la sultane.

« Tu n'as pas bien dormi, ces derniers temps. » C'était une affirmation, pas une question ; les insomnies de Farid n'étaient un secret pour personne au palais.

« Ni mieux ni moins bien que d'habitude, Majesté, concéda-t-il.

— Mal, donc. Essaie de te reposer, ce soir. Tu ne me seras d'aucune utilité si tu te tues à la tâche. »

Farid baissa les yeux. « Entendu, Majesté. »

La Crécerelle posa la main sur l'épaule de Farid, et ce simple geste fit résonner une horrible voix aux oreilles de Karina. *C'est moi, ton enfant, pas lui !* rugit-elle. Elle n'en fut pas moins honteuse de sa jalousie. Ses parents avaient élevé Farid lorsque les siens étaient morts et qu'il n'y avait eu plus personne au sein de la famille Sibari pour s'occuper de lui ; si quelqu'un méritait l'affection de sa mère, c'était lui. Cependant, l'envie de Karina demeura vive, même quand l'intendant s'inclina une dernière fois devant la Crécerelle et lança à la princesse un regard d'encouragement avant de quitter le jardin.

Plusieurs minutes s'écoulèrent en silence, durant lesquelles Karina s'efforça de ne pas tambouriner des doigts. Il y avait tant de choses qu'elle souhaitait lui dire, mais personne n'adressait la parole à la sultane à moins qu'elle ne l'ait fait la première. La Crécerelle était simplement vêtue, ce jour-là, d'un cafetan noir brodé de motifs floraux rouges spiralés. Elle arborait pour seul bijou sa chevalière en argent, qu'elle portait toujours à la main de son symbole Terre-aligné. Malgré cela, elle exsudait une autorité royale que Karina avait souvent tenté de posséder elle-même – sans grand succès.

Au moment où le silence devenait insupportable, la Crécerelle se leva de sa chaise et passa devant Karina.

« Par ici. »

La jeune fille s'enfonça dans le jardin à la suite de sa mère. Si l'on faisait abstraction du bruit de fond des festivités de la Veille de Solstasia qui se produisaient partout dans Ziran, seuls leur parvenaient les roucoulements des engoulevents dans la canopée. Le silence de sa mère inquiétait Karina davantage que toute réprimande ; les mots, elle savait gérer, mais le silence était une bête contre laquelle elle était désarmée.

Elles s'arrêtèrent près d'une large fontaine en forme de soleil, dont les eaux calmes reflétaient le ciel de ce début de soirée. La Crécerelle s'assit au bord du bassin et fit signe à sa fille de la rejoindre.

« J'ai entendu dire que tu étais allée au *Phoque dansant*. »

Karina se figea et évalua les probabilités pour qu'il s'agisse d'une sorte de piège. « C'est vrai. »

À la stupéfaction de la princesse, un petit sourire se dessina sur les lèvres de sa mère, qui effaça plusieurs années de son visage. « C'est toujours aussi dégoûtant qu'à l'époque où ton père y jouait ?

— Parfaitement répugnant », répliqua Karina sans parvenir à masquer la surprise dans sa voix. C'était plus que sa mère n'avait dit de Baba depuis des années, et elle ne savait pas trop quoi faire de cette information. Tout comme elle ignorait ce qui avait bien pu pousser ses parents à s'aventurer dans les plus bas quartiers de Ziran. Karina invoqua l'image de Baba au même âge qu'elle, le cheveu noir et l'œil rieur. Elle essaya de s'imaginer la Crécerelle à 17 ans et n'y parvint pas.

« Pourquoi ? »

La jeune fille sentit toute la raideur contenue dans ce mot.

« Pourquoi quoi ?

— D'après ce qu'on m'a rapporté, tu as investi beaucoup de temps dans cette carrière officieuse. Pourquoi ?

— Parce que... »

Parce que remplir son cœur de musique était la seule activité qui lui donnait l'impression d'être elle-même, ces derniers temps. Parce que Ksar Alahari était davantage une tombe qu'un foyer, et que nulle part entre ses murs elle ne pouvait fuir les cicatrices de leur passé.

Mais Karina ne pouvait pas dire cela, alors elle répondit : « Je voulais voir si j'étais assez bonne pour me mesurer à des musiciens professionnels. »

L'explication ne sembla pas amuser sa mère. « Et t'est-il venu à l'esprit que plutôt que de poursuivre cette chimère, tu aurais mieux employé ton temps à approfondir tes études ?

— Je...

— Tes notes sont passées sous la moyenne en histoire et en économie, et les autres matières ne sont pas loin de connaître le même sort. Crois-tu que te “mesurer à des musiciens professionnels” soit plus important qu'apprendre à régner ? »

Devant le silence de sa fille, la Crécerelle ouvrit la main. « Donne-la-moi.

— Quoi donc ? demanda Karina en maudissant sa petite voix étranglée.

— Donne-moi la bourse. »

Karina lui tendit l'escarcelle du barde. La Crécerelle plissa les yeux à la vue de la misérable pile de dairas que Karina avait été si fière de gagner plus tôt dans la soirée.

« Je la garde.

— Vous ne pouvez pas faire ça ! »

La reine leva un sourcil. Elle n'avait pas besoin de dire ce qu'elle et sa fille savaient toutes deux – qu'en tant que mère et sultane, elle pouvait faire ce qui lui plaisait.

« Tout ce que tu possèdes appartient à notre peuple et à notre ville, dit la Crécerelle en remettant les pièces dans la bourse. Cela vaut aussi pour l'argent que tu as caché dans ta chambre. Tu peux cependant garder le livre. Un peu de lecture ne te fera pas de mal.

— Vous savez, pour l'argent ?

— Il ne se passe rien dans cette ville dont je ne sois au courant. »

Sa mère faisait toujours ça, dépouiller petit à petit le monde de Karina de tout ce qu'elle aimait, jusqu'à le transformer en un désert aride. Avant, la tendresse de Baba compensait la discipline de la Crécerelle, mais elle n'avait plus aujourd'hui que les regards froids et le silence – tant de silence. Le rêve de Karina de gagner assez d'argent pour quitter Ziran avait toujours été un plan sur la comète au mieux, mais même ça lui était désormais interdit.

Quand Karina releva les yeux, sa mère observait sa chevalière. Le griffon embossé à la surface de l'anneau semblait darder sur la jeune fille un regard déçu.

« Karina, je ne peux pas nier que ces dernières années ont été… éprouvantes pour nous deux. »

Avec n'importe qui d'autre, la jeune fille aurait éclaté de rire. Les premières années après l'incendie avaient passé dans un épais brouillard. Elle en gardait cependant le souvenir très net d'avoir ardemment désiré un réconfort qui n'était jamais venu. Karina avait fait de sa douleur une épée prête à pourfendre quiconque osait s'approcher. Mais sa mère avait fait de la sienne une muraille que nulle épée, fût-elle tranchante, ne pouvait entamer.

Karina avait arrêté d'essayer d'escalader cette muraille voilà bien des années.

« J'ai vu le réconfort que tu trouvais dans ces passe-temps, aussi les ai-je laissés te distraire de tes devoirs. Mais c'en est fini. Tu as maintenant 17 ans, et je n'accepterai plus une telle médiocrité de la part de la future sultane de Ziran. »

La gorge de Karina se serra. Médiocre. Sa propre mère la trouvait médiocre.

« Notre peuple mérite mieux que ce que tu m'as montré jusqu'à présent. Tu n'as même pas témoigné le moindre intérêt pour Solstasia, alors qu'il s'agit de notre plus importante coutume.

— Qu'est-ce que ça change, que je m'intéresse à Solstasia ou non ? explosa Karina. Ce n'est qu'un festival comme un autre.

— ... un festival comme un autre ? »

Une émotion inconnue de Karina assombrit le visage de la Crécerelle, et les plantes autour d'elles semblèrent s'incurver vers la forme menaçante de sa mère. La reine se leva et fit courir sa main sur le socle de la fontaine. Elle s'arrêta sur une petite indentation qui portait la marque du griffon, contre laquelle elle appuya sa bague.

« Malgré tout, nous sommes toujours debout. »

Les dalles sous les pieds de Karina se dérobèrent dans la fontaine, révélant un escalier qui s'enfonçait dans la terre. « Qu'est-ce que... ! »

Sa mère descendit les marches plongées dans la pénombre, Karina sur ses talons. La pierre du passage était plus rugueuse que le grès habituel de Ksar Alahari, et l'air humide frisait les boucles argent de Karina. Le bruit d'un cours d'eau furieux se répercutait autour d'elles.

« Pourquoi Grand-mère Bahia a-t-elle fondé Ziran ? » demanda la Crécerelle en décrochant une torche du mur. Pour le reste du monde, Bahia Alahari incarnait une figure légendaire, mais aux yeux de ses descendants, elle était avant tout un membre de la famille, auquel on se référait toujours ainsi.

« Elle voulait créer un havre de paix à l'abri de la tyrannie de l'Empire kennouan.

— Comment Grand-mère Bahia a-t-elle fondé Ziran ?

— En remportant la guerre contre le pharaon et le Roi sans visage… c'est ça ? »

Quand elles atteignirent le bas de l'escalier, la Crécerelle se tourna vers sa fille. La lumière de la torche jetait des ombres mouvantes sur son visage, le rendant méconnaissable.

« Voici comment Grand-mère Bahia a fondé Ziran. »

Sa mère leva la torche bien haut. Devant elles, des milliers de tessons de céramique composaient une fresque étincelante haute de près de deux étages. Aux motifs d'oiseaux hurlants rubis et de serpents émeraude enroulés se mêlaient des lignes irrégulières et des symboles complexes que Karina n'avait jamais vus. À la limite de la zone éclairée par la torche, elle aperçut des eaux tourbillonnantes d'un noir d'encre qui disparaissaient dans les ténèbres.

« C'est quoi, cet endroit ? souffla Karina.

— Le Sanctuaire de la reine. »

La Crécerelle s'arrêta devant la représentation d'un homme surmonté d'une coiffe en or élaborée et tenant le soleil et la lune dans ses mains étendues. Treize silhouettes masquées vêtues de noir s'agenouillaient en cercle autour de lui.

« Pendant des millénaires, les pharaons de Kennoua ont régné sur l'Odjubai et tous ceux qui y vivaient. » Quoique réduite à un murmure, la voix de la Crécerelle résonnait dans le Sanctuaire de la reine plus fort qu'un tremblement de terre. « Ils avaient rejeté les bénédictions de la Grande Mère pour se déclarer des dieux parmi les mortels. Le pharaon était à un roi ce que l'océan est à la mare. »

Karina vint se placer à côté de sa mère et montra les silhouettes masquées.

« Qui sont-ils ?

— L'Ulraji Tel-Ra. Des sorciers qui avaient juré allégeance au pharaon, qu'ils reconnaissaient comme leur dieu unique. » La Crécerelle resserra sa prise sur la torche.

« Des sorciers ? » Karina attendit que sa mère lui explique qu'il s'agissait d'une sorte de légende, mais la reine se contenta de hocher la tête.

Quand les Ziranis évoquaient la guerre du Pharaon, ils avaient tendance à se concentrer sur le triomphe final de Bahia. Mais la mosaïque montrait l'intégralité de cette histoire sanglante, dont la violence et les massacres imprégnaient chaque image. À gauche de Karina, un champ d'esclaves besognant sous le soleil ; à sa droite, Bahia versant des larmes au milieu d'un champ de bataille baigné de sang.

Sur toutes les représentations du Roi sans visage, la figure de ce dernier avait été grattée, perdue pour l'histoire.

« Pourquoi avons-nous fait ça ? » chuchota Karina. Elle posa la main contre une concentration de tessons rouge sang s'écoulant du cou blessé d'un esclave, puis toucha sa propre gorge au même endroit. Ziran était la plus jeune des grandes puissances de Sonande. Son peuple avait relevé la tête après les horreurs perpétrées sous la loi kennouane pour construire quelque chose de nouveau, un lieu contenant des bribes de toutes les cultures du désert, et cependant unique. Mais cette fresque existait pour lui rappeler qu'il avait oublié des pans entiers de sa propre histoire. Même un millénaire de progrès ne pouvait effacer cela.

« Le passé dévore ceux qui sont assez naïfs pour le négliger. » La Crécerelle baissa la torche et se tourna vers Karina. « Mais ce n'est pas la seule chose que je souhaite te montrer. Il est temps que tu apprennes pourquoi nous assurer que Solstasia advienne est la tâche la plus importante qui incombe à notre famille. »

La Crécerelle appliqua sa chevalière contre une autre indentation, et une portion de la fresque se déroba. Un souffle d'air chargé d'une très légère odeur d'humus caressa le visage de Karina, alors qu'apparaissait devant elle une étendue de sable infinie sous un ciel étoilé. Le Rempart n'était nulle part en vue.

La Crécerelle l'encouragea d'un geste. « Vas-y. »

L'envie irrépressible de faire demi-tour qui saisissait souvent Karina à l'approche du Rempart se rappela à elle, mais elle ne put s'empêcher de ressentir l'appel de ces kilomètres de liberté qui s'étendaient devant elle.

Elle avança d'un pas, puis d'un autre.

Elle pourrait aller où bon lui semblait. À Osodae, à Kissi-Mokou, à Talafri. Toutes ces cités étaient à sa portée.

Elle saurait enfin si l'océan est aussi bleu que Baba le lui avait promis.

Un pas de plus.

Une sensation semblable à une douche glacée figea Karina sur place. Sa peau fut parcourue d'un fourmillement. Une nausée soudaine lui donna un haut-le-cœur. Malgré ses efforts, elle ne parvenait pas à franchir la ligne où la pierre noire rencontrait le sable clair. Elle essaya d'y passer la main – tout était là, tout ce qu'elle avait toujours voulu était *juste là* –, mais son geste fut empêché par un mur invisible. Les yeux agrandis par l'horreur, elle fit face à la Crécerelle.

« Vous n'avez jamais quitté Ziran », souffla-t-elle.

Sa mère détourna le regard. « Je me suis fait une raison il y a des années. »

Toutes les histoires que Karina connaissait de sa famille lui revinrent d'un coup, et le lien entre elles lui sauta aux yeux : à l'exception des légendes de Bahia Alahari, toutes s'étaient produites à l'intérieur des limites de la cité. Karina avait toujours cru que ses ancêtres avaient choisi d'y demeurer.

Mais cela n'avait rien d'un choix.

Elles étaient enfermées.

5

Malik

Malik et ses sœurs se pelotonnèrent les uns contre les autres alors que des ombres s'infiltraient dans la pièce par les fissures des murs et formaient des flaques d'encre noire agitée sur le sol. En entendant les bavardages des spectres autour de lui, Malik serra les paupières et se récita le mantra auquel il se raccrochait quand les apparitions devenaient trop effrayantes.

Respire. Reste présent. Reste ici.

Ça n'était pas réel. Ça ne l'était jamais.

Il ouvrit les yeux. Une autre paire d'yeux, brillants comme deux morceaux de charbon tout juste allumés et fendus en deux par le milieu, le dévisageait à travers le miasme.

« Tu es plus petit que je le pensais. »

La voix détonna comme un écho dans une carrière à ciel ouvert. Les ombres se dressèrent et se mirent à tourbillonner, s'agrégeant pour former une immense silhouette serpentine dont la tête s'étirait vers le haut. Le plafond de la maison délabrée avait disparu, remplacé par un ciel nocturne tel que Malik n'en avait jamais vu. Les constellations qu'il avait apprises enfant étaient bien là, mais fragmentées, comme reflétées dans un miroir brisé. Une lumière bleutée inquiétante, identique à celle des yeux de Nyeni, palpitait sur les bords irréguliers du ciel.

Le serpent aux écailles d'un noir iridescent s'approcha de Malik d'un mouvement sinueux et baissa sa tête aussi grosse qu'une vache au niveau de son regard. L'air chaud et corrosif qui lui sortait des narines déclencha chez le jeune homme une quinte de toux qui le secoua des pieds à la tête.

« Détends-toi, mon garçon. L'heure de ta mort n'est pas venue. »

Quoique tremblante elle-même, Leila s'interposa entre la créature et ses deux cadets. Un liquide chaud et humide coula le long du flanc de Malik ; Nadia s'était souillée de peur. Elle sanglotait à présent dans son épaule, les ongles plantés dans sa chair.

Le serpent leva les yeux au ciel. « Ça ira peut-être plus vite si j'adopte une forme plus agréable à votre engeance. »

Les ombres s'entrelacèrent à son corps et, quand elles s'évaporèrent, une créature humanoïde se tenait au milieu de la clairière. La peau de serpent avait mué en un riche ocre brûlé, qui soulignait un menton arrogant et des sourcils effilés. Des mèches blanches saillaient du turban de la créature, et une longue robe brune drapait sa silhouette élancée. Les yeux étaient cependant restés les mêmes : tranchants et serpentins.

« C'est mieux comme ça ? » demanda la créature d'une tessiture à présent humaine.

Nadia poussa un glapissement lorsque Malik tomba à genoux. Son esprit s'était mis en pause, sidéré par ce que voyaient ses yeux. Cette hallucination surpassait toutes les autres, mais ce n'était rien d'autre que le fruit de son cerveau en surchauffe. Il allait se réveiller d'un instant à l'autre de ce cauchemar et se rendre compte qu'il se trouvait toujours dans le chariot ou mort écrasé sous les pas d'un chipekwe. N'importe où sauf ici.

« Je crois que des présentations s'imposent, dit la créature. Mon nom est plus vieux que la terre et plus long que le ciel, mais vous pouvez m'appeler Idir, roi de tout ce que vous voyez devant vous. Bienvenue dans mon humble domaine. »

Les spectres s'étaient disposés en arc de cercle derrière Idir, leurs cœurs rouges palpitant à l'unisson. Malik attendait que Leila lui aboie que ces choses dans sa tête ne pouvaient rien contre lui et lui confirme que tout ceci n'était pas en train d'arriver. Mais Leila fixait toujours Idir, ses bras protecteurs étendus devant son frère et sa sœur.

« C-c-c'est un honneur de paraître devant vous, Majesté », articula Leila. Voir sa sœur soutenir le regard d'un véritable monstre sans arme ni bouclier donna à Malik la force de lever les yeux à son tour.

« Vous êtes quoi ? demanda Nadia, la lèvre tremblante, et la créature la considéra de ses yeux plissés.

— Que crois-tu que je sois, mon enfant ?

— Un monstre. »

Idir pouffa. « Une observation astucieuse. Il me semble bien être ce que vous autres appelez un obosom.

— Je vous en prie, Majesté, nous n'avions aucune intention de profaner votre domaine », dit Leila. Malik, pendant ce temps, essayait de se rappeler tout ce qu'il savait sur les abosom. Il s'agissait d'une espèce d'esprit de la nature liée à un lieu en particulier, comme une rivière ou une montagne, d'un pouvoir moindre que celui des divinités patronnesses, mais plus puissant que l'esprit moyen. Dans les vieilles légendes, ils exigeaient le respect des humains qui vivaient à proximité de leur foyer, et pouvaient se révéler mortels quand cette condition n'était pas remplie. Malik n'avait néanmoins jamais entendu parler d'Idir.

« S'il vous plaît, laissez-nous repartir, poursuivit Leila.

— Vous oui, mais pas elle. » Idir pointa une griffe de la couleur du fer dans la direction de Nadia, qui gémit et enfouit son visage dans l'épaule de Malik. « Elle a reçu un présent magique alors qu'elle se trouvait sur mes terres, et elle doit maintenant s'acquitter du paiement. »

C'était complètement absurde. Nadia n'avait rien reçu de... Malik hoqueta. Le cercle de la conteuse. Le chipekwe était resté docile jusqu'au moment où Nadia avait formulé son souhait devant Nyeni. Son estomac se retourna, cette fois d'indignation et non de peur.

« Elle n'a fait ce vœu que parce que la griotte le lui a offert !

— Le raisonnement est hors de propos, contra Idir. L'important, c'est que le vœu a été accordé. Ainsi que l'énoncent les Anciennes Lois, toute personne qui voit sa requête satisfaite par la magie doit me payer un tribut. La fille a eu ce qu'elle voulait. À présent, elle est mienne. » L'obosom regarda tour à tour Malik et Leila. « Vous deux êtes cependant libres de partir.

— Reprenez son vœu, plaida Leila alors que Malik resserrait sa prise sur Nadia. Nous retournerons à l'extérieur des murs et tout redeviendra comme avant. »

Une étincelle de malice traversa les yeux de l'esprit. « Ce n'est pas comme ça que ça marche. »

Idir fit un geste de la main, ses doigts se refermant comme un grappin, et une douleur se répandit dans les bras de Malik. Nadia poussa un cri perçant, son corps irrésistiblement entraîné vers l'esprit qui semblait tirer un fil invisible. Malik s'agrippa à elle de toutes ses forces, mais la souffrance, trop forte, l'obligea à la lâcher, et Nadia fut projetée à travers les airs comme si elle ne pesait pas plus lourd qu'une poupée de chiffon. Leila se jeta en avant, mais plusieurs spectres la repoussèrent.

Nadia était suspendue entre ciel et terre, ses cheveux sombres déployés sous elle, ses gémissements déchirant la nuit. Ses cris convainquirent Malik de la réalité de la situation – nulle hallucination n'aurait pu faire hurler sa sœur de douleur ainsi. Réprimant un sanglot, il fouilla frénétiquement le fatras de ses pensées en quête d'une idée, n'importe laquelle, qui puisse sauver Nadia.

Tout ce qu'il savait des monstres, il l'avait appris dans les légendes.

Et dans les légendes, les monstres pouvaient être vaincus.

« Attendez ! » s'écria Malik au moment où Idir tendait le bras pour s'emparer de Nadia.

L'obosom s'interrompit. « Oui ?

— Un marché... » La voix de Malik se fêla. Il s'éclaircit la gorge avant de poursuivre. « Et si nous passions un marché avec vous ?

— Que pourriez-vous avoir à offrir qui m'intéresse ?

— N'importe quoi. Demandez-nous ce que vous voulez, et nous le trouverons. » Une voix dans sa tête qui ressemblait étrangement à celle de Papa lui enjoignit de se taire avant d'empirer les choses, mais il continua néanmoins. « Si nous réussissons, elle sera libre et vous nous laisserez tranquilles.

— Intéressant. Et si vous échouez ?

— Si nous échouons, vous gardez Nadia, et moi en prime. » Tant la voix que le corps de Malik tremblaient. « Vous n'avez rien à perdre. Si nous réussissons, vous obtiendrez ce que vous désirez. Si nous échouons, vous nous aurez tous les deux sans lever le petit doigt. »

Une ride s'était formée entre les sourcils de Leila ; Malik voyait bien que sa proposition ne plaisait pas du tout à sa sœur aînée. Mais pour une fois, au lieu de le réprimander, elle demeura silencieuse, considérant tour à tour son frère et l'esprit.

Malik serra et desserra les poings, qu'il aurait désespérément voulu refermer sur la lanière de sa sacoche. Les étoiles frémirent dans le ciel lorsque Idir contourna le corps lévitant de Nadia pour s'arrêter à quelques centimètres de Malik.

« Es-tu disposé à faire tout ce que je te demanderai, sans même connaître les termes de notre accord ? »

Malik contempla la créature courbée au-dessus de lui. Ils semblaient liés par le lien fragile qui unit le prédateur et sa proie l'instant précédant la mise à mort. Sous la peur et la confusion qui se disputaient son cœur, Malik découvrit une autre émotion, une forme plus puissante de la force qui l'avait entraîné lorsqu'il avait entendu l'appel de Nyeni. L'intensité de ce sentiment le terrifia, mais il l'étouffa quand ses yeux croisèrent ceux de l'obosom.

« Je ferais n'importe quoi. »

Idir tendit la main, et il fallut un moment à Malik pour comprendre qu'il était censé la serrer.

« Faisons un pacte de sang. »

Un pacte de sang engageait irrémédiablement son contractant ; s'il le rompait, son cœur s'arrêterait purement et simplement de battre. Tout en Malik lui hurlait de refuser le marché, mais son regard tomba sur la silhouette fragile de Nadia, et il attrapa la main d'Idir. La peau de la créature dégageait une chaleur surnaturelle, comme un morceau de viande laissé trop longtemps au soleil.

« Je promets d'accomplir toute tâche que vous me confierez, quelle qu'elle soit. »

Les yeux d'Idir s'assombrirent. « Un conseil, mon garçon : ne conclus jamais un marché avant d'en connaître les termes. »

La griffe de l'obosom perça la peau de Malik, dont le bras fut traversé par un éclair de douleur tandis que son sang s'écoulait dans la paume d'Idir. Là où l'esprit avait touché la peau du jeune homme apparaissait désormais un tatouage de spectre, noir comme l'encre et de la taille approximative de son poing fermé. La mâchoire de Malik se décrocha quand la marque se détacha de son corps et se transforma en une dague à la lame courbe et à la poignée dorée, avant de réintégrer sa peau sous forme de tatouage et de se glisser sous la manche de sa tunique.

« Il y a un service que tu peux me rendre, reprit Idir d'un ton désinvolte en filtrant le sang de Malik à travers ses doigts. Voilà de nombreux siècles, bien avant que ton grand-père ou même le grand-père de ton grand-père ne foule cette terre, j'ai commis l'erreur d'accorder ma confiance à Bahia Alahari.

— La reine Bahia ? demanda Malik, les yeux écarquillés.

— Non, la sandale moisie. Évidemment, la reine ! Combien d'autres Bahia Alahari connais-tu ? Je lui ai prêté mon pouvoir pour qu'elle bâtisse sa précieuse cité-État et qu'elle trouve en sous-sol l'eau nécessaire à ses puits. Et qu'a-t-elle fait pour me remercier ? Elle m'a exilé dans ce maudit domaine ! »

Le monde autour de Malik trembla à la force de ces mots.

« C'est grâce à moi que les descendants de Bahia ont un trône sur lequel s'asseoir. Ils prospèrent sur les cendres de mon sacrifice, tandis que moi, je ne peux pas mettre un pied dans le royaume des mortels à cause de la Barrière qu'ils ont érigée avec *ma* magie. Je lui ai tout donné, et elle m'a trahi ! »

À mesure que la rage d'Idir s'amplifiait, sa forme humanoïde perdait de sa substance. L'esprit se changea successivement en serpent, en aigle, en un spectre hurlant, en une goule sanguinolente. Seuls ses yeux restaient égaux à eux-mêmes, emplis de… peine, quoique Malik ne voie pas bien ce qu'un obosom avait à pleurer.

« Voici la tâche que je te confie, Malik Hilali. Tue la fille de Sarahel Alahari. Alors seulement je te rendrai ta sœur, indemne. »

Malik eut le souffle coupé. Tuer la fille de Sarahel Alahari.

Idir voulait qu'il tue la princesse Karina.

Les Alahari étaient à l'image des éléments fantastiques des histoires qu'il affectionnait – bien trop légendaires et puissants pour ne serait-ce que croiser son chemin. Idir aurait tout aussi bien pu lui demander d'abattre le soleil.

« Je le ferai. Maintenant, laissez-nous partir.

— Il n'y a pas de "nous" qui tienne. Cette tâche n'appartient qu'à toi. Si quelqu'un d'autre met fin aux jours de la princesse avant toi, notre marché est nul et non avenu. Et jusqu'à ce que tu l'accomplisses, ta jeune sœur reste avec moi. » Malik ouvrit la bouche pour protester, mais Idir se montra inflexible. « Ta sœur reste avec moi, ou je retire mon offre. »

Malik leva les yeux sur la silhouette impuissante de Nadia, qui même maintenant tendait la main vers lui, comme elle l'avait si souvent fait quand elle était plus petite.

« S'il te plaît, ne me laisse pas, supplia-t-elle, et Malik se demanda combien de fois son cœur pouvait se briser avant qu'il n'en reste rien.

— Ce ne sera pas long, je te le promets, lui affirma Malik avec une confiance qu'il ne ressentait nullement. On sera de retour en un rien de temps. Tu auras assez de courage pour tenir jusque-là ?

— Je vais essayer, hoqueta Nadia.

— Très bien, j'en ai assez entendu. »

Idir frappa dans ses mains, et les ombres enveloppèrent le corps de Nadia. Malik essaya de la toucher, mais la magie lui brûla les mains.

« Nadia ! Attendez !

— Malik ! Leila ! » cria une dernière fois leur cadette avant que les ombres la dévorent entièrement. Malik tomba à genoux. Leila laissa échapper un sanglot étranglé.

« Utilise la lame-esprit sur la princesse, et cela invoquera ma présence dans l'instant, dit Idir en toisant Malik. Tu as jusqu'à la fin de Solstasia pour tuer la fille. »

Le jeune homme sursauta. Sans qu'il s'en soit rendu compte, Leila et lui avaient été renvoyés dans la maison délabrée aux masques muraux. Nadia n'était nulle part.

D'Idir, il ne restait plus que la voix. « Si tu parles à quelqu'un de ce qui s'est passé ce soir, la Marque te brûlera le cœur. Avec un peu de chance, ta magie rentrera dans le rang. »

Sur ces paroles, l'obosom disparut. Malik et Leila échangèrent un long regard silencieux, les oreilles emplies du vacarme de la Veille de Solstasia et les yeux brûlant à cause de la fumée.

6

Karina

Mille ans plus tôt, Bahia Alahari avait livré la guerre du Pharaon pour défendre une toute jeune Ziran. En exploitant la magie de la comète qui n'apparaissait qu'une fois tous les cinquante ans, elle avait battu les sorciers de l'Ulraji Tel-Ra, son propre mari et les autres alliés du pharaon, ce qui avait mis un terme définitif à l'Empire kennouan.

Bahia avait bâti le Rempart pour protéger sa cité nouvelle de toute force humaine représentant une menace. Elle savait cependant que la pierre ne pouvait rien contre ses ennemis surnaturels, s'ils devaient à nouveau prendre les armes contre Ziran, aussi érigea-t-elle la Barrière pour leur en barrer l'accès, troquant sa liberté et celle de ses descendants contre la magie qui la maintenait en place.

Et par la même occasion, elle avait fait voler en éclats le rêve de Karina de quitter un jour Ziran avant même sa naissance.

« Qu'en pensez-vous, Altesse ? »

Karina revint au présent et au troupeau de courtisans qui attendaient son avis sur l'histoire qu'elle venait d'entendre. Quoique son esprit soit resté dans le Sanctuaire de la reine à absorber les révélations ahurissantes que lui avait montrées la Crécerelle, elle se trouvait en réalité dans la cour d'honneur de Ksar Alahari, assise sous une tente écarlate couverte d'un tissu vaporeux qui chatoyait comme du vin mêlé de poussière d'étoiles. Il restait deux heures avant minuit, mais la comète de Bahia était attendue d'un instant à l'autre.

« Je trouve ça merveilleux, mentit-elle. Je vous en prie, continuez. »

De l'autre côté de la table, Mwale Omar Benchekroun poursuivit son histoire en agitant devant lui son pilon de poulet comme s'il s'agissait d'une épée. Membre le plus âgé du conseil, il compensait sa calvitie par une magnifique barbe blanche qui lui couvrait le ventre. Pour ce que Karina en savait, sa plus grande contribution au conseil consistait à radoter sur les nombreux vignobles que sa famille possédait et sur l'époque où il avait été le champion du Feu.

« Et voilà que Halima et moi nous retrouvons face au lion. Ma lance est brisée en deux, mais pas une goutte de sueur n'a coulé sur mon front… »

Karina et le conseil étaient assis à la plus grande table de la cour d'honneur, mais il y en avait d'autres, basses, entourées de coussins rembourrés et disposées en spirale, autour desquelles les membres les plus éminents de la cour, des érudits rabougris, des artistes aux yeux brillants et des marchands replets aux doigts chargés de bijoux, échangeaient des propos animés.

Le repas ce soir-là était un véritable festin : poulets rôtis entiers et bœuf épicé à l'orange trônant en haut de collines de couscous. Plusieurs centaines de tagines joliment ouvragés remplis de ragoût de viande et de légumes, des dizaines de côtelettes de mouton, presque noires tant elles avaient été assaisonnées, et du pain, des montagnes de miches encore fumantes que les serviteurs sortaient du four. Toutes les cultures et les histoires qui constituaient Ziran étaient représentées dans les mets étalés devant eux.

Ses années de cours d'étiquette étaient la seule chose qui permettait à Karina de conserver un sourire poli malgré son agitation intérieure.

La magie était réelle. Elle était partout, dans les fondations mêmes de Ziran, à l'insu de tous. Elle les protégeait depuis un millier d'années, et seule sa famille le savait.

« Je t'ai montré ceci dans l'espoir que tu comprennes le sens du rôle que tu auras un jour à jouer, lui avait dit la Crécerelle en la reconduisant hors du Sanctuaire de la reine et en replongeant dans l'ombre le passé sanglant de leur famille. Nous sommes l'unique ligne de défense de Ziran contre des forces occultes qui, sans nous, détruiraient tout ce qui nous est cher. »

« Mais à la dernière seconde, ma lance se brise ! » Des gouttes de graisse volèrent sur la table tandis que Mwale Omar secouait son morceau de poulet. « Que la Grande Mère me soit témoin, si ma lance avait tenu le coup, je l'aurais plantée dans la gorge du lion avant Halima et j'aurais gagné. » L'ancêtre coula un regard d'excuse au jeune homme assis à côté de lui. « Mais je ne dis pas que la victoire de ta grand-mère n'était pas méritée, mon garçon.

— Je sais bien que tu n'as jamais dit une chose pareille, mon oncle », répondit Driss Rhozali d'un ton monocorde. Les Rhozali étaient une famille héritage, dont tous les membres étaient nés sous le même alignement – dans leur cas, le Soleil. Les familles héritages étaient extrêmement rares, car il fallait un niveau de coordination exceptionnel doublé d'une chance insolente pour parvenir à ce résultat. De plus, feu la grand-mère de Driss avait remporté le dernier Solstasia et permis l'avènement de l'ère du Soleil, qui prenait fin aujourd'hui. Ces deux faits rendaient presque inutile la cérémonie du Choix du temple du

Soleil : Driss avait d'ores et déjà été choisi comme champion du Soleil, ce que sa famille ne se privait pas de faire savoir à tous.

Driss et Karina se lancèrent simultanément un regard de mépris. Elle pouvait pardonner son élection purement népotique à la distinction de champion du Soleil, mais pas son tempérament de taureau toujours sur le point de charger, et encore moins la tolérance dont profitaient ses emportements, simplement parce qu'il venait d'une famille renommée.

Au moins, Adetunde n'était pas là. Sa présence aurait pimenté la soirée, mais sachant que Karina l'avait traité de « connard à la tête si profondément enfoncée dans son propre cul qu'il pouvait voir le soleil par le trou de ses oreilles » lors de leur dernière rencontre, mieux valait peut-être qu'il reste avec sa famille au temple de l'Eau.

Alors que Mwale Omar racontait pour la septième fois ses aventures solstasiennes, Karina laissa ses pensées revenir à la Barrière. Elle leva les yeux, mais le ciel nocturne ne différait en rien de son aspect habituel. Des lanternes sphériques accrochées aux palmiers baignaient la cour d'honneur d'une lumière chaude, mais suffisamment tamisée pour ne rien rater du spectacle de la comète de Bahia.

« Votre Altesse, vous verra-t-on sur scène durant le festival ? » l'interrogea Mwani Zohra Rhozali en donnant une tape sur la main de Driss qui se tendait vers une nouvelle pâtisserie. Driss et sa mère se ressemblaient de façon troublante – si celle-ci avait coupé ses cheveux ondulés aussi courts que ceux de son fils, personne n'aurait été capable de les distinguer l'un de l'autre.

« Malheureusement, je ne participerai à aucun des événements », répondit Karina.

Farid l'avait informée des mois plus tôt que son rôle se limiterait à rester assise sur la ligne de touche et à acclamer tous les concurrents ziranis. C'est tout ce qu'elle avait jamais eu à faire, et c'est tout ce qu'elle *aurait* jamais à faire, car elle vivrait et mourrait à Ziran, comme sa sœur…

Une douleur sourde lui traversa le crâne, et elle sursauta si violemment qu'elle fit trembler la table. Tous les yeux se tournèrent vers elle, mais avant qu'elle puisse dire quoi que ce soit, Farid apparut et posa la main sur son épaule.

« Pardon d'interrompre votre si spirituelle conversation, mais je dois m'entretenir immédiatement avec Son Altesse. Si vous voulez bien nous excuser. »

Sitôt que Farid l'eut conduite hors de portée d'oreilles, elle laissa échapper un grognement de soulagement.

« Pisse de chameau brûlante, j'ai cru que je ne sortirais jamais de là ! Mwale Omar se comporte comme si le temps lui en voulait personnellement en lui faisant prendre une année de plus tous les ans depuis le précédent Solstasia.

— C'est peut-être le cas. Et ne dis pas "pisse de chameau" en public. Ce n'est pas poli.

— Pisse de rat, alors. De quoi voulais-tu me parler ?

— Oh, de rien. Tu commençais à t'agiter dans tous les sens. Je me suis dit qu'il valait mieux t'exfiltrer avant que tu ne dises quelque chose que nous regretterions tous les deux. »

Farid lui adressa un de ses rares sourires conspirateurs, et Karina lui répondit par une grimace. Elle lui était néanmoins reconnaissante de l'avoir tirée de ce mauvais pas, comme il le faisait toujours. Ce qui ne serait pas le cas si Hanane était toujours dans les parages pour…

Karina tressaillit sous un nouvel assaut de sa migraine et récolta un regard inquiet de Farid. Penser à son père et à sa sœur aggravait toujours ses céphalées, mais elle préférait cela à l'intolérable alternative de ne jamais les laisser pénétrer son esprit, comme sa mère semblait avoir décidé de le faire. Les migraines avaient empiré au cours de l'année écoulée ; avant, elle n'en avait qu'une fois tous les quelques mois, puis une fois par semaine, mais à présent il ne s'écoulait pas un jour sans qu'elle se prenne au moins une fois la tête à deux mains de douleur. Les guérisseurs étaient perplexes – pour autant qu'ils le sachent, Karina n'avait aucun problème physique. Les remèdes qu'ils lui donnaient atténuaient la douleur, de même que l'alcool, mais jamais très efficacement ni bien longtemps.

La tension qui avait crispé les muscles de Karina s'était quelque peu relâchée tandis que Farid lui faisait faire le tour de la cour d'honneur. Elle saluait d'un signe de tête ceux qui s'inclinaient sur son passage, mais Farid prenait le temps d'échanger quelques paroles avec chacun, parfait modèle des manières que ses tuteurs essayaient d'inculquer à la princesse depuis des années.

Ils s'arrêtèrent pour bavarder avec l'ambassadeur arkwasien et son entourage. Leur excitation à l'approche des festivités fit naître sur les lèvres de Karina son premier vrai sourire depuis le début de la soirée. Quoique de nombreux Arkwasiens vénèrent les divinités patronnesses, ils ne célébraient pas Solstasia, aussi jetaient-ils sur le festival un regard extérieur d'une infinie curiosité. Le sourire de Karina s'effaça lorsqu'elle se souvint qu'elle ne mettrait jamais les pieds à Arkwasi, à cause de la Barrière. Cela dit, ce n'était pas comme si les autres membres de sa famille l'avaient fait, pas même la Crécerelle, alors pouvait-elle réellement s'en plaindre ?

L'ambassadeur essaya de la retenir un moment de plus – apparemment, sa plus jeune fille s'était éloignée et aurait adoré la rencontrer –, mais Farid s'excusa pour eux deux.

« Je suis ravi que tout le monde semble passer un bon moment », dit-il lorsqu'ils atteignirent le terme de leur circuit. Il posa un regard pensif sur Karina. « C'est sans doute le plus grand événement que nous accueillerons avant ton mariage.

— Avant mon *quoi* ? s'étrangla Karina.

— Ne me fais pas ces yeux-là. Ça arrivera plus tôt que tu le crois. » Farid lui donna un petit coup de coude. « S'il y a quelqu'un que tu souhaites épouser, c'est le moment de mettre le sujet sur le tapis avant que ta mère ne choisisse quelqu'un sans te consulter. »

Karina contempla avec envie la lune solitaire qui se découpait dans le ciel. Avait-elle le même aspect, vue d'Arkwasi ou depuis la côte de la mer d'Edrafu ? La personne qu'elle épouserait serait-elle aussi piégée à Ziran jusqu'à la fin de ses jours ?

« Il faudra attraper la lune à mains nues pour me séduire », déclara-t-elle, pleinement consciente du ridicule de son affirmation.

Farid fronça les sourcils devant tant de légèreté. « J'espère, dans ton propre intérêt, que tu trouveras bientôt cette personne. Il vaut toujours mieux garder le contrôle de son avenir, et tu pourrais tourner un judicieux mariage politique à ton avantage. »

Karina se retint de lui faire remarquer qu'il était mal placé pour lui faire la leçon, lui qui avait décliné tant de propositions. Il y avait déjà eu assez de blessures pour la journée sans mettre la peine de cœur de Farid sur la table.

Ils bouclèrent leur tour de la cour d'honneur et rejoignirent l'autre bout de la table Alahari, où la Crécerelle était en pleine conversation avec des banquiers de haut rang. La mère de Karina s'était changée pour une resplendissante takchita brodée de motifs floraux qui s'enroulaient autour du col. Outre sa chevalière, elle portait un collier de pierres précieuses entrelacées qui brillaient comme de minuscules étoiles, des bracelets en argent qui tintaient au moindre mouvement et des boucles d'oreilles émeraude qui scintillaient contre ses cheveux tressés. La tenue de Karina pouvait bien l'égaler en qualité, la jeune fille savait qu'elle était loin de pouvoir rivaliser avec sa mère.

« Je vous en supplie, Majesté, cessons de parler boutique, s'écria l'une de ses interlocutrices. Faites une faveur à la vieille femme que je suis et dites-moi quelle sera la récompense de Solstasia. Je voudrais m'assurer d'avoir fait les bons paris. »

La Crécerelle se fendit d'un sourire faussement effarouché. « Je crains que vous ne deviez attendre la cérémonie d'Ouverture pour le savoir. »

La sultane tenait un rôle cérémoniel dans le tournoi des champions, de telle manière que personne ne puisse l'accuser de favoriser un temple sur un autre. Cependant, il lui incombait de décider de la récompense qu'obtiendrait le gagnant de l'Ultime Défi. Il s'agissait toujours d'un prix extravagant que seule une reine pouvait décerner, comme une place au conseil ou un gouvernorat, mais qui était tenu secret jusqu'à la cérémonie d'Ouverture.

Les courtisans grommelèrent, déçus, mais la Crécerelle eut tôt fait de déclencher l'hilarité avec son commentaire suivant. Chacun des gestes de sa mère ou de ses pauses savamment distillées laissait entrevoir le pouvoir qui sourdait de sa personne. Karina se demanda ce que pensaient les gens quand ils les voyaient ensemble – la sultane et sa fille qui n'aurait jamais dû lui succéder.

Tout ce qu'elle avait à faire, c'était s'asseoir au côté de sa mère. S'asseoir et être la princesse héritière qu'on attendait d'elle.

Tout ce qu'elle avait à faire c'était remplir l'espace que Hanane aurait dû occuper par droit de naissance.

Une douleur accablante traversa la tête de Karina, qui poussa un grognement. Plusieurs courtisans lui lancèrent des regards inquiets, auxquels la jeune fille répondit de son sourire le plus éblouissant.

« Veuillez m'excuser, je dois aller me soulager », dit-elle en se retenant de partir en courant à travers la cour d'honneur.

Une fois aux toilettes, Karina écarta une grille d'une fenêtre qu'elle avait déchaussée des années auparavant, et se faufila par l'ouverture jusqu'à un petit jardin contigu à la cour d'honneur, où elle appuya son dos contre un mur. Elle ne voulait pas que la cour la voie dans cet état de faiblesse, ce qui n'aurait fait que confirmer leurs soupçons.

Pressant les paumes contre ses tempes, Karina entendit des bribes de musique portées par le vent. Encore une chanson que Baba avait adorée. Chacune de ses respirations lui rappelait qu'elle vivait dans un monde que ni lui ni Hanane ne verraient jamais plus, et chacun de ses pas l'éloignait de la petite fille qu'ils avaient connue.

Elle essaya d'invoquer leur image, mais ses souvenirs se perdaient dans des nappes de brume. Elle se rappelait certaines choses à leur propos, comme le brun cerclé de mauve des yeux de Hanane, les mêmes que leur mère, ou le fait que Baba avait été légèrement plus petit que cette dernière. Mais le timbre exact de leurs voix, la sensation de leurs mains dans les siennes lui échappaient. Plus Karina essayait de retenir ces détails, puis ils lui filaient entre les doigts, comme des grains de sable. Elle n'arrivait même pas à se remémorer précisément l'incendie, seulement la fumée et les flammes devant son visage. La douleur empirait chaque fois qu'elle essayait de se raccrocher à ces souvenirs.

Hanane avait-elle su qu'elle ne quitterait jamais Ziran ?

« Euh… Excusez-moi, Votre Altesse ? Vous allez bien ? »

La voix appartenait à une enfant qui ne semblait pas avoir plus de 12 ans vêtue d'un épais tissu imprimé violet, vert et noir qui l'enveloppait entièrement, retenu à la taille par une ceinture de perles multicolores. Des bijoux en or brillaient à ses oreilles et à son cou. Elle aurait paru impressionnante si elle n'avait pas été coincée au milieu d'une haie dont ne ressortait que la moitié de son corps.

« Qui es-tu ? » demanda Karina. Elle avait salué tous les convives, mais elle n'avait jamais vu cette jeune fille.

« Oh, pardonnez mon impolitesse, dit-elle en exécutant une petite révérence, ou ce qui en tenait lieu quand on était piégé dans un buisson. Je m'appelle Afua, fille de Kwabena Boateng, ambassadeur d'Arkwasi à Ziran. C'est un plaisir de vous rencontrer. »

Voilà donc l'enfant que l'ambassadeur recherchait tantôt. « Comment es-tu arrivée dans mes plantes ?

— Je poursuivais un chat dans la cour d'honneur et j'ai cru pouvoir sauter par-dessus la haie. » Afua poussa un soupir désabusé. « Mauvais calcul. Pardon de vous embêter avec ça, Altesse, mais pourriez-vous me donner un coup de main ? »

La première réaction de Karina aurait été de réprimander l'importune, mais elle se rappela alors qu'elle-même s'était déjà mise dans le pétrin exactement au même endroit. Aussi elle attrapa Afua par les poignets et la tira. La fille atterrit par terre la tête la première avec un bruit sourd, puis sauta sur ses pieds, indemne.

« Merci ! »

Karina ouvrit la bouche pour dire quelque chose, mais Afua fronça les sourcils et posa les doigts sur le front de la princesse.

« Votre nkra… il est tout emmêlé », murmura-t-elle en kensiya. Elle sortit une outre en peau de chèvre d'une aumônière à sa ceinture et repassa au zirani. « Tenez, ça vient de la cave personnelle d'Osei Nana à Osodae. J'allais le donner au chat, mais vous pouvez en boire une ou deux gorgées. Ça vous aidera peut-être à aller mieux. »

Karina en resta bouchée bée, incapable de se rappeler la dernière fois qu'on l'avait touchée sans sa permission. Elle voulut à nouveau dire quelque chose, mais Afua jeta un regard par-dessus son épaule et grimaça.

« Ma mère va me tuer si je ne reviens pas bientôt. Au revoir, Votre Altesse ! Portez-vous bien ! »

Avant que Karina ait pu lui demander ce que *nkra* signifiait, Afua lui fourra l'outre dans les bras et se faufila sous la haie. La princesse baissa les yeux sur la peau de chèvre alors qu'un nouvel élan de douleur la faisait tressaillir.

Après tout, le vin avait toujours atténué ses migraines…

Dix minutes plus tard, Karina chancelait dans la cour d'honneur, hilare à la vue de sa robe qui voletait autour de ses chevilles. Elle espérait qu'Afua ne lui en voudrait pas trop d'avoir vidé son outre.

Les convives étaient trop absorbés dans la contemplation du ciel pour remarquer le retour de Karina. Aucune importance. Ils allaient tous devoir la supporter, car elle n'avait littéralement nulle part ailleurs où aller.

« Farid ! » cria Karina d'une voix plus perçante qu'elle n'en avait eu l'intention. L'intendant apparut comme par magie et l'attrapa par le coude pour stabiliser sa forme vacillante.

« Tu as dit que tu allais aux toilettes, grommela-t-il.

— Et c'est ce que j'ai fait ! s'écria-t-elle avec un hoquet sonore. Est-ce que j'ai manqué la comète ?

— Reconduisez Son Altesse à sa chambre », ordonna Farid au garde le plus proche. Karina secoua la tête, et le monde se mit à tourner.

« Excuse-moi, j'ai essayé de m'échapper toute la soirée… (nouveau hoquet)… et tu me fiches dehors juste avant que la comète se pointe ?

— Il est temps que tu partes. Tu te ridiculises.

— Parce que je ne suis pas Hanane, c'est ça ? »

Farid sursauta comme si elle l'avait frappé.

« Personne n'a jamais dit…

— Mais tu le penses ! Tout le monde le pense ! » Elle pointa l'index devant le visage de Farid. « Surtout toi ! Tu me compares toujours à elle, parce que tu l'aimes toujours, même après qu'elle t'a envoyé sur les roses ! »

Les musiciens avaient cessé de jouer, mais Karina n'y accorda pas la moindre attention. Maintenant qu'elle avait ouvert les vannes à ces années de frustration accumulée en elle, il n'y avait plus aucun moyen d'en juguler le flot.

« Écoute-moi bien, Farid. Même si Hanane était encore en vie, même si elle se tenait devant nous ce soir en chair et en os, elle ne voudrait pas de toi, ni dans ce monde ni dans aucun autre. »

Farid la dévisagea, et Karina se rendit compte du mal qu'elle lui avait fait. Elle hoqueta d'horreur – elle était allée trop loin. Elle voulut balbutier des excuses, mais avant qu'un mot ne sorte de sa bouche, elle se plia en deux et vomit le contenu de son estomac.

Tous ceux qui s'étaient attroupés autour de la princesse reculèrent vivement. Quand la Crécerelle ordonna qu'on la fasse sortir, une Sentinelle l'attrapa par la taille et la porta presque hors de la cour d'honneur. Karina se débattit tout du long et alla jusqu'à griffer le visage de la soldate, mais celle-ci ne broncha pas. Elle traîna Karina non pas dans sa chambre, mais dans les quartiers de sa mère, qui étaient beaucoup plus proches, et l'y jeta après être venue à bout des cadenas compliqués qui en interdisaient l'accès. Puis elle exécuta une petite révérence et quitta la pièce. Karina lui cria des obscénités tandis qu'elle refermait consciencieusement les verrous.

La jeune fille essaya de se lever, mais le monde bascula sous elle, et elle s'étala par terre, le visage entre les mains. Sa migraine palpitait sourdement entre ses oreilles, et un goût de bile lui emplissait la bouche. Après ce qui lui sembla être une éternité, la porte du petit salon s'ouvrit. Karina se redressa, prête à affronter Farid, mais elle se retrouva face à la Crécerelle.

La mère et la fille échangèrent un long regard.

« C'était quoi, ça ? interrogea la sultane.

— Je vais aller m'excuser », marmonna Karina, et elle se remémora, mortifiée, l'expression blessée de Farid. Comment avait-elle pu prononcer ces mots, en sachant que rien n'aurait pu lui faire plus de mal ?

« Tu ne vas rien faire du tout. Tu viens de jeter l'opprobre sur toute notre famille. Ta conduite me remplit de honte. »

Karina se demanda une fois de plus ce qu'il était advenu de la femme derrière le vernis royal, la mère qu'elle avait perdue la même nuit que Baba et Hanane. Le venin qui avait coulé dans ses veines quand elle s'en était prise à Farid surgit de nouveau, encore plus dévastateur.

« Exilez-moi, alors, si je vous fais aussi honte. Oh, attendez, vous ne pouvez pas. Parce qu'on est toutes les deux coincées ici jusqu'à la fin de nos vies. Je parie que vous adorez ça, voir de vos yeux à quel point vous êtes plus parfaite que moi.

— Je ne t'ai jamais demandé d'être parfaite, seulement de respecter les responsabilités qu'implique le rôle de sultane. C'est la raison pour laquelle je t'ai révélé le secret de la Barrière. Mais tu m'as de nouveau prouvé que tu n'étais pas prête à assumer ton héritage.

— Je le serais si vous me traitiez comme Hanane ! Vous passiez votre temps à lui enseigner toutes ces choses. Mais il n'y a plus que vous et moi, et nous n'avons jamais rien fait de tel. »

Les rides de la Crécerelle se creusèrent, comme chaque fois que quelqu'un mentionnait Baba ou Hanane. « J'étais… trop dure avec ta sœur. Et puis, tu n'es pas elle. Personne n'attend de toi que tu te comportes comme elle. »

Cette conversation lui était encore plus pénible que le vin qui lui retournait l'estomac, mais Karina ne voulait pas laisser filer cette occasion de dire à sa mère ce qu'elle avait sur le cœur.

« Je ne peux pas faire ça. Je ne peux pas être vous, et je ne peux pas vivre à Ziran le reste de mes jours. Trouvez-vous une autre héritière, concevez une fille que vous ne détestez pas, je m'en fiche. Mais je vous en prie, ne m'obligez pas à faire ça. »

Une émotion que Karina n'aurait su définir traversa le visage de la Crécerelle.

« Tu crois que je te déteste ? »

Elle s'était attendue à de la colère. À du dégoût. Mais la fêlure dans la voix de sa mère brisa quelque chose en elle. Elle regarda partout, sauf dans les yeux de la Crécerelle, comme si elle pouvait trouver une solution à tout ce qui les avait éloignées au fil des années.

Et puis elle hurla.

Une silhouette masquée armée d'un cimeterre noir comme la nuit à poignée dorée jaillit des ombres du coin de la pièce, les yeux remplis d'une haine brûlante. Karina demeura pétrifiée alors que l'assassin se précipitait sur elle.

Appelant les Sentinelles à l'aide, la Crécerelle la repoussa vivement au moment où la lame du sicaire fendait l'air à l'endroit où elle se tenait un instant plus tôt. Profitant de son élan, l'homme pivota sur ses talons et se lança à leur poursuite tandis qu'elles se ruaient dans le jardin.

Des branches griffèrent Karina dans sa course effrénée à travers les sous-bois. Même dans le noir, la Crécerelle savait parfaitement où elle allait, mais l'assassin gagnait du terrain. Aucune Sentinelle ne se montra quand sa mère cria de nouveau à l'aide. Où étaient-elles ? Comment cet homme avait-il pu tromper leur surveillance ?

Le sicaire attrapa Karina par le col, lui coupant la respiration. Avec un grondement, la Crécerelle tira une petite dague de sa manche et la planta dans la main de l'homme, qui laissa échapper la princesse avec un hurlement. La Crécerelle la poussa dans les sous-bois puis se retourna pour dévier le coup suivant.

Karina s'étala de tout son long, et la douleur explosa à ses tempes. Elle releva les yeux à temps pour voir sa mère feinter et taillader le visage de l'assassin.

« À l'aide ! » cria Karina. Le sol se mit à gronder sous ses mains, comme s'il semblait décider à la ramener au milieu des hostilités. Elle chercha désespérément autour d'elle quelque chose, n'importe quoi, qui puisse aider sa mère, mais elle ne trouva rien d'autre que le vent hurlant à ses oreilles. « Gardes ! Gardes ! »

C'était son agilité au combat qui avait valu son surnom à la Crécerelle, mais Karina ne l'avait jamais vue se battre. Même à travers la confusion et la terreur, la jeune fille retint sa respiration en observant sa mère esquiver les coups de l'assassin comme une feuille dans la brise.

À en juger par le visage glaçant qu'elle opposait à son adversaire, Karina comprit que sa mère ne l'avait jamais haïe.

Avec un hurlement primitif, la Crécerelle porta un coup tranchant au visage du sicaire. Les arbres autour d'eux frissonnèrent, et leurs racines sortirent de terre pour s'enrouler autour des chevilles de l'homme. La mâchoire de Karina se décrocha. C'était sa mère qui avait fait ça ?

Sur un claquement des doigts de la Crécerelle, les racines tirèrent un coup sec vers le bas et firent tomber l'assassin. Elle fit encore un petit geste de sa main libre, et les racines projetèrent l'homme contre le rebord de la fontaine soleil qui dissimulait l'entrée du Sanctuaire de la reine. La mère de Karina attrapa l'assassin par les cheveux et lui cogna la tête contre le marbre, puis elle le frappa au ventre.

Le corps de l'homme tressaillit plusieurs fois avant de s'immobiliser. Des rigoles écarlates se mêlaient aux eaux claires de la fontaine. La Crécerelle recula, pantelante et couverte de sang. Sa mère irradiait d'une énergie que Karina n'avait jamais ressentie, et tous les arbres du jardin se courbèrent vers elle dans une attitude protectrice.

La princesse laissa échapper un bruit à mi-chemin entre un sanglot et une acclamation. La Crécerelle se tourna vers elle, le visage épuisé mais triomphant, et Karina sut que tout ce qui s'était passé entre elles avant ce moment n'avait plus aucune importance. Elles étaient vivantes, et rien d'autre ne comptait.

« Karina, est-ce que ça v… ? »

Avant qu'elle n'ait pu finir sa phrase, la Crécerelle bascula en avant, l'épée de l'assassin plantée dans le dos.

Le monde s'arrêta. Les hurlements de Karina moururent dans sa gorge.

Alors qu'elle se précipitait au côté de sa mère, des cris d'alarme s'élevèrent derrière elle ; les Sentinelles étaient enfin arrivées, mais trop tard. Sans un mot, l'assassin dégaina une petite dague et la plongea dans son propre cœur. Il s'effondra avec un bruit sourd.

Karina s'agenouilla auprès de la Crécerelle, avisant l'endroit où le métal inflexible s'enfonçait dans la peau brune et chaude. Devait-elle retirer l'épée ? La laisser en place ? Que la Grande Mère lui vienne en aide, la femme qui lui avait donné la vie était en train de mourir sous ses yeux, et elle ne pouvait rien y faire.

« Ça va aller, Maman », murmura Karina, sans en croire un mot.

La Crécerelle ôta faiblement sa chevalière et commença à la tendre à Karina, mais sa main perdit toute force, et l'anneau tomba par terre. La dernière chose que Karina vit avant que le corps de sa mère se rigidifie fut la comète de Bahia dardant sa lumière cruelle dans le ciel de minuit.

7

Malik

La même pensée tournait en boucle dans la tête de Malik, qui ne quittait pas des yeux la forme inerte de Djédjé devant lui.

Ils s'étaient trompés. Tous ceux qu'ils connaissaient s'étaient trompés.

Cela avait commencé quand il avait 6 ans. Sa grand-mère et lui avaient rendu visite à Nana Titi, une vieille femme du village qui avait attrapé la fièvre de la rivière. Il avait joué dans le jardin devant sa hutte pendant que les adultes parlaient d'une voix sombre à l'intérieur. Les esprits des fleurs qui vivaient dans les buissons lui avaient dit que l'ancêtre ne verrait pas le prochain lever de soleil. Quand il avait obligeamment communiqué cette information à sa famille, on avait balayé ses affirmations d'un revers de main comme des enfantillages.

Nana Titi était morte avant le matin.

Après quoi tout le monde s'était mis à crier – la famille de Nana Titi sur celle de Malik ; celle de Malik sur lui ; puis les villageois paniqués quand avait couru la rumeur que le garçon avait usé de sorcellerie pour mettre fin aux jours de la vieille femme. Lui-même, lorsque les anciens avaient essayé de « chasser le démon hors de lui » en lui fouettant les pieds jusqu'au sang et en le forçant à boire des décoctions indigestes. Et lui encore, quand il était rentré chez lui et avait découvert que ses hallucinations – il savait maintenant que c'était de cela qu'il s'agissait, qu'il s'était toujours agi, tout le monde le lui avait dit – n'étaient pas parties et qu'il était toujours aussi détraqué.

Tous – les anciens, les autres villageois, même les membres de sa famille – avaient dit à Malik que les esprits n'existaient pas. Il les avait laissés affirmer qu'il était fou, malade, maudit. Il les avait écoutés quand ils avaient prétendu que tout ce qu'il avait à faire, c'était d'y mettre du sien, d'être un peu moins lui-même, et tout irait pour le mieux.

Il leur avait fait confiance. Et ils s'étaient *trompés*.

Aucune autre pensée n'occupait l'esprit de Malik, tandis que l'ombre d'Idir disparaissait autour de lui. Il n'y avait plus aucun signe de lui, de Nyeni ou des enténébrés, seulement les masques qui le dévisageaient de leurs yeux vides. Malik ravala un rire hystérique – bien sûr, maintenant qu'il avait la preuve que le mensonge dans lequel il avait grandi n'était rien d'autre que cela, les enténébrés choisiraient de le laisser tranquille.

« Il l'a prise. Il l'a juste… *prise* », dit Leila, comme si répéter ces mots pouvait les rendre moins vrais.

Malik avait tenu Nadia dans ses bras, et cette chose – non, Idir – la lui avait arrachée comme une vulgaire poupée qu'on pouvait maltraiter sur un coup de tête, à lui qui l'avait bercée tous les soirs pour s'endormir, qui lui avait appris à marcher.

« Ce n'est pas… Non ! » Leila arracha le masque le plus proche et examina la portion de mur mise à nu. Elle fit courir ses doigts sur la moindre fissure, puis se mit à quatre pattes et inspecta les lattes du parquet. « Il y a forcément une trappe quelque part. Un genre de… je ne sais pas, de levier ? Les gens ne disparaissent pas ainsi ! »

Si Malik avait été capable de parler, il aurait rappelé à sa sœur qu'ils n'avaient pas affaire à des gens. Les gens ne possédaient pas des animaux gros comme des maisons, et ils ne contrôlaient pas les ombres telles des marionnettes. Un frisson parcourut l'épine dorsale de Malik ; il n'avait jamais révélé son nom à Idir, et pourtant l'obosom l'avait su. Depuis combien de temps l'esprit l'observait-il ? Que savait-il d'autre ?

Pendant que Leila poursuivait sa fouille effrénée de la maison, Malik rampa jusqu'à Djédjé et le pressa doucement contre sa poitrine. Nadia n'allait jamais nulle part sans lui – qu'elle joue, mange, dorme, Djédjé était toujours tendrement blotti dans ses bras, ou sous sa tunique. Il devait lui rendre son doudou, sans quoi elle n'arriverait pas à dormir, cette nuit...

C'est à ce moment que les larmes coulèrent. À défaut de pouvoir s'agripper à la lanière de sa sacoche, Malik tritura l'avant de sa tunique déjà en piteux état, en tremblant de tous ses membres. Il eut un haut-le-cœur, mais rien ne sortit – son dernier repas remontait à plusieurs jours, et son estomac ne contenait plus rien, pas même de la bile.

Tout était sa faute. Si seulement il n'avait pas suivi cette griotte. Si seulement il n'avait pas aidé ce garçon. Si seulement il avait écouté tous ceux qui lui avaient dit de garder la tête baissée et la bouche fermée. Si quelqu'un devait pourrir dans l'enfer d'Idir, c'était lui, pas Nadia. Sans personne vers qui se tourner, il pria Adanko, la Grande Mère et toute autre divinité ayant un jour existé ou susceptible d'exister un jour d'épargner Nadia. Il aurait accepté de mourir mille fois pour que sa sœur vive.

Si les dieux l'avaient entendu, ils ne répondirent pas.

Tant de questions se bousculaient dans la tête de Malik. Si les enténébrés étaient réels, en allait-il de même pour les dieux ? Idir semblait vraiment avoir connu Bahia Alahari – qu'avait-il fait pour mériter un exil millénaire ? S'il voulait se venger de toute sa descendance, pourquoi désirait-il la mort de la princesse Karina et pas de la sultane ?

Et parmi les millions de personnes qui vivaient à Sonande, pourquoi pensait-il que *lui*, Malik, pouvait tuer la princesse ?

Pouvait-il tuer la princesse ?

Alors que le cerveau de Malik tournait à plein régime, la Marque glissa sur son torse pour s'installer sur son bras gauche. La sensation, qui évoquait le déplacement d'une tache d'huile sur sa peau, déclencha une nouvelle vague de révulsion. Il n'était que trop facile d'imaginer l'enfer ardent qu'elle déclencherait dans sa poitrine s'il s'avisait de parler de ce qui s'était passé ce soir-là.

Idir avait appelé son arme une lame-esprit, encore une expression que Malik n'avait jamais entendue. Sa main libre se contracta pour arracher la salissure qu'Idir avait laissée sur son corps, mais il se ravisa et referma le poing sur Djédjé. Même si la Marque constituait une violation de toutes ses limites, il ne pouvait pas prendre le risque de l'endommager, d'autant moins qu'elle se révélerait peut-être son unique chance de tuer la princesse.

Et d'autant moins que sous la terreur, l'épuisement et le dégoût, les vrilles d'un pouvoir que Malik n'avait jamais possédé palpitaient en lui. Le même qui l'avait poussé à répondre à l'appel de Nyeni et qui s'était lié à Idir lors du pacte de sang.

La magie. C'était ainsi que l'esprit avait appelé le tourment intérieur de Malik. La compréhension se répandit dans tout son corps, combla des failles dont il ne soupçonnait même pas l'existence.

Il n'avait jamais été fou. Il avait eu raison.

La tête légère et la gorge brûlante, Malik leva les yeux et vit Leila debout devant lui.

« Nous devons… » Sa voix se fêla. Elle ferma les paupières et prit une grande inspiration. « Nous devons sortir d'ici. Nous ignorons si cet endroit est sûr.

— Et si Nadia nous cherchait ? » Si leur sœur parvenait d'une façon ou d'une autre à échapper à Idir, ou si l'obosom changeait d'avis et la laissait partir, mieux valait qu'ils l'attendent ici.

« Nous savons toi et moi que ça n'arrivera pas. »

Leila tendit la main vers Malik, mais il s'en détourna vivement. Ils étaient soudain retombés en enfance, à l'époque où ils se chamaillaient sans autre raison que parce qu'ils pouvaient le faire. Malik ne comprenait pas comment sa sœur parvenait à garder son sang-froid, à se montrer si dure. La capacité de sa sœur aînée à tenir ses émotions à distance, à ne rien ressentir, lui était totalement étrangère.

« Il faut partir *maintenant* !

— Encore un petit moment ! se récria Malik. Elle pourrait revenir ! »

Un courant glacial lui parcourut la colonne vertébrale, suivi d'un bruit strident. Des pas lourds se rapprochaient de la maison.

« La perturbation vient de cette rue », dit une voix grave.

Le frère et la sœur se figèrent. Des soldats.

Leila fut la première à se secouer. Cette fois Malik ne protesta pas quand elle le releva ni quand elle lui fit franchir la porte délabrée qui, de la cuisine, donnait sur l'extérieur. Lorsqu'ils firent irruption dans la rue, ils furent éblouis par la lumière.

La comète de Bahia embrasait le ciel à l'ouest avec l'intensité d'un petit soleil. Malik ne pouvait pas l'observer directement sans plisser les yeux. Elle semblait blanche au premier coup d'œil, mais un regard plus attentif révélait le long de sa queue des traînées bleues, violettes et vertes qui se fondaient dans le ciel étoilé. Tous les passants avaient le visage tourné vers le firmament ; leurs corps semblaient danser dans les ondes lumineuses. À cet instant précis, tous à Ziran étaient connectés par un phénomène qui existait depuis des éons, bien avant qu'aucun d'eux ne soit né. Malik sentit les larmes le gagner de nouveau à l'idée que Nadia n'était pas là pour voir ça.

Il allait la délivrer. Il le jura au nom de la Grande Mère et de la comète au-dessus de sa tête.

Mais comment ?

Lorsque les yeux de Malik se furent ajustés à la luminosité, il se rendit compte qu'ils ne se trouvaient plus dans le quartier par lequel ils avaient accédé à la maison. À la différence de la rue qu'ils avaient empruntée, celle-ci semblait opulente, bordée de jardins fleuris et de murs contigus. Une maison capable de disparaître et de réapparaître où bon lui semblait n'était pas le plus étrange prodige de la journée, pourtant Malik en demeura interloqué.

Il se tourna vers la silhouette scintillante de Ksar Alahari. La princesse Karina s'y adonnait sûrement à quelque activité de son rang pendant que le reste de son peuple souffrait. La Marque gagna sa paume et adopta sa forme de lame, lourde et prête à l'emploi.

« Où est-ce que tu vas ? l'interrogea Leila en refermant la main autour du bras de Malik qui s'éloignait.

— Je dois trouver la princesse. » Ksar Alahari était si proche. S'il se mettait en route maintenant, il y serait sans doute avant l'aube.

« Donc ton plan consiste à marcher jusqu'au palais, un couteau à la main ? Les gardes te cribleront de flèches avant que tu n'aies atteint la porte.

— Mais je dois faire quelque chose !

— Tu ne feras rien du tout si tu te fais tuer ! » Leila tira Malik dans une ruelle perpendiculaire, où ils s'accroupirent derrière un tas de bois de chauffage. « Options. Quelles sont nos options ?

— Aller à Ksar Alahari, suggéra-t-il.

— Personne ne *va* à Ksar Alahari, Malik.

— Très bien. Du poison ?

— Comment vas-tu empoisonner la princesse si tu ne peux même pas t'introduire dans le palais ? » jeta Leila, et Malik se mordit les lèvres pour ne pas lui demander si elle-même avait un plan ou si elle comptait simplement continuer à démolir le sien.

« Peut-être que je pourrais lui tendre une embuscade à la cérémonie d'Ouverture ?

— Mais il y aura du monde partout. Comment pourrais-tu la tuer sans te faire prendre ? »

La lame-esprit réintégra sa peau, et Malik se prit la tête dans les mains. La réponse était là, forcément. Idir ne perdrait pas son temps à confier à Malik une tâche qu'il ne serait pas capable d'accomplir… si ?

Une foule vêtue de pourpre passa devant l'entrée de la ruelle. Malik regarda les paumes des arrivants – tous étaient Vie-alignés, comme lui. Ils devaient se trouver dans la section Vie de la rue du Temple, ce qui signifiait que ces gens se rendaient à la cérémonie du Choix. Alors même que le monde de Malik s'écroulait autour de lui, le peuple de Ziran allait découvrir qui aurait le privilège de se battre au nom de son alignement et de vivre à Ksar Alahari pour la semaine à venir.

Malik se redressa subitement. Les champions seraient hébergés à Ksar Alahari pendant toute la durée de Solstasia.

Ils côtoieraient la princesse Karina.

Les yeux de Malik suivirent les lignes familières de l'emblème Vie-aligné gravé dans sa paume. Le rôle de champion revêtait un tel caractère sacré parmi les Ziranis que même la sultane ne pouvait révoquer le titre de celui qui en héritait. S'il devenait un champion, il vivrait à un jet de pierre de la princesse Karina jusqu'à la fin du festival. Rien ne lui permettrait de l'approcher si vite.

Et une fois en sa présence, il trouverait l'occasion d'invoquer sa lame-esprit et laisserait l'arme faire ce pour quoi elle avait été conçue.

Malik secoua la tête. Non, c'était absurde. Il n'avait aucune chance d'être nommé champion, alors qu'il y avait des milliers de Ziranis plus compétents que lui pour cette tâche et qu'aucun Eshran n'avait été choisi depuis des centaines d'années.

Mais quel autre choix avait-il ? Malik se creusa la cervelle, mais aucun autre chemin jusqu'à la princesse ne semblait aussi direct que celui-ci.

Il devait trouver un moyen de convaincre la prêtresse de la Vie de le choisir comme champion. Mais d'abord, il fallait se rendre au temple de la Vie.

« Où est-ce qu'on va ? » s'écria Leila que Malik entraînait hors de la ruelle. Ça lui faisait bizarre de prendre la direction des opérations.

« Fais-moi confiance ! »

Le frère et la sœur se glissèrent dans la foule ; si des gens remarquèrent que Leila n'était pas Vie-alignée, ils semblaient trop excités pour s'en soucier. Elle ne desserra pas sa prise sur le bras de Malik tout au long du trajet jusqu'au parvis du temple de la Vie.

Il se produisit un bruissement au-dessus de leurs têtes. Les enténébrés étaient revenus – non pas par un ou deux, mais par dizaines, plus que Malik n'en avait jamais vu en un seul endroit. Leur parade dans le ciel reflétait la procession en contrebas. Et pour une fois, le jeune homme était trop émerveillé pour avoir peur. Les légendes rapportaient que certains acquerraient des capacités aberrantes après un contact avec le surnaturel ; sa rencontre avec Idir avait-elle renforcé son aptitude à voir les enténébrés ?

« Est-ce que tu les vois ? » demanda-t-il à Leila en se raccrochant à un espoir insensé, mais elle répondit : « Voir quoi ? »

La déception lui laissa un goût amer. Si seulement il trouvait un moyen de montrer à sa sœur combien la magie imprégnait leur environnement, de lui laisser entrevoir le monde tel qu'il le voyait. À cette pensée, ses pouvoirs s'agitèrent en lui, prirent le dessus sur ses sens, comme le besoin impérieux de gratter une démangeaison. Mais Malik ignorait comment la soulager. Il serra et desserra les poings en attendant qu'il se produise quelque chose. En vain.

Ils atteignirent le temple de la Vie bien trop tôt. Le pavillon de la Vie reproduisait le motif spiralé symbolisant leur alignement, sur lequel la foule se tenait à présent. Une statue d'Adanko en pierre dominait ses fidèles, ses longues oreilles tendues vers la comète de Bahia.

La cérémonie était déjà bien entamée. Des milliers de voix entonnaient à l'unisson un air que Malik connaissait bien, car il s'agissait de celui qu'on chantait lors des offices hebdomadaires de son alignement. Malik accueillit avec soulagement la mélodie familière après toutes les horreurs qu'ils avaient vécues ce jour-là. La prêtresse de la Vie s'avança sur l'estrade montée devant le temple, le crâne rasé et le corps drapé de robes d'un pourpre profond. Une grande hase blanche qui lui faisait comme un châle sur les épaules considérait l'assemblée de ses yeux curieux.

La prêtresse de la Vie rejeta la tête en arrière et leva les mains vers le ciel.

« Bénie sois-tu, Adanko, née de la Vie et patronne de toutes celles et tous ceux qui arpentent les chemins de la vertu ; nous sommes honorés de nous rassembler ce soir en ta sainte présence ! Patronne adorée, bénis-nous de ta sagesse afin que nous puissions choisir le champion qui révélera ta gloire au monde et nous fera entrer dans une nouvelle ère ! »

Le chœur enfla comme un tsunami, et la prêtresse de la Vie se mit à danser au rythme du chant et des panaches de fumée qui s'échappaient au pied de la statue d'Adanko.

« Parle-moi, ma patronne ! Qui est le champion que tu as choisi ? »

Malik verrouilla ses yeux sur le visage minéral de la statue. On pouvait convaincre, aiguillonner, acheter ou négocier avec une prêtresse, mais personne ne pouvait infléchir le choix du champion.

Personne sinon une déesse.

Si endosser ce rôle était le seul moyen d'atteindre la princesse Karina, alors Malik ferait de lui le champion.

La magie dont il avait si longtemps nié l'existence jaillit à la surface, électrisa le moindre de ses atomes. Il plaqua la main sur sa bouche, les joues humides de larmes. Après tant d'années passées à exiler la magie dans les recoins les plus sombres de son être, Malik ignorait quoi faire maintenant qu'elle était à sa portée.

« Malik ? Que se passe-t-il ? s'enquit Leila en s'accroupissant près de lui. Qu'est-ce qui ne va pas ?

— C'est moi, murmura son frère, et tandis que la cérémonie battait son plein, l'air autour de lui semblait devenir plus dense, plus tangible.

— Quoi ?

— C'est moi. Le champion. Je suis… Adanko va me choisir », répondit-il. La lumière bleue éthérée qui avait baigné Nyeni s'attachait à présent à Malik, même s'il était le seul à la voir.

« Parle-moi, Adanko ! Parle-moi ! » incanta la prêtresse, sa voix amplifiée par le chœur qui l'entourait.

« C'est moi. Je suis le champion ! Adanko m'a choisi ! »

Leila observa, médusée, le corps de son frère tressauter, luttant pour maîtriser l'influx de magie qui courait à la surface de sa peau. On lui avait appris à cacher sa véritable nature au fond de lui-même, mais à présent, la personne que le monde l'avait forcé à être se tenait plus éloignée de lui que jamais.

Alors que la prêtresse entonnait d'une voix crescendo un chant plein de grâce, Malik agrippa l'avant de sa tunique et hurla.

À cet instant précis, il oublia Solstasia. Il oublia Idir, les enténébrés, et même Nadia. La seule personne qui occupait ses pensées, c'était lui-même, ou plutôt l'enfant qu'il avait été dans un passé oublié, perdu dans la contemplation de ce monde impossiblement vaste depuis la plus haute branche d'un citronnier, créant illusion sur illusion pour se sentir moins seul.

La magie ne l'avait jamais abandonné. Elle avait été sienne depuis le jour de sa naissance, et il l'avait réprimée avant même de savoir qu'elle existait. Mais c'en était terminé. Il ne laisserait plus le monde nier le pouvoir qui lui appartenait depuis toujours.

D'une voix inhabituellement posée, Malik répéta une dernière fois : « Adanko a choisi de faire de moi son champion. »

Les acclamations se muèrent en hoquets de stupeur. Une apparition blanche s'éleva de l'intérieur de la statue d'Adanko, volute de fumée nébuleuse. La créature se déforma, de longues oreilles lui poussèrent et un dos gracieusement arqué se dessina, au point qu'elle ressemblait maintenant en tout point à la statue de hase sur laquelle elle se tenait. D'élégants glyphes faisaient le tour de sa peau blanche et surnaturelle, des glyphes qu'on ne pouvait associer qu'à un seul être.

Adanko. La déesse de la Vie.

Tous les fidèles tombèrent à genoux, sauf Malik. Là où ils voyaient une divinité, lui sentait sa propre magie irradier de la créature, telle une longe qui les liait l'un à l'autre. L'illusion bondit du haut de la statue et se mit à courir à travers les airs dans sa direction. Malik leva instinctivement les bras pour se protéger le visage, mais l'image d'Adanko lui tourna autour une fois, deux fois, trois fois, ses pattes fantomatiques laissant une traînée blanche dans son sillage.

Puis elle disparut aussi subitement qu'elle était apparue. Malik baissa les mains, et ses jambes se dérobèrent sous lui. La magie en lui s'épuisa, tandis que les mouvements frénétiques de la Marque se ralentissaient.

Leila le dévisageait comme si elle le voyait pour la toute première fois.

« Qu'as-tu fait ? » souffla-t-elle.

Un silence plus sonore que tout ce que Malik n'avait jamais entendu emplit le pavillon.

Alors la prêtresse parla, la voix vibrant d'émerveillement. « Notre déesse a choisi son champion !

— Notre déesse a choisi son champion ! Notre déesse a choisi son champion ! »

Malik ne protesta pas quand la foule le hissa sur ses épaules et le convoya jusqu'à la prêtresse de la Vie, Leila jouant des coudes pour ne pas se laisser distancer. On le déposa près de la femme, qui saisit la main de Malik et la leva bien haut pour que tous puissent voir son emblème Vie-aligné.

« Mes sœurs et frères, Adanko elle-même nous a bénis, ce soir ! Donnez de la voix pour remercier notre déesse, et montrez votre amour pour le nouveau champion de la Vie de Solstasia ! »

Le rugissement qui suivit ces mots fut si puissant qu'on l'entendit dans toute la ville, jusqu'à Ksar Alahari et au-delà. Malik goûta la sensation de triomphe manifestée par tous ces gens.

Il l'avait fait. Il avait invoqué une Adanko illusoire, et elle avait fait de lui son champion. Sa magie avait répondu quand il l'avait sollicitée, comme s'ils n'avaient jamais été séparés.

Et il allait maintenant devoir l'utiliser pour tuer la princesse Karina et sauver Nadia, même s'il devrait pour cela mentir à la moindre personne qu'il croiserait.

8

Karina

Les événements qui survinrent après l'attaque se résumèrent à un brouillard.

Karina se rappelait avoir hurlé jusqu'à ce que la gorge lui brûle. Avoir repoussé les mains qui cherchaient à l'éloigner de sa mère. Aminata la forçant à boire un breuvage amer et épais. Puis le néant.

La première fois qu'elle se réveilla, Karina se rongea les doigts jusqu'au sang. Les servantes hurlèrent en voyant les dégâts qu'elle s'était infligés et la tinrent tandis qu'on lui faisait avaler une nouvelle tasse de liquide amer. Elle cria jusqu'à ce que l'obscurité l'emporte à nouveau.

Lors de son second réveil, elle baignait dans une flaque de son vomi, et des voix bien trop proches d'elle disaient des choses qu'elle ne comprenait pas. Elle se rendormit.

La troisième fois, elle était seule.

Elle se trouvait dans sa chambre, vêtue de sa chemise de nuit et emmaillotée dans d'épaisses couvertures. La faible clarté filtrée par la fenêtre suggérait qu'il était soit très tôt, soit très tard, quelques heures après l'apparition de la comète où sa mère avait…

Un haut-le-cœur lui brûla la gorge. C'était impossible. Sa mère, la fameuse Crécerelle de Ksar Alahari, ne pouvait pas être tombée sous la lame d'un vulgaire assassin.

Ses oreilles bourdonnèrent d'électricité statique. Le brouillard et l'engourdissement du choc ne lui étaient que trop familiers. Peut-être rêvait-elle, peut-être se réveillerait-elle bientôt de ce cauchemar. Aminata ferait irruption dans sa chambre pour l'aider à se préparer pour la cérémonie d'Ouverture, Farid l'asticoterait comme il le faisait toujours, et la Crécerelle serait là, les sourcils froncés et bien vivante, parce qu'elle n'était pas… ne *pouvait* pas être…

Des pas résonnèrent devant la porte, et les gardes annoncèrent l'arrivée de Farid. Elle garda le silence tandis qu'il s'approchait du lit avec la solennité d'un homme pénétrant dans une tombe. Ses yeux s'arrêtèrent sur le vomi au pied du lit et sur les blessures de ses mains. La même scène s'était jouée dix ans plus tôt, presque jour pour jour. Farid et elles deux arboraient leur robe blanche de deuil quand les prêtresses avaient recommandé les âmes de Baba et Hanane à la Grande Mère. Ces vêtements lui allaient-ils toujours, ou quelqu'un avait-il eu la bonne idée de lui en confectionner de nouveaux ?

« Le conseil se réunit maintenant dans le Marbre, dit Farid. Je sais que tu as besoin de repos, mais ce serait bien que tu puisses ne serait-ce qu'y assister, parce que… »

Karina voyait bien qu'il essayait de lui parler, mais il aurait tout aussi bien pu crier ces mots dans le vent, pour ce qu'elle en comprenait. Chacune des paroles qu'il prononçait se transformait en bouillis dans sa tête, où rien ne se connectait correctement. Sa mère était morte… Il n'y avait rien d'autre à dire.

« Je t'en prie, Karina. » La voix de Farid se brisa. Il la suppliait littéralement. Ses habits étaient froissés, comme s'il avait dormi avec, si tant est qu'il ait dormi. Le voir dans cet état, lui qui était toujours impeccable, alluma une étincelle de lucidité en Karina. Elle n'était pas la seule à avoir perdu sa famille, la veille.

Farid tendit la main vers elle – une offre de paix. Gardant à l'esprit les choses horribles qu'elle lui avait dites et la honte qu'elle en concevait, elle la prit et le laissa l'aider à se lever.

Ils ne prononcèrent pas un mot en quittant l'aile résidentielle de Ksar Alahari, et pas davantage quand les Sentinelles annoncèrent leur arrivée et les firent pénétrer dans le Marbre. Comme le suggérait son nom, les murs de la salle où se tenait le conseil étaient presque entièrement faits de cette pierre, ainsi que le motif à carreaux noir et blanc du sol. Seul le mobilier, d'un bois noir comme l'onyx, déparait. À l'arrivée de Karina, les douze membres du conseil se levèrent et portèrent les doigts de la main droite à leur bouche, puis à leur cœur, tout en levant la paume gauche. La commandante Hamidou se tenait dans un coin de la pièce, les bras chargés d'un tissu plié.

Consciente que tout le monde s'attendait à ce qu'elle s'assoie dans le siège de la sultane, Karina s'installa dans celui immédiatement à gauche de celui-ci, et Farid prit le suivant à sa gauche.

Le silence s'appesantissait. Seule la grande viziresse Jeneba eut le courage de le rompre, en demandant : « Comment vous sentez-vous, Majesté ? »

Plusieurs secondes confuses s'écoulèrent avant que Karina comprenne que la grande viziresse s'adressait à elle. « Majesté » était désormais son titre, puisque sa mère était…

Le monde se figea de nouveau. Karina resta silencieuse et ne détourna pas les yeux du mur devant elle. Le marbre était si lisse qu'elle s'y reflétait, bassin miroir entièrement fait de pierre indestructible.

Quand il devint évident que Karina n'allait pas répondre, Farid déclara : « Les guérisseurs affirment que Sa Majesté ne souffre d'aucune blessure importante. »

La grande viziresse hocha la tête. « Merci, Mwale Farid, Votre Majesté. »

Karina voyait bien pourquoi la Crécerelle avait choisi une telle femme pour la seconder. Au milieu de la confusion et de la peur, la grande viziresse était la personne la plus calme de cette pièce.

« Que savons-nous de l'assassin ? demanda Mwale Omar, dont les petits yeux se posaient nerveusement sur toute chose, comme s'il s'attendait à être victime d'une nouvelle attaque.

— Rien encore, malheureusement, répondit la grande viziresse en secouant la tête. Nos meilleures Sentinelles mènent l'enquête, mais nous ignorons pour l'instant son identité et son origine. Nous avons cependant une piste. Commandante Hamidou, je vous prie. »

La cheffe des Sentinelles posa son paquet enveloppé de tissu au centre de la table et le déballa. La lame de l'épée avec laquelle le sicaire avait tué sa mère paraissait plus sombre à la lumière du jour. Quelqu'un avait obligeamment nettoyé l'arme du sang de la Crécerelle, mais Karina le voyait toujours couler sur le métal, tacher ses mains d'une salissure écarlate qui ne partirait jamais.

« C'est une arme de confection étrangère, n'est-ce pas ? dit Farid, le visage tordu par une grimace.

— Une akrafena, essentiellement utilisée par les guerriers arkwasiens de haut rang. » La voix de la commandante était glaciale de détachement, et Karina se demanda une nouvelle fois quel entraînement enduraient les Sentinelles pour rester de marbre face à tant de violence. « Et ceci..., poursuivit la commandante Hamidou en montrant la poignée dorée, où l'on avait gravé sur le pommeau un symbole formé de deux lignes verticales entre deux horizontales,… est le Grand Tabouret, le symbole de l'Arkwasi-hene. Sa dague porte également cet insigne. »

Chaque mot faisait à Karina l'effet d'une pièce de puzzle qui refusait de s'emboîter dans sa voisine. Akrafena. Arkwasi-hene. La veille, peu avant l'apparition de la comète, cette fille, Afua, avait mentionné l'Arkwasi-hene. Avait-elle un rapport avec ceci ? Avait-elle parlé avec Karina en sachant que, quelques heures plus tard, la Crécerelle serait…

Elle s'efforça de se concentrer sur la conversation.

« Mais pourquoi ? intervint un vizir de rang inférieur. Notre alliance avec Arkwasi tient toujours, et Osei Nana était en bons termes avec Sa Majesté – puisse la Grande Mère lui apporter la paix.

— Ziran a connu des difficultés, ces derniers temps, entre l'explosion démographique et la dixième année de sécheresse consécutive, répondit Jeneba. Peut-être a-t-il vu Solstasia comme une opportunité de frapper à l'heure où nous étions le plus vulnérables. »

Un murmure parcourut l'assemblée. Karina n'avait rencontré l'Arkwasi-hene qu'une seule fois, à l'occasion du seizième anniversaire de Hanane. Le souverain suprême d'Arkwasi lui était apparu comme un homme jovial et turbulent, à mille lieues du meurtrier calculateur que la grande viziresse décrivait. De plus, il y avait autre chose qui ne collait pas.

« Mais si l'Arkwasi-hene était derrière ceci, pourquoi confierait-il à l'assassin une épée frappée de son sceau personnel ? interrogea Farid, comme en écho aux pensées de Karina.

— Il devait se dire que personne chez nous ne saurait déchiffrer leurs symboles, répliqua Mwale Omar avec un reniflement dédaigneux. Ces gens de la jungle ne sont pas les plus intelligents qui soient. »

Le mépris qui sourdait des mots de Mwale Omar hérissa les poils de Karina. Elle avait rencontré quantité d'Arkwasiens intelligents, et la plupart d'entre eux s'étaient montrés plus aimables que lui.

« Alors que faisons-nous, maintenant ? » demanda l'un des conseillers.

Karina souhaita n'avoir jamais quitté sa chambre. N'avoir jamais ouvert les yeux, ce matin-là.

La grande viziresse laissa passer un silence avant de répondre : « Les seules personnes au courant de l'assassinat sont celles qui se trouvent dans cette pièce, ainsi que les Sentinelles impliquées dans l'enquête, qui ont toutes juré le secret sur leur sang. Il nous faut dès maintenant prévenir les temples que la cérémonie d'Ouverture et toutes les festivités liées à Solstasia sont reportées jusqu'à nouvel ordre...

— Vous annulez Solstasia ? » la coupa Karina.

Tous les yeux se tournèrent vers elle. L'incrédulité qu'elle y lut se transforma rapidement en inquiétude.

Jeneba acquiesça. « Il le faut. Je suis certaine qu'il est inutile de vous rappeler les protocoles standards pour ce genre d'incidents.

— Non, grande viziresse, je n'ai pas besoin que vous me rappeliez la mort de ma mère. »

Une vive douleur traversa le cœur de Karina alors qu'elle énonçait sa nouvelle réalité à voix haute pour la première fois.

Sa mère était morte en croyant que sa fille la haïssait.

Mais son chagrin était peu de chose face à ce que la Crécerelle lui avait montré dans le Sanctuaire de la reine. Si Solstasia ne se tenait pas, la Barrière s'effondrerait, et même si Karina désirait ardemment pouvoir franchir le Rempart, Ziran serait vulnérable aux attaques magiques de ses ennemis.

Solstasia devait se tenir, à n'importe quel prix.

« Solstasia a lieu une fois tous les cinquante ans, argumenta Karina. Des dizaines de milliers de personnes sont déjà là pour y assister. Si nous l'annulons, nos adversaires auront gagné.

— Nous ne pouvons pas maintenir le festival et organiser les funérailles de la reine – puisse la Grande Mère lui accorder la paix – en même temps, dit un vizir. D'imaginer que tout ce que nous avons prévu pour Solstasia soit perdu me rend malade, mais quel autre choix avons-nous ?

— De plus, ajouta un autre vizir, cela nous donnera le temps de trouver les responsables de ce crime haineux. »

Les déclarations des vizirs s'enchaînaient trop bien pour ne pas avoir été répétées. Le conseil avait dû se réunir au préalable pour en discuter sans elle. Cela ne fit qu'ajouter à l'irritation de Karina.

« Personne ne souffre ici plus que vous, reprit la grande vizi-resse, avec une douceur que Karina n'avait jamais entendue dans sa bouche. Jamais nous n'oserions vous demander de porter le fardeau physique et émotionnel de la présidence de Solstasia. »

Karina repensa à la fresque du Sanctuaire de la reine et aux sacrifices violents que sa famille avait dû endurer pour faire du rêve de Bahia Alahari une réalité. Elle ne serait pas celle qui laisserait tous ces efforts se perdre.

« Je le ferai, affirma Karina, surprise par la force de ses mots. Je présiderai Solstasia. »

Dans son esprit, elle vit la Crécerelle approuver de la tête. Ziran n'en méritait pas moins de sa nouvelle sultane.

Mais les regards préoccupés des vizirs disaient tout autre chose. Au terme d'un trop long silence, Jeneba se pencha en avant et dit : « Si vous me permettez d'être franche, Majesté, je ne crois pas que ce soit une très bonne idée.

— Vous avez subi une perte terrible, renchérit un des vizirs avec une telle pitié dans les yeux que Karina eut envie de crier. Et à un si jeune âge, en plus. Prenez du temps pour vous. Nous pouvons nous occuper de Ziran. »

Tous ses pairs approuvèrent de la tête. Mais Farid remua dans son siège.

« Je crois que l'idée de Sa Majesté mérite considération, dit-il. Haissa Sarahel – puisse la Grande Mère lui accorder la paix – n'aurait pas voulu que le festival soit annulé par sa faute. Mais nous pouvons peut-être trouver quelqu'un d'autre pour présider Solstasia pendant que Sa Majesté se rétablit ? »

Ce ne serait pas la première fois que la famille royale utiliserait un sosie pour participer à un événement jugé trop dangereux pour que la reine y assiste en personne, mais la Crécerelle s'était montrée très claire : seule une Alahari pouvait renouveler la Barrière. Karina était la dernière de sa lignée, ce qui signifiait qu'elle seule pouvait jouer ce rôle.

Karina n'avait jamais voulu être reine – ni quand Hanane était vivante ni une seule fois au cours de la tumultueuse décennie qui s'était ensuivie. Mais son règne avait débuté depuis moins d'un jour, et déjà Ziran lui glissait entre les doigts.

Elle ne pouvait cependant pas en vouloir au conseil de douter d'elle. Qu'avait-elle fait depuis sa naissance pour prouver qu'elle était capable de diriger la cité-État ? Elle n'avait ni la poigne de sa mère ni le charme de sa grande sœur. Si elle-même avait fait partie du conseil, il n'était pas certain qu'elle aurait réagi différemment.

Mais Solstasia était *à elle*. S'ils lui enlevaient ça, elle n'aurait plus rien.

« Je veux le faire, déclara Karina en plantant ses poings dans le tissu de sa robe de chambre pour empêcher ses mains de trembler. C'est mon devoir. Vous n'avez pas le droit de me l'interdire. »

Elle se tourna vers l'intendant. « Farid, dis-leur que je peux le faire », ordonna-t-elle d'un ton impérieux pour dissimuler la supplication dans ses yeux.

Farid pinça les lèvres. Les mots horribles qu'elle avait eus pour lui restaient suspendus entre eux. Karina aurait donné n'importe quoi pour les reprendre. Les premiers rayons de l'aube pénétrèrent par la fenêtre, bien trop lumineux pour la tension qui régnait dans le Marbre. Bientôt, le soleil se coucherait à nouveau et viendrait l'heure de la cérémonie d'Ouverture et du Premier Défi. Ce débat n'avait que trop duré.

« Farid, je t'en prie », supplia Karina.

L'intendant la considéra. Toute leur histoire, tous leurs souvenirs communs, les bons comme les mauvais, étaient contenus dans ce regard. Enfin, il prit la parole.

« J'admets que je nourris aussi quelques doutes. Mais en tant que témoin privilégié des progrès de Sa Majesté depuis sa naissance, je crois qu'elle mérite une chance d'honorer les traditions de sa famille et d'assurer la continuité de Solstasia. »

Karina se serait jetée au cou de Farid, si cela n'avait pas été totalement inapproprié. Sa propre parole avait peu de poids en ces lieux, mais le conseil se fiait à Farid depuis qu'il était apprenti intendant. Son soutien avait déjà adouci les regards inquiets de plusieurs de vizirs.

« Mais quelle est la récompense ? demanda l'un d'eux. Haissa Sarahel – puisse la Grande Mère lui accorder la paix – ne nous a pas informés de ce qu'elle avait en tête.

— En fait, si, s'écria Karina. Elle me l'a révélé. » C'était un mensonge, mais il ne devrait pas être trop difficile de trouver quelque chose à la mesure de l'événement. La plupart des gens se contenteraient d'une pierre de Ksar Alahari, voire d'un poney.

« Alors la question est réglée », conclut la grande viziresse en jetant un coup d'œil par la fenêtre. Le premier carillon du matin éveillait les Ziranis au jour qu'ils attendaient depuis cinquante ans. « La nouvelle de la mort d'Haissa Sarahel ne doit pas sortir de cette pièce. Pendant toute la durée du festival, il faudra s'adresser à Sa Majesté sous son ancien titre, et la traiter avec les égards appropriés au statut de princesse. Mwale Farid, je compte sur vous pour vous assurer que Son Altesse disposera de toutes les ressources dont elle a besoin.

— Bien sûr, répondit l'intéressé.

— Je dois dire que la tournure des événements me comble d'aise, déclara Mwani Zohra avec son habituel accent chantant. Driss rêvait déjà d'être le champion du Soleil quand il portait encore des couches. »

Pisse de rat, Karina avait complètement oublié les champions. Se substituer aux devoirs de la Crécerelle signifiait qu'elle allait devoir les accueillir officiellement à Ksar Alahari. Le Jardin azur, l'un des nombreux riads dont sa famille était propriétaire, abritait traditionnellement les champions durant le festival. Karina grimaça à la pensée d'Adetunde et de Driss si proches de ses quartiers.

« Y a-t-il quelque chose que je doive savoir sur les champions avant la cérémonie d'Ouverture ? s'enquit Karina.

— Six d'entre eux sont précisément ceux que nous avions prévus, répondit Jeneba, avant de s'interrompre, le visage traversé par une expression d'embarras fugace. Mais le septième… D'après nos rapports, Adanko serait apparue au temple de la Vie pour choisir elle-même le champion de cet alignement. Un garçon originaire de Talafri.

— *Tch*, rien que des hallucinations nées dans la tête de zélotes imbibés d'alcool. Je ne prendrais pas ça trop au sérieux, si j'étais vous, dit Mwale Omar avec un geste dédaigneux.

— Il n'empêche qu'une hallucination collective de la déesse de la Vie le soir même où la sultane est assassinée... », marmonna Farid en se penchant en avant. Karina ne connaissait que trop bien ce regard – celui qu'il réservait aux problèmes non résolus. « Je n'aime pas ça du tout.

— Moi non plus, mais je crois que Sa Majesté – pardon, Son Altesse – a raison. Nous avons plus à gagner à maintenir Solstasia qu'à le repousser », dit la grande viziresse. Karina fut envahie par un sentiment de triomphe. Elle s'était opposée au conseil et avait gagné. Elle renouvellerait la Barrière et garantirait la sécurité de Ziran, comme toutes ses ancêtres le faisaient depuis des millénaires.

Néanmoins, cette victoire lui paraissait creuse. Que valait-elle si la Crécerelle n'était pas là pour la voir ?

Je vais faire les choses bien, Mère, songea Karina en se levant et en partant se préparer pour Solstasia. *Je te le promets.*

9

Malik

La frénésie de la foule assemblée devant le temple de la Vie était telle que Malik entendit à peine la prêtresse lui demander : « Comment t'appelles-tu, mon fils ? »

Il chancelait. L'influx de magie l'avait quitté, laissant la place à un épuisement qui menaçait d'engloutir tous ses sens.

Son nom. La prêtresse de la Vie voulait savoir son nom.

« Ma... », commença-t-il avant de se raviser. À cause de l'épidémie de fièvre de la rivière et de la violence croissante entre les clans, les Eshrans seraient bientôt interdits de séjour à Ziran. Donner son vrai nom mettrait fin à cette comédie avant même qu'elle ait commencé, et alors qui sauverait Nadia ?

« A-Adil, bégaya-t-il, récitant le nom qui figurait sur ses faux papiers. Adil Asfour. »

La prêtresse de la Vie rayonna et se retourna vers la foule en délire. « Mes sœurs et frères, faites entendre votre voix pour le champion choisi par Adanko, Adil Asfour ! »

La clameur qui s'ensuivit, la plus puissante de toutes, ébranla la statue de la déesse jusque dans ses fondations. Elle perdurait quand la prêtresse de la Vie fit monter sur la scène une patrouille de soldats aux couleurs de son alignement. Malik tressaillit, mais la prêtresse dit : « Par ici, je vous prie, champion Adil. »

Où était Leila ? Il ne pouvait pas partir sans elle. Malik scruta la foule par-dessus son épaule, mais les soldats en formation autour de lui bloquèrent bientôt son champ de vision. Ils le firent descendre de l'estrade si vivement qu'il faillit trébucher sur ses pieds endoloris en essayant de garder son équilibre.

« Dégagez le passage ! » crièrent les soldats, mais aucun cri au monde n'aurait pu calmer la foule. Des fidèles excités se jouaient des barrières en bois qui s'alignaient le long de la rue comme s'il s'était agi de parchemin.

« Solstasia afeshiya, champion de la Vie ! Afeshiya !

— Bénis sois-tu, champion, choisi par Adanko elle-même !

— Champion Adil ! Champion Adil ! Par ici ! »

Une femme essaya de fourrer son bébé dans les bras de Malik et reçut un coup de crosse de la lance d'un soldat. La foule se referma bien vite sur l'espace qu'elle avait occupé, l'engloutissant complètement. La dévotion se lisait sur leur visage, l'émerveillement dans leurs yeux ; chaque bénédiction, chaque témoignage de leur adoration creusait un peu plus le puits de terreur dans lequel se noyait Malik. Dans un état de fébrilité absolue, il s'appliqua à mettre un pied devant l'autre, les mains agitées de mouvements réflexes à la recherche de ses sœurs.

Malik faillit pleurer de joie en voyant apparaître leur destination, un palanquin pourpre et argent frappé du symbole spiralé d'Adanko. Les gardes saluèrent Malik et ouvrirent la porte du véhicule, révélant un intérieur en bois d'ébène couvert de coussins violets accueillants.

« Grimpez, je vous prie, champion Adil.

— Mais… ma sœur ! » Le palanquin n'admettait qu'un seul occupant. Comment Leila le trouverait-elle, si on l'emmenait dans cette chose ?

« Maintenant, s'il vous plaît, champion Adil. »

Ignorant les faibles protestations de Malik, les soldats le poussèrent dans le palanquin et lui claquèrent la porte au nez. Il n'eut que quelques secondes pour s'orienter avant que le véhicule se mette en branle, porté à dos de plusieurs des gardes. Ils avançaient à une vitesse surprenante, presque aussi rapidement que les barges du désert que Malik avait vu passer dans l'Odjubai.

La dernière fois que Malik s'était trouvé dans un espace aussi confiné, c'était le chariot dans lequel ses sœurs et lui avaient traversé le désert. Quoique le luxueux intérieur du palanquin ne puisse en rien se comparer au bois pourri du chariot, la proximité étouffante des murs lui faisait le même effet. Malik ramena ses genoux contre sa poitrine et serra les paupières.

« Respire. Reste présent. Reste ici, s'intima-t-il. Respire. Reste présent. Reste ici. »

Mais même la pensée de son citronnier ne l'aida pas à combattre la boule qui enflait dans sa poitrine. Seule consolation, il n'y avait nulle part trace des spectres ou des enténébrés. La Grande Mère en soit remerciée.

Malik essaya de jeter un coup d'œil par l'unique fenêtre du palanquin, mais la grille qui la couvrait était si serrée qu'il ne discernait rien sinon de vagues couleurs et des pierres. Serait-il accueilli à son arrivée au palais par Haissa Sarahel et la princesse Karina ? Un frisson lui parcourut la colonne vertébrale à cette perspective. Serait-il possible de tuer la princesse à cet instant, avant que toute cette folie devienne totalement hors de contrôle ?

Mais... et si les gardes ne le conduisaient pas du tout au palais ? Et si la prêtresse de la Vie avait découvert la supercherie, et qu'ils l'emmenaient au peloton d'exécution pour avoir menti à une sainte femme ? Alors Nadia serait condamnée elle aussi.

L'évocation du visage effrayé de sa petite sœur lui donna un sursaut d'énergie, et il se démena sur le loquet de la porte. Quand cela ne donna rien, il se tourna vers sa magie.

Il essaya de se concentrer sur ce qu'il avait ressenti juste avant l'apparition de l'illusion d'Adanko – une plénitude, l'impression de maîtriser enfin le flux chaotique de sa pensée. Mais il avait l'esprit trop agité, et sa magie restait hors de sa portée. Malik serra les dents et essaya de nouveau. Il devait être calme, garder le contrôle… rien. Lorsque le palanquin s'arrêta, Malik n'avait rien obtenu qu'une pellicule de sueur sur son front et une nausée, mais aucune manifestation de sa magie.

Quand les gardes ouvrirent la porte, ils découvrirent un jeune homme terrorisé, les yeux écarquillés, accroupi dans un coin comme un lièvre acculé. Mais s'ils nourrissaient le moindre doute sur la légitimité du champion, ils ne firent aucun commentaire et se contentèrent de lui montrer la sortie en s'inclinant.

« Nous sommes arrivés, champion Adil. »

La peur ordonna à Malik de ne pas bouger, mais il passa outre. Quand il descendit enfin du palanquin, ce qu'il vit lui coupa le souffle.

Devant lui se dressait un riad de style zirani traditionnel, haut de trois étages et miroitant de tant de nuances de bleu que ses murs semblaient être faits d'océan. À l'ouest, tout Ziran se déployait sous les yeux de Malik, patchwork coloré qui lui rappelait les couvertures que Nana cousait pour ses sœurs et lui. À l'est, le reste de Ksar Alahari scintillait sous les rayons du soleil levant. Il avait donc passé plusieurs heures dans le palanquin.

Ce fut là, sur le toit de la cité-État qui s'étendait à ses pieds, que la vérité du moment frappa Malik. La veille, il n'était encore qu'un simple réfugié eshran désespéré, oublié du monde.

Maintenant, des milliers de personnes voyaient en lui le héraut d'une nouvelle ère.

Et quelque part dans le labyrinthe de pierre et d'argent qui les entourait, la princesse Karina attendait qu'il la tue.

Un nouveau vertige le saisit. Il serra les poings sur ses avant-bras pour ne pas perdre l'équilibre.

Des dizaines de serviteurs en livrée rouge et argent des Alahari s'agenouillèrent sur l'allée carrelée menant à la porte du Jardin azur. Un homme se tenait au pied d'une des colonnes soutenant l'arc en fer à cheval. Quoiqu'il arbore les mêmes couleurs, la coupe élégante de ses vêtements le distinguait des domestiques.

« Solstasia afeshiya ! dit l'homme en se redressant et en frappant dans ses mains. Je m'appelle Farid Sibari, intendant de Ksar Alahari et conseiller de Sa Majesté Haissa Sarahel. Au nom de notre chère reine, qui ne peut malheureusement être là pour vous saluer elle-même, permettez-moi de vous accueillir au Jardin azur. »

Tous les serviteurs se prosternèrent à l'unisson, front contre terre. Malik, devant qui on s'était davantage incliné au cours de l'heure écoulée que durant tout le reste de sa vie, était trop abasourdi pour prononcer le moindre mot. Farid dut interpréter son silence comme un assentiment, car son sourire s'élargit.

« Mon personnel et moi avons passé des années à préparer le Jardin azur pour votre arrivée, champion Adil. Tout ce qui se trouve sur la propriété est à votre disposition, et si vous avez besoin de quelque chose que nous aurions négligé de vous fournir, ou s'il manque quoi que ce soit, n'hésitez pas à nous le faire savoir immédiatement. C'est peu de chose, mais j'aimerais que vous considériez le Jardin azur comme votre seconde maison. »

La voix de l'intendant était accueillante, mais il était impossible de ne pas remarquer les poches sous ses yeux ou la façon dont ses habits tombaient de travers. Malik soupçonna que Farid Sibari avait eu une nuit encore pire que la sienne, et cela le détourna de sa peur assez longtemps pour dire : « Votre hospitalité m'honore. Merci beaucoup.

— C'est à moi de vous remercier. Mais pardonnez-moi de vous retenir aussi longtemps. Je suis sûr que vous souhaitez vous installer et... vous mettre à l'aise. »

En entendant ces paroles, Malik comprit à quel point lui et ses haillons détonnaient avec l'opulence de Ksar Alahari. Les joues brûlantes, il hocha la tête. Sur un geste de Farid, un jeune homme sortit du rang des serviteurs et les rejoignit d'un pas preste. Il s'inclina si bas devant Malik qu'il faillit basculer en avant.

« Voici Hicham, votre auxiliaire au Jardin azur, le présenta Farid.

— Solstasia afeshiya, champion Adil. Je jure par la grâce de la Grande Mère et par la sagesse d'Adanko que je vous servirai comme si ma vie en dépendait tout au long de cette semaine. Par ici, s'il vous plaît. »

Si l'extérieur du Jardin azur l'avait impressionné, l'intérieur était époustouflant. Des plantes grimpantes à petites fleurs bleues s'enroulaient autour des rambardes des niveaux supérieurs, tandis qu'en bas, un petit bassin miroitait au milieu du patio. Des rideaux blancs oscillaient au gré de la brise, et le griffon rugissant des Alahari était visible partout, rappelant aux occupants des lieux à qui ils devaient cette débauche de luxe.

Et pourtant, en dépit de sa beauté, le Jardin azur avait quelque chose d'étrange – pas seulement les paons albinos qui se pavanaient dans le patio. Malik comprit... Les enténébrés n'étaient nulle part. Nulle goule, aucun éfrit, pas même un lutin du bois entre les poutres. Pour une raison inconnue, les esprits évitaient cet endroit. Paradoxalement, ce constat ne le rassura pas.

Hicham le conduisit dans un hammam de la taille de la maison du magistrat d'Oboure, aux murs couverts d'un épais tadelakt et garni d'assez de pains de savon pour récurer une armée entière. De l'eau s'élevait des volutes de vapeur parfumée qui hypnotisèrent tant Malik qu'il faillit oublier de renvoyer la Marque sous son pied avant qu'Hicham et ses assistants le déshabillent. Puis ils firent descendre le champion dans l'eau brûlante et se mirent au travail.

Les serviteurs frottèrent la peau de Malik avec de gros savons noirs et ses cheveux avec du rhassoul. Il accueillit l'argile avec soulagement après des mois de crasse accumulée sur son cuir chevelu, qu'il avait tenté en vain de garder propre. En quelques minutes, la saleté et la poussière du voyage de Malik se dissolurent dans l'eau en un nuage sombre. Être touché par autant de gens le mettait mal à l'aise, mais il n'y avait rien d'autre à faire que prendre son mal en patience. Il regarda plusieurs fois autour de lui, comme si la princesse Karina avait pu sortir d'un robinet. Rien de tel ne se produisit.

« Que voulez-vous que nous fassions de ceci ? » demanda un des domestiques en tenant les hardes de Malik à bout de bras.

Il aurait dû laisser les serviteurs les jeter, au lieu de quoi il dit : « Pouvez-vous les nettoyer et les repasser pour moi, s'il vous plaît ? Mais faites attention au jouet qui se trouve dans la poche droite, je vous prie. »

Le factotum acquiesça et partit. Les autres enroulèrent une serviette autour de la taille de Malik et une seconde à son cou, et le firent asseoir sur un tabouret bas. Hicham se plaça derrière lui, une grande paire de ciseaux à la main.

« Comment voulez-vous que je vous les coupe ? » s'enquit-il en jetant un regard modérément horrifié sur la tignasse de Malik.

La plupart des habitants de Sonande avaient les cheveux crépus ou bouclés, qui poussaient vers l'extérieur plutôt que vers le bas. Ceux de Malik avaient ceci d'unique qu'il était presque impossible de leur faire adopter l'une ou l'autre forme de façon durable. Ils lui donnaient déjà du fil à retordre quand il les faisait couper régulièrement ; mais après un mois sur la route, sa toison formait une masse enchevêtrée qu'il ne prenait même plus la peine de démêler.

« Faites ce que bon vous semble », couina Malik, et après plusieurs minutes à marmonner dans sa barbe, Hicham se mit à l'ouvrage. Des mèches de cheveux bruns voletèrent devant les yeux de Malik, et quand son auxiliaire eut fini et lui tendit un miroir, le résultat le laissa sans voix. C'était toujours son visage, avec toutes ses imperfections et ses yeux trop grands et trop noirs. Mais le garçon qui lui renvoya son regard arborait de belles boucles qui lui retombaient sur le haut du front et une peau ocre luisante de ce que les serviteurs avaient mis dans le bain.

« Est-ce que ça vous plaît, champion ? » demanda Hicham, la voix étranglée de peur.

Malik cligna des yeux.

Il ressemblait à un prince.

Il ne se ressemblait pas du tout.

« Beaucoup », répondit-il à sa grande surprise, et Hicham laissa échapper un soupir de soulagement.

Les domestiques donnèrent à Malik une robe pourpre douce comme la soie et le conduisirent dans une vaste salle à manger où s'alignaient des tables chargées de fruits frais, de ragoûts bouillonnants et de miches de pain.

« La prêtresse de la Vie devrait arriver d'une minute à l'autre pour vous aider à vous préparer à la cérémonie d'Ouverture et au Premier Défi, expliqua Hicham en installant Malik à la place d'honneur. Vous pouvez vous restaurer de cet humble repas en attendant. »

Toutes les questions de Malik moururent sur ses lèvres à la vue de la nourriture. Il s'empara d'une miche de pain et mordit dedans à pleines dents, sans se soucier de se brûler les lèvres. Des larmes coulèrent sur ses joues, pas seulement à cause de la douleur. Il enfourna ensuite les aliments dans sa bouche à une vitesse étourdissante, sous le regard médusé des serviteurs. Il n'avait pas vu autant de nourriture réunie en un seul endroit depuis près d'un an – et délicieuse, avec ça. Même quelqu'un d'aussi difficile que Nadia...

Une vague de nausée le submergea, et il se plia en deux. Hicham accourut, alarmé, mais Malik le repoussa d'un signe de la main.

« Je vais bien ! toussa-t-il. J'ai juste... J'ai mangé trop vite. Pardonnez-moi. »

La faim tenaillait l'estomac de Malik, mais il ne pouvait se résoudre à avaler une bouchée de plus. Comment pourrait-il rester là à profiter alors que Nadia était retenue en otage par un monstre et Leila perdue quelque part ? Mama aurait eu honte de lui.

Quoi qu'il en soit, tout dans le Jardin azur lui rappelait pourquoi la princesse Karina devait mourir. Cette vie d'excès était bâtie sur la souffrance des familles comme celle de Malik. Elle ne se souciait pas de savoir si ces pauvres gens se cassaient le dos en labourant les champs, ou si leurs enfants étaient affamés par les impôts que sa famille collectait. Il ne devait pas perdre de vue la raison de sa présence en ces lieux : trouver un moyen de la tuer. Tout ce qui ne l'aidait pas à accomplir cette tâche n'était que distraction superflue, et tant pis pour la nourriture succulente et les cadeaux magnifiques.

Malik fit mentalement le point sur sa situation. Il avait la lame-esprit, et son statut de champion de la Vie lui assurait le gîte et le couvert jusqu'à la fin de Solstasia. Tout ce qu'il lui restait à faire, c'était trouver la princesse.

Farid lui avait dit que Son Altesse ne se trouvait pas au Jardin azur pour le moment, et il semblait peu probable que leurs chemins se croisent avant la cérémonie d'Ouverture. À la première occasion, il devrait s'éclipser et découvrir comment le riad se connectait au reste du palais.

Il lui faudrait aussi s'inquiéter des autres champions, quoique Malik n'ait pas encore vu un seul signe de leur présence. Ils devaient eux aussi se préparer pour la cérémonie d'Ouverture, cela ne faisait aucun doute. Avec tant d'obstacles potentiels, ce foyer temporaire avait des allures de nid de vipères doré.

Malik lorgna le pain avec embarras. Toute considération morale mise à part, s'affamer n'allait pas sauver Nadia.

Il reprit donc son repas, plus lentement cette fois, quand la prêtresse de la Vie entra dans la pièce, sa hase désormais dans les bras.

« Champion Adil, comme je suis heureuse de vous retrouver frais et dispos. Je suis désolée de devoir interrompre votre collation, mais nous avons beaucoup à faire avant la cérémonie d'Ouverture. Voulez-vous venir par ici ? »

Ignorant les mouvements circulaires agités de la Marque dans le bas de son dos, Malik suivit la prêtresse de la Vie dans une rotonde. Des acolytes du temple de la Vie y étaient assis autour d'une estrade. Derrière eux, des serviteurs tenaient de longs écheveaux de tissu, des mètres de couturière et différentes pièces de costume.

« Montez sur l'estrade, je vous prie, dit la prêtresse. Et écartez les bras. »

Malik s'exécuta. Hicham lui ôta sa robe, le laissant en sous-vêtements devant tous ces étrangers – une situation qu'il avait plus d'une fois vécue dans ses cauchemars. Il ne voulut cependant pas perdre la face devant la sainte femme qui tournait autour de lui, les yeux plissés. Il cacha la Marque sous la plante de son pied une fois de plus.

« Redites-moi votre nom ? » l'interrogea-t-elle.

La peur coutumière des étrangers obstrua la gorge de Malik, qui hésita un instant de trop. Les yeux de la prêtresse s'étrécirent encore, tandis que des perles de sueur se formaient sur les lèvres du jeune homme. Il aurait voulu se rouler en boule et se cacher, mais la vie de Nadia dépendait de sa capacité à convaincre ces gens qu'une déesse avait vraiment fait de lui son champion. S'il n'arrivait pas à dépasser sa peur pour lui-même, il devait le faire pour sa sœur.

« Adil Asfour, ma tante, dit-il d'une voix étranglée.

— Et celui de vos parents ?

— Adja et Mansa Asfour, ma tante. » Ces noms provenaient également de ses faux papiers. Le faussaire qui les lui avait vendus lui avait juré que cette information résisterait à toute investigation.

« D'où venez-vous ?

— De Talafri, ma tante. Mes parents étaient marchands d'épices.

Où sont-ils, maintenant ?

— Ils sont morts il y a trois ans, ma tante. Il ne reste plus que ma grande sœur et moi. »

Les bras de Malik se mirent à trembler. Combien de temps cet interrogatoire allait-il encore durer ? Tôt ou tard, la prêtresse lui poserait une question à laquelle il ne saurait répondre, et alors ils découvriraient son imposture. On le décapiterait, ou pire.

Mais au lieu de cela, elle se tourna vers les acolytes qui s'agitaient derrière elle.

« Vos premières impressions sur notre nouveau champion ? »

Une douzaine de mains se levèrent.

« Son ossature souple et ses jambes nerveuses portent à croire qu'il a toutes ses chances à la course, comme celle qui avait eu lieu lors du sixième Solstasia !

— Il s'exprime avec clarté et concision. Cela se révélera utile si nous tombons sur un défi mettant en jeu l'intelligence.

— Mais que dire de son manque général de masse musculaire ? D'après nos prédictions, le Premier Défi impliquera la force physique, et le champion Adil semble clairement en manquer. »

Malik ignora combien de temps il resta là à écouter les acolytes faire l'inventaire de ses atouts et de ses faiblesses. Il répondit à chacune de leur question aussi honnêtement que possible – non, il n'avait pas de maladie grave susceptible de contrarier ses devoirs de champion ; oui, il était un fervent adorateur de la Grande Mère et il avait reçu les sacrements appropriés dans son enfance ; non, il n'avait jamais menti à un membre du temple ni à aucun autre officiel, pour quelque raison que ce soit.

Pendant tout ce temps, les serviteurs s'affairaient autour de lui, mesuraient chacun de ses membres et allèrent même jusqu'à lui regarder les dents. Il avait l'impression d'être un des chevaux primés que son père vendait autrefois au marché, l'odeur de beurre de karité et de fleurs coupées en plus. Tout du long, Malik garda à l'esprit l'image de son citronnier, sans laquelle la gêne intense que lui inspiraient toutes ces mains inquisitrices menaçait de dégénérer en une crise de panique.

Nadia, se rappela-t-il alors qu'un des domestiques le tirait par le coude. Il faisait tout ça pour Nadia.

Enfin, la prêtresse de la Vie lui indiqua de baisser les bras, ce qu'il fit de bonne grâce. Tout en grattant la gorge de sa hase, elle dit : « Notre déesse a bien choisi son champion. Sa décision me comble d'aise. »

Des murmures d'assentiment traversèrent la pièce, mais quelques acolytes ne cachaient pas leur inquiétude.

« Je doute qu'il soit nécessaire de vous le dire, poursuivit la prêtresse, mais il est de mon devoir de le faire. Notre déesse, Adanko, vous a choisi comme champion, ce qui signifie que pendant toute la durée de Solstasia et au-delà, nous attendons de vous un comportement à la hauteur de cet immense honneur. Avez-vous des raisons, quelles qu'elles soient, de ne pas vous sentir prêt à assumer ce rôle ?

— Non, ma tante », répondit Malik avec une pensée fugace pour l'arme dissimulée dans sa peau.

La prêtresse de la Vie hocha la tête. « Le premier de vos devoirs en tant que champion de la Vie consistera à disputer une série de trois défis présidés par notre illustre sultane. Le défi initial aura lieu ce soir, juste après la cérémonie d'Ouverture, et les suivants respectivement le troisième et le cinquième soir. Au terme de chaque défi, deux champions seront éliminés. Le dernier en lice déterminera quelle divinité patronnesse la Grande Mère aura désignée pour régner sur la nouvelle ère.

« Quoi qu'on vous ait dit sur Solstasia, quelque idée que vous puissiez nourrir au sujet des défis, oubliez-les. Leur but n'est pas uniquement de vous mettre à l'épreuve, mais de vous briser et de révéler au monde ce qu'il y a au fond de votre cœur. » Les yeux de la prêtresse étincelèrent, plus acérés que la pointe d'une dague. « Êtes-vous prêt à vous battre pour cela et plus, au nom de la Grande Mère, d'Adanko et de tout le peuple de Ziran ? »

Malik se sentit écrasé sous le poids de l'attention qu'on lui portait, comme si l'on avait posé une pierre d'un millier de tonnes sur ses épaules. La sainte femme semblait lire en lui comme dans un livre ouvert et, l'espace d'une seconde insensée, Malik crut voir dans son regard entendu la présence d'Adanko.

C'était là sa dernière chance de se dégager de cette mascarade, de les laisser donner ces beaux habits et ces bains chauds à plus digne que lui, quelqu'un qui incarnerait le champion que le peuple voulait et méritait.

Malik ouvrit la bouche.

La referma.

Il avisa Djédjé tristement posé sur une serviette, dans l'attente de retrouver la personne qui l'aimait le plus au monde.

« Je le suis, ma tante », répondit Malik, qui eut l'étrange sensation de voir une porte se fermer dans un claquement et une autre s'ouvrir en grand. La tension dans la pièce éclata, et un bavardage excité se répandit parmi les acolytes. La prêtresse de la Vie recula d'un pas, les mains croisées devant elle, son visage pointu éclairé par un petit sourire. Sa hase remua les oreilles.

« C'est ce que j'espérais vous entendre dire.

— Attendez, ma tante ! » s'écria Malik avant que le courage lui manque une fois de plus. Il était le champion de la Vie, à présent, pour le meilleur et pour le pire ; il pouvait sûrement s'autoriser cette requête. « Ma sœur aînée et moi étions à la recherche d'un logement pour Solstasia quand Adanko… m'a choisi. Serait-il possible qu'elle me rejoigne au Jardin azur ? »

La prêtresse fronça les sourcils. « Malheureusement, seuls les champions et ceux qui les servent sont autorisés à vivre au Jardin azur durant Solstasia. Si nous devions faire une exception pour vous, alors il nous faudrait permettre aux familles des autres champions de venir aussi. » Elle marqua une pause. « Cependant, il n'est écrit nulle part que *je* ne peux pas héberger un membre de la famille d'un champion. Comment s'appelle votre sœur ? J'enverrai mes gardes la chercher, et elle pourra demeurer au temple en tant que mon invitée jusqu'à la fin de Solstasia.

— Eschaal. Elle s'appelle Eschaal Asfour, répliqua Malik en priant pour que Leila ait la présence d'esprit de répondre à son faux nom. Merci infiniment. »

La prêtresse accueillit sa gratitude d'un petit rire. « C'est le moins que je puisse faire pour le champion choisi par notre déesse descendue des cieux. Maintenant, si vous n'avez pas d'autres questions, passons à quelque chose de plus amusant. Nous n'avons plus beaucoup de temps avant la cérémonie d'Ouverture, et votre tenue doit être prête d'ici là. Si mon champion n'est pas aussi bien habillé que le sien, la prêtresse du Vent m'en parlera jusqu'au prochain Solstasia ! »

Elle frappa dans ses mains, et une douzaine de serviteurs accoururent, les bras chargés de piles de vêtements. Elle saisit une tenue et la montra à Malik.

« Vous avez un avis arrêté sur les capes ? »

10

Karina

La cérémonie d'Ouverture débuta par le battement d'un unique tambour.

Le rythme émanait du tama d'une griotte qui écumait les rues de Ziran en encourageant tout un chacun à rejoindre la place Jehiza. Ceux qui la virent oublieraient bien vite les détails de son visage et de sa tenue, mais toujours ils se souviendraient de son rire, un ricanement à faire trembler les os, joyeux et glaçant à la fois.

Après la griotte vinrent les trompettistes. Ils soufflaient dans leurs cornes longues comme le bras un air qui fit monter les larmes aux yeux des anciens. Beaucoup d'entre eux remerciaient les dieux d'avoir vécu assez longtemps pour voir leur second Solstasia, tandis que les autres pleuraient ceux qui n'avaient pas eu cette chance.

Arrivèrent ensuite les danseurs, qui tourbillonnaient en trillant des odes à la Grande Mère à pleins poumons. Derrière eux, une colonne de prêtresses répandait sur le sol une mixture de semoule de maïs, de miel et de lait, pour la chance. Des serviteurs exhibaient des bâtons de cérémonie au bout desquels brûlaient des bols d'encens emplissant la place du doux parfum de la lavande et du jasmin.

Les enfants criaient de ravissement en voyant parader une ménagerie entière – d'élégantes girafes, des léopards racés, des zèbres caracolant et des paons dont les plumes reflétaient toutes les couleurs de l'arc-en-ciel. Derrière elle, un millier de cavaliers et autant de fantassins brandissaient fièrement leurs armes en scandant des cris de guerre.

Et là-haut, la comète de Bahia traversait le ciel, moins brillante en pleine journée, mais toujours d'une vision saisissante. Jour-Soleil, le premier de la semaine, était dominé par Gyata le Lion. L'astre lui-même paraissait plus éclatant qu'à l'accoutumée, refusant peut-être de laisser la vedette à une simple comète et faisant de chaque surface réfléchissante une galaxie d'étoiles miniatures.

De son point de vue sur le terrain de parade à l'extérieur de Ksar Alahari, Karina observait chaque détail, la bouche béant d'émerveillement. Elle s'imaginait au milieu de la procession – non, tout à l'avant, à la place de la griotte ricanante. Elle se vit rire avec les enfants et danser sans un seul garde dans les parages, et le pincement au cœur qui la saisit fut si douloureux qu'elle accueillit avec soulagement l'arrivée d'Aminata.

« C'est bon, Karina, tout est prêt. »

Après son entrevue tendue avec le conseil, Karina avait espéré jouir d'une ou deux heures de tranquillité avant d'endosser les responsabilités de sa mère. Mais ses gardes l'avaient conduite directement à une réunion avec des diplomates des Eaux du Levant, après quoi elle avait dû approuver les derniers détails du Premier Défi, puis superviser la préparation du dîner, et ainsi de suite.

Karina n'était pas certaine que toutes ces broutilles l'aident à renouveler la Barrière, mais elle ne voulait pas prendre le risque de compromettre l'enchantement. Elle fit donc de son mieux pour répondre à toutes les questions et saluer chaque personne avec un sourire si poli que personne n'aurait pu deviner l'enfer auquel elle avait survécu le soir précédent.

Mais il était impossible de manquer la déception dans les yeux de ses interlocuteurs quand ils la voyaient apparaître en lieu et place de la Crécerelle. Pas un ne le formula à voix haute, mais elle savait qu'ils se posaient la même question qui l'obsédait depuis l'assassinat.

Pourquoi était-ce elle qui se tenait devant eux, et non sa mère ou sa sœur ?

Karina sentit son sang battre à ses tempes. Si elle s'attardait trop sur ces pensées, elle s'écroulerait littéralement, ce qu'elle ne pouvait se permettre après avoir tant insisté pour que Solstasia se tienne comme prévu.

Heureusement, l'heure de la dernière et plus importante manifestation de la journée approchait – la cérémonie d'Ouverture. Une fois la procession terminée, chaque temple révélerait officiellement son champion au public. Après quoi aurait lieu l'Allumage de la flamme, où Karina sacrifierait un étalon en offrande à la Grande Mère et utiliserait son sang pour embraser le feu de joie. C'était la partie de la cérémonie qu'elle redoutait le plus ; elle n'avait jamais tué d'animal, encore moins quelque chose d'aussi gros qu'un cheval. Mais Farid lui avait assuré que si son geste était propre et net, tout se passerait bien.

Quant au feu, eh bien... heureusement, elle n'aurait pas à s'en tenir proche trop longtemps.

Pendant qu'Aminata s'affairait sur les bijoux et les parures de cheveux de sa maîtresse en grommelant que les diadèmes étaient tellement démodés, Karina examina le vêtement que sa suivante lui avait apporté. Les tailleurs royaux s'étaient surpassés pour Solstasia. Dans ses mains, le tissu était aussi léger que l'air ;

les perles qui ourlaient la robe avaient dû requérir un œil affûté et une aiguille particulièrement fine.

Pourtant, quelque chose n'allait pas dans cette tenue.

« Aminata, tu n'as pas pris la bonne robe. Ce n'est pas celle que j'ai choisie l'autre jour. »

Tous les ensembles que Karina avait sélectionnés pour le festival déclinaient différentes nuances de jaune, pour rendre hommage à sa divinité patronnesse, Santrofie, et à l'alignement du Vent.

Et la robe qu'elle tenait entre ses mains était d'un blanc presque transparent. La couleur de la Grande Mère, la couleur de la naissance et la couleur du deuil. En dehors des Sentinelles, seule la sultane portait régulièrement du blanc lors des événements officiels, et quel que soit son alignement, afin de témoigner de son allégeance à la plus grande de toutes les divinités.

Aminata se mordit la lèvre et expliqua d'une voix posée : « Le conseil a pensé qu'il vaudrait mieux que tu portes la tenue de ta mère durant le festival, car ne pas avoir au moins un membre de la famille royale en blanc irait à l'encontre des traditions. Ne t'inquiète pas, j'ai déjà repris la robe à tes mesures, et je m'occuperai des finitions quand on retournera au palais. »

Karina considéra le tissu dans ses mains, puis elle leva les yeux sur le visage préoccupé d'Aminata, avant de les reporter sur le vêtement.

Au final, ce fut cela qui la brisa. Pas sa fatigue accablante, ni la douleur à ses tempes, ni même le souvenir récurrent de l'horrible bruit du corps de la Crécerelle percutant le sol. Ce fut la simple pensée d'Aminata défaisant méticuleusement les points qui avaient été cousus pour sa mère afin d'ajuster la robe à ses mensurations qui la dévasta.

« Sors », murmura Karina. Ses oreilles s'emplirent de bruit blanc.

« Pardon ?

— Dehors, j'ai dit ! »

En temps normal, Aminata aurait protesté, mais le ton de Karina fut si impérieux que sa suivante quitta la tente sans même un regard en arrière. Et mieux valait pour elle, car à peine eut-elle franchi la porte que Karina se mit à crier de toutes ses forces en déchirant la robe à mains nues, avant de la piétiner dans la poussière. Elle jeta les bijoux par terre, sans se soucier d'en briser plusieurs au passage. À cet instant, elle n'était plus qu'un concentré d'énergie incontrôlable et désespéré, une flèche meurtrière sans cible. La plaie qu'avaient ouverte les morts de Baba et Hanane dans son cœur ne s'était jamais refermée, et aujourd'hui celle de sa mère achevait de le vider de son sang. Le flot semblait pourtant ne jamais vouloir s'arrêter.

Quel était le but de tout ceci – la cérémonie d'Ouverture, Solstasia, et même le renouvellement de la Barrière –, si sa mère n'était pas là pour le voir ? Pourquoi tout le monde devrait-il s'amuser alors que sa famille sacrifiait sa liberté pour une protection dont personne n'était même au courant ?

Karina était vaguement consciente que Farid était entré dans la tente. Il essaya de l'attirer contre lui, mais elle le repoussa. Comment avait-il pu oser la réveiller ce matin-là, en sachant que sa mère, elle, n'ouvrirait plus jamais les yeux ? Comment osait-il même respirer ?

Peut-être devrait-elle laisser la Barrière s'effacer et abandonner Ziran à son destin. Après tout, elle n'avait pas demandé à naître Alahari. Elle n'avait jamais voulu de cette vie enfermée entre les murs de la cité-État. Si Ziran tombait, son seul regret serait de ne pas être la tempête qui la balayerait.

« Karina, regarde-moi. »

Farid prit le visage de Karina entre ses mains et le fit pivoter vers lui d'un geste à la fois doux et ferme. Toute fureur la quitta instantanément, ne laissant derrière elle qu'un vague engourdissement. Elle considéra les vestiges de son coup de sang : les boîtes à bijoux jonchant le sol, le tabouret dont il manquait un pied. Les gardes à l'entrée de la tente qui rassuraient les badauds inquiets – la princesse allait bien.

Et la robe en lambeaux.

Une nouvelle émotion remplaça l'engourdissement, honte mêlée d'embarras. « Farid, je…, commença-t-elle, mais il l'arrêta d'un sourire compatissant.

— On n'a pas le temps », dit-il en déposant un baiser sur ses cheveux. L'instant d'après, il ressortait de la tente en criant qu'on apporte une nouvelle tenue à la princesse. Tandis que ses gens s'appliquaient à réparer les dégâts, Karina tomba à genoux, les yeux brûlants. Son angoisse hurlait, enrageait, se fondait en un fait unique et immuable : elle n'y arriverait pas.

Elle ne pourrait pas être reine, et encore moins donner le reste de sa vie à Ziran, pas si elle ne pouvait pas s'échapper cinq minutes sans menacer de réduire le monde en miettes.

Mais il n'y avait à strictement parler personne pour régner à sa place, puisqu'elle était le dernier membre survivant du clan Alahari. La fuite n'était pas une option, et pas seulement parce qu'elle ne pouvait matériellement pas quitter la ville, mais parce que cela engendrerait une succession de crises qui signerait la fin de Ziran.

Elle ne pouvait pas être sultane. Mais elle ne pouvait pas *ne pas* l'être. Ces deux postulats conflictuels tournaient en boucle dans l'esprit de Karina, qui cherchait en vain une issue à sa situation.

Elle attrapa son sac, en quête du réconfort familier de son oud, et sa main tomba sur *Le Livre des défunts*. Elle sortit le volume et parcourut des doigts les glyphes embossés sur la couverture, s'arrêtant un instant à la mention de la mort. Un souvenir de la veille lui revint peu à peu en mémoire, et elle tourna frénétiquement les pages jusqu'à l'article qu'elle avait lu en diagonale devant *Le Phoque dansant*.

> […] *le Rite de Résurrection, la technique la plus avancée et la plus sacrée, n'est possible que durant la semaine où la comète Meirat est visible dans le ciel* […].

Son sang se figea dans ses veines.

C'était impossible. Impensable.

Mais si ce qu'affirmait ce livre était vrai, s'il existait réellement un moyen de ressusciter quelqu'un…

« Karina, je suis revenue », lança Aminata, et Karina fourra le volume dans son sac en toute hâte. C'était pure folie. Au fond d'elle-même, elle le savait.

Mais alors que les servantes d'Aminata l'habillaient pour le moment que tous à Ziran attendaient, Karina ne pensa à rien d'autre qu'au livre.

La nécromancie n'existait pas. Ramener la Crécerelle d'entre les morts était impossible.

D'un autre côté, la veille encore, elle croyait que seule la culpabilité d'abandonner sa mère la retenait de quitter la ville. Si une magie suffisamment puissante pour protéger Ziran depuis mille ans existait, qui était-elle pour affirmer qu'on ne pouvait pas ramener les morts à la vie ?

Telles étaient les pensées qui fusaient dans la tête de Karina tandis que son carrosse serpentait à travers la ville, des rues dorées du donjon d'Imane aux austères trottoirs du quartier de l'Université, en passant fugacement par le marché de la Rivière. Karina s'en tenait au programme que lui avait assigné Farid, se contentant de sortir une main tatouée au henné par la fenêtre du véhicule pour prouver à tous qu'une Alahari était bien présente. La famille royale se joignait traditionnellement à la procession à cheval, mais personne, et surtout pas Karina, n'était prêt à prendre un tel risque le lendemain de l'assassinat.

Des gens de tous âges criaient de ravissement à son passage, et Karina fit de son mieux pour partager leur enthousiasme, criant même « Solstasia afeshiya ! » de temps à autre. Mais ses pensées ne cessaient de revenir à la déception qu'elle avait lue dans les yeux de Farid lorsqu'elle avait craqué dans la tente.

Que diraient sa mère et sa sœur en voyant l'ampleur de son échec, là où toutes deux avaient excellé ?

Pire, que diraient-elles si elles savaient le bien que lui avait fait sa crise, à quel point il lui avait été naturel de briser le monde à mains nues ?

Un coup sec à la porte du carrosse interrompit le cours de ses pensées. « Nous sommes arrivés, Votre Altesse. »

Karina prit une profonde inspiration. L'heure était venue de faire connaître l'identité des champions. Pour la première fois depuis qu'elle avait rejoint la parade, elle mit ses idées noires de côté et observa la célébration.

Quoiqu'elle porte le nom de place, Jehiza était en réalité l'endroit où les trois plus grands boulevards de Ziran, en se croisant, créaient un immense espace à ciel ouvert en forme d'étoile à trois pointes. Une foule compacte s'y était rassemblée – des vieux, des jeunes, des familles, des voyageurs, des artistes, des érudits et toutes autres sortes de gens. Chacun portait les couleurs de son alignement ; il en résultait un arc-en-ciel humain ondoyant autour des montagnes d'objets qui s'embraseraient bientôt.

Karina tendit le cou pour apercevoir le flambeau qui activerait la magie nécessaire au renouvellement de la Barrière. Ce n'était qu'une pile d'ordures à ses yeux, mais elle se raccrocha à l'idée que ses ancêtres savaient ce qu'elles faisaient.

De son point de vue situé au-dessus de la plateforme principale, Karina ne voyait pas mais entendait ce qui se passait sur celle du dessous, la plus proche du public. Elle jeta de nouveau un coup d'œil hors du carrosse et vit les dos des sept hautes prêtresses qui dirigeaient la prière. Au lieu de se joindre aux fidèles, Karina rouvrit *Le Livre des défunts*.

Pour accomplir le Rite de Résurrection, de quatre choses vous aurez besoin. Premièrement, les pétales d'une lune-de-sang fraîchement cueillie. Deuxièmement, le cœur d'un roi, encore chaud. Troisièmement, le corps du défunt. Et quatrièmement, la maîtrise de votre nkra.

Karina n'avait jamais voulu être sultane. N'était-il dans l'intérêt de tous qu'elle ramène la personne qui était faite pour ça ?

Cependant, les Anciennes Lois étaient parfaitement claires – les morts étaient morts. Ramener quelqu'un à la vie violait toutes les lois de la nature, et probablement quelques lois magiques, si tant est qu'une telle chose existe. De plus Karina n'avait aucune idée de ce qu'était le nkra, où trouver une lune-de-sang, ou comment elle pourrait obtenir le cœur d'un roi. Ziran n'avait pas eu de roi depuis la mort de Baba, et elle ne risquait pas d'en trouver un au coin de la rue.

Nouveau coup à la porte. « Dix minutes. »

C'était absurde. Elle n'allait pas tuer quelqu'un simplement parce qu'un livre gagné dans une taverne prétendait détenir le secret de la résurrection.

Karina reposa le volume, ramena l'étui de son oud contre sa poitrine et posa la joue contre le cuir usé. Si seulement Baba était là. Elle aurait donné n'importe quoi pour passer une seule minute avec lui, pour qu'il lui dise que tout allait bien se passer, même si elle savait que c'était faux.

« Et maintenant, avec la bénédiction de la Grande Mère, il est temps de dévoiler nos champions ! tonnèrent les prêtresses. Concourant pour Gyata, fille du Soleil, Driss Rhozali ! »

La réponse de la foule au nom de Driss fut assourdissante. Le temple du Soleil avait fait monter sur scène une demi-douzaine de lions, qui rugirent autour de Driss et de la prêtresse du Soleil alors même qu'elle vantait les compétences de son champion. Karina ne voyait pas le visage de Driss de là où elle se trouvait, mais elle imaginait très bien son attitude hautaine.

« Concourant pour Patuo, fils de la Lune, Bintou Conteh ! »

Une svelte jeune femme aux longues boucles noires monta ensuite sur scène, une chouette perchée sur l'épaule. Apparemment, Bintou était une des plus brillantes étudiantes jamais sorties de l'université de Ziran. Elle n'aurait probablement aucune chance dans une confrontation physique avec Driss, mais sur le plan de l'esprit, la championne de la Lune l'emporterait à coup sûr.

« Concourant pour Santrofie, fils du Vent, Khalil al-Tayeb ! »

Karina aurait dû ressentir une certaine affinité avec le champion du Vent, dont elle partageait l'alignement, mais elle n'éprouvait qu'une souveraine indifférence. Khalil, qui envoyait des baisers à la foule, la tête environnée d'engoulevents – l'oiseau symbole de Santrofie –, ne semblait pas faire grand cas de son manque d'enthousiasme.

« Concourant pour Kotoko, fille de la Terre, Jamal Traore ! »

Jamal était le seul champion plus grand que Driss, et de deux fois son âge. Il salua l'assemblée d'un hochement de tête poli et réintégra bientôt le rang. Le porc-épic à côté de lui bâilla.

« Concourant pour Susono, fille de l'Eau, Adetunde Diakité ! »

Le clan de Tunde était l'un des plus généreux donateurs du temple de l'Eau, aussi sa nomination par la prêtresse de l'Eau était un secret de polichinelle depuis plusieurs mois. Karina s'était endurcie en prévision de ces retrouvailles, mais cela n'empêcha pas son traître de cœur de tressaillir à la vue de son ex-presque petit ami.

Tunde gagna le centre de la scène à grandes enjambées et s'inclina devant la foule. Une multitude de souvenirs afflua à la conscience réticente de Karina – ces après-midi à paresser enlacés dans les jardins, ses dents du bonheur quand il lui souriait. Mais cette époque était révolue, et elle ne pouvait se permettre de laisser quelques souvenirs à l'eau de rose la convaincre qu'elle n'avait pas pris la bonne décision en mettant un terme à leur relation.

« Concourant pour Ɔsebɔ, fils du Feu, Dedele Botye ! »

Une fille aux épaules larges, aux tresses rassemblées en chignon et aux bras musclés s'avança à son tour sur la scène. Karina ne savait pas grand-chose de la famille Botye, sinon qu'elle était à la tête d'un commerce florissant qui envoyait chaque année de nombreuses barges dans le désert.

Encore un champion, et ce serait le tour de Karina.

« Et enfin, concourant pour Adanko, fille de la Vie, Adil Asfour ! »

Le garçon qu'Adanko avait personnellement choisi ne payait pas de mine – pas particulièrement grand ni imposant en aucune façon. Il se détacha à peine du rang avant de le réintégrer ; quoique son visage lui soit dissimulé, Karina voyait qu'il tremblait. Elle secoua la tête. Les autres champions ne feraient qu'une bouchée de lui.

Une nouvelle clameur s'éleva de la foule, et son garde lui fit signe.

L'heure était venue.

Tête haute, Karina sortit du carrosse. Elle entendit presque chacune des personnes présentes sur la place Jehiza retenir son souffle en attendant l'apparition de la Crécerelle. Cependant, aucune silhouette aux cheveux cendrés ne descendit à sa suite, et des murmures se répandirent dans la foule, qui se demandait où était la sultane et pourquoi sa fille portait sa couleur.

Imperturbable, Karina gagna le centre de la scène. Les membres du conseil s'alignaient à sa droite ; les hautes prêtresses à sa gauche. Les champions se tenaient sur la plateforme sous elle, aussi ne pouvait-elle toujours pas voir leur visage.

La jeune femme fit face au public, et toute pensée déserta son esprit à la vue de ces dizaines de milliers d'âmes dont la sécurité reposait entièrement sur elle. Qu'était-elle censée dire ? Qu'allait-il se passer ?

La voix de Baba la sauva de la panique : *Ces gens sont venus pour le spectacle. Donne-leur du spectacle.*

Il lui avait dit ça le jour de son premier récital, et ses mots étaient toujours aussi vrais aujourd'hui. Karina leva la main, et les chuchotements se tarirent. Elle porta trois doigts à ses lèvres puis à son cœur, la paume gauche ouverte pour révéler son emblème. La foule en fit autant.

« Solstasia afeshiya ! cria-t-elle.

— Solstasia afeshiya ! » tonna Ziran en retour.

Avoir réussi à capter l'attention de ces milliers de personnes l'électrisa. Elle n'avait peut-être pas les talents de dirigeante de sa mère, mais elle savait se produire en public.

D'une voix qui résonna sur toute la place, elle psalmodia : « Nous remercions la Grande Mère pour cette journée magnifique. Nous remercions la Grande Mère pour tous ces présents. »

La foule répéta la prière.

Karina poursuivit : « Il y a mille ans, l'Empire kennouan occupait l'endroit où nous nous tenons aujourd'hui, sous l'égide du cruel et cupide Akhmen-ki. On dit que l'avidité du pharaon n'avait pas plus de frontières que le ciel et de limites que la mer. Il ne lui suffisait pas de régner sur un empire plus grand que Sonande n'en avait jamais vu. Akhmen-ki ne s'arrêterait pas avant d'avoir réduit en esclavage tous les non-Kennouans, pillé chaque village et pris pour lui-même tout ce que nos ancêtres avaient bâti ! »

La foule hua.

Karina continua : « Le règne de terreur de Kennoua sur Sonande dura un millénaire. Notre peuple pria la Grande Mère de le soulager de cette cruauté, et la Grande Mère lui envoya une héroïne – mon ancêtre, Bahia Alahari ! »

Le public acclama leur fondatrice aimée, et Karina leva de nouveau la main pour obtenir le silence.

« Beaucoup considéraient sa cause perdue, mais Grand-mère Bahia a déclaré la guerre au pharaon. Nos ancêtres se sont battus avec tout ce que cette jeune cité avait, même lorsque d'anciens alliés, comme le Roi sans visage, ont pris les armes contre elle. Et après des années de bataille et de sang répandu, ils ont gagné ! »

La clameur qui monta de la foule était trop puissante pour que Karina l'arrête, aussi attendit-elle qu'elle se calme d'elle-même avant de reprendre. « Aujourd'hui, nous nous souvenons des sacrifices que nos ancêtres ont faits pour garantir la paix et la prospérité. Aujourd'hui, nous rappelons à tous que malgré les orages et les tragédies, Ziran ne mourra jamais !

— Ziran ne mourra jamais ! Ziran ne mourra jamais ! »

La beauté du moment lui coupa le souffle. Tel était le rêve de Grand-mère Bahia devenu réalité, la preuve que les sacrifices de sa famille n'avaient pas été vains. Elle pourrait même apprendre à vivre sans jamais quitter Ziran, si cela signifiait d'autres moments comme celui-ci.

La clameur n'avait rien perdu de sa force quand un serviteur fit monter sur scène un splendide étalon à la robe plus noire que la nuit. Karina fit un geste en direction de l'animal.

« Nous allons à présent allumer le feu de joie qui symbolise la lumière d'espoir que la Grande Mère a envoyée à notre peuple pour l'aider à remporter la bataille finale. Mais avant cela, dédions une offrande à notre déesse bien-aimée pour la remercier de ses bénédictions constantes. »

Un autre serviteur tendit à Karina un poignard presque aussi long que son avant-bras. Elle s'avança vers l'étalon, remarqua le lustre de sa robe, le regard doux dans ses grands yeux bruns. C'était un des chevaux les plus populaires des écuries royales. Le cœur de Karina tambourina dans sa poitrine. Après cela, il serait fait bon usage de la viande et de la peau de l'animal. Cela ne différait en rien du bétail qu'ils élevaient au palais, elle n'avait aucune raison d'hésiter.

Une coupure nette. C'était tout ce qu'elle avait à faire.

Elle leva la lame et frappa d'un grand geste circulaire.

L'étalon chuta avec un cri surnaturel, le corps agité de soubresauts. L'horreur pétrifia Karina. Toute fuite lui était interdite. Elle porta un nouveau coup, mais la coupure n'était toujours pas assez profonde pour sectionner l'aorte. Pires que le sang qui l'aspergea, les cris désespérés de l'animal lui mirent le cœur au bord des lèvres. Alors la commandante Hamidou s'avança et décapita le cheval d'un coup précis de son épée.

Karina observa, choquée, les hautes prêtresses recueillir le sang de l'étalon et le répandre sur le bûcher. Le but du sacrifice était de bénir Ziran, et la créature devait être tuée avec humanité afin de ne pas susciter la colère de la Grande Mère en infligeant des sévices inutiles à une innocente créature.

Mais l'étalon avait souffert dans ses derniers moments. Karina était censée rassurer son peuple, au lieu de quoi elle avait attiré sur lui une malédiction dès le premier jour de son règne. Aucune autre sultane ne devait avoir connu un tel échec si rapidement.

Elle ne se rendit compte que les hautes prêtresses avaient embrasé le bûcher de leurs sept torches que lorsque les flammes se mirent à dévorer les offrandes et qu'une vague de chaleur lui échauffa le visage. Karina se tassa sous la colonne ignée, alors qu'une réminiscence floue flottait au bord de sa conscience.

Elle avait sept ans quand l'incendie avait ravagé Ksar Alahari, tuant Baba, Hanane et près d'une douzaine d'autres personnes. Elle ne gardait de cette nuit que des souvenirs limités. Des cris, surtout, Baba qui la mettait dans les bras de la mère d'Aminata, son dos qui disparaissait alors qu'il plongeait au cœur de l'enfer dans l'espoir de retrouver Hanane.

Mais la chaleur était torride. La façon dont le feu dévorait, détruisait tout sur son passage, sans montrer la moindre pitié. Elle ne pourrait jamais l'oublier, qu'importent les années. La douleur dans son crâne redoubla, et des larmes qu'elle n'osa pas laisser couler brouillèrent sa vision.

La foule acclamait le feu de joie, mais moins fort que précédemment. Il ne faisait aucun doute qu'elle regrettait la présence de la Crécerelle. Sa mère, elle, n'aurait pas échoué si lamentablement et ne se serait pas humiliée devant tant de gens.

Quand Karina reprit la parole, ce fut d'une voix faible qui trahissait ses efforts pour ne pas laisser sa migraine prendre le dessus.

« En l'honneur des trois épreuves que Bahia Alahari a dû affronter pour libérer les sept divinités enchaînées, chacun de nos champions va maintenant devoir relever trois défis. Par le vainqueur, nous saurons quelle divinité la Grande Mère souhaite voir régner sur la prochaine ère. »

Karina s'interrompit, consciente des milliers de paires d'yeux impatients qui pesaient sur elle dans l'attente de connaître la récompense.

Elle n'avait jamais voulu être sultane. Son échec en apportait la preuve indiscutable.

Mais il y avait une chose qu'elle pouvait encore faire : accomplir le Rite de Résurrection, ramener sa mère à la vie et mettre fin à son règne désastreux avant qu'il n'ait commencé pour de bon. Il lui suffisait de réunir les éléments nécessaires au rituel, au nombre desquels le cœur d'un roi.

Karina jeta un coup d'œil aux silhouettes lointaines des champions, qui ne seraient que trop heureux d'accepter la récompense qu'elle jugerait digne de leurs efforts.

Même si personne n'était encore autorisé à le savoir, elle était déjà reine. Puisqu'il lui fallait un roi, autant s'en fabriquer un. De plus, comme Farid l'avait souligné la veille, quitte à faire un mariage politique, autant le tourner à son avantage.

« Ainsi, le champion qui sortira victorieux des trois défis remportera le trophée suprême – ma main en mariage ! »

Les mots jaillirent de la bouche de Karina avant qu'elle puisse les retenir. La clameur excitée qui monta autour d'elle ne laissait aucune place au regret, malgré la pression croissante à ses tempes.

Avant la fin de la semaine, elle renouvellerait la Barrière et assurerait la sécurité de Ziran.

Et elle obtiendrait le cœur d'un roi, la lune-de-sang et tout ce dont elle avait besoin pour ressusciter sa mère. Même si cela signifiait qu'un des garçons présents sur cette scène allait mourir.

11

Malik

Malik ne pouvait pas avoir bien entendu. Mariage ? *Avec la princesse Karina ?*

D'après les regards sidérés des autres champions, il n'était pas le seul à ne pas l'avoir vu venir. Ils se retrouvaient tous les sept au même endroit pour la première fois, et Malik ne put s'empêcher de jeter des coups d'œil à ses concurrents en se demandant s'ils se sentaient aussi peu préparés que lui.

Le champion de l'Eau, Adetunde, paraissait particulièrement troublé – le sourire bravache qu'il avait affiché lors de sa présentation avait disparu. Quoique les champions puissent à peine voir la princesse Karina, Adetunde avait levé vers elle des yeux éperdus, tel un adorateur du soleil qui n'aurait jamais connu que la nuit. Ces deux-là étaient liés d'une façon ou d'une autre ; Malik mit cette observation de côté pour plus tard.

Mais un *mariage* ? Certes, rien n'empêchait la famille royale d'offrir des fiançailles en récompense. La sultane pouvait épouser qui elle voulait, et quelques-unes avaient pris plusieurs maris et femmes. Mais un roturier ? C'était inédit. Les mains de

Malik cherchèrent la lanière de sa sacoche absente. Comment ce nouveau développement pourrait-il aider Nadia ?

La princesse Karina dut attendre un long moment que la foule se calme avant de pouvoir reprendre la parole. « Je comprends votre surprise. Ma mère et moi souhaitons que ce vingtième Solstasia surpasse tous ceux qui l'ont précédé. C'est pourquoi nous avons voulu que cette récompense soit l'occasion de partager les bénédictions que la Grande Mère nous a accordées et d'apporter quelque chose de nouveau à notre famille. »

La voix de la princesse s'était affaiblie. Les mains toujours tachées du sang de l'étalon, elle semblait vaciller.

Elle continua néanmoins : « À présent que l'ère du Soleil touche à sa fin, voyons ce que la Grande Mère nous réserve pour la suite. Durant sa quête pour libérer les divinités patronnesses, Grand-mère Bahia a traversé Sonande de bout en bout, des pics enneigés des monts d'Eshra aux marécages du delta du Kissi-Mokou. En mémoire de sa ténacité, le Premier Défi sera celui de l'endurance. Cinq objets, qui tous portent le symbole de ma famille, ont été cachés dans Ziran. Seuls les cinq champions qui les rapporteront ici avant le lever du soleil gagneront leur place pour le prochain tour. Les deux qui reviendront bredouilles seront éliminés de la compétition. »

Les deux qui échoueraient seraient également mis à la porte du Jardin azur. Si Malik perdait sa connexion à la princesse si tôt dans la compétition, il n'aurait plus jamais d'autre chance de l'approcher.

Il observa la jeune femme, du moins ce qu'il arrivait à en voir de sa position en contrebas. Elle était à la fois toute proche et cloisonnée dans un monde loin au-delà de sa portée. Il ne se sentait même pas digne de la regarder, alors la tuer…

« Champions, je vous offre cet indice : “Cinq nous sommes, aussi différents que semblables. Vous vous cachez derrière mes frères et sœurs et moi, et pourtant nous demeurons toujours à la vue de tous. On nous trouve dans des endroits chargés d'histoire, le jour comme la nuit." Avez-vous compris les règles ? »

Les sept champions se redressèrent, exhibèrent leur emblème et se touchèrent les lèvres et le cœur. « Nous avons compris les règles !

— La Grande Mère vous a-t-elle jugés dignes ?

— Notre Grande Mère nous a jugés dignes ! crièrent-ils en réponse, le mensonge brûlant la gorge de Malik.

— Alors que le Premier Défi commence ! » La princesse Karina frappa dans ses mains, et une prêtresse souffla dans une corne. « C'est parti ! »

Des youyous et de puissants cris de joie montèrent de la foule tandis que les champions se dispersaient. Au milieu de l'agitation, Malik faillit manquer les gardes exfiltrant précipitamment de scène la princesse Karina qui se tenait la tête à deux mains.

Quelques minutes plus tard, Malik demeurait le dernier champion sur la plateforme, et le public qui n'était pas parti à la suite des six autres l'aiguillonnait de ses hurlements encouragements de la part des fidèles de l'alignement de la Vie, huées pour les autres. Le soleil avait maintenant totalement disparu, et la place Jehiza avait retrouvé les atours de carnaval nocturne qu'elle avait revêtus la veille, lors de la bousculade où tout avait commencé.

Des vrilles de panique glaciales traversèrent le cerveau de Malik lorsqu'il vit les domestiques royaux faire monter la princesse Karina dans son carrosse. Devait-il essayer de l'intercepter pendant que toute la ville regardait les champions ? Mais *quid* du Premier Défi ? Serait-il plus avisé de se concentrer là-dessus en attendant d'avoir un plan plus solide, même si cela lui faisait perdre une journée entière ?

Aucune de ces deux options ne le séduisait outre mesure. Une voix intérieure lui cria d'agir, mais la peur de faire le mauvais choix le paralysait. Il scruta les alentours sans rien voir, jusqu'à ce que ses yeux se posent sur une silhouette familière qui se frayait péniblement un chemin dans la foule, bousculant quelques anciens agacés au passage.

« Champion Adil ! Par ici, champion Adil ! »

Malik faillit pleurer de soulagement en accourant vers Leila, qui se pressait aussi près de la barrière entourant l'estrade que les gardes l'autorisaient. Ce n'est qu'une fois dans ses bras qu'il se rendit compte à quel point la présence tangible de sa grande sœur lui avait manqué. La peau colorée d'orange par l'éclat du feu de joie, Leila jeta un coup d'œil à Malik, et ses lèvres se serrèrent en une ligne déterminée.

Aux gardes qui se tenaient à proximité dans une attitude protectrice, elle dit d'une voix assurée : « Le champion Adil souhaite se rendre au temple de la Vie afin de trouver dans la prière les conseils dont il aura besoin ! »

Le garde interrogea Malik du regard, qui hocha la tête d'une manière qu'il espéra autoritaire alors même que la nervosité lui faisait une boule au ventre. Le soldat ordonna ensuite à ses semblables de dégager un passage pour le champion et, quelques minutes plus tard, Malik et Leila étaient en route pour le temple de la Vie.

La jeune femme ne s'arrêta pas avant d'avoir franchi la porte d'une chambre d'un des étages supérieurs, plus petite que la suite qu'on avait attribuée à Malik au Jardin azur, mais toujours plus grande qu'aucune des maisons d'Oboure. Ce ne fut qu'une fois le verrou tiré derrière elle que Leila lâcha la main de Malik et le toisa d'un air accusateur.

« Tu portes une cape. »

Malik rassembla celle-ci dans ses mains, soudain sur la défensive. Il avait été fier de son effet, avec cet accessoire qu'aurait pu arborer quelque guerrier du passé.

« Et toi, du violet », riposta-t-il. De fait, l'ensemble qu'elle avait choisi pour la cérémonie d'Ouverture était entièrement pourpre, la couleur de l'alignement de la Vie, à l'exception de son vieux voile bleu, enroulé autour de son visage dans sa forme habituelle de goutte. Leurs vies avaient changé du tout au tout en seulement un jour, mais certaines choses paraissaient immuables.

« Un des inconvénients à vivre au temple de la Vie : tout ce qu'ils te donnent est violet. » Si Malik s'attendait à être remercié de lui avoir trouvé un logement, il en fut pour ses frais. Elle demanda : « Comment ta mission progresse-t-elle ? »

Quoiqu'il n'ait remarqué aucune oreille indiscrète dans les parages, Malik baissa la voix. « Je n'ai pas été une fois seul depuis la cérémonie du Choix. Je n'ai même pas eu l'occasion d'explorer le Jardin azur ou de pratiquer ce… truc que je sais faire. »

Leila plissa les yeux. « Ce "truc que tu sais faire", tu sais le faire depuis quand ?

— Je pense que ça remonte à quand j'étais tout petit, avant la mort de Nana Titi, mais je ne m'en suis souvenu qu'aujourd'hui. » Il s'attendit à ce que Leila s'excuse, ou tout du moins reconnaisse qu'elle avait fait partie de ceux qui l'avaient convaincu de ne pas se fier à ses sens. Un silence inconfortable s'installa entre eux, brisé quelques instants plus tard par des battements de tambour tonitruants et des cris excités montant de la place Jehiza.

Leila jura. « J'ai l'impression que le premier objet a été trouvé. »

La bouche de Malik s'assécha. Il n'en restait plus que quatre. Combien de temps son indécision lui avait-elle fait perdre ?

« Ne panique pas, lui dit Leila d'une voix tranchante – une injonction qui n'avait toujours servi qu'à accroître sa panique. Concentre-toi sur l'objectif de réussir le Premier Défi. Une fois que ce sera fait, nous aurons deux jours avant le suivant pour trouver un moyen rapide d'atteindre la princesse. »

Malik hocha la tête. « Et toi, que vas-tu faire ?

— Le temple de la Vie a sa propre bibliothèque, dont certains volumes datent d'avant la fondation de Ziran. Je vais voir si je peux trouver des informations sur cet Idir. Il est la cause de tous nos problèmes. »

Pour la première fois depuis longtemps, Leila semblait être redevenue la jeune fille curieuse de tout qu'elle avait été avant que la désertion de Papa l'oblige à grandir plus vite qu'aucun enfant ne le devrait. Une soudaine vague d'affection traversa Malik.

Sa grande sœur avait raison, comme toujours. Tous deux avaient un rôle à jouer, et le sien consistait à remporter ce défi avant le lever du soleil. Malik prit une grande inspiration et se concentra sur l'indice.

Cinq nous sommes, aussi différents que semblables.

Il y avait donc cinq objets, mais cela, il le savait déjà. Aussi différents que semblables… Le même objet, mais sous des formes distinctes, peut-être ?

Vous vous cachez derrière mes frères et sœurs et moi, et pourtant nous demeurons toujours à la vue de tous.

Derrière quoi se cachait-on ? Des murs ? Des mots ?

Des cris d'enfants courant dans le temple leur parvinrent, et ils ressemblaient tant à ceux de Nadia que Malik en eut les larmes aux yeux. Avait-elle froid, dans le royaume des esprits ? Idir la nourrissait-il ? Nadia n'avait pas mangé depuis des jours, et Malik doutait qu'il y ait quoi que ce soit de comestible dans cette maison abandonnée aux murs couverts de…

« Masques ! s'exclama Malik en sautant sur ses pieds. Les objets cachés, ce sont des masques ! »

Son excitation se mua vite en effroi. Il y avait des millions d'endroits où dissimuler cinq masques à Ziran, et il n'avait pas le temps de fouiller le moindre recoin de la ville, quand bien même en aurait-il connu le plan sur le bout des doigts. Mais quel autre choix avait-il ?

Leila jeta un coup d'œil par la fenêtre au paysage nocturne qui s'étendait en contrebas ; la ville était une créature sombre regorgeant de secrets qu'elle ne livrerait pas sans se battre. « Tu ferais mieux de partir maintenant, si tu veux trouver un masque avant le lever du soleil. Je viendrai te rendre visite au Jardin azur demain après-midi, et nous ferons le point. »

Malik acquiesça et voulut se retourner pour partir, mais Leila l'attrapa par l'épaule et la serra doucement. « On va y arriver », dit-elle.

Malik lui offrit un faible sourire. « Comme toujours. »

Il le fallait. Nadia comptait sur eux.

Là-dessus, Malik quitta précipitamment la pièce, ignorant la boule dans sa gorge.

Pour remporter le Premier Défi, il lui suffisait de trouver un seul masque. Ça ne pouvait pas être impossible, n'est-ce pas ?

C'était impossible.

Le souk qui entourait la place Jehiza était un labyrinthe aux nombreuses ramifications qui parfois s'étrécissaient tant que seul un rat aurait pu s'y faufiler. Les marchés étaient organisés par corporations, les cordonniers avec les cordonniers, les bijoutiers avec les bijoutiers, etc. Leur configuration circulaire permettait à ceux qui les arpentaient de revenir invariablement à la place Jehiza, quel que soit le chemin emprunté. Un plan astucieux qui offrait aux clients potentiels une sélection presque illimitée d'articles.

Malheureusement, cela signifiait aussi que Malik courait littéralement en rond.

La première route qu'il choisit le fit déboucher sur une vaste place où l'on vendait toutes sortes de broderies allant de l'épais tapis de laine à l'immense toile de tente. Les oreilles échauffées par les sollicitations tonitruantes d'une tisserande, Malik se rua dans un autre marché, celui-ci rempli d'ouvrages en fer forgé plus haut que lui. L'embranchement suivant l'emmena dans un monde de verre, où chaque surface lui renvoyait l'image de son visage affolé. Certaines rues, garnies de nombreuses lanternes, brillaient comme en plein jour, tandis que d'autres, aussi sombres qu'une nuit sans lune, semblaient imperméables même à l'éclat de la comète de Bahia. Malik évita ces dernières, ainsi que les gens aux yeux avides qui y rôdaient.

Malik fut pris d'un point de côté en aboutissant à un nouveau cul-de-sac dans une zone où infusaient des teintures de toutes les couleurs de l'arc-en-ciel. Il s'accroupit entre deux bassins, l'un bleu céruléen, l'autre rose fuchsia, et épongea son front trempé de sueur. Une nouvelle clameur lui parvint de la place Jehiza. Un autre masque avait été découvert, ce qui n'en laissait plus que trois. Il combattit un nouvel accès de panique.

Peut-être pourrait-il demander à quelqu'un le meilleur endroit où acheter un masque à Ziran ? Mais après ce qui s'était passé au poste de contrôle de la porte du Ponant quand il avait demandé de l'aide pour retrouver sa sacoche, il n'était plus assez naïf pour croire à la bonté des étrangers.

Les cloches de la place Jehiza sonnèrent onze coups ; il serait bientôt minuit, et l'aube ne tarderait pas. Malik récita de nouveau l'énigme dans sa tête. *Des endroits chargés d'histoire… Des endroits chargés d'histoire…* Il sentait la réponse le narguer à la lisière de sa conscience.

Quelque chose bruissa non loin. Il ouvrit les yeux en sursautant.

Des dizaines de spectres flottaient au-dessus des bassins de teinture autour de Malik, sans même en rider la surface. Le souffle coupé, Malik regarda aux alentours, mais ne vit Idir nulle part.

Durant plusieurs minutes, les apparitions se contentèrent de le dévisager de leurs grands yeux blancs. Tout doucement, Malik avança sa main tremblante vers le plus proche. Elle passa sans dommage à travers le rougeoiement où aurait dû se trouver le cœur de l'apparition, et une sensation plus intense qu'un frisson, mais moins désagréable qu'une douleur, le traversa. Il ressentit au même instant un tiraillement dans sa poitrine ; sa magie ne l'avait pas quitté, en fin de compte, et il fut plus soulagé qu'il ne l'aurait dû en la sentant déferler en lui. Il semblait exercer sur elle un meilleur contrôle quand le calme régnait dans son esprit, ce qui n'avait pas été le cas lorsqu'il avait tenté de l'invoquer dans le palanquin.

Malik expira lentement, s'émerveillant de la façon dont les apparitions s'enroulaient autour de ses doigts. « Est-ce que vous essayez de m'aider ? »

Les spectres échangèrent des regards. Puis le plus proche de Malik se jeta sur lui.

Le champion esquiva l'attaque de peu, mais déjà un autre assaillant prenait le relais. Il se leva d'un bond et se mit à courir, suivi par un sombre nuage de spectres, masse informe de visages et de membres tourbillonnants. La chose sauta par-dessus la tête de Malik pour lui bloquer le passage, l'obligeant à bifurquer dans une autre rue, mais elle eut tôt fait de l'investir également. Lorsqu'elles essayèrent de l'attraper, il grimpa une volée de marches branlantes.

« Arrêtez ! Je vous en prie ! » cria-t-il, mais les spectres ignorèrent sa requête.

Malik sprinta dans un espace vide, et son poursuivant s'arrêta net avant de se séparer de nouveau en formes distinctes. Il s'éloigna d'elles à reculons, ne s'interrompant que lorsque son pied rencontra le vide.

Il se tenait au bord de la gorge qui marquait la frontière entre la Ville basse et la Vieille Ville. Quand Malik eut suffisamment repris son souffle pour jeter un coup d'œil en contrebas, il ne discerna dans les ténèbres que les parois des falaises à pic sur lesquelles poussaient des arbres hirsutes, un paysage qui n'aurait pas déparé dans les monts d'Eshra. Tout au fond de la gorge, le filet d'eau auquel se réduisait la Gonyama reflétait les lumières de la lune et de la comète de Bahia au milieu d'un noir d'encre.

Droit devant lui se déployaient les Doigts de la veuve, l'un des ponts qui enjambaient la gorge et qui devait son nom à ses piliers dont l'étroitesse rappelait les doigts d'une vieille femme. Une légende prétendait que l'esprit de ladite veuve rôdait sur le pont après minuit, et qu'il maudissait les couples ayant l'outrecuidance de le narguer en étalant leur amour à la vue de tous. Quoique personne ne prenne cette superstition au sérieux, les lieux étaient souvent vides à cette heure de la nuit, et c'était justement le cas, à l'exception d'un carrosse frappé d'un griffon à une aile.

Le carrosse de la princesse Karina.

Malik s'accroupit entre les arbres bordant le précipice, une cachette idéale d'où il embrassait le pont du regard sans être vu.

Un million de questions se bousculaient dans sa tête, mais ses compagnons silencieux ne semblaient pas disposés à répondre à aucune d'elles.

Le véhicule était à présent au milieu du pont. Malik ne parviendrait pas à l'atteindre avant qu'il pénètre dans la Vieille Ville, et quand bien même le pourrait-il, approcher le véhicule à découvert le mettrait à la merci des gardes. Il devait s'en tenir au plan de Leila et se concentrer sur le Premier Défi jusqu'à ce qu'une meilleure occasion de tuer la princesse se présente.

Mais s'il n'y avait jamais de meilleure opportunité ? Si Malik avait la possibilité d'arracher Nadia aux griffes d'Idir ne serait-ce qu'une seconde plus tôt, il devait essayer.

Cependant, la lame-esprit n'était pas une arme longue distance. La magie était donc sa seule option.

Serrant les poings, Malik chercha en lui le flot éthéré qui vibrait dans ses veines. Il était là, juste en dehors de sa portée, à l'image de la réponse à l'énigme posée par la princesse aux champions. Sans aucun point de comparaison, il ignorait tout de sa puissance, ou même de quoi sa magie était capable en dehors des illusions. Cela aurait-il été plus facile si le monde ne l'avait pas obligé à la réprimer depuis sa plus tendre enfance ?

Il n'avait pas le temps pour ces questions. Le carrosse avait maintenant parcouru les trois quarts de la longueur du pont. Malik referma les yeux et s'efforça de retrouver l'état dans lequel il s'était trouvé lorsqu'il avait créé l'illusion d'Adanko. Sa magie était venue à lui quand il s'était senti complètement en harmonie avec lui-même, comme jadis dans son citronnier. Il évoqua une fois de plus l'image de l'arbre, imagina le doux roucoulement des oiseaux dans les branches et la caresse des feuilles contre ses joues.

« Respire, dit-il à voix basse. Reste présent. Reste ici. »

Sa magie n'était pas un élément extérieur ou étranger qu'il pouvait solliciter selon ses besoins. Cela faisait partie de lui, au même titre que ses yeux ou son sang. Il poussa son introspection à un niveau plus profond... Là, ses poumons, là, son pouls. Là, son cœur battant avec force et régularité.

Et ici, sa magie, solide, tangible.

Le bout de sa langue bourdonnant d'énergie, Malik reporta son attention sur le carrosse qui rapetissait rapidement. La façon la plus simple de tuer la princesse serait de provoquer une sorte d'accident. C'était une façon horrible de mourir, mais Malik ne voyait pas ce qu'il pouvait faire d'autre à une telle distance. Ses yeux se posèrent sur les chevaux, de magnifiques pur-sang à la robe sombre.

Tout comme lui, les chevaux étaient facilement impressionnables.

Jadis, chaque fois que lui ou ses sœurs n'étaient pas sages, Nana leur racontait des histoires de broussards pour leur faire peur. On appelait ainsi les cannibales qui rôdaient dans la savane à l'affût de leur prochain repas. Malik avait été si terrifié qu'il n'avait pas quitté la maison de toute la semaine après ça.

Une idée prit forme : il convoqua l'image d'une toile d'araignée scintillante et tira à lui les vrilles de sa magie.

« Leur peau grise est tendue sur leurs orbites vides », dit-il à voix haute. L'image d'Adanko était apparue après qu'il avait parlé, donc il fallait peut-être verbaliser les choses afin de leur donner corps. « Ils se déplacent à quatre pattes, avec leurs dents grinçantes qui se délectent de chair humaine. »

Il y eut une vibration dans l'air devant le carrosse, mais rien n'apparut. Malik se mordit l'intérieur des joues et se remémora les après-midi de son enfance passés aux pieds de Nana avec Leila. Son cœur s'emballa au souvenir des histoires de sa grand-mère, de ses mains ridées qui se posaient telles des serres sur son cou.

« On n'échappe pas aux broussards ! s'était écriée Nana, et Malik fit de même, sa magie consumant l'air nocturne. Les broussards ne connaissent que la faim, et quand un broussard a faim, tout ce qui se trouve sur son chemin devient un repas ! »

Alors que le dernier mot s'envolait de la bouche de Malik, un cri déchira la nuit. Une meute salivante de créatures humanoïdes à la peau grise chargea l'équipage. Le cocher tenta une manœuvre d'évitement. Sous les aboiements et les sifflements des broussards, les chevaux se cabrèrent, rompant leurs longes dans un claquement.

Malik observa le carrosse partir en dérapage et percuter le garde-fou du pont. Un nouveau cri retentit quand le conducteur se trouva pris sous une des roues. Son sang gicla sur les pavés autour de lui.

Malik sentit la bile lui brûler la gorge. Si le pauvre homme perdait la vie, il en serait le seul responsable.

Une silhouette esseulée émergea du véhicule accidenté, un étui en cuir sanglé dans le dos et un livre sous son bras libre. Son visage restait dissimulé par la masse de ses cheveux, mais la lumière de la comète de Bahia faisait scintiller ses boucles argent.

Lorsqu'il vit la princesse Karina ramper pour se mettre à l'abri, un nouveau sentiment envahit Malik.

Celui qu'il avait éprouvé quand les soldats ziranis avaient pillé sa maison et laissé sa grand-mère en pleurs, prostrée sur le sol.

Celui qu'il éprouvait quand il suppliait qu'on l'aide et ne recevait en retour que moqueries et menaces.

Celui qu'on éprouvait dans un monde qui vous haïssait simplement parce que vous existiez, un monde que la princesse Karina et ses semblables avaient fait à leur image. Une rage brûlante explosa en lui, et il se rendit compte qu'il serrait la poignée de la lame-esprit à s'en faire blanchir les jointures, les oreilles emplies de l'écho des cris de Nadia.

L'illusion des broussards avait fait reculer la princesse Karina contre le garde-fou. Un pas de plus, et elle basculerait dans les profondeurs ténébreuses de la gorge en contrebas. Les créatures s'étaient arrêtées, dans l'attente d'un signal invisible de Malik. Le temps se ralentit, comme si les dieux eux-mêmes se penchaient pour voir ce qui allait se passer.

Malik transforma sa colère en résolution. La princesse Karina méritait de mourir, si c'était le seul moyen de sauver Nadia. Elle méritait de mourir pour tout ce que les Alahari avaient fait à son peuple. Elle méritait son sort.

« Allez-y », murmura-t-il, et les monstres se jetèrent sur la princesse. Elle hurla et se protégea le visage, lâchant son livre dans le mouvement qui disparut dans la gorge.

Mais avant que l'illusion ne la contraigne à reculer davantage, Malik reçut un coup prodigieux qui le mit au tapis. Sa magie se tarit dans l'instant, et les broussards disparurent.

La dernière chose que vit Malik avant de perdre connaissance fut le visage des spectres qui le toisaient de leurs yeux disproportionnés, comme les siens, mais trop blancs.

Et puis tout vira au noir.

« Tu as choisi un bien curieux endroit pour une sieste, petit d'homme. »

Malik ouvrit grand les yeux. Il essaya de s'asseoir, mais son corps protesta vivement. Sa main chercha en vain celle de Nadia ou de Leila, avant que les souvenirs lui reviennent.

Les broussards. Karina au bord des Doigts de la veuve. Une force plus grande que la sienne annihilant sa magie.

Un frisson parcourut la colonne vertébrale de Malik ; sa magie n'était revenue que depuis deux jours, mais il se sentait déjà nu et faible à l'idée de la perdre à nouveau. Il essaya de convoquer une nouvelle illusion, mais il avait perdu sa concentration.

La magie qui l'avait terrassé n'était celle ni d'Idir ni de Nyeni, et encore moins la sienne. Elle avait été nette et puissante, assez pour submerger ses propres pouvoirs avec une effrayante précision. Karina avait-elle un praticien dans son entourage ? Le cas échéant, que savaient-ils de lui ?

« Ce n'est pas de ça que je me soucierais, si j'étais à ta place. »

La griotte était perchée sur un rocher plat à proximité de Malik. Elle avait attrapé un des feux follets qui le suivaient souvent et appuyait par intermittence sur le ventre de la petite créature, qui chaque fois laissait échapper une volute de fumée. Après avoir récupéré un des nuages et l'avoir mis dans sa poche, Nyeni indiqua du menton la direction de la place Jehiza. Au-dessus des toits, le ciel avait viré au gris précédant l'aube.

« Tu ferais mieux de te dépêcher si tu veux participer au prochain tour. Trois des champions… » Un battement de tambour se fit entendre, suivi par une acclamation lointaine. « … Quatre des champions ont déjà trouvé leur masque. »

Malik écarquilla les yeux. Sa tentative de meurtre avait tant accaparé son attention qu'il avait complètement perdu de vue le Premier Défi. Il regarda de nouveau Nyeni, qui secouait maintenant son pauvre feu follet – Malik ne savait pas trop à quel moment il s'était mis à considérer les feux follets comme *ses* feux follets, mais il était désormais certain qu'ils l'étaient – par la patte. La veille, la griotte l'avait conduit dans une maison pleine de masques. Il avait cru à une coïncidence, mais il commençait à penser que les coïncidences n'existaient pas, dans cette ville.

« Pouvez-vous m'aider à remporter le Premier Défi ? » demanda-t-il.

Nyeni relâcha le feu follet, qui s'envola avec un cri perçant. « Absolument. Je peux presque tout faire, si je m'en donne les moyens. La vraie question est : *vais*-je t'aider, et je n'ai encore rien décidé. » Son sempiternel sourire revint. « Mais peut-être peux-tu m'en persuader pour un bon prix. »

Malik resta silencieux un moment, douloureusement conscient de la Marque logée au creux de son estomac, conséquence du marché qu'il avait passé à la hâte. Il n'était pas particulièrement pressé de renouveler l'expérience.

« Je n'ai pas d'argent, dit-il. Et je ne vais pas conclure un pacte de sang avec vous.

— L'argent est ennuyeux, et les pactes de sang, de mauvais goût. De plus, si tu romps une promesse que tu m'as faite, j'ai des moyens bien plus créatifs de réclamer mon dû. » Nyeni inclina la tête de côté et regarda Malik. Ses tatouages tournoyèrent sur sa peau brune et fraîche. « Pour l'instant, je suis disposée à différer ton paiement jusqu'à ce que tu aies tué la fille, ou jusqu'à la fin de Solstasia, selon ce qui arrivera en premier. Mais avant cela, réponds à cette question : que possèdes-tu en plus grande quantité que tu n'en as déjà laissé derrière toi ?

— … L'amour.

— J'allais dire les problèmes, mais ça fera l'affaire. » Nyeni plongea la main dans sa manche et en sortit un masque rond en bois qui semblait figé dans une attitude de prière. Il avait sur le front le griffon à une aile des Alahari.

Malik considéra le masque et la griotte avec circonspection. « Qui êtes-vous ?

— Quelqu'un qui s'intéresse à la façon dont va se terminer ton histoire. Pars, maintenant. Tu n'as plus beaucoup de temps. »

Serrant l'objet contre sa poitrine, Malik se leva sur ses jambes flageolantes. Après quelques pas incertains, il se mit à courir, de plus en plus vite. Il ne restait plus que quelques minutes avant le lever du soleil.

À peine conscient, il se jeta contre le rebord de la scène au moment même où les premiers rayons de l'astre poignaient à l'horizon. Un soldat le hissa sur la plateforme et le conduisit au côté de ses congénères.

« Les divinités ont parlé ! cria une prêtresse en lançant ses mains vers le ciel. Les champions restant en course sont Driss Rhozali, Dedele Conteh, Khalil al-Tayeb, Adetunde Diakité et Adil Asfour ! »

Galvanisé par les rugissements assourdissants de la foule, Malik ne tenait debout que par l'adrénaline. Contre toute attente, il avait réussi.

Il avait remporté le Premier Défi.

Et il n'était pas plus avancé quant à son autre mission.

12

Karina

La grande viziresse Jeneba était sortie de ses gonds en voyant Karina et son entourage regagner Ksar Alahari en boitillant.

« Est-ce que vous me prenez pour une idiote ? » interrogea-t-elle avec un calme inquiétant. Les soldats qui auraient dû garder les Doigts de la veuve se tenaient à genoux devant elle, dépouillés de leurs armes et de leur armure – le déshonneur suprême pour les gens de leur caste.

À leur décharge, ni l'un ni l'autre ne pleurait, quoique les épaules d'un des hommes tremblent violemment. Karina ne lui jetait pas la pierre ; pas une fois la grande viziresse n'avait élevé la voix, mais sous sa tranquillité apparente, sa colère était terrifiante.

Jeneba tournait autour des gardes avec un mécontentement croissant. « Vous voulez me faire croire, les yeux dans les yeux, que vous ignorez comment quelqu'un a pu lâcher une meute entière de broussards sur les Doigts de la veuve pendant votre service ?

— J'ai évacué le pont moi-même avant l'arrivée de Son Altesse, répéta le plus calme des deux soldats. Entre ce moment et l'attaque, je vous jure que personne ne s'est approché du véhicule. » Karina avait fait des événements un récit similaire à l'instant où ils étaient entrés dans Ksar Alahari. Elle avait l'impression que la grande viziresse la croyait, même si cela défiait toute logique.

« Ils sont donc sortis de nulle part ? Une meute entière de broussards s'est matérialisée sur les Doigts de la veuve pile quand notre princesse l'a traversé ?

— Le pont était vide, affirma l'autre soldat, d'une voix aussi tremblante que ses membres. Je le jure sur la vie de ma mère. Les broussards sont venus du ciel. Je n'avais jamais rien vu de pareil. » L'homme murmura une brève prière à Susono.

Karina retint un soupir. Cet interrogatoire tournait en rond depuis près d'une heure, sans qu'aucune nouvelle information ait émergé.

Farid lui serra l'épaule, et elle perçut sa peur à travers ce simple contact. On aurait dit qu'il allait tomber raide mort d'inquiétude. Il s'était personnellement occupé de panser ses blessures superficielles. Quant à Karina, elle était soulagée que l'oud de Baba ait survécu sans dommages à l'accident. Son corps pouvait guérir, pas son bien le plus cher.

Cependant, *Le Livre des défunts* n'avait pas eu autant de chance. À peine s'était-elle résolue à accomplir le Rite de Résurrection qu'elle perdait sa seule source d'information sur le rituel. Elle n'avait même pas eu le temps de lire le livre en entier dans l'espoir de trouver d'autres détails utiles.

Karina ne ressentait aucune douleur – sa colère laissait peu de place au reste.

Alors que la grande viziresse reprenait son interrogatoire depuis le début, elle la coupa : « Après cette journée riche en traumatismes de toutes sortes, je vais me coucher. Qu'on me réveille si vous avez la réponse à la question : "Qui donc essaie de me tuer ?"

— Avec tout le respect que je vous dois, Altesse, il est un peu tôt pour vous retirer. Nous avons encore beaucoup de travail devant nous. » Karina savait que la grande viziresse avait raison, mais le ton condescendant qu'elle avait employé la décida à contre-attaquer.

« J'ai failli mourir deux fois en vingt-quatre heures, alors remballez votre respect et allez le jeter dans la fosse à purin, car c'est là qu'est sa place en ce moment. »

Là-dessus, Karina sortit en trombe et ne s'arrêta qu'une fois dans sa chambre. Elle détacha l'oud de Baba de son dos et le posa avec précaution sur son support. Puis elle se prit la tête entre les mains et cria de frustration.

Elle avait vu la mort dans les yeux par trois fois. D'abord la nuit où Baba et Hanane avaient perdu la vie, puis dans le jardin où l'on avait assassiné sa mère, et maintenant sur les ruines des Doigts de la veuve. Les trois fois, son existence n'avait tenu qu'à un fil, et elle n'avait rien pu y faire.

Mais elle ne serait plus impuissante. Même sans *Le Livre des défunts*, elle trouverait un moyen d'accomplir le Rite de Résurrection. Cette fois, c'est elle qui prendrait la mort pour cible, et elle s'assurerait de ne pas la rater.

Karina avait lu et relu les détails du rituel jusqu'à ce qu'ils s'impriment dans sa tête, mais elle n'avait pas eu le temps de consulter les autres entrées du livre. Elle considéra la petite collection de codex et de rouleaux que lui avaient donnés ses tuteurs, qu'elle n'avait pour la plupart pas encore lus. Son cou la fit souffrir alors qu'elle feuilletait frénétiquement les volumes ; peut-être avait-elle balayé les inquiétudes de Farid un peu trop vite. Mais Karina n'avait pas le temps d'attendre d'être remise, pas après avoir essuyé deux tentatives de meurtre en autant de jours, pas quand le corps de la Crécerelle pourrissait un peu plus chaque seconde qui passait.

Son adversaire avait intérêt à réussir à sa prochaine tentative, car Karina avait bien l'intention de le tuer à mains nues si leurs chemins venaient à se croiser de nouveau.

Elle en était aux trois quarts d'un essai sur les usages thérapeutiques de la divination quand Aminata entra dans la chambre.

« Tu devrais te reposer », dit la suivante. On venait de sonner la fin du Premier Défi ; l'aube était là, ce qui signifiait qu'elle avait passé la nuit à lire.

« Plus tard », laissa échapper Karina entre ses dents serrées. Pas un livre en sa possession ne mentionnait le nkra. Pourquoi le savoir sur la magie interdite était-il si difficile à trouver ?

Elle allait se lancer dans le chapitre suivant – « Des nombreux usages de l'ivoire comme inhibiteur » – quand Aminata lui arracha l'ouvrage des mains. Karina plongea en avant pour le lui reprendre, mais la suivante, plus grande qu'elle, le mit hors de sa portée.

« Je te ferai décapiter pour ça, rugit Karina.

— Sûrement pas », rétorqua l'autre sans se laisser impressionner.

La plupart du temps, Aminata obéissait docilement aux ordres sans se plaindre. Mais dans des moments comme celui-ci, elle présentait une autre facette d'elle-même, une résolution qui aurait fait fléchir même la plus féroce des Sentinelles.

Vaincue, Karina baissa les yeux sur ses mains, où elle aurait juré voir encore le sang de l'étalon, même après se les être lavées plusieurs fois. Elle sentit soudainement ses yeux s'humidifier, mais elle aurait préféré se faire bouffer par les broussards plutôt que laisser une seule larme couler. Aminata posa le livre sur la table et s'approcha doucement d'elle en lui présentant son emblème Eau-aligné en signe d'apaisement.

« Le monde ne va pas s'arrêter de tourner si tu prends du temps pour t'occuper de toi. »

Karina hocha la tête, toute combativité abandonnée. Sans l'énergie du désespoir qui avait alimenté ses recherches sur le nkra, il ne lui restait que les souvenirs de l'accident – le fracas du carrosse percutant le garde-fou, la douleur aiguë dans son cou quand il s'était retourné, les horribles cris perçants des broussards, les bras tendus vers sa gorge. Dans son esprit confus, les créatures et l'assassin de sa mère se superposaient, images de cauchemar qui ne quittaient plus ses pensées.

Aminata avait raison. Le monde pouvait se passer d'elle une matinée. Et dans le cas contraire, eh bien, ce n'était pas son problème.

Karina resta donc assise pendant que sa suivante préparait ses cheveux pour le coucher. Le parfum du beurre de karité et de l'huile d'argan se répandit dans l'air tandis qu'Aminata séparait les boucles de Karina en torsades à deux brins.

« Tu comptes adresser la parole à l'éléphant au milieu de la pièce, ou tu préfères que je m'en charge ? s'enquit Aminata.

— Mes appartements sont relativement grands, mais je ne crois pas qu'un éléphant y tiendrait.

— Très drôle. Tu aurais pu m'informer que tu comptais offrir ta main en récompense. »

Karina rouvrit les yeux. Ses problèmes revinrent au galop.

« Je ne l'ai découvert qu'hier. » Techniquement parlant, ce n'était pas un mensonge.

« Et tu n'y es pas opposée.

— Quelle différence cela ferait-il ? Je ne suis pas vraiment en position de m'opposer aux décisions de ma mère.

— Comme si ça t'avait un jour arrêtée. » Aminata secoua la tête et appliqua une couche de brillantine sur la torsade suivante. « Est-ce que ça veut dire que le Deuxième Défi consistera à aller te décrocher la lune, comme tu l'as demandé le soir de l'apparition de la comète ? »

Karina grimaça. Évidemment, la rumeur s'était répandue.

Elle avait toujours cru qu'elle épouserait quiconque la Crécerelle jugerait susceptible de garantir à Ziran la meilleure alliance politique. Quand on était de sang royal, mieux valait tenir l'amour et le mariage le plus loin possible l'un de l'autre, le second n'étant souvent qu'un moyen d'arriver à ses fins.

« Et si c'était la championne du feu, Dedele, qui gagnait ? Tu l'épouserais quand même ? »

Karina haussa les épaules. « Je ne serais pas la première reine à prendre femme.

— Certes, mais celles qui t'ont précédée avaient ce genre d'inclinations, contrairement à toi.

— Je préfère une femme à un mari horrible. »

Aminata soulevait cependant un problème : le Rite de Résurrection parlait spécifiquement d'un cœur de roi – à cette époque, seuls les hommes étaient autorisés à régner. À cause de cette ridicule obsession kennouane pour la succession patriarcale, il lui faudrait s'assurer qu'un des garçons gagne – elle ne voulait pas prendre le risque que la magie ne fonctionne pas en raison d'un tel détail. Elle devrait donc garder un œil sur Dedele, la dernière championne en lice, afin qu'elle ne s'approche pas trop de la récompense. Comme si elle n'avait pas assez à faire comme ça.

Ce fut la dernière pensée de Karina avant que sa tête rencontre l'oreiller. Moins d'une minute plus tard, elle sombrait dans un sommeil dont seule une terrifiante menace de mort aurait pu la sortir.

« Tu n'arriveras jamais à rien, en te battant comme ça, oisillon. »

Étendue sur le sol, Karina fulminait, pendant que Hanane, qui la dominait, riait de bon cœur. Elles se trouvaient dans le jardin de la Crécerelle, parmi les pins pleureurs, où le soleil matinal jetait un halo brumeux sur le visage taché de son et les cheveux argentés, plusieurs teintes plus claires que ceux de Karina, de la plus âgée des princesses.

« Ce n'est pas juste, tu as triché ! » s'écria Karina. Hanane le faisait toujours quand elles jouaient au wakama, leur sport favori. L'aînée était plus lourde et plus grande, et elle usait de coups tordus sans scrupules, qui lui assuraient toujours la victoire.

« La vie est pleine de tricheurs, philosopha Hanane, alors que Karina récupérait son bâton et lui portait une attaque grossière. Si tu respectes les règles, tu ne joues pas pour gagner. »

D'un geste fluide, Hanane crocheta la cheville de sa sœur et lui fit perdre l'équilibre, mais elle la rattrapa avant qu'elle touche le sol et se mit à la chatouiller sans merci. L'agacement de Karina céda la place à un éclat de rire, quand bien même ses côtes commençaient à la faire souffrir, car elle ne pouvait rester très longtemps fâchée contre sa sœur, cette espèce de sournoise, espiègle...

Oh. Elle rêvait.

Karina aurait probablement dû se réveiller d'elle-même à ce moment-là, mais elle laissa le rêve se poursuivre encore un peu. Hanane et elle paressaient parmi les orchidées, les doigts de pied immergés dans des bassins couverts de nénuphars. Tandis que sa grande sœur babillait inlassablement, leur famille apparut soudainement autour d'elles, comme cela arrive parfois dans les songes. Si Karina avait encore le moindre doute sur la nature de son expérience, elle avait maintenant la certitude qu'il s'agissait d'un rêve – pas parce que Baba et Hanane étaient encore en vie ou parce que Farid avait pour une fois l'air détendu, mais parce que sa mère, tout sourire, riait, ses cheveux argent lâchés dans son dos.

La musique démarra – d'où et jouée par qui, Karina l'ignorait. Sa famille se mit à danser et à projeter la jeune fille de bras en bras sans effort en rythme avec la mélodie que tous semblaient connaître sauf elle. Elle aurait voulu que ces réconfortantes étreintes n'aient jamais de fin. Mais quand ce fut de nouveau le tour de Hanane, celle-ci la retint bien trop fermement. Ses chaleureux yeux bruns remplis de joie, elle propulsa Karina dans les airs.

Au début, celle-ci savoura la sensation du sol s'éloignant sous ses pieds. Mais longtemps après que son corps aurait dû entamer sa course descendante, elle continua de s'élever à travers les nuages, rejoignit un monde connu des seuls oiseaux.

Elle cria à l'aide, mais il n'y avait personne pour l'entendre. Une pluie d'aiguilles liquides lui martela le visage, suivie par des grêlons qui réduisirent sa peau en lambeaux. La foudre qui déchirait le ciel l'envoyait bouler cul par-dessus tête, mais toujours elle s'élevait. Elle ne voyait plus sa famille, ne comprenait pas pourquoi ils l'avaient envoyée seule au milieu de ce maelstrom. L'éclair suivant la frappa en pleine poitrine. Karina hurla de nouveau quand la décharge d'énergie la traversa, la brûla de l'intérieur, mais elle continuait de monter, de plus en plus haut, jusqu'aux étoiles qui se moquaient d'elle, et…

Elle s'éveilla en sursaut, ce qu'elle regretta immédiatement. Le monde se brouilla, les contours familiers de sa chambre se réduisant à guère mieux que des masses informes. Elle n'avait plus fait ce cauchemar depuis des mois. L'année suivant l'incendie, il lui était venu quasi quotidiennement, et s'il s'était raréfié avec le temps, il lui rappelait de loin en loin que les démons de son enfance pouvaient frapper à tout moment.

Les rayons du soleil déjà haut dans le ciel lui causaient une vive douleur aux tempes. Jour-Lune, le deuxième de la semaine, était normalement consacré à la réflexion et à la guérison, mais les seules réflexions qui traversaient pour l'heure l'esprit de Karina se concentraient sur des envies de meurtre si cette satanée fenêtre restait ouverte une seconde de plus.

Elle se força néanmoins à se lever et resta immobile quelques secondes, le temps de se stabiliser. Des flashs colorés se succédaient en surimpression de sa vision : jaune, rose, bleu… C'était ce que les guérisseurs nommaient l'aura, un symptôme annonciateur d'une migraine. Elle aurait pu appeler Aminata ou une de ses autres suivantes pour fermer la fenêtre avant que la douleur devienne insupportable, mais il lui paraissait impératif de s'en occuper elle-même. Après son échec à la cérémonie d'Ouverture, c'était le moins qu'elle puisse faire.

Karina était encore à mi-chemin quand la douleur éclata derrière ses yeux. Elle tomba à genoux avec un rire désabusé. La dernière descendante de la plus grande dirigeante que Sonande ait jamais connue n'était même pas capable de fermer une fenêtre. Elle était pathétique.

Non, pas pathétique. Médiocre. L'adjectif qu'avait utilisé sa mère à son sujet.

Une personne entra dans la chambre et se pencha sur elle – Karina n'eut même pas la force de la renvoyer. Ses yeux s'humectèrent tandis qu'elle essayait de faire le point sur la nouvelle arrivante.

« Maman ? » souffla-t-elle.

Ce fut cependant le visage de la commandante Hamidou qui apparut quand elle y vit enfin clair. Karina tenta de se dégager, mais elle était trop faible pour empêcher la Sentinelle de la remettre au lit. Celle-ci alla ensuite fermer les volets et tirer les rideaux. Dans l'obscurité retrouvée, la douleur reflua quelque peu. Karina en éprouva un tel soulagement qu'elle aurait pu pleurer, mais elle n'était pas encore prête à franchir ce nouveau palier d'humiliation.

Au lieu de quoi, elle considéra la commandante avec circonspection. Jamais une Sentinelle ne lui avait rendu visite dans ses appartements ; se trouver seule avec elle déclencha des alarmes dans sa tête qui n'avaient rien à voir avec la migraine. Les Sentinelles étaient des armes vivantes forgées dans la douleur des batailles. Elles ne tiraient pas les rideaux.

Karina ignorait cependant ce qui la rendait si nerveuse chez ces guerrières. Après tout, elles avaient fait le serment de les protéger, elle et sa famille – elle était probablement plus en sécurité avec la commandante qu'avec quiconque à Ziran.

« Quelle heure est-il ? demanda-t-elle.

— Les cloches ont sonné trois fois depuis midi. »

Karina se redressa vivement. Elle avait passé la moitié du deuxième jour de Solstasia à dormir. Le conseil devait être furibond.

« Faites venir Aminata. Je dois m'habiller sur-le-champ. » Mais quand elle essaya de se lever, la commandante Hamidou la repoussa avec autant de douceur que de fermeté. Karina aurait littéralement mordu toute autre personne qui se serait avisée de poser le doigt sur elle sans sa permission, mais elle n'était pas stupide au point de s'en prendre physiquement à la cheffe des Sentinelles.

« Farid a informé le conseil que vous vous reposeriez jusqu'au dîner de ce soir avec les champions. »

Farid, béni soit-il, avait toujours un coup d'avance. Mais il ne faisait aucun doute qu'à sa place, la Crécerelle se serait déjà remise. Karina, elle, n'était pas certaine de pouvoir survivre aux événements de la journée sans s'écrouler. « Vous souhaitiez m'informer d'autre chose ?

— En effet. Je suis venue vous dire que nous avons la liste des serviteurs ayant eu accès aux appartements privés de Haissa Sarahel. »

Karina conserva une expression neutre, mais elle serra les poings si fort que des gouttes de sang se formèrent au creux de ses paumes. « Et ? »

Depuis le drame, elle se demandait quel châtiment elle réserverait aux responsables de l'assassinat de la Crécerelle. La mort serait trop miséricordieuse. Ils méritaient de souffrir mille fois pour chaque soupir que la sultane ne pousserait plus. Ils méritaient de partager une infime fraction de la douleur que Karina avait ressentie en voyant la lame s'enfoncer dans le dos de sa mère, car même une infime fraction était plus que quiconque pouvait en supporter.

Mais ces fantasmes étaient manifestement prématurés.

« Ils étaient cinq, dit la commandante. Nous avons retrouvé leurs corps au fond du canal qui coule sous les écuries. »

Un frisson glacé parcourut l'épine dorsale de Karina.

« Quelqu'un a tué cinq serviteurs en une seule nuit sans que personne s'en aperçoive ?

— Mes enquêtrices ont vérifié auprès de leurs supérieurs, et tous avaient un solide alibi. Mais il ne s'agit pas que des serviteurs. Nous avons aussi repêché les corps de deux Sentinelles qui étaient censées être de garde à ce moment-là. »

Donc huit personnes au total avaient perdu la vie lors de la Veille de Solstasia, sous les coups d'un assassin capable de se débarrasser des meilleures guerrières de Ziran. Karina frissonna. « A-t-on d'autres pistes ?

— Pas pour l'instant. Je suis venue vous prévenir sitôt l'information en ma possession. » Le regard de la commandante Hamidou s'assombrit. « Vous prévenir *vous* et personne d'autre. »

Karina se pencha en avant. « Que voulez-vous dire ?

— La liste des serviteurs ayant accès aux appartements de Haissa Sarahel était un secret, même parmi le personnel du palais. Les seules personnes connaissant cette information en dehors de vous, moi, Farid et votre mère étaient…

— … les membres du conseil », acheva Karina, dont l'estomac s'alourdit brusquement. De la musique venant de l'extérieur réactiva sa migraine. « Quelqu'un au conseil a assassiné ma mère, ou aidé son meurtrier.

— Je ne sauterais pas si vite aux conclusions, mais j'admets que j'ai de fortes présomptions. Une personne de notre entourage nous a trahis. »

Les yeux de la commandante Hamidou se posèrent sur la chevalière au doigt de Karina. Cette femme avait vu trois générations d'Alahari porter cette bague – d'abord la tante de la Crécerelle, puis la Crécerelle elle-même et maintenant Karina. De nouvelles rides et une tristesse dans ses yeux marquaient son visage d'ordinaire impassible. La commandante Hamidou avait assisté à la naissance de la Crécerelle, l'avait vue devenir sultane et élever deux enfants. Karina ignorait quelle avait été la nature de leur relation, mais son chagrin dépassait celui d'une soldate ayant perdu sa reine.

« Votre mère souffrait de coliques, bébé, dit-elle avec douceur. Quand j'étais jeune, on m'avait affectée à la surveillance de sa nursery, et je l'entendais pleurer et pleurer toute la nuit. Je ne pensais pas vivre assez longtemps pour voir ses funérailles... » La Sentinelle toussa d'embarras. « Pardon, Majesté. »

Karina n'aurait pas cru les Sentinelles capables d'exprimer un tel désarroi. Cet étalage d'humanité ajouta à son malaise. « Ne vous excusez pas. »

La Sentinelle s'inclina et prit congé. Karina resta assise un long moment à réfléchir à cette nouvelle information.

Si ce que lui avait révélé la commandante Hamidou était vrai, et que le meurtrier avait été aidé par un membre du conseil, elle devait accomplir le Rite de Résurrection au plus vite, ainsi la Crécerelle pourrait s'occuper du traître. Elle était déjà bien avancée dans sa quête du cœur de roi, et parmi les deux autres ingrédients, le nkra était le seul dont elle avait entendu parler. Autant commencer par là.

Si Karina voulait avoir une chance de mener à bien le rituel, il lui fallait trouver la seule personne qui avait prononcé ce mot en sa présence.

Il était temps de partir à la recherche d'Afua Boateng.

13

Malik

Personne ne sembla particulièrement surpris que la princesse Karina n'assiste pas au déjeuner des champions, le deuxième jour de Solstasia. La rumeur de l'incident survenu sur les Doigts de la veuve s'était répandue dans tout Ziran, et le temps qu'elle arrive aux oreilles de Malik, elle avait transformé les faits en une bataille épique à mort, où la princesse, suspendue au pont par un seul doigt, se faisait grignoter la jambe par les broussards. D'un côté, Malik était soulagé de ne pas avoir à la regarder en face si tôt après sa tentative de meurtre manquée. De l'autre, cela le rendait de plus en plus nerveux.

Outre le déjeuner, la princesse Karina manqua aussi le récital de poésie à l'université et la course de basilics. Et elle tardait à arriver au dîner en présence de la cour et des champions, quoique le palais ait confirmé sa présence. La compassion de la cour se mua en suspicion à la vitesse de l'éclair.

« Rappelez-vous, Haissa Sarahel s'était montrée en public le lendemain même de la mort de ses parents. Un petit incident, et la princesse fuit ses responsabilités, chuchota un homme à son voisin.

— Je vous parie dix dairas qu'elle est ivre morte quelque part dans une étable.

— Quinze sur une ruelle. »

Les rires gras des courtisans donnèrent la nausée à Malik. Qu'avait fait la princesse pour mériter tant de vitriol ? Que lui et les gens de sa condition la détestent, soit, mais il aurait cru que la cour était son alliée. Sa compréhension des rouages internes de Ziran laissait à désirer, et il lui devenait de plus en plus difficile de démêler la toile des soutiens et des inimitiés.

Peu désireux d'entendre davantage de ces moqueries, Malik s'intéressa à la danseuse vêtue de foulards fluides qui virevoltait sans effort à travers une succession de cerceaux suspendus au plafond. Les autres champions et lui, ainsi que l'essentiel de la cour, dînaient dans la grande salle du Jardin azur, où l'on jouait une reconstitution acrobatique de l'histoire du désert d'Odjubai.

Les comédiens se mouvaient avec une grâce spectaculaire et déclamaient leur texte en se livrant à toutes sortes de facéties d'un bout à l'autre de la salle. Ils avaient commencé par un portrait détaillé de la vie dans le désert avant l'ascension kennouane. Cette partie avait fasciné Malik ; Kennoua avait soumis les tribus autochtones de l'Odjubai avec une telle application qu'il ne restait presque rien de leur histoire.

Mais c'était le Roi sans visage qui tenait le haut de l'affiche. Fidèle à la tradition de ne jamais représenter l'homme avec un visage humain, l'acteur qui l'interprétait portait un masque qu'on n'aurait pu décrire autrement que le croisement entre un gobelin et un cochon très laid. Ils en étaient au moment où Bahia Alahari découvrait que son propre époux avait permis à l'armée du pharaon d'investir Ziran.

« Mais pourquoi, mon amour ? s'écria Bahia en exécutant un salto arrière pour le moins impressionnant. Pourquoi m'as-tu trahi de la sorte ?

— Je ne t'ai jamais aimée. La seule chose que je chérisse, c'est… LE POUVOIR ! » Le Roi sans visage leva les mains vers le ciel, et une fumée noire se déversa du plafond, sur un roulement de tambour furieux. Malgré le ton outrancier de la production, il y avait toujours eu quelque chose de tragiquement beau dans l'histoire de Bahia et du Roi sans visage, qui faisait d'elle l'une des préférées de Malik.

Si seulement Nadia était là pour voir ça. Elle aurait probablement convaincu les comédiens de lui laisser essayer les différentes barres et cordes, mais Malik ne l'aurait jamais laissée les approcher.

« Cette histoire n'a pas pris une ride, n'est-ce pas ? » dit le courtisan le plus proche de lui.

Malik hocha la tête, incapable de regarder l'homme dans les yeux. Chacun des champions s'était vu attribuer sa propre table, et les membres de la cour circulaient de l'une à l'autre afin de pouvoir échanger quelques mots avec tous. L'assistance comportait un nombre remarquablement réduit de Lune et de Terre-alignés, ce qui n'était guère surprenant ; l'élimination prématurée de ces deux alignements laissait un goût amer à leurs fidèles.

La majorité des convives, Soleil-alignés, bourdonnaient autour de la table de Driss comme des abeilles autour d'une ruche. Seule sa mère, Mwani Zohra, s'était assise à la table de Malik dès le début du repas et n'avait pas bougé d'un centimètre depuis.

« N'était-ce pas charmant ? » dit-elle en applaudissant la fin de la représentation.

Malik acquiesça timidement et baissa les yeux sur sa soupe de haricots, consterné par la pauvreté de ses compétences sociales. Dans ce genre d'occasions, il avait l'impression que tout le monde à Sonande s'était vu remettre un guide sur les interactions entre êtres humains, mais que lui ne l'avait jamais reçu.

Le dîner se serait mieux passé pour lui s'il avait su où se trouvait Leila. Malgré ses promesses de la veille, sa grande sœur n'était pas encore arrivée au Jardin azur, et l'inquiétude qui lui nouait les entrailles n'améliorait guère sa conversation.

« Je suis sûre que vous êtes impatient de nous quitter pour vous préparer au Deuxième Défi, poursuivit Mwani Zohra. D'après la rumeur, il y a eu d'importants travaux de construction près du stade. Habituellement, ils ne mettent pas deux Défis physiques de suite, ce qui est bien dommage pour mon cher Driss, car c'est là qu'il excelle, mais j'imagine que c'est une bonne nouvelle pour vous. »

Était-ce un compliment ou une insulte ? Il en était encore à démêler le sens de ses propos quand elle reprit la parole. « Quel dommage que votre famille ne soit pas là pour se réjouir avec nous. Rappelez-moi ce qu'ils font ?

— Ils vendent des épices ! s'écria-t-il. Ou plutôt, ils vendaient des épices. Quand ils étaient vivants. Ce qu'ils ne sont plus. Parce qu'ils sont morts. C'est pour ça qu'ils ne peuvent plus vendre leurs... épices. »

Malik se maudit intérieurement. D'une seconde à l'autre, il risquait de dire quelque chose de si stupide qu'on l'éjecterait du Jardin azur pour bêtise aggravée.

« ... Je vois. Des épices. » Mwani Zohra saisit la théière et remplit le verre de Malik de thé à la menthe avec une exquise précision. « Quels étaient leurs alignements ?

— Eau pour ma mère, Feu pour mon père. » Il ne voyait pas de raison de mentir sur ce point.

« Eau et Feu ? Voilà une combinaison pour le moins inhabituelle. »

Inhabituelle était une façon comme une autre de décrire la relation de ses parents. Leila s'était plusieurs fois demandé à voix haute ce que leur calme de mère avait trouvé à leur bravache de père, mais Malik préférait y voir un signe que les opposés s'attirent bel et bien. Cela lui avait donné l'espoir de trouver un jour quelqu'un à même de compenser ses propres insuffisances, quoique la chose lui paraisse de moins en moins probable à mesure qu'il vieillissait.

« Il devait s'agir de gens merveilleux, pour avoir élevé le jeune homme accompli que vous êtes aujourd'hui, une personne de valeur choisie par une déesse. Je suis sûre qu'ils regardent vos exploits avec fierté. »

Avec fierté ? Pour avoir laissé un esprit kidnapper sa petite sœur et échouer lamentablement à accomplir la seule tâche qui la libérerait ? Il n'avait jamais été le genre de fils dont s'enorgueillissent des parents, et se le voir rappeler ainsi lui comprima la poitrine.

Malik se leva brusquement. Un soupçon d'agacement passa sur le visage de Mwani Zohra. « Quelque chose ne va pas, champion Adil ? »

Si Malik doutait encore que la mère de Driss essayait de l'intimider, le mépris dans sa voix acheva de le convaincre. Et il fut mortifié de constater que cela fonctionnait ; s'il restait assis là plus longtemps à s'appesantir sur l'échec de sa vie, il allait éclater en sanglots.

« Je dois... Il faut que... Excusez-moi. »

Malik sortit en trombe de la salle, alors qu'une voix intérieure lui hurlait : *Retournes-y ! Fais quelque chose pour Nadia !*

Mais il ne s'arrêta pas de courir avant d'avoir atteint le patio principal du Jardin azur, où il manqua de trébucher sur un paon albinos et de s'étaler sous le vieil escalier qui menait aux salles de prière. Il prit une grande inspiration et s'approcha du garde à l'entrée.

« Pardon de vous embêter encore avec ça, mais ma sœur est-elle arrivée ? demanda-t-il d'une voix à peine plus audible qu'un murmure.

— Non. Comme je vous l'ai déjà dit, champion Adil, nous vous préviendrons sitôt qu'elle sera là. » Le garde s'exprimait avec politesse, mais l'agacement sous-jacent n'échappa pas à Malik. Il remercia l'homme plusieurs fois et s'éloigna avant de l'énerver davantage. Leila avait promis la veille qu'elle viendrait au Jardin azur à la tombée du jour. Le jour était tombé, et elle n'était nulle part. Que se passait-il donc ?

L'air froid de la nuit lui piqua le visage lorsqu'il grimpa l'escalier donnant accès au toit-terrasse du Jardin azur. Aucune trace de Leila. Il marcha d'un bout de la terrasse à l'autre, puis le fit en sens inverse et recommença. Les occupants des lieux étant tous réunis dans le grand hall, il tenait sa chance de s'éclipser discrètement pour explorer le palais et découvrir où la princesse Karina vivait.

Mais… et si Leila était blessée ? Malik s'arrêta en haut des marches. Et si les Sentinelles avaient compris qu'elle usurpait son identité et qu'elles la torturaient pour obtenir une information qu'elle n'avait pas ? Il devait la trouver.

Un afflux de bile lui brûla la gorge. Dans une cité aussi immense que Ziran, par où commencerait-il ? Et sa sœur n'était pas une idiote. Elle avait survécu des mois dans le désert en ne pouvant compter que sur sa vivacité d'esprit pour assurer leur sécurité à tous les trois.

Son raisonnement ne tenait pas la route si elle était blessée, si elle perdait son sang quelque part dans une ruelle sans personne pour lui porter secours. Et si ses deux sœurs avaient besoin de son aide, et qu'il n'y ait rien qu'il puisse faire pour aucune d'elles ?

Malik voulut avancer, mais ses jambes ne répondirent pas. Il avait beau se trouver dehors, il se noyait de nouveau, écrasé par le monde qui se refermait sur lui à une vitesse étourdissante.

Respire. Est-ce qu'il respirait ? Sa bouche remuait, mais il ne sentait pas l'air remplir ses poumons. Leila devait aller bien. Il ne se supporterait plus si ce n'était pas le cas.

Reste présent. Il était présent, mais était-il ici ? Ici, c'était... le Jardin azur. Oui, il était sur le toit, à la recherche de Leila. Il devait... Au nom de la Grande Mère, où était sa sacoche ? Il la chercha, mais ses mains ne serraient que ses propres bras. Quand l'un de ses ongles s'enfonça dans la chair, la douleur le ramena au moment présent, mais alors la vue de son propre sang lui donna le vertige, et il tomba, tomba...

Malik percuta le sol avec un bruit sourd. Il avait dû se prendre les pieds quelque part, et il gisait maintenant par terre, les membres agités d'inutiles mouvements comme une tortue sur le dos. L'image était si cocasse qu'il éclata de rire – rire était moins douloureux que pleurer. Il s'esclaffait tant que des larmes et de la morve lui maculèrent le visage.

Apparemment, ce qui clochait chez lui était si bien enraciné au fond de son être que même le retour de sa magie n'y pouvait rien. Les gardes finiraient par venir à sa recherche, et que trouveraient-ils ? Un champion de la Vie hystérique et paniqué, sans même une sœur. Sauf qu'il n'était même pas le véritable champion de la Vie, juste un kekki, un kekki hystérique et paniqué sans même une sœur.

Ses deux bras saignaient, à présent, et il ne pouvait s'arrêter de rire, alors que sa gorge commençait à lui faire mal et que la tortue n'était pas si drôle que ça, après tout, et *au nom de la Grande Mère où était passée Leila...*

« Adil, est-ce que... Bon sang ! »

En quelques enjambées, le champion de l'Eau, Adetunde, le rejoignit et l'aida à se lever. Malik avait encore assez de présence d'esprit pour savoir qu'il ne devait laisser personne le voir dans cet état, surtout pas un autre champion, mais il résista à peine quand Adetunde le reconduisit dans sa chambre. Il s'entendit dire quelque chose, mais il n'avait aucune idée des mots qui sortirent de sa bouche. Adetunde se contenta de hocher la tête. À un moment il n'était plus là, et le monde se mit à tourner. Puis il revint, cette fois avec une carafe en argent, une miche de pain et... une longueur d'élastique ?

« Tu n'as pas mangé grand-chose au dîner. Tiens... tu te sentiras mieux », dit le garçon en lui fourrant le pain dans les mains.

Quoique Malik n'ait pas particulièrement faim, il se força à avaler plusieurs bouchées. Il avala trop vite et se mit à tousser. Adetunde lui tapa dans le dos.

« Tu vois, ça n'était pas si difficile. Bois de l'eau. »

Malik ignora combien de temps ils restèrent ainsi – des minutes, peut-être des heures. Adetunde demeura avec lui tout du long, bavardant de tout et de rien. Malik retrouva peu à peu ses esprits et les vrilles de panique refluèrent. La fatigue et l'embarras s'engouffrèrent pour prendre leur place, ainsi qu'un désir de voir le sol s'ouvrir pour l'engloutir.

« Pourquoi ? croassa Malik.

— Pourquoi suis-je si désespérément beau ? plaisanta Adetunde avec un sourire.

— Pourquoi l'élastique ?

— Ah, parce que la prochaine fois qu'il te vient l'idée de faire un truc pareil... » Adetunde désigna du menton les marques de coupure sur les bras de Malik. « ... Essaie ça, plutôt. » Il fit claquer l'élastique contre la face antérieure du poignet de Malik, que la soudaine douleur fit tressaillir. Cela ne lui abîma cependant pas la peau, ce qui valait toujours mieux que l'alternative. « Ce petit tour m'a beaucoup aidé. »

Ce qu'il faisait avec la lanière de sa sacoche relevait du même principe : décharger l'inéluctable pression qui pesait sur lui sur un objet quelconque au lieu de s'en prendre à lui-même. Il n'imaginait pas Adetunde serrer quelque chose à s'en faire blanchir les jointures pour rester maître de son esprit, et pourtant le garçon avait su exactement quoi faire quand Malik avait perdu pied. Même maintenant, ses yeux ne contenaient ni jugement ni pitié, qui n'auraient fait qu'accabler Malik davantage, seulement de la compréhension.

« Merci… Adetunde, c'est ça ?

— Tunde suffira. Il n'y a que ma mère, quand elle est fâchée contre moi, et mon petit frère, quand il cherche la bagarre, pour employer mon nom complet.

— Merci Tunde.

— Ne t'avise pas d'en parler, parce que je ne le ferai pas. Pour tout le monde, tu as perdu connaissance sur le toit, ébloui par la bonté des dieux et un excès de vin. Ça m'est arrivé à l'anniversaire des 8 ans de mon petit frère. D'ailleurs, je te cherchais.

— Moi ? Pourquoi ?

— La plupart des courtisans se sont retirés pour la nuit, et vu qu'aucun de nous ne sait de quoi le Défi de demain sera fait, je me suis dit qu'on pourrait se payer un peu de bon temps entre champions. » Tunde se pencha en avant et s'adressa à Malik comme s'ils se connaissaient depuis toujours : « Si tu te sens mieux, viens avec nous. *Le Phoque dansant* offre à celui ou celle qui se pointe avec le costume de champion le plus réaliste son poids en vin de palme, et je compte bien les prendre au mot. »

À l'entendre, on aurait dit qu'il parlait d'une soirée pyjama et non d'une compétition qui déciderait du sort de Ziran et de ses territoires pour les cinquante prochaines années. Cela faisait-il partie de sa stratégie, de se mettre dans les petits papiers des autres champions pour qu'on le sous-estime ?

« Je vais réfléchir », répondit Malik, qui était trop poli pour dire qu'il préférait en découdre avec une meute de broussards plutôt que de passer ne serait-ce qu'une minute à socialiser avec des gens qu'il connaissait à peine.

Tunde s'apprêta à reprendre la parole, sans doute pour essayer de persuader Malik, mais il fut interrompu par l'arrivée fracassante de Leila dans la chambre, les bras chargés de livres et de rouleaux. Le champion de l'Eau se leva d'un bond.

« L'insaisissable sœur est enfin là, commenta-t-il. Si tu changes d'avis, tu sais où me trouver. »

Sur ces mots, il partit. Malik considéra Leila d'un œil noir.

« Où étais-tu ? » s'écria-t-il. Il était aussi soulagé qu'irrité de la trouver en parfaite santé. Extatique, même, les lèvres étirées en un rare sourire.

« À la bibliothèque ! Je t'ai dit hier soir que j'allais mettre ma journée à profit pour faire des recherches pendant que tu t'acquittais de tes obligations de champion. »

Le visage écarlate, Malik tira sciemment ses manches jusqu'aux poignets ; il avait encore paniqué pour rien. « Tu avais dit que tu serais là à la tombée du jour.

— Je n'ai pas vu l'heure passer. Je n'ai pas de serviteurs pour me rappeler constamment mon emploi du temps, moi. »

Leila leva les yeux au ciel, et Malik se demanda une fois de plus s'ils se seraient bien entendus, s'ils n'avaient pas été frère et sœur.

« Bon, écoute ça. » Elle sortit un des rouleaux de sa pile et lui fit la lecture. « “Les Kennouans pensaient que la force de la Gonyama était directement liée à la santé du pharaon. Les plus proches conseillers de celui-ci sacrifiaient un ou une malheureuse, qui partageait son corps avec l'esprit du fleuve pour assurer la prospérité de la lignée du pharaon."

— Mais qu'est-ce que ça a à voir avec Idir ? demanda Malik à voix basse au cas où quelqu'un les écouterait.

— J'y arrive. "L'esprit de la Gonyama était incarné par un être connu sous le nom de Ɔwɔ. Dans la mythologie et l'art kennouans, Ɔwɔ est représenté sous de nombreuses formes, mais le plus souvent comme un serpent ou un spectre." »

Leila posa le rouleau sur le lit, entre eux deux. Le sang de Malik se glaça. Là, sur le vieux parchemin, la Marque le regardait d'un air malicieux. Il ordonna à la véritable Marque de gagner sa main, comme on siffle un chien, et elle s'exécuta. Il compara le tatouage à l'image du rouleau ; elles étaient identiques. Maintenant qu'il l'examinait de près, il remarqua qu'elle n'était pas faite d'un noir uni, comme il l'avait d'abord cru, mais d'un millier de minuscules symboles imbriqués semblables aux glyphes qui constituaient le système d'écriture kennouan.

« Alors, Idir serait Ɔwɔ ?

— C'est évident, non ? Ɔwɔ était l'esprit de la Gonyama. Bahia Alahari a asséché le fleuve pour construire sa cité. Pourquoi ne voudrait-il pas se venger sur ses descendants ? »

Leila avait les yeux brillants. Malik était ravi de voir sa sœur retrouver son enthousiasme d'autrefois. Du temps où elle se formait auprès des devins d'Oboure, la recherche avait été sa spécialité. Traditionnellement guérisseurs, conseillers, gardiens du savoir et plus, des devins étaient présents dans chaque village eshran. Lorsqu'elle rentrait à la maison, elle avait tout un tas de choses à partager avec Malik, de fascinantes anecdotes historiques ou quelque nouvelle technique de bandage. À cette époque, ils étaient les meilleurs amis du monde.

Mais alors Papa les avait abandonnés. Leila avait interrompu son apprentissage pour aider à la ferme, et elle n'avait plus reparlé des devins par la suite. Malik n'avait jamais entendu sa sœur se plaindre d'avoir dû laisser tomber ses études pour s'occuper de sa famille, mais elle n'avait plus été la même depuis.

« Mais ça n'explique toujours pas pourquoi il m'a choisi pour cette tâche. » La rancune ancestrale que l'esprit nourrissait contre les Alahari n'avait rien à voir avec Malik ou sa famille. Pourquoi Idir, après avoir attendu mille ans, voyait-il précisément en lui l'instrument de sa vengeance ?

« Qui sait ? Mais plus nous en saurons sur Idir, ou sur Ɔwɔ, mieux nous verrons les options à notre disposition. Au cas où nous aurions besoin d'un plan B. »

Ce que Leila disait entre les lignes, c'est qu'elle doutait de sa capacité à tuer la princesse Karina. Son manque de confiance le piquait au vif, mais elle avait raison. Plus ils en sauraient sur Idir, mieux ça vaudrait.

« Qu'as-tu trouvé d'autre ? s'enquit Malik.

— Pas grand-chose, seulement quelques bribes sur le lien spirituel. En fonction de la nature du Deuxième Défi, je verrais si je peux m'éclipser pour en apprendre davantage, demain. Tu t'y es préparé, n'est-ce pas ? Les gens disent que celui-ci sera plus facile à voir que le premier.

— Mais qu'est-ce qu'on fait, ce soir ?

— Tunde n'a-t-il pas dit que les champions sortaient dans la Ville basse ? »

Malik se tortilla sur le lit. « Je crois qu'il vaudrait mieux que je reste ici.

— Quoi ? Tu dois y aller ! s'exclama Leila. Ces gens vivent à Ziran depuis toujours ; qui sait quelles informations utiles tu pourras glaner.

— Mais ne devrais-je pas profiter du fait que nous n'avons pas de Défi aujourd'hui pour essayer de trouver la princesse ?

— Le lendemain de l'incident sur les Doigts de la veuve ? » Elle secoua la tête. « Je parie qu'elle est entourée par vingt Sentinelles, à l'heure qu'il est. » Malik baissa la tête d'un air coupable, et Leila plissa les yeux. « Qu'est-ce que ce regard signifie ? »

Malik lui fit un résumé du rôle qu'il avait joué dans l'attaque, ce qui lui valut un grognement de sa sœur.

« Pourquoi tu ne m'écoutes jamais ? Raison de plus pour ne pas chercher la princesse ce soir. On ne peut pas prendre le risque de se confronter à cette force qui t'a attaqué tant qu'on ne sait pas qui est derrière. Ou quoi. Et je crois que tu ne devrais plus utiliser ta magie.

— Hein ? Pourquoi ?

— On n'en sait assez ni sur son fonctionnement ni sur son origine. Ce que nous avons de mieux à faire pour ce soir, c'est de réunir autant d'informations que possible. Je vais étudier mes livres, et toi, tu vas essayer d'en apprendre un maximum sur les rouages de la cour auprès des autres champions. C'est la seule façon d'avancer. »

Malik tripota l'élastique que Tunde avait noué autour de son poignet. Si seulement, pour une fois – juste une fois –, sa sœur pouvait avoir tort.

« Je connais cette expression, reprit-elle. C'est celle que tu fais quand tu as peur. » Leila secoua la tête, incrédule. « Ne me dis pas que c'est la perspective de rejoindre Tunde et les autres ?

— Non », mentit Malik. À la vérité, il ne voulait pas passer plus de temps que nécessaire avec les champions. Tous méritaient leur place ; s'ils en venaient à le connaître, ils se rendraient compte que tel n'était pas son cas.

« Est-ce que tes appréhensions comptent plus que la vie de notre sœur ? »

La pression dans la poitrine de Malik s'accentua, et il fit claquer l'élastique à son poignet jusqu'à ce qu'elle s'apaise. Il ne savait même pas d'où venait sa fébrilité. Tout ce qu'avait dit Leila était vrai, et il aurait dû lui être reconnaissant d'avoir trouvé ces informations sur Idir, même si ça ne menait nulle part.

Et pourtant, il n'arrivait pas à s'ôter de l'esprit que c'était Leila qui aurait dû lui porter secours sur le toit, pas Tunde.

Mais il était injuste. Sa sœur avait été occupée à aider Nadia comme elle le pouvait. Et il devrait en faire de même.

« Je vais y aller », dit-il en se remettant à jouer avec son élastique.

Il avait déjà perdu la majeure partie de la deuxième journée. Avec un peu de chance, il découvrirait une information qui vaudrait la torture qu'il s'apprêtait à s'infliger.

14

Karina

Minuit finit par arriver, et avec lui les habituels carillons des temples et les moins habituelles clameurs de la place Jehiza. Le deuxième jour de Solstasia touchait officiellement à sa fin, et ce n'était pas trop tôt au goût de Karina.

Malgré son agitation, elle fit semblant de dormir de façon assez convaincante quand son garde passa la voir. Elle sentit les yeux de l'homme à l'affût de tout signe d'éveil, mais il finit par quitter la pièce et pousser derrière lui le verrou aussi discrètement qu'un soupir. Karina compta jusqu'à cinq cents tandis que ses pas s'éloignaient, puis se leva à pas de loup.

Après sa conversation avec la commandante Hamidou, Karina avait passé le reste de la journée à feuilleter tous les ouvrages qu'elle possédait à la recherche de quelque information que ce soit à propos du nkra, mais en vain. Le conseil devait être hors de lui qu'elle ait une nouvelle fois manqué son rendez-vous avec les champions. Cependant, elle n'en était pas si mécontente, car si ce que disait *Le Livre des défunts* était vrai, alors un des champions devrait mourir pour ramener la Crécerelle à la vie.

Si. Tout son plan était suspendu à ce mot.

Il était simple. Afua, la fille de l'ambassadeur d'Arkwasi, était la seule personne que Karina ait entendu prononcer le mot *nkra*, et donc sa meilleure piste pour juger de la faisabilité du Rite de Résurrection. Dans le pire des cas, Afua ne savait rien et le rituel n'avait aucune réalité. Alors, Karina n'aurait rien perdu d'autre qu'une nuit à profiter de Solstasia – et potentiellement de sa liberté, en acceptant un mariage qui ne lui rapporterait rien.

Mais si Afua pouvait l'aider à accomplir le rituel, la Crécerelle serait de retour pour de bon. Elle s'occuperait du traître au conseil, et il serait épargné à Ziran l'inévitable désastre du règne de Karina. La simple pensée de ce poids en moins sur ses épaules l'emportait sur les doutes qu'elle pouvait nourrir.

Karina prit une grande inspiration et se regarda une dernière fois dans le miroir. Vêtue d'une robe anonyme, ses cheveux dissimulés sous un voile et ses bijoux remisés dans leur boîte, rien ne la distinguait des milliers d'autres filles qui arpentaient les rues de Ziran. Ce n'était pas la tenue qu'elle avait portée au *Phoque dansant*, que Farid avait confisquée deux jours plus tôt, mais il lui avait suffi d'en emprunter une autre dans la chambre d'Aminata – sa suivante ne lui en tiendrait pas rigueur –, et elle était prête à partir.

Seul un élément manquait à l'ensemble : Aminata elle-même.

Karina ne s'était jamais glissée hors de Ksar Alahari sans sa suivante. Elle avait l'impression de partir à la bataille sans son armure, et elle n'avait pas anticipé la boule au ventre que ce manque lui causerait.

Elle récupéra son oud et le serra contre sa poitrine, rassurée par l'odeur familière de l'instrument. En temps normal, elle en serait à sa troisième heure d'entraînement, les doigts rendus calleux par les cordes. Elle attacha l'oud dans son dos, marqua une pause, puis retira la chevalière de la Crécerelle et la posa précautionneusement sur sa table de nuit. Elle ne la portait que depuis deux jours, mais déjà sa main lui paraissait nue sans elle.

Elle ne devrait pas s'y attacher davantage. La Crécerelle voudrait certainement la récupérer, et Karina ne méritait pas de la porter. Pas encore.

Une fois tous les préparatifs réglés, Karina s'approcha de la trappe cachée sous son lit. Il lui suffisait de s'y faufiler pour...

« Karina ? Où vas-tu ? »

Karina sursauta et se cogna la tête contre le cadre du lit. Ravalant ses larmes, elle leva les yeux et découvrit Aminata sur le seuil de la porte de communication entre leurs deux chambres, le front creusé d'une ride inquiète. Plusieurs mensonges se bousculèrent sur la langue de Karina, mais la vue de la tenue d'Aminata les lui fit oublier aussitôt.

« Pourquoi n'es-tu pas en robe de chambre ? » rétorqua-t-elle.

Aminata baissa les yeux sur ses vêtements, qui ressemblaient beaucoup à ceux que Karina lui avait empruntés. « Nous avons besoin d'huile de jasmin pour ton bain de demain matin, alors je voulais aller en chercher avant d'oublier.

— Et il fallait t'habiller des pieds à la tête pour récupérer de l'huile de jasmin dans l'office ? demanda Karina avec une moue dubitative. Allez, dis-moi où tu vas, je vais finir par avoir des crampes à maintenir cette trappe ouverte. Tu vas voir ton amant ? Jouer de l'argent ?

— Ça ne te concerne en rien.

— Tout ce qui te concerne me concerne. »

Un muscle de la mâchoire d'Aminata tressaillit. « Au risque de t'étonner, ma vie ne se résume pas à te servir. »

Jusqu'à la minute précédente, Karina aurait dit qu'elle savait tout ce qu'il y avait à savoir sur sa suivante. Cependant, cette pisse de rat de semaine semblait déterminée à lui prouver qu'elle ne savait rien sur rien.

Une personne de notre entourage nous a trahis.

Karina hoqueta. Non. Il était parfaitement impossible qu'Aminata ait joué un rôle dans la mort de la Crécerelle.

Mais pourquoi, après toutes ces années, son amie lui faisait-elle des secrets ?

Aminata soupira. « Karina, ce n'est pas ce que j'ai...

— C'est "Votre Altesse", pour toi.

— Quoi ? »

La pression qui s'accumulait dans sa poitrine atteignit son point de rupture et se déversa sur la seule cible à sa disposition. « J'ai visiblement fait preuve de laxisme en ne posant pas les limites appropriées entre nous. À partir de maintenant, quand tu t'adresseras à moi, tu diras "Votre Altesse", ou je trouverais quelqu'un pour te remplacer qui le fera. Est-ce que c'est clair ?

— Mais...

— *Est-ce que c'est clair ?* »

Avec un regard peiné, Aminata recula et croisa modestement les mains devant elle. « Très clair... Votre Altesse. »

Karina hocha la tête en tentant d'ignorer la sensation terrible d'avoir définitivement brisé quelque chose.

« Excellent. À présent, retourne dans ta chambre et restes-y jusqu'à l'heure de tes obligations matinales. Ne parle de ceci à personne. »

Aminata écarquilla les yeux. « Tu... Vous ne pouvez pas vous rendre seule dans la Ville basse ! Emmenez au moins une Sentinelle ou...

— C'était un ordre. »

Aminata paraissait prête à protester davantage, et n'importe quel autre soir, Karina aurait prêté une oreille attentive à l'inquiétude bien intentionnée de son amie. Mais son regard intransigeant réduisit la suivante au silence.

« Bien sûr, Votre Altesse. »

Karina n'attendit même pas que la faible lumière entre leurs deux chambres soit éteinte avant de rejoindre les ténèbres.

Il existait à l'intérieur des murs de Ksar Alahari un réseau complet de passages, creusés durant la guerre du Pharaon. À cette époque où il y avait encore assez d'Alahari pour remplir chacune des pièces du palais, les serviteurs utilisaient ces galeries pour vaquer à leurs occupations sans être vus. Mais après le schisme qui avait coûté la vie à la majeure partie de sa famille longtemps avant sa naissance, l'effectif des domestiques avait été drastiquement réduit, et les tunnels abandonnés.

C'est dans l'un de ces passages que Karina se pressait à présent, à la seule lumière d'une petite lanterne qu'elle avait prise dans sa chambre. Elle la tenait à bout de bras, en évitant de regarder directement la flamme qui vacillait à l'intérieur. La pierre noire du tunnel étouffait tout bruit, et quoiqu'elle n'ait pas peur du noir, Karina n'avait jamais eu à l'affronter seule.

Elle émergea de la galerie tout au bout de Ksar Alahari, où elle se faufila par une des poternes de service. Vingt minutes plus tard, Karina se mêla facilement à la foule traversant la gorge entre la Vieille Ville et la Ville basse.

Elle se fraya un chemin jusqu'au marché de la Rivière. Partout autour d'elle, Solstasia battait son plein. Elle passa sous une troupe d'artistes de rue qui dansaient sur des échasses et contourna des jongleurs qui faisaient voler des crânes d'animaux pour le plus grand plaisir des enfants. De jeunes couples entraient à quatre pattes dans des tentes multicolores pour connaître leur avenir ; des dresseurs proposaient aux badauds de monter leurs basilics apprivoisés qui soufflaient de la fumée par les narines.

Le tout au son d'une magnifique symphonie de cuivres, de percussions et d'instruments que Karina ne reconnut pas. Si les festivaliers avaient été perturbés par sa lamentable prestation lors de la cérémonie d'Ouverture, la fête ne s'en ressentait nullement. Elle avait apporté l'oud de Baba pour lui servir d'alibi en cas de rencontre inopinée avec quelqu'un du palais, mais à présent elle mourait d'envie de le sortir de son étui et de se produire à un coin de rue, comme n'importe quel musicien né ici.

Elle traversa cependant le canal asséché qui donnait son nom au marché de la Rivière pour se retrouver face à un immense camp. La population du marché de la Rivière avait explosé depuis la bousculade de la Veille de Solstasia, et Karina dut se faufiler entre des tentes bleues, roses, dorées, certaines de la taille de maisons et d'autres pas plus grandes que des placards, avant de s'arrêter devant un pavillon de toile brune de la taille d'un petit chariot. Seule la bannière vert, noir et or frappée du sanglier d'Arkwasi qui la surmontait le distinguait des autres. Un garde seul armé d'une lance dormait sur un tabouret devant l'entrée, son sarrau rayé noir et blanc humide de la bave qui s'écoulait du coin de sa bouche.

Karina tapota le tibia de l'homme du bout du pied, puis le frappa plus franchement jusqu'à ce qu'il s'éveille en criant : « Nos dimensions sont conformes à la réglementation !

— Je suis contente de l'apprendre, mais je ne suis pas là pour votre tente, dit-elle. J'ai un message du palais pour la fille de l'ambassadeur, Afua Boateng. »

Le garde la dévisagea de ses yeux plissés. « Qui êtes-vous ?

— Quelqu'un qui espère ne pas avoir à expliquer à la princesse pourquoi son message n'a pas été délivré à Afua. » Karina produisit une lettre qu'elle avait cachetée avec la chevalière de la Crécerelle avant de partir. L'homme déglutit et sauta sur ses pieds, avant de reculer vers la tente.

« Veuillez attendre ici, s'il vous plaît. »

Karina jeta au pavillon un coup d'œil perplexe tandis que le garde disparaissait à l'intérieur. La délégation arkwasienne avait décliné un logement à Ksar Alahari pour *ça* ?

Quelques minutes plus tard, Afua passa la tête par le rabat de la tente. Ses yeux s'agrandirent de surprise, mais avant qu'elle puisse dire quoi que ce soit, Karina s'avança et prit la parole. « J'ai un message de la princesse. Je ne dois le délivrer qu'à vous *seule*. »

L'insistance de Karina sur le dernier mot était évidente. Afua acquiesça brièvement et chuchota quelques mots au garde en kensiya. Puis elle conduisit Karina derrière la tente, où elles s'accroupirent. Afua portait une tenue plus rudimentaire que celle qu'elle avait arborée le soir de la comète, une simple bande à motifs jaunes et bleus autour de la poitrine et une jupe en raphia qui lui tombait sous le genou. Ses cheveux, noués en deux choux, lui faisaient comme des nuages au-dessus de la tête. Des perles en verre tintèrent à sa ceinture lorsqu'elle sourit à Karina.

« Salut ! Comment allez-vous ? Qu'est-ce que vous faites ici ? Vous m'avez rapporté mon outre ?

— Je vais mieux. J'ai une question à te poser. Et non. » Karina nota dans un coin de sa tête d'envoyer quelqu'un acheter une nouvelle outre à Afua. Et aussi un poney pour sa peine. Tout le monde aimait qu'on lui offre un poney. « J'ai une faveur à te demander. Mais avant, que sais-tu du nkra ? »

Afua cacha sa gêne derrière un rire peu convaincant en évitant le regard de Karina. « Jamais entendu parler.

— Bien sûr que si, insista Karina, et Afua se tortilla comme une enfant prise à mentir. Tu as prononcé ce mot le soir de la comète. Et je suis aussi tombée dessus dans un livre intitulé *Le Livre des défunts*. »

Karina s'était préparée à expliquer en long, en large et en travers à Afua pourquoi elle devait l'aider, mais le cri perçant que la fillette poussa à la simple mention du volume la prit au dépourvu.

« Donc tu en as déjà entendu parler ? Est-il dangereux ? »

Après avoir fait un geste pour éloigner le mauvais œil, Afua répliqua : « Bien sûr que j'ai entendu parler du *Livre des défunts*. C'est juste l'ouvrage le plus complet qui existe sur l'Ulraji Tel-Ra. Personne ne l'a vu depuis mille ans ! »

Karina se sentait d'autant plus mal de l'avoir accidentellement fait tomber au fond de la gorge. Elle s'était aussi assise au moins deux fois dessus avant cela. Oups.

Et ce nom, encore : l'Ulraji Tel-Ra, dont sa mère lui avait parlé. Les sorciers qui avaient travaillé pour les pharaons kennouans. Si le livre était un compendium de leurs sorts, alors peut-être disait-il vrai.

« Est-ce que l'Ulraji Tel-Ra a quelque chose à voir avec le nkra ? Quel est le rapport entre les deux ? » En voyant Afua secouer la tête au lieu de répondre, Karina ajouta : « Je te promets que tout ce que tu me diras restera entre nous.

— Ô Adanko, bénie sois-tu, cette fille a apporté la malédiction sur ma maison. » Afua chassa d'un geste les mauvais esprits en gémissant. « Non. Ça ne me plaît pas. Comment se fait-il que vous connaissiez la magie ?

— Je suis une princesse. C'est mon travail de connaître des secrets. »

Karina allait devoir adopter une autre approche, si elle voulait tirer quoi que ce soit d'utile de la fillette. Elle se redressa avec un soupir exagéré. « Tu sais quoi ? Laisse tomber. Je n'aurais pas dû m'attendre à ce qu'une *enfant* sache des choses sur la magie. »

Sur le visage d'Afua, l'appréhension céda à l'indignation pure. « Je sais des choses sur la magie !

— Je n'en doute pas, mais visiblement pas assez pour m'aider. » Karina la congédia d'un signe de la main. « Ne t'inquiète pas, je trouverais quelqu'un de plus compétent. Retourne donc jouer dans la boue, ou faire ce que les enfants font pour s'amuser de nos jours. »

C'était mesquin, même pour Karina, mais elle ne se sentit pas particulièrement coupable, car elle avait à peine tourné le dos qu'Afua s'écriait : « Je peux le faire ! Je peux vous aider ! Mais est-ce que je peux au moins savoir pourquoi vous me posez ces questions ? »

Il aurait été assez simple pour Karina de mentir, et peut-être plus sûr, également. Mais les mots jaillirent d'eux-mêmes : « Ma mère est morte. »

C'était la première fois qu'elle partageait cette nouvelle avec quelqu'un qui l'apprenait. Elle se força à rester impassible face à la réaction choquée de la fillette.

« Oh. » Afua posa la main sur sa poitrine. « Puisse la Grande Mère la guider vers le Séjour des Étoiles.

— Merci, et je compte sur toi pour ne le révéler à personne. *Le Livre des défunts* contient des informations qui pourraient me permettre de résoudre le mystère de sa mort, mais je ne l'ai plus. Apporte-moi ton aide, et tu auras toujours une amie à Ksar Alahari. »

Karina décida de ne pas mentionner quelle technique du livre elle envisageait de mettre en pratique. Il ne faisait aucun doute qu'Afua lui refuserait son aide si elle savait qu'elles tremperaient dans la nécromancie.

Afua marqua une pause, et l'espace d'un instant terrifiant, Karina craignit que l'enfant ne la rabroue une nouvelle fois. Mais alors une lueur vive et sauvage éclaira ses yeux. « Je peux vous aider, mais pas ici. Venez ! »

Après avoir chuchoté quelque chose au garde, Afua fit signe à Karina de la suivre à l'intérieur de la tente. Sans hésitation, cette dernière se mit à quatre pattes et suivit la fillette. Le monde cessa d'exister derrière elle.

15

Malik

En matière de mauvaises idées, accepter d'aller boire un verre avec les autres champions était sans doute l'une des pires que Malik ait jamais eues.

Pour commencer, Dedele et Khalil avaient tous deux décliné l'invitation de Tunde, la première parce qu'elle se préparait pour le tournoi de wakama du lendemain, le second parce qu'il avait déjà promis d'aller prier au temple du Vent. Il n'y avait donc que Tunde, Malik et Driss, assis autour d'une table basse du *Phoque dansant* qui n'avait probablement jamais accueilli trio plus mal assorti.

Ensuite, *Le Phoque dansant* était moins un restaurant qu'une expérience publique de ce qui arrivait quand on mettait en rapport des quantités de vin inavouables et un manque criant de moralité. Ils n'étaient là que depuis environ une heure, et Malik avait déjà été témoin de trois rixes, deux demandes en mariage douteuses et un marché impliquant un oiseau python, une créature dont il n'avait jamais entendu parler, mais qu'il espérait de tout son cœur ne jamais croiser. Le plafond abritait une famille d'esprits de l'orge et une goule mélancolique dont les larmes semblaient ne jamais devoir se tarir, ainsi que les sempiternels spectres qui s'étaient regroupés dans un coin à l'arrière. L'un dans l'autre, l'établissement était un peu trop identique à ceux que Malik avait croisés durant son séjour dans l'Odjubai, et ces similarités éveillaient en lui des souvenirs dont il se serait bien passé.

Enfin, et c'était là le pire, tous les clients du restaurant portaient un costume de champion. Un groupe entier de Driss débattait des conséquences possibles de l'incident avec les broussards sur le Deuxième Défi, et une Dedele d'une justesse terrifiante faisait chanter à une bande de Tunde et de Khalil une interprétation passionnée de *La Ballade de Bahia Alahari*, en hommage à une musicienne qui s'était produite au restaurant durant la Veille de Solstasia. Il y avait un certain nombre d'Adil, coiffés de perruques imitant son iconique tignasse indisciplinée, ce que Malik, le vrai faux Adil, trouva à la fois flatteur et insultant.

Il aurait dû s'y attendre. Les champions de Solstasia étaient des célébrités, et seule la présence d'autant de « champions » au même endroit leur garantissait l'anonymat et leur permettait de se détendre sans la présence de leurs gardes. Mais l'écho de sa crise de panique demeurait et donnait un air sinistre à tout ce qui l'entourait. Malik se raidissait chaque fois qu'il entendait rire, baissait la tête dès qu'un cri fusait et s'efforçait de ne pas penser à ce que vivait Nadia au même moment. Il devait fréquemment faire claquer son élastique et respirer à fond avant de reprendre sa conversation avec Tunde et Driss.

« Donc je suis là, couvert de goudron, le gâteau à moitié mangé dans les mains, et le vieux me sort : "Tu pourrais être la Grande Mère en perruque que je m'en foutrais pareil. Rends-moi mon cake avant que je te redresse les dents." Il se trouve que j'aime bien mes dents comme elles sont, alors j'ai décarré aussi vite qu'un démon dans un cercle de prière. Je ne suis pas retourné au souk des cordonniers depuis, mais que Susono me maudisse si ce gâteau n'en valait pas la peine. »

Les histoires étaient le point fort de Malik, mais même lui peinait à suivre ne serait-ce qu'un tiers des anecdotes que Tunde racontait à un rythme effréné. Le monde du champion de l'Eau était rempli du genre de frasques que seul l'argent pouvait arranger, et il bavardait sans effort, qu'on l'écoute ou non. C'était étrangement réconfortant ; Malik préférait les gens disposés à lui parler à ceux qui essayaient de le tuer.

Tunde se redressa. « Vous savez maintenant comment j'ai échoué sur la liste noire de la moitié des cordonniers du Havre des Commerçants. Encore un peu de vin ? »

Driss, comme les quatre précédentes fois où Tunde lui avait proposé à boire, répondit : « Ça ira. » Et, comme les quatre précédentes fois, Tunde claqua des doigts et lança dans un darajat calamiteux : « Garçon, par ici ! »

Malik se tassa sur lui-même. *Garçon, par ici* était ce que Tunde *tentait* de dire. Mais en réalité son borborygme se rapprochait plus de *Minuscule créature masculine, amène ta location ici,* et son accent darajat tenait du phacochère imitant un gargouillis d'oiseau.

Mais leur serveur eshran – un homme entre deux âges, pas du tout un garçon – comprit l'intention de Tunde et leur apporta trois nouveaux verres. Malik ne pouvait s'empêcher d'observer l'homme à la dérobée. Ses habits ne disaient rien de son clan, et quoiqu'il ait la peau plus sombre que celle de Malik, cela ne signifiait pas grand-chose – comme les Ziranis, la pigmentation des Eshrans allait du miel à l'ébène le plus sombre. S'il s'était adressé à lui en darajat, Malik aurait pu localiser sa vallée d'origine au premier mot. Ils auraient pu discuter de la vie qu'ils avaient laissée derrière eux, et si celle qu'ils avaient dans cette ville étrange qui les haïssait tout autant qu'elle avait besoin d'eux valait leur sacrifice.

Au lieu de quoi, Malik garda les yeux baissés sur leur table crasseuse jusqu'au départ du serveur. Quoi que prétendent les Ziranis, tous les Eshrans ne partageaient pas les mêmes caractéristiques physiques, aussi y avait-il peu de chances que l'autre le reconnaisse. Il n'empêchait que cela lui faisait bizarre d'être servi par un compatriote en cachant sa propre origine.

« Une langue fascinante, le darajat, remarqua Tunde en leur faisant passer leurs boissons. Ma première nounou était eshrane. C'est elle qui m'a appris quelques mots. »

Les tâches domestiques étant un des rares secteurs d'activité qui n'avait pas mis les Eshrans à l'index avant la quarantaine, nombre des congénères de Malik s'étaient occupés des enfants de la classe supérieure, comme Tunde. Se considérer supérieurs aux Eshrans n'empêchait pas les Ziranis de leur confier leur progéniture, mais ils n'étaient pas à une contradiction près.

Heureusement, Driss éloigna la conversation du sujet glissant d'Eshra. « Est-ce que tu nous as fait traverser la moitié de la ville pour nous parler de ta nounou ? »

Malik ignorait totalement pourquoi le champion du Soleil avait accepté de les accompagner. Jusqu'à maintenant, il s'était contenté de poser un regard furieux sur toute chose et de grogner. Un éclat sombre brillait dans ses yeux chaque fois qu'il les tournait vers Malik. C'était une expression qu'il ne connaissait que trop bien – la même que les brutes de son enfance affichaient avant de l'attaquer, celle d'un lion évaluant la meilleure approche pour acculer sa proie. Si seulement Driss savait que Malik était la dernière personne susceptible de le menacer.

« Certainement pas, quoique ma nounou mérite toutes les louanges que je pourrais chanter sur elle. Mais laissez-moi en venir à la raison de notre présence ici. » Tunde posa ses coudes sur la table et se pencha en avant. « Je voudrais vous proposer que nous fassions tous trois alliance. »

Malik et Driss restèrent interdits devant le sourire ravi de Tunde.

« Est-ce que c'est permis ? s'enquit Malik.

— Ce n'est pas explicitement prohibé. Et ça arrive à tous les Solstasia, expliqua Tunde. Deux champions seront éliminés au terme du Deuxième Défi. Étant donné que nous ne sommes plus que cinq, cela signifie que l'un de nous trois est assuré d'accéder à l'Ultime Défi, où il a une chance sur trois de devenir le prochain prince consort. N'avons-nous pas plus à gagner sur le long terme à travailler ensemble que les uns contre les autres ? »

C'était dans ce genre de moments que le manque d'instruction formelle de Malik jouait contre lui. Calculer les probabilités dont parlait Tunde lui posait problème. Un tiers multiplié par un tiers, ça faisait quoi… plus de la moitié ? Il n'en était pas sûr. Il était en revanche certain que ce que proposait le champion de l'Eau n'allait pas sans risques, et il n'était pas homme à prendre des risques.

« Pourquoi nous proposes-tu ça ? » interrogea Driss.

Tunde but une longue gorgée avant de répondre. « La vérité, c'est que je sais déjà que je ne gagnerai pas. » Il posa son verre. « La prêtresse m'a nommé champion uniquement parce que ma famille fait des dons réguliers au temple de l'Eau. Je l'ai suppliée de ne pas me choisir, mais me voilà. Et maintenant que je sais quelle est la récompense, j'ai encore moins envie de gagner qu'avant. »

C'était la première fois que Tunde mentionnait la princesse Karina de la soirée. La légèreté de ses paroles cachait un désir que Malik avait déjà perçu lors de la cérémonie d'Ouverture.

Il se redressa sur sa chaise. Il tenait là sa chance de rattraper son échec du dîner et d'apprendre quelque chose qui pourrait aider Nadia.

« Tu ne veux pas épouser la princesse ? » demanda Malik, en se maudissant intérieurement de ne pas avoir su formuler sa question avec plus de subtilité. Le sourire de Tunde demeura, mais un peu plus tendu.

« La princesse Karina et moi étions… liés, à une certaine époque. Mais nous n'attendions pas les mêmes choses de notre relation. Je voulais m'engager dans une cour approuvée par nos deux familles ; elle, elle voulait réduire mon cœur en poussière et le piétiner. Tu sais ce que c'est. »

Malik ne savait absolument pas ce que c'était, mais il hocha néanmoins la tête. Tout comme l'amitié ou l'argent, Malik ne connaissait les romances qu'à travers les contes. À la différence de Ziran, la société eshrane était traditionnellement patriarcale. Il allait de soi que Malik se marierait avant Leila, même s'il n'était pas l'aîné ; de ce fait, Mama n'avait jamais fait mystère des filles du village qu'elle aurait aimé avoir pour belles-filles.

Cependant, sa réputation de paria parmi les siens avait drastiquement limité les options de Malik en la matière, et les quelques fois où Mama avait tenté de lui trouver une fiancée, l'affaire était morte dans l'œuf. Pendant que les autres jeunes d'Oboure vivaient leurs aventures – même Leila avait eu une brève liaison avec la fille du meunier, mais Malik soupçonnait que leur départ y avait mis un terme –, Malik était resté chez lui avec Nana à coudre pour passer le temps.

Pourtant, son cœur s'emballait chaque fois qu'il pensait aux amours épiques dont parlaient les légendes. Des émotions si fortes qu'on traversait les océans et qu'on défiait les dieux pour elle – voilà ce que Malik voulait ressentir. Mais il était trop angoissé, trop pauvre et trop bizarre pour avoir quelque chose de cet ordre, alors il se contentait de le désirer.

« Donc tu ne vas pas essayer de gagner, même si ça signifie voir la princesse en épouser un autre ? » La question était sortie de la bouche de Malik avant qu'il n'en mesure les implications.

« Je préfère ne pas essayer du tout plutôt que passer le reste de ma vie avec quelqu'un dont l'affection n'est pas réciproque. » Un silence gêné s'installa. Il fallait croire que les riches avaient des problèmes que même l'argent ne pouvait résoudre.

En outre, la princesse Karina avait tout l'air d'une horrible personne. Il fallait l'être, pour ébranler de la sorte quelqu'un d'aussi imperturbable que Tunde. Voilà qui confortait Malik dans ses projets de meurtre.

« Bref, fit Tunde en balayant l'air d'un revers de main, comme pour chasser le malaise. Revenons à mon idée. Driss, tu as le soutien du plus grand des temples, et ta mère est au conseil. Adil, une déesse est descendue du ciel pour te choisir – rien que pour ça, les gens t'adorent. Et je sais tout ce qu'il y a à savoir sur la cour. Si nous mettons nos atouts en commun, peu importe qui gagne, nous serons tous les trois en haut de l'affiche. »

L'idée de Tunde ne manquait pas de mérites. Même si Malik n'avait pas l'intention de s'attarder à Ziran au-delà de la compétition, il semblait malavisé de décevoir et de risquer d'offenser le seul allié qu'il s'était fait. Mais le temps qu'il passait avec les autres champions multipliait les chances qu'ils percent son imposture à jour. La plus petite incohérence dans son histoire prouverait qu'il n'est pas Adil Asfour, et alors qu'arriverait-il à Nadia ?

Et était-il vrai que les gens l'adoraient, comme venait de le dire Tunde ? Malik tourna le regard vers le mur du fond, où l'on avait accroché un tableau pour les paris. Y figurait d'un côté une liste de ce que les gens imaginaient pour le Deuxième Défi : à peu près tout ce qui était possible, du combat à l'épée à la course d'éléphants. Les paris sur l'identité du gagnant s'affichaient de l'autre côté, où les visages des deux champions éliminés étaient barrés de grandes croix rouges.

Sans surprise, Driss avait la meilleure cote. Mais à sa grande consternation, Malik arrivait en deuxième place. Des dizaines de personnes avaient parié leur argent durement gagné sur sa victoire et l'avènement d'une ère Vie-alignée pour la première fois depuis plus de deux cents ans. Des gens qui ne le connaissaient même pas, et pourtant sûrs de ses chances de l'emporter.

Des gens que Malik allait trahir en tuant leur princesse.

Driss répondit enfin : « Je pense que ta proposition est une très mauvaise idée et que tu fais honte à tout ce que représente Solstasia, quoique je doute que tu puisses le comprendre, vu là d'où tu viens. »

Malik se pétrifia, mais Tunde se contenta de rire. « Je t'en prie, développe.

— Être choisi comme champion est un honneur. C'est l'occasion de montrer au monde entier la gloire de nos divinités. Il ne s'est pas écoulé un jour sans que je m'entraîne pour être digne de ce rôle, et toi, tu voudrais utiliser cette opportunité à des fins bassement politiques. »

La voix de Driss résonnait d'une sincérité surprenante. Sous ses airs de brute, il croyait vraiment en Solstasia et à l'unité qu'il était supposé apporter.

« Pardonne-moi de te dire, mais il est naïf d'imaginer que Solstasia n'a rien de politique, répliqua Tunde. En fait, je ne serais pas étonné d'apprendre que la sultane choisit chaque fois le gagnant. »

Le visage de Driss s'empourpra. « Prétends-tu que ma grand-mère ne méritait pas de gagner ? »

Malik chercha des yeux la sortie, au cas où la dispute dégénérerait en bagarre, mais Tunde ne se départit pas de sa légèreté lorsqu'il répondit : « Je ne crois pas qu'aucun de nous mérite de gagner plus que les autres, pas plus que je crois que les vainqueurs du passé n'ont mérité leur victoire. Mais je pense – non, je sais – que celui qui épousera la princesse Karina doit comprendre qu'administrer un pays n'a rien à voir avec gagner trois Défis d'affilée.

« Savez-vous pourquoi les Botye et les Barima ne peuvent jamais être invités au même événement sans risquer une guerre civile ? Ou pourquoi la matriarche de la famille Sebbar doit verser six tonnes de blé au trésor royal tous les quatre mois ? Comprenez-vous que chaque décision prise par quelques dizaines de familles affecte tout Sonande ? »

Devant le silence de ses interlocuteurs, Tunde secoua la tête. « C'est bien ce que je pensais. Les champions, les Défis... c'est un jeu pour les enfants. La véritable compétition commence à la seconde où la cérémonie de Clôture se termine. C'est celle-ci que je veux gagner. »

Malik n'avait pas accordé la moindre pensée à l'après-Solstasia. Les autres champions vivraient le reste de leur existence auréolés de la gloire de leur statut, et la plupart d'entre eux seraient nommés à des postes importants à la cour. L'un d'eux deviendrait même le consort de la prochaine sultane, le deuxième personnage le plus puissant de Ziran. Solstasia toucherait à son terme dans cinq jours, mais ses effets perdureraient pendant des décennies.

Et Malik ? Même s'il accomplissait la tâche que lui avait confiée Idir, et sans se faire prendre, il ne pourrait pas donner le change très longtemps. Mais champion un jour, champion toujours. Serait-il encore possible de revenir à une vie d'anonymat ?

Le voulait-il seulement ?

Tout au long de cet échange, Tunde avait conservé son sourire. Il ne faisait plus aucun doute à présent qu'un esprit calculateur se cachait derrière le comportement amical du champion de l'Eau, et cette prise de conscience jeta une lumière nouvelle sur toutes leurs interactions précédentes. Tunde avait-il aidé Malik dans le but de s'attirer ses bonnes grâces ? L'aurait-il fait, Malik valait-il mieux que lui, en acceptant son invitation uniquement dans le but de glaner des informations sur la princesse Karina ?

Il avait mis le pied sur la toile d'araignée dans laquelle Tunde et Driss évoluaient depuis leur plus jeune âge. Malgré leurs divergences d'opinions, naviguer parmi les fils entremêlés de la cour était pour eux une seconde nature.

Et qu'était Malik dans cette allégorie ? Une mouche sur le point de se faire dévorer vivante.

Une veine palpita sur la tempe de Driss. Il semblait prêt à sauter par-dessus la table pour attraper Tunde par le col. Mais alors ses épaules se décontractèrent, et il s'adossa dans sa chaise, bras croisés, regard noir.

« Paie-moi à boire », aboya-t-il, et Tunde fut ravi de mettre en pratique son darajat calamiteux en commandant une autre tournée. Malik tripota l'élastique à son poignet, soulagé que la crise soit passée. Avec un peu de chance, il aurait une autre occasion d'orienter la conversation sur la princesse et ses habitudes.

Mais d'ici là, il ne pouvait guère que boire le verre de vin apparu devant lui et prier pour que le temps fort de la soirée soit déjà derrière lui.

16

Karina

Quand les bruits du marché de la Rivière disparurent dans la nuit, un frisson parcourut l'épine dorsale de Karina – une sensation pas totalement désagréable. Au moment même où elle commençait à craindre d'avoir commis une terrible erreur, elle émergea dans un monde de verdure baigné par la clarté des étoiles.

Des arbres s'étiraient dans toutes les directions, leur canopée si haute qu'elle semblait caresser les constellations. L'air était chargé de tant d'humidité qu'en quelques minutes, des perles de condensation roulèrent dans le cou de Karina. Les stridulations des grillons, le hululement des chouettes et les bruits d'autres animaux nocturnes emplissaient l'air. Afua la conduisit à une vaste clairière où se dressait une demi-douzaine de huttes au toit de chaume, ainsi qu'un grand feu de camp autour duquel s'affairaient plusieurs personnes.

Quoiqu'elle ne s'y soit jamais rendue elle-même, ses années d'instruction permirent à Karina de reconnaître la vaste jungle au nord du désert de l'Odjubai. La terre ancestrale des Arkwasiens.

En un instant, Karina oublia Solstasia, le Rite de Résurrection et même la Crécerelle en portant son tout premier regard sur le monde au-delà des murs de Ziran. Elle prit une profonde inspiration, le cœur serré ; l'air sentait le soleil et la pluie.

« Cette tente n'est pas du tout conforme à la réglementation », murmura-t-elle en frottant les pétales jaunes d'une fleur d'hibiscus entre ses doigts. Elle paraissait aussi réelle que n'importe quelle autre.

« À l'extérieur, elle occupe l'espace que vos fonctionnaires nous ont donné ! protesta Afua. Ils n'ont jamais rien dit de l'intérieur.

— Est-ce une sorte de portail ? demanda Karina en désignant du menton la petite portion de ville visible à travers le rabat de la tente à l'autre bout de la clairière.

— Un sort de dimension mêlé d'un enchantement des perceptions. » Afua gonfla la poitrine. « C'est moi qui l'ai mis au point. Quand on est loin de chez soi, ça fait du bien d'être entouré de choses familières. »

Karina montra d'un geste la jungle autour d'elles. « Et tu as utilisé le nkra pour concevoir tout cela ?

— On n'*utilise* pas le nkra. L'idée, c'est plutôt de le diriger. » Afua fit la grimace en voyant le regard confus de Karina. « Les érudits d'Osodae te donneraient une meilleure explication. Ils m'ont appris tout ce que je sais.

— Alors qu'est-ce que… ?

— Afua ! Tu es là ! » Avant que Karina ait pu finir sa phrase, une femme massive qui ressemblait trop à Afua pour ne pas être sa mère s'approcha par-derrière. « Viens m'aider à servir la soupe.

— Mais, Mama, je dois d'abord aider cette fille !

— La dernière fois que tu as “aidé” quelqu'un, on a eu une invasion de guêpes dans la maison.

— C'était une coïncidence ! Mama, c'est la princesse qui l'envoie…

— Alors qu'elle se joigne à nous, et vous reprendrez vos affaires après avoir mangé.

— C'est très gentil à vous, mais je n'ai pas vraiment le temps de... », commença à protester Karina, mais elle n'était pas de taille à se mesurer au désir de la mère d'Afua de la nourrir. La femme l'entraîna vers la plus grande hutte du hameau, à l'intérieur de laquelle tout un tas de gens s'affairait autour de la préparation du repas.

Afua lui présenta rapidement tous les membres de sa famille : des cousins, des oncles, des tantes, d'autres cousins, d'autres oncles, d'autres tantes, des gens qu'ils étaient passés prendre sur la route de Ziran, encore des cousins. Certaines tantes se montraient un peu hésitantes avec Karina, mais bientôt Afua et d'autres enfants firent passer des bols d'une soupe rouge et parfumée où surnageaient des morceaux de poisson, de viande de chèvre et des boulettes de manioc bouillies.

« C'est la soupe de noix de palme, et les boulettes blanches, c'est du foufou, expliqua Afua en servant le plus gros morceau de viande au plus vieil homme de l'assemblée. N'avale pas le foufou trop vite, tu risquerais de t'étouffer. »

Karina considéra le bol avec appréhension. Elle n'avait jamais mangé d'autre nourriture que celle préparée par le chef du palais, et encore moins avalé quoi que ce soit sans avoir au préalable pris son antivenin. Mais elle doutait que quiconque ici veuille l'empoisonner, et toutes ses craintes la quittèrent après une première bouchée délicieuse. Elle essaya d'interroger de nouveau Afua à propos du nkra après le dîner, mais la fillette fila s'occuper d'une dispute entre deux jeunes enfants, d'autres cousins. Ne connaissant personne d'autre dans la tente magique, Karina observa les interactions ordinaires de cette grande famille, se sentant dans la peau d'une spectatrice au théâtre.

Karina n'avait jamais connu sa famille lointaine. Tous les Alahari étaient morts, et la famille de Baba avait coupé tout contact avec lui quand il avait rompu ses fiançailles pour la Crécerelle. Cela lui faisait tout drôle d'être assise là et de parler avec des gens qui n'essayaient pas de la manipuler ou de l'utiliser dans leur intérêt.

Mais elle aimait ça. Elle adorait ça.

« C'est bon, je suis là ! » lança Afua en reprenant sa place. Karina secoua la tête. Bon, elle n'était pas venue ici pour être mélancolique, mais pour sauver la Crécerelle.

« Avant que nous ne fassions quoi que ce soit d'autre, j'ai besoin de réponses. Qu'est-ce que le nkra ?

— Imaginez le monde comme une grande toile d'araignée. Vous êtes un point sur cette toile, comme n'importe qui et n'importe quoi d'autre. Nous sommes tous liés les uns aux autres par nos sentiments et ce que nous faisons les uns pour les autres – comme quand vous rendez un service à votre meilleure amie, ou que vous invoquez des guêpes par accident. C'est comme ça que fonctionne le nkra : en nous connectant tous, même si nous ne le voyons pas. La magie, c'est la capacité à manipuler le nkra pour qu'il agisse comme nous le voulons. Mais les zawenjis comme moi sont les derniers êtres humains à pouvoir pratiquer la magie. »

Les zawenjis. Encore un mot que Karina n'avait jamais entendu, et il lui laissait un goût étrange sur la langue. « Qu'est-ce qu'un zawenji ? »

Afua se lança dans des explications en se donnant des airs de professeur faisant la leçon à une enfant. « Quand la Grande Mère conçut notre monde, elle créa quatre classes d'êtres. D'abord les éléments, qu'on appelle aussi les divinités patronnesses – le Soleil, la Lune, le Vent, la Terre, l'Eau, le Feu et la Vie.

— Puis elle a créé les enténébrés, les humains et les animaux, dans cet ordre. » Karina n'avait jamais été très versée dans la théologie, mais même elle connaissait le grand mythe de la création.

« Exact ! Les divinités patronnesses donnèrent forme au monde, les enténébrés les aidèrent de leur magie, les humains labourèrent la terre, et tous vécurent éternellement. Satisfaite de voir que les Anciennes Lois étaient respectées, la Grande Mère laissa Sonande entre leurs mains. Cependant, peu après son départ, les humains devinrent jaloux. Ils trouvaient injuste que les enténébrés puissent faire pousser des forêts et détourner des rivières sans effort, alors qu'eux-mêmes devaient travailler dur, jour après jour. »

Afua n'avait pas le style élégant d'une griotte, mais elle possédait l'énergie d'une enfant que personne n'avait pris la peine d'écouter depuis longtemps. Son enthousiasme rappelait à Karina la jubilation avec laquelle elle racontait les détails de sa journée à Hanane, aussi se pencha-t-elle en avant pour qu'Afua sache qu'elle avait toute son attention. Les yeux de la fillette se mirent à briller.

« Deux humains décidèrent qu'ils en avaient assez, et ils ourdirent un plan pour accaparer la magie pour eux-mêmes. Ils se rendirent au sommet de la plus haute montagne d'Eshra et incitèrent par la ruse l'esprit qui vivait là à leur révéler le secret de la magie. Quand ils le connurent, ils le révélèrent à leur tour à leur tribu, qui devint le premier groupe de zawenjis et d'ulrajis. »

Karina se raidit. « Ulraji comme dans Ulraji Tel-Ra ?

— Oui, mais l'Ulraji Tel-Ra n'a été formé que des milliers d'années plus tard. Il existe deux types de magie : la zawenjie, qui affecte le tangible, le monde physique, et l'ulrajie, qui affecte l'intangible – les souvenirs, les rêves et même la mort.

Parce que les humains n'étaient pas censés avoir accès à la magie, chaque personne ne peut en pratiquer qu'un seul type, et les magiciens se sont donné le nom de celle qu'ils utilisaient.

« Quand la Grande Mère apprit que les humains avaient volé la magie, elle entra dans une fureur terrible. Elle punit les humains en raccourcissant leur espérance de vie et en leur ôtant la capacité de parler aux animaux. Elle punit les enténébrés en les bannissant dans un autre plan de la réalité invisible à nos yeux. Ceux qui pratiquent aujourd'hui la magie sont leurs descendants, et ils peuvent apparaître n'importe où. Après cela, la Grande Mère est repartie en avertissant les humains que s'ils violaient de nouveau les Anciennes Lois, il n'y aurait pas de troisième chance pour le monde. »

Afua retira l'un de ses bracelets et le tint dans sa paume ouverte. Sous les yeux ébahis de Karina, le métal se mit à onduler, comme s'il était vivant.

« Votre alignement décide de la façon dont votre magie se manifeste. Un zawenji Lune-aligné guérit le corps, tandis qu'un ulraji du même alignement soigne l'esprit. Comme je suis Vie-alignée, j'arrive à manipuler la "vie" d'un objet, sa matière. Convaincre la tente qu'elle est plus grande à l'intérieur qu'à l'extérieur, par exemple. »

La Crécerelle avait été Terre-alignée. Soudain, la luxuriance de son jardin et la manière dont elle avait utilisé celle-ci pour combattre l'assassin prirent tout leur sens. Mais si sa mère était – avait été – une zawenjie, qu'en était-il de Karina ? Elle jeta un coup d'œil à son emblème du Vent. « Donc si j'étais une zawenjie, je contrôlerais le vent ?

— Oui, mais si vous aviez de la magie en vous, vous le sauriez déjà. La plupart de nos pouvoirs se révèlent dans l'enfance. » Afua fronça les sourcils. « Bizarrement, je n'ai senti aucun zawenji depuis mon arrivée à Ziran. On n'est pas beaucoup, mais en général on se repère facilement au nkra, bien plus fort chez nous qu'en n'importe qui d'autre. J'ai cru sentir une décharge de magie, le soir de la comète, mais ça s'est passé trop vite pour que j'en sois sûre. »

Cela avait peut-être quelque chose à voir avec la Barrière. Tout autre soir, Karina aurait demandé à Afua si elle connaissait un moyen de rompre un sort comme celui-ci, mais il ne lui restait plus beaucoup de temps avant qu'on s'aperçoive de son absence.

« Toute ta famille pratique la magie ? » demanda-t-elle. Elle avait encore du mal à digérer l'histoire d'Afua. Entre les prouesses de la fillette et ce que Karina avait vu dans le Sanctuaire de la reine, les preuves ne manquaient pas, mais changer sa vision du monde en si peu de temps n'allait pas sans difficulté.

« Non, même si ma mère peut être une vraie sorcière quand elle est mal lunée. Ne va pas lui raconter que j'ai dit ça, surtout, ou elle me fera récurer les latrines jusqu'à la fin de la semaine. »

Afua jeta un coup d'œil par-dessus son épaule pour s'assurer que sa mère n'était pas dans les parages, et reprit : « Tous les descendants de la Première Tribu ne sont pas magiciens. J'ai une famille immense, mais je suis la seule zawenjie. » Ses épaules s'affaissèrent légèrement. « Ils gardent le secret et essaient de me soutenir, mais ils n'y comprennent pas grand-chose. Pas comme le ferait un autre zawenji.

— Une dernière question. Tout à l'heure, tu as dit que *Le Livre des défunts* était un compendium de l'Ulraji Tel-Ra. Qu'est-ce que tu entendais par là ? »

Afua se tortilla.

« Dans les temps anciens, les zawenjis et les ulrajis travaillaient ensemble. Mais lors de l'ascension de Kennoua, les ulrajis firent alliance avec les pharaons, et ceux qui les dirigeaient devinrent l'Ulraji Tel-Ra. Quand Kennoua fut détruit, les ulrajis disparurent de la surface de Sonande. Je ne sais pas grand-chose de la magie ulrajie, mais je peux vous mettre en contact avec quelqu'un qui pourra vous en dire plus. »

Afua conduisit Karina dans le coin le plus éloigné, où de grosses pierres en équilibre précaire formaient une bouche dans la paroi. Une voix intérieure qui ressemblait sinistrement à celle de la Crécerelle lui hurla de faire demi-tour, d'oublier tout ce qui touchait à la résurrection et à cette sorcellerie ancienne. Mais une autre voix, celle qui n'oubliait pas la mare du sang de sa mère, la poussa à suivre Afua dans la caverne.

Elle espérait qu'un sort de dimension produise le même effet que celui qui affectait la tente, mais l'intérieur de la grotte correspondait exactement à ce que laissait deviner son aspect extérieur, aussi Karina dut-elle s'accroupir pour ne pas se briser le crâne en entrant. Une fresque au plafond représentait la Grande Mère entourée des divinités patronnesses, leur tête surmontée d'un halo où apparaissait leur élément. Les enténébrés dessinaient un cercle concentrique autour d'eux, puis les humains et enfin la faune et la flore, au niveau des yeux de Karina.

Sept statues de pierre pas plus grandes que des poupées s'alignaient sur une étagère derrière Afua, ainsi que des bocaux. Afua en prit un, l'ouvrit et répandit un peu de la poudre rouge qu'il contenait dans le feu qu'elle avait allumé au milieu de la grotte. Détachant son oud et le posant précautionneusement sur le sol, Karina jeta un regard interrogateur à la fillette.

« Sang de singe séché », expliqua Afua tandis que les flammes crachaient une multitude de couleurs.

Karina s'écarta du feu. « Du sang de singe séché. Quel âge as-tu ?

— 11 ans.

— Et tu te trimballes avec… Bon, laisse tomber. » Après tout, la jeune fille donnait du vin à des chats ; du sang de singe séché n'aurait pas dû étonner Karina outre mesure.

Afua prit la troisième statue de la rangée et la posa au cœur du foyer. Karina lui cria un avertissement, mais quand la fillette recula, sa main était intacte. Les impassibles yeux minéraux de Santrofie dévisagèrent Karina, qui dut faire un effort pour se rappeler que la vraie divinité ne se trouvait pas avec elles dans la caverne.

« Tu peux parler aux dieux ? souffla Karina d'une voix émerveillée.

— N'importe qui peut parler aux dieux. Le tour de force consiste à obtenir une réponse. Techniquement, je charge la statue de nkra, et c'est lui qui se connecte aux dieux. Votre main gauche, s'il vous plaît. » Karina la lui tendit. Afua y fit une petite incision et appuya sur la peau pour faire tomber trois gouttes de sang sur la tête de la statue. Elle essaya de tirer la main de Karina vers les flammes, mais la princesse la retira vivement.

« Ça ne vous fera pas mal, je vous le promets. »

Karina déglutit. Si la Crécerelle avait été capable de s'interposer entre sa fille et un assassin, elle-même pouvait bien mettre sa main au feu pour sauver la vie de sa mère. Karina la tendit de nouveau à Afua, qui la guida jusqu'à la tête de la statue. Les flammes étaient fraîches au toucher, mais le savoir n'empêcha pas Karina de trembler.

« Louanges à Santrofie, Fils du Vent, Troisième Enfant de la Grande Mère qui tous les engendra, psalmodia Afua en kensiya. Votre enfant cherche des réponses que vous seul pouvez lui donner. »

Des volutes jaunes s'échappèrent de la statue. Sans lâcher la main de Karina, Afua se pencha en avant et inhala la fumée.

L'air autour d'elles sembla soudain se densifier, comme si une tierce personne était entrée dans la grotte. Quand Afua rouvrit les yeux, on n'en voyait plus que le blanc.

« Que souhaites-tu savoir, mon enfant ? »

C'était bien la bouche d'Afua qui bougeait, mais il en sortait une voix d'homme, grave et puissante. Karina ravala un cri.

Gardant à l'esprit l'image de la Crécerelle combattant l'assassin, Karina demanda : « Je veux savoir si le Rite de Résurrection est réel et, s'il l'est, comment le mener à bien.

— La valeur de ta perte est irremplaçable. Par conséquent, la valeur de l'information que tu cherches est elle aussi irremplaçable. »

C'était bien plus simple qu'elle ne s'y était attendue ; Karina avait plus d'argent qu'elle ne pourrait jamais en dépenser. « Dites votre prix. Je le paierai, quel qu'il soit.

— La valeur de l'information que tu cherches est irremplaçable. »

Des cris s'élevèrent à l'extérieur de la grotte. Le corps d'Afua se mit à trembler, et les flammes diminuèrent. Le cœur de Karina manqua un battement. Irremplaçable ? Qu'est-ce qui le serait, aux yeux d'un dieu ?

D'autres cris leur parvinrent de dehors, et Afua frissonna si fort que Karina ressentit les secousses de l'autre côté du feu. Elle fouilla frénétiquement la caverne des yeux, jusqu'à ce qu'ils se posent sur son oud. Le dernier présent de Baba, plus précieux pour elle que tous les trésors du monde.

Il était irremplaçable.

Karina eut un mouvement de recul. Baba l'avait fabriqué lui-même, il avait posé ses mains sur celles de Karina pour lui apprendre à en gratter les cordes. Mais les flammes, plus faibles encore, s'élevaient à peine de quelques centimètres au-dessus du sol, et les cris se faisaient plus pressants. Avant de pouvoir s'en empêcher, Karina jeta l'oud de son père au feu, le cœur brisé quand les flammes commencèrent à lécher le vieux bois. Les frissons d'Afua se calmèrent, mais le blanc irréel de ses yeux demeura.

« Durant la semaine du festival que vous appelez Solstasia, la comète visible une fois tous les cinquante ans passera juste au-dessus de la cité de Ziran. Ce n'est qu'à ce moment que le plan des humains s'aligne avec le Séjour des Étoiles, rendant possible un retour à la vie. »

Les cris avaient atteint leur paroxysme et se doublaient à présent du bruit reconnaissable du métal contre le métal.

« Où puis-je trouver la lune-de-sang ? cria Karina entre deux quintes de toux provoquées par la fumée.

— La lune-de-sang ne pousse que dans les ténèbres au-delà des ténèbres et tire sa force des os des dieux qui n'en étaient pas. Fais confiance à la rivière pour t'y conduire.

— Qu'est-ce que "les ténèbres au-delà des ténèbres" ? Qui sont les dieux qui n'en étaient pas ?

— Accomplis le rituel avant la fin de la semaine. Alors seulement tu retrouveras ce que tu as perdu. »

Afua s'affala sur le ventre. Le désespoir gonfla la poitrine de Karina alors que la jeune fille reprenait ses esprits et que le feu s'éteignait.

« Comment ça s'est passé ? demanda l'Arkwasienne, avant de voir les restes calcinés de l'oud de Baba. Oh, non ! »

Karina était trop hébétée pour parler. Elle avait abandonné ce qu'elle avait de plus cher au monde pour d'autres énigmes, d'autres absurdités.

Mais avant que sa sidération ne se transforme en rage, une voix fendit la nuit.

« Rafle ! »

17

Malik

« Rafle ! »

Ce seul mot déclencha un mouvement de panique dans *Le Phoque dansant*. La moitié des clients s'enfuit par la seule sortie disponible, tandis que l'autre moitié volait tout ce que la première avait laissé avant de filer à son tour.

Des souvenirs de rafles à Oboure accablèrent Malik, douleurs fantômes de blessures guéries depuis longtemps, mais jamais oubliées. Il n'avait cependant jamais entendu parler d'une telle opération entre les murs de Ziran. Pourquoi ici ? Pourquoi maintenant ? Avait-on découvert la vérité sur lui ?

Il bondit sur ses pieds. « Par ici ! cria-t-il, mais ni Driss ni Tunde ne remuèrent.

— Quelqu'un a dû faire quelque chose d'horrible pour mériter tout ça, dit Tunde en observant le chaos autour d'eux. Je suis sûr qu'une fois que nous aurons dit aux gardes qui nous sommes, ils nous escorteront jusqu'au Jardin azur. Contentons-nous de suivre leurs instructions, et tout ira bien. »

La certitude dont il faisait preuve montrait bien qu'il n'avait jamais connu de rafle, mais sur le fond, il n'avait pas tort. Les soldats ziranis ne s'intéressaient pas aux fils de bonne famille quand ils menaient ce type d'opération.

Mais Malik n'était pas un fils de bonne famille. Il faisait partie de ceux qu'on arrêtait n'importe quand, sous n'importe quel prétexte, et qui n'en sortaient jamais indemnes, quel que soit leur degré de coopération.

« En admettant qu'ils nous reconnaissent, argumenta Malik, pris de démangeaisons. Quand les choses tournent mal au cours d'une descente, les soldats attaquent à vue. Nous ne sommes pas en sécurité, ici. »

Driss plissa les yeux. « Seuls ceux qui ont quelque chose à se reprocher fuient la garde. » À ces mots, un éclair de doute passa dans les yeux de Tunde.

Deux options se présentaient à lui : attendre sagement les soldats et se faire embarquer sans résistance, ou fuir maintenant au risque de perdre la confiance des deux autres champions, mais protéger sa couverture.

Rester était le choix le plus intelligent ; nul doute que c'est ce que Leila aurait voulu de lui. Au plafond, les enténébrés s'agitaient nerveusement, et Malik s'efforça de les ignorer. Il respirait. Il était présent. Il était ici. Il lui suffisait d'attendre, et tout irait bien.

Une détonation métallique leur parvint depuis l'extérieur. Sans se soucier de savoir où il allait, Malik partit comme une flèche, sans égard pour Tunde qui lui criait de ne pas bouger.

Il passa du confort crasseux du *Phoque dansant* aux rues bondées du marché de la Rivière. Tandis qu'il courait, une voix intérieure lui hurlait de faire demi-tour avant de tout gâcher. Mais la peur que des siècles de persécutions avaient instillée chez ceux de son peuple le poussait en avant.

Des gens terrorisés, vêtus pour la plupart de leur costume de Solstasia, couraient dans tous les sens. Il entendit de nombreux bruits de verre brisé ; les soldats tiraient des flèches sur les lanternes, plongeant les rues dans les ténèbres pour que nul ne puisse témoigner du chaos à venir. L'expérience dictait à Malik de se tenir éloigné des zones centrales et des cachettes trop évidentes, aussi ignora-t-il plusieurs boutiques condamnées et rues perpendiculaires avant de trouver une venelle coincée entre trois bâtiments, presque invisible de la rue principale. S'il pouvait s'y mettre à l'abri jusqu'à la fin de la rafle, alors il pourrait retourner au Jardin azur et…

« Où crois-tu aller, petit ? »

Un gémissement aigu vrilla les oreilles de Malik au moment où une Sentinelle fondit sur lui depuis les ombres avec la grâce d'un guépard. Le guerrier le regarda méchamment, les mains serrées sur la hampe de sa longue lance. Tous les muscles de Malik se pétrifièrent. Pas une Sentinelle. Pas ici.

Un véritable Zirani aurait campé sur ses positions, expliqué que tout cela n'était qu'un énorme malentendu, qu'il était un champion de Solstasia. Il aurait aussi pu invoquer une illusion ou mobiliser la lame-esprit. Mais la peur de Malik était une créature animée d'une volonté propre, et elle le contraignit à la fuite.

La Sentinelle le rattrapa en quelques secondes, lui tordit le bras derrière le dos et le plaqua au sol. La douleur lui explosa au visage, et il ne put qu'obtempérer quand son agresseur le leva de force et le traîna dans le marché de la Rivière.

La Sentinelle conduisit ainsi Malik jusqu'à une grande place délimitée d'un côté par des boutiques fermées et des maisons, de l'autre par un long mur. Quelques dizaines de personnes effrayées, étrangères pour la plupart, se serraient au centre de l'espace, cernées de toutes parts par plus de Sentinelles que Malik n'en avait jamais vues. Celle qui l'avait appréhendé le jeta sans cérémonie dans la foule avant de prendre place dans le cordon.

« Personne ne bouge ! » beugla celle qui arborait un brassard de capitaine.

Malik réfléchissait à toute allure pour essayer de donner sens à la situation. Les rafles de l'armée régulière de Zirani étaient chose commune en Eshra, mais les Sentinelles, c'était autre chose. On leur confiait le genre de missions dont le public n'était pas censé être au courant, comme arrêter des familles au beau milieu de la nuit ou soumettre des prisonniers ennemis à des interrogatoires musclés. Même dans ces cas-là, elles ne travaillaient qu'en solo ou en duo, jamais en groupe ni à la vue de tous.

« Qu'est-ce qui se passe ? » s'écria un téméraire, électrisant la foule. Malik massa sa joue enflée, incapable de détacher les yeux des armes des Sentinelles. Leurs épées et leurs écus étaient du même blanc que leurs armures déjà éclaboussées de sang, alors que la rafle ne faisait que commencer.

Le capitaine fit un pas en avant. « Cette zone est bouclée jusqu'à nouvel avis, sur ordre de Ksar Alahari.

— Vous n'avez pas le droit de nous retenir ici ! » cria une femme à l'avant du groupe, à laquelle répondirent d'autres protestations vigoureuses qui se muèrent bientôt en slogans. La foule se mit en marche, et Malik n'eut d'autre choix que de suivre.

« Restez où vous êtes ! » somma le capitaine, mais sans effet. Comme un seul homme, les Sentinelles tirèrent leurs épées et chargèrent.

Les cris de protestation se transformèrent en hurlements de terreur. Les Sentinelles chargeaient en formation compacte, taillant en pièces quiconque s'avisait de franchir leur barricade humaine. L'une d'elles attrapa un vieil homme par les cheveux et le projeta en arrière. Le claquement que produisit son cou en se rompant résonna comme un coup de tonnerre. Alors même qu'elles combattaient, les Sentinelles semblaient être à la recherche de quelque chose ou de quelqu'un et taillaient dans la foule comme dans une forêt touffue dans leur hâte à le trouver.

Malik essaya de s'éloigner en jouant des coudes, mais quelqu'un le fit tomber. Le goût du sang et du sable se mêlèrent dans sa bouche. Il grimaça, poussa faiblement sur ses bras et sur ses jambes. Il devait se relever. Pour Nadia.

Malik tenta de nouveau de se redresser, mais un mouvement de foule le rejeta à terre. Son corps tout entier hurlait de douleur. *Debout,* s'exhorta-t-il. *Pour Nadia...*

« Debout. »

Une fille aux yeux ambrés s'accroupit près de Malik et lui tendit la main. Dans le chaos environnant, elle était la seule chose nette. Malik ne résista pas quand elle le tira à la verticale. Main dans la main, ils profitèrent de la confusion pour se faufiler hors de la place et s'arrêtèrent sous un porche à quelques rues de là.

À la seconde où la fille le lâcha, Malik s'écroula sur le sol poussiéreux. L'air peinait à se frayer un chemin jusqu'à ses poumons, dans sa poitrine comprimée par la douleur, et le monde tournait autour de lui.

« Est-ce que ça va ? » demanda la fille en approchant de lui une main qu'il repoussa vivement.

Tu ne respires pas, constata la partie de son cerveau qui fonctionnait encore. *Ancre-toi. Sois présent. Reste ici.*

Malik ouvrit les yeux et se força à observer son environnement. Il se trouvait dans une maison abandonnée depuis longtemps aux ravages du temps. Les murs fissurés et les meubles brisés qui jonchaient le sol suggéraient que l'endroit n'en était pas à sa première rafle. Les enténébrés n'étaient nulle part en vue, sans doute effrayés par l'agitation qui régnait à l'extérieur.

La fille s'agenouilla près de lui. Il y avait chez elle quelque chose de familier qui interpella Malik. Elle portait une simple robe de servante brodée du griffon des Alahari, et le considérait comme s'il avait perdu l'esprit – ce qui était peut-être le cas, après tout. Malik se souvenait d'elle.

De ses yeux de lion.

« Je vous connais », dit-il faiblement en se raccrochant à ce fait concret.

La fille porta vivement la main à son voile. « Comment ?

— Je… » Il s'assit lentement. Tout son corps le faisait souffrir ; même parler lui coûtait. « … la Veille de Solstasia. Devant *Le Phoque dansant*.

— Oh. Je vois. » La servante se pencha en avant. « Le garçon qui m'est rentré dedans. Mais vous étiez couvert de poussière, ce soir-là. »

Malik s'apprêta à répondre qu'elle aussi lui était rentrée dedans, mais un fracas à l'extérieur lui coupa la parole. Il regarda la fille, qui fixait la porte des yeux, les poings serrés.

« On devrait… l'étage, dit Malik en se redressant sur ses jambes flageolantes. S'ils prennent d'assaut la maison, on pourra toujours se cacher là-haut. »

Un des pires aspects de ses crises de panique était la fatigue qu'elles engendraient. Elles vidaient ses membres de leur énergie, comme s'il avait couru un marathon. Malik chancela à la suite de la servante qui, arrivée presque en haut de l'escalier, s'arrêta en se tenant la tête.

« Ça va », dit-elle à Malik qui s'approchait d'elle. Elle grimpa les dernières marches rapidement, en se massant les tempes. « Ne vous inquiétez pas pour moi, contentez-vous de… »

Son pied accrocha l'ourlet de sa robe. Il y eut un long bruit de tissu se déchirant, puis la fille bascula en arrière sur Malik qui l'attrapa par la taille au dernier moment. Il faillit tomber avec elle, mais elle agrippa la rambarde et les stabilisa tous les deux. Le temps d'un battement de cœur, tous deux furent conscients d'avoir besoin de l'autre pour rester debout. Son odeur familière, qu'il n'arrivait pas à resituer, lui embrouillait les pensées. Puis l'un et l'autre détournèrent les yeux.

La robe de la servante était fendue jusqu'à la taille, révélant de longues jambes, de larges hanches et…

Le rouge aux joues, Malik s'empressa de regarder ailleurs. Heureusement, son indiscrétion passa inaperçue.

« Pisse de rat ! » Elle empoigna les lambeaux de tissu et lâcha un chapelet de jurons d'une grossièreté telle que si Nadia avait été là, Malik lui aurait bouché les oreilles. « Que la Grande Mère me tue, je ne peux pas rentrer chez moi comme ça !

— Ça va aller. » Malik avait toujours la tête qui tournait, mais il commençait à prendre ses repères. Il colla l'oreille contre la porte pour s'assurer que les fulminations de la fille n'avaient pas alerté les Sentinelles de leur présence. « On devrait pouvoir trouver quelque chose ici pour arranger ça. »

Serrant d'une main les pans de sa robe déchirée, la fille explora le premier étage, suivie par Malik. Il régnait ici le même délabrement qu'au rez-de-chaussée. La maison se résumait peu ou prou à deux pièces exiguës empilées l'une sur l'autre, dont se dégageait une certaine familiarité. Si Malik fermait les yeux, il entendait presque Nadia courir sur le plancher grinçant, ou Nana demander d'une voix forte qu'on lui apporte une couverture. La famille inconnue qui avait vécu là était plus proche de la sienne que toute autre qu'il avait rencontrée à Ziran jusqu'à maintenant, et le sort terrible qu'elle avait dû connaître serrait un peu plus le nœud angoissé qu'il avait au creux du ventre.

La fille s'assit au bord du lit et observa Malik fouiller les coffres et commodes renversés jusqu'à ce qu'il trouve ce qu'il cherchait. Il lui tendit alors triomphalement du fil et une aiguille.

« Désolé, ce n'est pas la bonne couleur, mais ça devrait faire l'affaire. »

La fille le fixa des yeux. « Je ne sais pas m'en servir. »

Quel genre de servante ignorait la couture ? Mais le temps pressait, et la fille ne pouvait effectivement pas traverser la ville dans cet état.

« Peut-être que je pourrais… si ça ne vous dérange pas… vous permettez ? » balbutia Malik en montrant le tissu. La fille hocha la tête, et il rapprocha les pans de robe entre ses mains. Douloureusement conscient du poids de son regard, il s'agenouilla devant elle et se mit à l'ouvrage. Il fit de son mieux pour ne pas la toucher, mais c'était presque impossible compte tenu de leur proximité. Chaque fois que leurs peaux entraient en contact, une décharge électrique traversait le corps de Malik, qui se tortillait inconfortablement. La Marque dansait la gigue sur sa poitrine.

« Vous êtes un noble, mais vous savez coudre », observa la fille d'une voix grave, presque hypnotisante, assez semblable aux battements réguliers du tambour annonçant le début d'une histoire.

Le coin de la bouche de Malik se releva. « Vous êtes une servante, mais vous ne savez pas coudre. »

Cela la fit rire. Malik observa son visage à la dérobée, mais il détourna les yeux sitôt que leurs regards se croisèrent. Son expérience des femmes hors de son cercle familial était quasi nulle, et trop humiliante pour être mentionnée. Avec un peu de chance, sa crise de panique avait eu l'air moins embarrassante que les autres fois.

Malik travaillait rapidement, ses doigts mus par la mémoire musculaire de toutes les années qu'il avait passées à repriser les vêtements de sa famille pendant que celle-ci labourait la terre. Les bruits de la rafle leur parvenaient étouffés, comme si tout cela était loin. Ses pensées dérivèrent vers les deux garçons qu'il avait laissés derrière lui. Driss et Tunde étaient sûrement rentrés au Jardin azur, maintenant ; Malik devait se dépêcher d'y retourner lui aussi, avant que sa disparition n'éveille davantage de soupçons.

La fille grimaça de nouveau en se massant les tempes.

« Vous avez mal à la tête, s'enquit Malik en levant les yeux.

— Toujours.

— Vous avez essayé les poils de chameau ? »

La pluie. Voilà ce que sentait la servante. La pluie, la végétation, l'humus. Autant de choses que Malik n'avait plus revues depuis son départ d'Oboure. Où avait-elle trouvé un endroit si vert dans ce pays aride ?

« Enrouler des poils de chameau tressés autour de votre tête calmera la douleur, reprit-il.

— Des poils de chameau ? fit-elle en arquant un sourcil.

— C'est vrai. Mon grand-père s'est débarrassé de ses pires migraines, avec ce truc. »

Malik s'interrompit, se maudissant silencieusement d'avoir laissé échapper tant d'informations à son sujet. Les nobles avaient les moyens de se payer les services d'un véritable guérisseur, ils ne se soignaient pas avec des remèdes de grand-mère.

« Des poils de chameau, répéta la fille, songeuse. Donc vous cousez et vous dispensez des conseils médicaux. Qui êtes-vous, exactement ?

— Quelqu'un qui ne devrait pas être là », répondit Malik. Il arrivait maintenant au point le plus haut de la déchirure, en s'efforçant de ne pas penser à la douceur de la peau brune juste sous ses doigts. « Et vous ?

— Quelqu'un qui ne devrait pas être là. »

La servante affichait une confiance en elle peu commune, comme si le monde n'existait qu'à son usage. Malik fut saisi du désir impérieux de connaître son nom, mais il se doutait qu'elle lui en donnerait un faux.

Il demanda plutôt : « Pourquoi m'avez-vous aidé ? »

Elle changea légèrement de position, et les doigts de Malik effleurèrent une nouvelle fois sa cuisse. Son visage s'empourpra, mais la fille ne s'en émut pas. « Il y a peu de temps, une personne de ma connaissance a été blessée, et je n'ai rien pu faire pour l'aider. Je ne… Je ne veux plus jamais rester impuissante face à quelqu'un qui souffre. »

Malik se tenait si près d'elle qu'il voyait ses épaules se soulever au rythme de sa respiration. Il craignait de dire quelque chose qui brise l'étrange magie suspendue entre eux.

« Imaginons… », reprit-elle. Malik ignorait si elle s'adressait à lui ou si elle réfléchissait à voix haute. « Imaginons qu'une personne que vous aimez ait besoin d'assistance, mais que pour l'aider vous deviez faire une chose qui vous attirerait sa haine… Le feriez-vous quand même ?

— Absolument.

— Même si elle ne vous le pardonne jamais ?

— Même si elle ne me le pardonne jamais. Même si elle me déteste jusqu'à la fin de sa vie. » Il ne restait plus que quelques centimètres de déchirure. Malik s'appliqua à combler le trou entre les deux pans de tissu. « Je crois que tout est bon pour protéger ceux qu'on aime. »

Une vive douleur fit tressaillir Malik, et quelques gouttes de sang perlèrent au bout de son pouce. Il ne s'était jamais piqué en cousant, encore moins sur un travail aussi simple. Il porta son doigt à sa bouche et suça la blessure. Ses yeux revinrent à la servante.

« Pourquoi tremblez-vous ? » murmura-t-elle. Il tremblait ? Il ne l'avait pas remarqué. Pour une fois, le tumulte de son esprit s'était tu. Là, avec cette fille qu'il ne connaissait pas, le monde était... silencieux. Il ne l'était jamais.

Malik s'apprêta à répondre, mais elle se tourna vers la fenêtre. « Écoutez ! »

Il s'immobilisa et tendit l'oreille. « Je n'entends rien.

— Exactement. Je crois que la rafle est terminée. »

Un décor immobile les attendait à l'extérieur. Seuls les objets qui jonchaient la chaussée et les fenêtres brisées témoignaient du carnage dont ces rues avaient été le théâtre. Malik et la servante se frayèrent prudemment un chemin entre les reliefs de la bataille, l'oreille à l'affût du moindre bruit trahissant une présence étrangère. Même les enténébrés étaient revenus. Ils suivaient Malik à une plus grande distance que d'habitude et sifflaient chaque fois que la fille regardait involontairement dans leur direction.

Les deux jeunes gens longèrent l'orée du marché de la Rivière, où presque un cinquième des tentes avaient été démolies ou déplacées. Des enfants hébétés et larmoyants erraient à la recherche de leur famille, et ceux qui s'étaient sortis indemnes de la rafle se recroquevillaient à leur approche, les yeux remplis de peur.

« Comment une telle chose a-t-elle pu arriver ? demanda la servante en embrassant d'un regard stupéfait le désastre autour d'eux.

— Comment ? Qui ira rendre les coups à une Sentinelle ? » marmonna Malik. Tout soupçon de mauvaise conduite justifiait une rafle, à Eshra ; on pouvait s'en retrouver la cible pour un simple défaut de paiement au trésor public, ou parce qu'on avait regardé un soldat de travers. Les Eshrans apprenaient dès leur plus jeune âge que le couperet pouvait tomber qu'on le mérite ou non.

Mais cela n'expliquait pas pourquoi on avait envoyé les Sentinelles. Il se passait quelque chose de louche, et Malik s'avisa avec horreur qu'il ne voulait surtout pas savoir quoi.

« Voilà ce que Ziran fait à ses pauvres, à ses étrangers et à tous ceux qui sont trop faibles pour se défendre.

— C'est... Je dois retourner au palais », déclara la fille, les yeux brûlants de colère.

Ce n'est qu'à cet instant que Malik se rendit compte qu'il avait manqué une opportunité unique d'en apprendre plus sur la princesse Karina de la bouche d'une occupante du palais. Peut-être que s'il lui révélait qu'il était l'un des champions, elle serait disposée à l'aider ?

Mais avant qu'il ne le puisse, elle lui demanda : « Êtes-vous doué en énigmes ?

— Plus ou moins.

— À quoi ça vous fait penser, si je vous parle des "ténèbres au-delà des ténèbres" et des "dieux qui n'en étaient pas" ? »

La curiosité de la servante lui parut incongrue, dans les circonstances. Malik contourna un amas de verre brisé en réfléchissant. « Pour la première expression, je ne sais pas trop, mais la seconde m'évoque quelqu'un ou quelque chose qu'on vénérait, sans que sa nature soit divine pour autant.

— Quelqu'un qu'on vénérait, mais qui n'était pas divin... » Les yeux de la fille s'éclairèrent. « Comme les pharaons de Kennoua ? »

Malik haussa les épaules. Il ne savait pas grand-chose de cette dynastie.

Alors qu'ils coupaient par l'un des souks entourant la place Jehiza, ils passèrent devant une petite foule assemblée devant ce qui semblait être la boutique d'un tanneur. Leurs voix fortes et grasses laissaient supposer qu'ils n'avaient pas connaissance de ce qui s'était passé dans le quartier voisin, ou qu'ils s'en fichaient.

« Ma sœur, qui travaille au palais, dit que la Crécerelle est morte, qu'elle l'a vue s'écrouler de ses propres yeux. »

La servante tressaillit et s'approcha du groupe.

« Moi, j'ai entendu dire que c'est sa fille qui a fait le coup, ajouta un homme dont la plupart des dents étaient en or. Vous savez comment la Crécerelle a pris le pouvoir, à l'époque : en trucidant les siens. Bizarrement, tous ceux qui venaient avant elle dans l'ordre de succession sont morts en même temps…

— Ne parlez pas comme ça de Haissa Sarahel ! lança un vieil homme qui sortait de la boutique en s'essuyant les mains sur le devant de son tablier. C'est notre reine, elle mérite le respect. »

Une demi-douzaine de soldats arrivèrent par l'autre côté. Malik se mordit l'intérieur de la joue et fit demi-tour en cherchant des doigts l'élastique autour de son poignet.

« On devrait partir », chuchota-t-il, mais la fille l'ignora et s'avança vers les hommes avinés. L'air autour d'elle crépitait d'une énergie dangereuse.

« T'es qui, toi, pour m'interdire de parler ? grogna celui qui avait accusé la princesse Karina de meurtre.

— Tu devrais avoir honte de toi. Haissa Sarahel nous gouverne avec grâce et sagesse depuis qu'elle est à peine plus qu'une enfant. Sans elle, jamais nous n'aurions autant prospéré.

— Si elle se soucie tant de nous, où est-ce qu'elle était pendant la cérémonie d'Ouverture ? Je te dis qu'elle est morte, cette garce.

— Tu n'en sais rien !

— Tu me traites de menteur ? »

La suite se résuma à un chaos de mouvements et d'armes. Les soldats se rapprochaient, quelqu'un devait faire quelque chose avant qu'ils s'en mêlent, mais que pouvait Malik…

« TAISEZ-VOUS, TOUS ! »

Tous se turent.

Malik ouvrit une bouche incrédule en voyant la fille bondir sur un étal et commander la foule à la force de sa seule voix.

« Regardez-vous ! Des adultes qui se chamaillent comme dans une cour de récréation ! cria-t-elle. Haissa Sarahel va très bien.

— Qu'est-ce que t'en sais ? » brailla une voix dans l'assemblée.

Malik sentit son cœur battre à ses oreilles et s'écarta de la servante. Yeux de lion ou pas, il n'allait pas mourir pour cette fille.

S'ensuivit un silence tendu où chacun retint son souffle. Elle retira son voile.

Des boucles d'un argent lunaire cascadèrent sur les épaules de la princesse Karina. Elle jeta sur l'assemblée un regard implacable.

« Moi, Karina Zeinab Alahari, fille de Haissa Sarahel et future sultane, je vous fais le serment que Ksar Alahari ne vous a pas abandonnés. »

Aucune des histoires, aucun des contes que Malik avait un jour entendus sur la princesse Karina ne soutenait la comparaison avec la réalité de ce qu'il voyait. Toisant ainsi la foule de ses yeux de braise, les cheveux soulevés par le vent qui soufflait dans la ruelle, elle ressemblait en tout point aux monarques qui régnaient sur l'Odjubai depuis des siècles.

Et elle lui présentait son dos.

La princesse accaparant l'attention générale, personne ne remarqua qu'une lame-esprit s'était matérialisée dans la main de Malik. Les phalanges serrées comme un étau autour de la poignée, il arma son bras. Les hurlements de Nadia résonnaient à ses oreilles, et la rage qu'il avait ressentie sur les Doigts de la veuve éclata de nouveau en lui.

Un coup. Il n'en faudrait pas plus pour lui ôter la vie.

« Ce chaos et cette violence, ce n'est pas Ziran, poursuivit Karina d'une voix forte. Nos ancêtres n'ont pas vaincu les pharaons pour qu'à la première querelle nous nous en prenions les uns aux autres. Ziran peut être un havre pour vous tous, qui que vous soyez et d'où que vous veniez, mais seulement si nous nous serrons les coudes, pas si nous sommes divisés ! »

Un murmure parcourut la foule, bien plus importante maintenant, à la stupéfaction de Malik. Que se passerait-il s'il ne la tuait que pour se faire mettre en pièces ? Lui mort, Idir libérerait-il Nadia ?

L'espace d'une fraction de seconde, la résolution de Malik vacilla, et la lame-esprit trembla dans sa main.

Et au même instant, une pierre traversa les airs et percuta Karina au milieu du front. Avec un cri étranglé, elle s'écroula sous ses yeux.

18

Karina

Karina ne vit pas la pierre qui la frappa à la tête, mais elle ressentit une douleur assez similaire à ses migraines. La dernière chose dont elle se souvint fut de chercher frénétiquement le garçon aux yeux de nuit, mais il n'était plus là, perdu au milieu de la foule excitée et des soldats qui se frayaient un chemin jusqu'à elle. Les gardes l'atteignirent en quelques secondes, et tandis qu'ils la soulevaient et l'emmenaient, elle jeta un dernier regard à ces gens qu'elle avait essayé de calmer de son mieux. La fureur déformait leurs visages, et rien qu'elle ou quiconque puisse dire n'aurait apaisé leur colère.

Mais même sachant cela, Karina n'arrivait pas à se débarrasser du sentiment qu'il s'était agi d'un test. Et elle avait échoué à prouver qu'elle ferait une bonne sultane. Cette pensée tourna en boucle dans sa tête tout au long du retour à Ksar Alahari.

Échec. Échec. Échec.

Karina ignorait ce qui lui faisait le plus mal : la pierre qu'elle avait prise dans le crâne ou le fait que tant de gens pensent qu'elle avait tué sa propre mère.

Sa réputation n'était pas au beau fixe, mais il y avait un monde entre la trouver irresponsable et la croire capable de meurtre. Le souvenir de l'accusation la brûlait de l'intérieur, puissant mélange d'outrage et de douleur.

Voilà pourquoi Karina avait révélé son identité de la sorte, au mépris du risque qu'elle encourait. Elle ne pouvait pas rester en retrait et laisser ce mensonge embraser les consciences.

Cependant, elle ne s'était pas attendue à se faire lapider. Dans la confusion, le garçon qui avait reprisé sa robe s'était évaporé. Elle espérait qu'il était rentré chez lui – où que ça puisse se trouver – en toute sécurité.

Un claquement sec comme un coup de tonnerre tira Karina de ses pensées. Au centre du stade, deux duellistes s'affrontaient avec des bâtons de wakama, pour le plus grand plaisir des cinquante mille spectateurs déchaînés. C'était le matin du troisième jour de Solstasia, Jour-Vent, et Karina assistait au tournoi depuis sa loge privée, en présence du conseil. Les Défis des champions restaient les événements les plus populaires, mais Solstasia, c'était aussi des centaines de compétitions dans tous les arts et les sports imaginables. Et parce qu'elles étaient ouvertes à tous, ces rencontres connaissaient un énorme engouement.

« Tuseshti ! Wakama ! » La foule scandait le chant traditionnel qui accompagnait un duel, tout en soufflant dans de longues cornes d'ivoire et en secouant des crécelles en bambou. « Tuseshti, wakama, wakama ! Tuseshti, wakama, wakama ! »

Mwale Omar se pencha vers Karina en entortillant sa massive barbe blanche. « J'ai parié tout mon argent sur la championne du Feu, j'espère qu'elle gagnera. »

Karina plaqua un sourire sur son visage. « C'est important de soutenir son propre alignement. »

Les règles du wakama étaient d'une simplicité désarmante : deux combattants, deux bâtons, un cercle de cinq mètres de diamètre tracé à la craie. Seuls les contacts entre les bâtons, ou entre un corps et un bâton, étaient autorisés. Le duel prenait fin quand l'un des deux adversaires se rendait ou posait le pied hors du cercle.

L'actuelle favorite était la championne du Feu, Dedele Botye. Comme elle s'était inscrite au tournoi avant d'avoir été nommée championne, elle avait été autorisée à y participer, même si elle devrait enchaîner avec le Deuxième Défi immédiatement après. Les membres du conseil l'acclamèrent quand elle exécuta un impressionnant salto arrière par-dessus l'épaule de son adversaire.

« On dirait que je vais en avoir pour mon argent, en fin de compte ! » gloussa Mwale Omar. Karina dut déployer des trésors de patience pour ne pas l'éjecter de la loge. En temps normal, elle aimait le wakama plus que nul autre, mais elle n'oubliait pas le carnage de la veille. Comment pouvait-elle célébrer la justice ziranie après avoir été témoin, entre les murs mêmes de la cité, de l'acte le plus injuste qu'elle ait jamais vu ?

Or, les seules personnes jouissant du pouvoir d'ordonner une telle rafle étaient assises à côté d'elle. Son instinct lui dictait d'affronter le conseil sur-le-champ, mais l'avertissement de la commandante Hamidou résonnait entre ses oreilles. Si elle dévoilait ses cartes trop tôt, le traître comprendrait qu'elle ne se fiait plus au conseil.

« Tuseshti, wakama, wakama ! » La liesse était grisante. « Tuseshti, wakama, wakama ! »

Alors que Dedele esquivait la contre-attaque de son adversaire, Karina se pencha vers la grande viziresse Jeneba. « C'est un jour idéal pour le wakama, vous ne trouvez pas ?

— Peut-être pour les spectateurs, mais je n'ose imaginer ce que ça fait, de combattre par cette chaleur. » La grande viziresse n'avait pas encore commenté la rafle, et rien dans son comportement ne suggérait qu'il se passait quoi que ce soit d'anormal. Karina avait toujours l'impression que Jeneba la regardait de haut, et pourtant la jeune femme la dépassait de plus d'une tête.

« Oui, bien sûr. » Karina jeta un coup d'œil à Farid assis derrière elle, mais il s'évertuait à éviter son regard. Il était resté inhabituellement silencieux depuis son retour de la descente, probablement rendu fou de rage par son manque de prudence.

En choisissant ses mots avec soin, Karina poursuivit. « Au fait, si vous avez un peu de temps après le tournoi, je voudrais que nous fassions le point sur l'affectation des gardes d'ici à la fin de Solstasia.

— C'est inutile, Altesse, répondit la grande viziresse sans quitter le duel des yeux. Votre mère a validé la rotation des patrouilles il y a des semaines. »

Cela ne pouvait être vrai. La Crécerelle n'aurait jamais approuvé cette descente. Et s'il s'en était produit de telles dans le passé, pourquoi Karina n'en avait-elle jamais entendu parler ?

« Je voudrais néanmoins la revoir. Je crois que nous gaspillons nos ressources en raflant inutilement certains quartiers. » Karina plissa les yeux. « Comme le marché de la Rivière. »

L'opposant de Dedele frappa la championne dans le dos, ce qui lui valut une exclamation de la foule. Jeneba consacra enfin toute son attention à Karina.

« Si je puis me permettre un conseil, Votre Altesse, nous gagnerions tous à ce que vous concentriez vos efforts sur Solstasia, surtout après les difficultés que nous avons rencontrées lors de la cérémonie d'Ouverture. Sa Majesté étant souffrante, vous pouvez confier l'administration de la cité au conseil. Nous avons des décennies d'expérience en la matière. »

Un rugissement éclata à leurs oreilles quand Dedele renversa son adversaire, mais la colère qui bouillonnait en Karina était plus puissante encore.

Farid lui avait dit un jour que toute conversation à la cour était un roncier se faisant passer pour un rosier, et elle comprenait enfin ce qu'il entendait par là. Elle n'aurait pu contester aucune des affirmations de la grande viziresse ; aux yeux du public, la reine était seulement malade, et dans ce genre de cas, le pouvoir incombait au conseil.

Karina n'avait pas encore trouvé de réponse appropriée, quand son interlocutrice ajouta : « À propos, j'ai entendu une histoire fort curieuse. On a vu quelqu'un qui se faisait passer pour vous, au marché de la Rivière. »

Karina se maîtrisa pour ne pas porter la main à la coupure juste sous la naissance de ses cheveux. « Très curieuse, en effet. Je n'ai rien entendu de tel.

— Je sais bien que ce n'était pas vous, puisque vous avez passé la soirée à vous reposer. La rumeur selon laquelle on vous aurait vue en compagnie d'un homme inconnu est tout aussi ridicule. » La grande viziresse lissa un pli de son cafetan vert d'eau. « Cela m'inquiète, de voir tant de gens si prompts à douter de vos intentions. Nous devons nous assurer par tous les moyens que personne n'ait de raison de remettre votre intégrité en question. »

Si Karina disposait de la magie dont Afua lui avait parlé, elle s'en serait servie pour éjecter la grande viziresse hors du stade. Une vague d'embarras la traversa, mais elle la réprima ; même si elle avait passé toute la nuit avec un homme, ça ne regardait personne.

« Tuseshti ! Wakama ! Tuseshti, wakama, wakama, wakama ! Tuseshti, wakama, wakama ! »

« Et les rafles ? interrogea Karina en renonçant à toute civilité. À quoi ça rime, de terroriser les habitants les plus vulnérables de notre ville ?

— Une de mes plus chères amies est morte. » La grande viziresse parlait juste assez fort pour que Karina l'entende, mais ses mots semblaient faire écho dans tout le stade. « Celui ou celle qui en est responsable devra en répondre, même si je dois pour cela démanteler chacune des maisons de Ziran. »

Une acclamation encore plus forte que les précédentes secoua l'arène jusqu'à ses fondations. Dedele tenait son bâton contre le cou de son adversaire en signe de victoire.

« Vous n'arrêterez pas les rafles, même sur ordre direct de votre future sultane ? »

Le défi dans les yeux de Jeneba était sans ambiguïté. « Certainement pas. »

Karina n'entendait plus rien. D'abord, elle crut que sa rage inextinguible étouffait tout autre son, mais non, la foule s'était tue, et cinquante mille paires d'yeux regardaient dans sa direction.

Au centre du stade, Dedele pointait son bâton droit sur elle.

« Karina Alahari, je vous provoque en duel, ici même ! » cria Dedele. Un murmure excité parcourut la foule. Un champion jetant un défi à un membre de la famille royale au cours d'un tournoi ? Voilà qui était inédit, même pour Solstasia.

Farid se matérialisa à côté de Karina et secoua la tête.

« Elle essaie juste de te provoquer. » C'était la première fois qu'il s'adressait à elle de toute la journée, ce qui ne fit qu'attiser sa colère. « Ignore-la et partons. »

Karina connaissait bien ce regard arrogant dans les yeux de Dedele, pour l'avoir elle-même jeté plus d'une fois à d'autres musiciens – le regard d'une compétitrice sûre de sa victoire. La championne y voyait probablement une chance de renforcer sa popularité aux dépens de Karina, qui envisagea de la faire arrêter pour son insolence, toute championne qu'elle soit. Sa mère n'aurait guère goûté la plaisanterie.

Karina s'apprêta à refuser, mais la grande viziresse ne lui en laissa pas l'occasion. « Permettez-moi de décliner au nom de Son Altesse. Elle a bien trop d'obligations à honorer pour en ajouter une à sa liste. »

L'intervention de Jeneba n'avait rien d'inhabituel dans le protocole de la cour, mais Karina eut l'impression de recevoir une gifle. Était-ce là le genre de reine qu'elle voulait être ? Une reine qui se laissait si facilement infantiliser par les autres ?

Elle avait déçu son peuple à la cérémonie d'Ouverture.

Elle l'avait déçu lors de la rafle.

Elle ne le décevrait pas une troisième fois.

Karina se leva et ignora les exclamations choquées. « J'accepte votre défi. »

Les hourras de la foule ne suffirent pas à couvrir les battements de son cœur.

Dix minutes plus tard, Karina se tenait sur la piste du stade, vêtue d'une tunique et d'un pantalon de combattant, dépouillée de ses bijoux et les cheveux attachés en un chou rudimentaire. Elle fit passer son bâton de cèdre d'une main à l'autre tandis que l'arbitre énonçait les règles.

« Aucune autre arme que vos bâtons. Seuls les contacts bâton contre bâton ou bâton contre corps sont autorisés. Celle qui se rend ou pose les deux pieds hors du cercle a perdu. »

Dedele toisa Karina d'un regard où brillait la détermination. La championne du Feu aux bras musculeux la dépassait d'une demi-tête. Ses tresses au motif complexe se rejoignaient en un chignon sur sa nuque. À l'autre bout du stade, la famille de Dedele et la cohorte des Feu-alignés manifestaient bruyamment leur soutien. Une marionnette de lion géante actionnée par un homme passait et repassait devant les tribunes, électrisant une foule au comble de la frénésie.

Karina regrettait déjà sa décision ; une fois encore, elle avait réfléchi avec son cœur et non avec sa tête. Mais que la Grande Mère soit damnée si elle laissait une personne de plus la rabaisser aujourd'hui. Du reste, ce serait sans doute le seul Solstasia auquel elle aurait la chance de participer. Autant en profiter avant que Dedele la batte comme plâtre.

« Vous êtes prêtes ? lança l'arbitre.

— Prêtes ! »

Dedele et Karina frappèrent le sol de leurs bâtons à l'unisson.

L'art du wakama, la seule pratique martiale qui lui était autorisée depuis l'incendie, lui avait été enseigné par Hanane. Elle entendait la voix de sa sœur tandis qu'elle adoptait une posture défensive, les pieds largement écartés et le bâton tenu devant elle comme une épée. D'une façon ou d'une autre, elle allait montrer à son peuple et au conseil qu'on ne se moquait pas des Alahari impunément.

L'arbitre souffla dans sa corne. « Allez-y ! »

Dedele chargea, fondant sur son adversaire avec la grâce et la vélocité du léopard, symbole de son alignement. Elle se mouvait comme la guêpe : coup d'estoc à l'épaule droite suivi d'une série rapide d'attaques au ventre. Karina ne s'était pas attendue à une telle rapidité : elle n'avait pas encore sécurisé ses appuis que l'autre changeait déjà de position.

Haletante, Karina crocheta la cheville de son opposante du bout de son bâton et lui fit perdre l'équilibre juste assez longtemps pour reprendre son souffle.

« Tuseshti ! Wakama ! scandait le public. Tuseshti, wakama, wakama ! Tuseshti, wakama, wakama ! »

Son front ruisselait de sueur, et pourtant le duel ne faisait que commencer. Cela ne l'empêcha pas de lancer à son adversaire : « Je devrais vous faire décapiter pour votre insolence. »

Dedele sourit et attaqua par le flanc. « J'avais envie de passer un peu de bon temps avec ma future femme, et il n'y a rien de mieux pour connaître quelqu'un que de le voir combattre. »

Karina se fendit d'un rire, qu'elle regretta immédiatement en essuyant un coup à la jambe. « Ravalez votre morgue, championne du Feu. Vous n'avez pas encore remporté Solstasia. »

Dedele était plus grande et plus massive qu'elle, ce qui lui conférait un avantage certain, mais pas une garantie de victoire. Le but était de se montrer plus malin que son adversaire, pas seulement de le blesser.

Le wakama est un jeu de guerre, entendit-elle Hanane murmurer. *Et à la guerre, ce n'est pas toujours le plus fort qui gagne.*

Une idée germa dans l'esprit de Karina, une idée qui pourrait l'aider à résoudre son problème de cœur de roi.

« J'ai une proposition à vous faire, dit Karina alors que leurs bâtons s'entrechoquaient avec un claquement retentissant. Histoire de pimenter un peu la chose. La gagnante demande ce qu'elle veut à la perdante, et celle-ci doit s'en acquitter. »

Elle aurait pu s'en remettre au destin et prier pour que quelqu'un d'autre que Dedele sorte victorieux des Défis.

Ou alors elle pouvait envoyer le destin se faire voir et tourner le résultat à son avantage.

Le bâton siffla aux oreilles de Karina alors qu'elle se baissait pour éviter un moulinet de son adversaire. « Pourquoi une telle proposition alors que vous savez pertinemment que vous allez perdre ? demanda Dedele, dont la confiance tira un sourire involontaire à Karina ; en d'autres circonstances, elles auraient pu être bonnes amies.

— La vie serait triste, sans risques. D'ailleurs, ma chère future épouse, depuis quand une championne du Feu recule-t-elle devant un défi ? » Le Feu était le plus impétueux de tous les alignements, et la provocation fonctionna exactement comme Karina l'espérait. Dedele rompit l'assaut, son bâton dressé et les narines frémissantes.

« J'accepte », dit-elle simplement, et elle se rua en avant avec une intensité nouvelle, obligeant Karina à s'écarter d'une roulade.

Elle essaya d'imaginer comment la Crécerelle ou Hanane aurait géré ce combat, mais Dedele repartait déjà à l'attaque. Elle plaça un coup qui fit s'envoler le bâton de Karina plusieurs mètres au-dessus du sol. Quoique son adversaire soit maintenant désarmée, Dedele ne montrait aucune pitié et assénait les coups sans retenue. La peau de Karina devint une carte de ses échecs à mesure que s'épanouissaient les hématomes. Elle plongea pour récupérer son bâton, mais l'autre la cueillit à l'estomac, la forçant à rouler sur elle-même jusqu'au bord du cercle.

« Vous rendez-vous ? » cria la championne du Feu.

« Tuseshti, wakama, wakama ! Tuseshti, wakama, wakama ! »

Le moindre muscle de Karina hurlait de douleur. Sa blessure à la tête s'était rouverte, et du sang lui brouillait la vision.

Elle ne contrôlait pas le conseil.

Elle allait perdre son duel.

Elle ne serait jamais la moitié de la reine, et même de la femme qu'avait été sa mère. Tout ce qu'elle pouvait espérer maintenant, c'était que Dedele en finisse rapidement.

Cette dernière la poussa du bout de son bâton, mais pas assez fort pour lui faire franchir la ligne. Elle aurait pu conclure le combat bien plus tôt ; la championne du Feu jouait avec elle, simplement parce qu'elle le pouvait, et cela blessa Karina davantage que les hématomes qui la martyrisaient.

« J'en attendais plus de la fille de la célèbre Crécerelle. » La voix de Dedele était à peine audible par-dessus le vacarme de la foule en délire. « Il semblerait pourtant que la future sultane de Ziran ne soit rien d'autre qu'une fleur du désert, inutile, faible et incapable. »

Quelque chose se rompit aux tréfonds de son être.

Avec un rugissement primitif, Karina leva vivement le bras à l'instant où Dedele lui porta ce qui s'annonçait comme le coup de la victoire. Un craquement assourdissant retentit à travers tout le stade alors que l'arme se brisait en deux. Tirant profit de la désorientation de son opposante, Karina attrapa un des deux morceaux avant qu'il ne touche terre, pivota et botta l'autre partie hors du cercle.

Oubliant le conseil, oubliant sa mère, sa sœur et tout ce qui n'était pas son adversaire, Elle chargea. Elle se battit avec le désespoir de celle qui n'a plus rien à perdre ; ses coups étaient imprévisibles, imprécis, trop rapides et trop incohérents pour être parés par les techniques classiques. Une expression troublée traversa le visage de Dedele, qui maintenant défendait sans parvenir à stopper la progression de son opposante.

Celle-ci attaquait sans grâce ni stratégie, animée par une fureur pure, débridée. Aujourd'hui était un Jour-Vent, comme son alignement. Aujourd'hui elle serait championne, elle et personne d'autre.

Dedele poussa un cri quand la moitié de bâton de Karina la frappa à l'oreille, puis au ventre. Elle tenta de la repousser, mais son adversaire pivota hors de portée et utilisa son élan pour passer derrière elle.

La comète de Bahia semblait palpiter à l'unisson du cœur de la jeune femme. L'espace d'un instant, elle se vit et vit le stade avec une parfaite clarté ; une énergie dont elle n'avait jamais soupçonné l'existence reliait tous les êtres dans une toile scintillante.

Karina leva les yeux au ciel et espéra que sa mère la regardait, où qu'elle se trouve.

Puis elle abattit son bâton sur le crâne de Dedele. Le visage en sang, la championne du Feu fit un vol plané en arrière et atterrit largement au-delà du cercle.

Un silence abasourdi tomba sur le stade. Du sang, du sable et de la sueur brouillaient la vision de Karina, mais elle ne baisserait pas la tête sous ces milliers d'yeux braqués sur elle. Elle tendit son arme vers la loge où se trouvait le conseil.

« Il semblerait, grande viziresse, que vous ayez sous-estimé le nombre des obligations que je suis capable d'honorer », articula-t-elle d'une voix forte, bien que chaque mot la fasse tressaillir de douleur.

Un hourra isolé s'éleva des tribunes, suivi par une vague massive d'ovations. De tous côtés, le peuple de Ziran, du plus jeune au plus vieux, l'acclamait.

Pas la Crécerelle.

Pas Hanane.

Elle, et elle seule.

Karina ramassa la moitié de bâton de Dedele et la leva haut au-dessus de sa tête telle une guerrière regagnant son foyer après la bataille. Alors que le rugissement s'intensifiait, elle savoura son triomphe et les regards perplexes des membres du conseil.

Ziran appartenait aux Alahari. Tant que Karina respirait, les choses resteraient ainsi.

Quiconque essaierait de lui prendre cette ville découvrirait bientôt que la fille de la Crécerelle avait elle aussi des serres.

19

Malik

Il l'avait eu à sa merci.
Malik avait été seul avec la princesse Karina pendant près d'une heure. Il avait été proche à la toucher ; en fait, il l'*avait* touchée, il avait frôlé plusieurs fois sa peau tandis qu'il reprisait sa robe.

La Grande Mère lui avait fourni l'occasion de la tuer sur un plateau d'argent, et il l'avait fichue en l'air sans même s'en rendre compte.

Il se trouvait à présent dans les coulisses du stade avec les autres champions, qui tous fixaient une Karina couverte de sang en essayant de digérer ce dont ils venaient d'être témoins.

« La princesse était déjà comme ça quand vous sortiez ensemble ? chuchota Malik tandis que la foule poursuivait son ovation commencée dix minutes plus tôt.

— Pas exactement », répondit d'une voix blanche Tunde, qui ne perdait pas une miette du spectacle.

Les histoires décrivaient une princesse irresponsable et paresseuse, mais cette image ne correspondait pas à la jeune femme qu'il avait rencontrée la veille, celle qui avait sauvé un étranger d'une rafle et risqué sa vie pour mettre fin à une émeute.

Et aucune de ces deux filles ne cadrait avec celle qui quittait présentement le stade, couverte de son sang et de celui de Dedele.

Mais ce qui perturbait peut-être le plus Malik, c'était que Karina n'était plus une cible abstraite, dans son esprit. Il savait désormais qu'elle ne savait pas coudre et qu'elle souffrait d'horribles migraines depuis l'enfance. Que son rire soufflait une brise rafraîchissante un jour de canicule et qu'elle était nulle en énigmes.

Elle était une personne. Se résoudre à tuer une idée lui avait déjà beaucoup coûté. Ôter la vie d'une personne paraissait impossible.

Enfin, Karina revint au stade dans une tenue propre, les cheveux toujours noués en arrière. Malik était trop occupé à la regarder pour remarquer les prêtresses qui faisaient signe aux champions depuis l'estrade.

« Allez ! » fit Tunde en le poussant en avant, et il revint au présent. L'heure du Deuxième Défi était arrivée.

Les champions firent leur entrée en piste sous des applaudissements bien moins nourris que précédemment. Malik croisa le regard de la princesse, qui écarquilla les yeux en le reconnaissant. Il fit la grimace ; en un instant, l'élément de surprise – le seul avantage qu'il avait sur elle – avait disparu. L'expression de Karina s'assombrit, mais elle sourit brièvement avant de se tourner vers le public.

« Toutes mes excuses pour le retard. J'ai été retenue par une broutille », commença-t-elle, et la foule l'acclama de nouveau. L'animosité pour la famille royale que Malik avait ressentie la veille s'était évaporée, remplacée par une pure adoration pour cette fille qui venait de prouver sa valeur aux yeux de la ville entière.

« Avant que nous nous retirions pour le déjeuner, poursuivit-elle, il est temps de révéler les règles du Deuxième Défi ! »

Karina frappa dans ses mains, et deux serviteurs firent rouler un énorme coffre en bois au centre du stade.

« Au cours de sa quête pour libérer les dieux pris au piège, Grand-mère Bahia a dû traverser le domaine de Yabissi, la gazelle à neuf têtes. Quand elle a demandé le droit de passage, Yabissi lui a dit : “J'ai vécu assez longtemps pour voir les étoiles oublier leur propre nom et le soleil se pencher en arrière pour rencontrer la lune. Mais pendant toutes ces années, jamais je n'ai vu quoi que ce soit qui ait apporté la joie à toutes mes têtes en même temps. Fais cela pour moi, et je t'autoriserai à passer.” Alors, Grand-mère Bahia s'est mise à chanter. On dit qu'elle avait une voix si mélodieuse que les neuf têtes de Yabissi en pleurèrent de joie, et que la gazelle lui donna un de ses fameux bois pour servir de garde à sa lance légendaire.

« Ainsi, champions, votre tâche pour ce Deuxième Défi consistera à honorer la requête que Yabissi a soumise à Grand-mère Bahia – montrez-nous vos talents et donnez-nous de la joie. Sauf que ce soir, vous vous produirez devant tout Ziran et non devant Yabissi ; ce ne sont pas neuf têtes que vous devrez divertir, mais cinquante mille. Comprenez-vous ?

— Oui », crièrent les champions. Malik déglutit péniblement, déjà hérissé par le chemin que prenait ce nouveau Défi.

Karina fit signe à Driss de s'approcher du coffre. « Piochez-y un objet. »

Le jeune homme s'exécuta et en ressortit une takoba magnifiquement ouvragée et pourvue d'une poignée en or incrustée de rubis. Chacun son tour, les champions allèrent prélever un objet. Certains étaient grandioses, comme ce miroir en argent qui étincelait de reflets lunaires, d'autres parfaitement ordinaires, comme la calebasse trouvée par Tunde.

Dernier de la file, Malik hésita en arrivant devant le coffre – et s'il se tailladait les doigts sur le tranchant d'une autre épée ? Fermant les yeux, il y plongea la main. Elle rencontra tour à tour un objet dur, quelque chose de spongieux, des espèces de boules de poils collées les unes aux autres et enfin un objet dont la douceur le rassura. Malik ramena de sa pêche un sac en cuir tout simple aux broderies effacées depuis longtemps, assez semblable à sa vieille sacoche. La foule ne se donna même pas la peine d'applaudir, et il piqua un fard.

Quand Malik eut regagné sa place avec son pitoyable objet, Karina reprit : « Nous nous retrouverons ici au coucher du soleil. En respectant l'ordre du classement actuel, chacun de vous présentera une performance inspirée par l'objet que vous avez tiré. Vous pouvez en apporter d'autres, mais vous devrez être seuls en scène. Le public votera pour les meilleures prestations, et les deux qui auront recueilli le moins de suffrages seront éliminés de la compétition. »

Contrairement à son habitude, Dedele demeurait silencieuse, les épaules voûtées après sa défaite. Durant leur affrontement, Malik l'avait vue échanger des propos avec Karina, et il se demandait ce que la princesse avait bien pu dire pour laisser la championne du Feu dans un tel désarroi.

« Que la chance soit avec vous », lança Karina d'une voix forte. Et tandis que Malik quittait la scène au petit trot en compagnie des autres, il s'efforça de ne pas penser à ces yeux d'ambre qui le dévisageaient au milieu de ce visage ensanglanté.

Malik ne s'était jamais produit en public, si l'on omettait la fois où Nana l'avait obligé à revêtir un costume d'agneau et à danser devant ses amis, quand il était enfant. Il n'avait même jamais raconté d'histoires à une audience plus fournie que ses deux sœurs et quelques-uns des vieux animaux de leur ferme. Il lui fallait aujourd'hui présenter devant cinquante mille personnes quelque chose d'assez spectaculaire pour les convaincre de ne pas l'éliminer de la compétition…

« C'est au-dessus de mes forces, grogna Malik en se prenant le visage entre les mains.

— Avec cette attitude, tu n'as aucune chance ! » confirma Tunde. Le champion de l'Eau examina sa calebasse, sur laquelle était écrit *Toute la sagesse du monde*, puis il la rejeta en ricanant. « Ces gens n'ont-ils rien qui ne soit complètement inutile ? »

Après l'annonce du Deuxième Défi, un marché éphémère était opportunément apparu devant le Jardin azur, où de nombreux marchands faisaient preuve d'un enthousiasme débordant pour aider les champions à préparer leurs performances – à condition d'y mettre le prix. Durant plus d'une heure, Tunde et Malik avaient passé les étals au peigne fin à la recherche de quoi que ce soit qui puisse leur servir. Khalil avait écumé le marché avant eux et en était ressorti avec une moue dégoûtée, pestant contre ces « vautours hors de prix ». Ils n'avaient pas vu Dedele depuis qu'elle était partie soigner ses blessures, et – en admettant qu'ils s'en soucient – ils ignoraient où Driss avait bien pu aller.

« Tes parents ne t'ont pas forcé à pratiquer un art pour pouvoir t'exhiber devant tous tes oncles et tantes ? demanda Tunde. Moi, c'était le balafon ; je pourrais probablement jouer de ce maudit instrument dans mon sommeil. »

Appuyée contre un piquet de tente, Leila s'invita dans la conversation. « Certains parents n'ont guère d'argent à dépenser dans des choses aussi futiles. »

Ses recherches sur Idir avaient abouti à une impasse, et son humeur massacrante s'en ressentait. Malik n'avait certainement pas aidé à l'améliorer en débarquant au Jardin azur au beau milieu de la nuit avec des blessures qu'il ne pouvait expliquer ; tant sa sœur que la prêtresse de la Vie ne s'étaient pas privées de lui remonter les bretelles. Farid avait aussi fait doubler la garde autour du riad, probablement en conséquence de la petite mésaventure survenue aux trois champions. C'était bien sa veine.

La présence de Tunde était peut-être une bonne chose, en fin de compte, car elle dispensait Malik d'expliquer à sa sœur passablement énervée comment il avait gâché une nouvelle opportunité de se débarrasser de la princesse.

Cependant, la colère de sa sœur n'était pas la seule raison du silence de Malik. Discuter de la rafle l'aurait conduit à se rappeler le parfum de la pluie dans les cheveux de Karina et la douceur de sa peau. À se demander pourquoi il avait failli quand elle lui avait tourné le dos, quand bien même la frapper à cet instant aurait dû être la décision la plus facile de sa vie.

Même à présent, la honte et le dégoût qu'il en concevait le brûlaient. C'étaient de mauvaises pensées. Des pensées dangereuses. N'importe quelle personne saine d'esprit hésiterait avant d'assassiner un autre être humain. C'était ça, et rien d'autre.

Tunde opposa à la froideur de Leila un sourire engageant. « Vous n'imaginez pas votre chance. Apprendre le balafon sous la contrainte est une torture que je ne souhaiterais pas à mon pire ennemi. » Il attrapa une coiffe ornementale. « Adil, tu n'as qu'à danser avec ça et utiliser le sac pour ramasser les dons de tes fans en délire. Ils ne verront rien venir. »

Leila fronça davantage les sourcils. « Pardonne ma franchise, mais je ne comprends pas pourquoi tu te mets ainsi en quatre pour aider mon frère. »

Malik s'était posé la même question. Tunde s'était montré exceptionnellement serviable, allant même jusqu'à lui détailler les plans de chacun des temples principaux au cas où un défi s'y déroulerait. Cependant, les riches ne faisaient jamais rien sans l'espoir d'y gagner quelque chose. Tunde reposa la coiffe avec une expression pensive.

« Comme je l'ai dit à Adil hier soir, compte tenu de mon passif avec notre chère princesse et d'une authentique inappétence pour le pouvoir, je n'ai aucunement le désir de remporter Solstasia. Et la seule personne que je souhaite encore moins voir gagner que moi n'est autre que Driss, qui semble malheureusement avoir toutes ses chances. »

Pour la première fois depuis que Malik le connaissait, Tunde se départit de son sourire.

« La famille de Driss croit que les seuls véritables Ziranis sont ceux dont la lignée remonte à Bahia Alahari, comme la sienne. Je suis né et j'ai grandi à Ziran, mais mes parents ont immigré de la Savane des Eaux du Levant. Aux yeux de Driss, *quelqu'un de mon extraction* n'est pas d'ici, et ne le sera jamais. Avoir un bigot comme lui sur le trône… Hors de question. Je compte faire tout mon possible pour empêcher que ça se produise. »

Malik ne connaissait que trop bien la situation difficile que vivaient les étrangers en territoire zirani, mais il n'avait jamais songé au sort des Ziranis d'ascendance étrangère. C'était le dernier endroit où il se serait attendu à se trouver des points communs avec quiconque dans cette ville, et quand le champion de l'Eau releva les yeux, une nouvelle compréhension s'était installée entre eux.

Tunde soutint le regard de Malik et reprit la parole. « Je ne crois pas que Dedele reste encore longtemps, après son numéro de ce matin, et la Grande Mère sait que Khalil n'est bon qu'à se jeter des fleurs. Du reste, c'est toi qu'Adanko a choisi entre tous. Si tu es notre meilleure chance de tenir Driss à distance du trône, alors qu'il en soit ainsi. » Un silence solennel s'étira entre eux, et Tunde retrouva son sourire coutumier. « Et puis, voir perdre un crétin pareil, ça n'a pas de prix. »

Malik sentit une chaleur dans sa poitrine. Lui… roi de Ziran ? Il ne pourrait jamais être le roi de personne, encore moins des Ziranis.

Une vive douleur le traversa – la Grande Mère lui vienne en aide, ce n'était pas ses émotions qu'il ressentait, mais une brûlure bien réelle. La Marque s'était enroulée autour de son cœur et chauffait tel un brandon incrusté dans sa chair.

« Ça va ? » s'enquit Tunde en reposant un pot de chambre. Leila, inquiète, fit un pas en avant, et Malik plaqua sur son visage l'expression la plus calme possible en dépit de la douleur.

« Je reviens. Il faut juste que je… Je reviens. »

Malik rentra dans le Jardin azur presque en courant et ne s'arrêta que lorsqu'il eut atteint le petit temple au fond du riad. Au centre de l'espace circulaire s'élevait un autel massif sur lequel trônait une idole de la Grande Mère, le visage voilé et la tête couronnée de papillons blancs vivants. Malik se précipita dans l'escalier branlant qui menait aux sept salles de prière au premier étage et s'enferma dans celle dévolue à Adanko. Il était certain qu'on ne l'y espionnerait pas ; personne ne s'interposerait entre un champion et sa divinité.

Des taches de couleur dansèrent devant les yeux de Malik tandis que les lignes d'encre de la Marque s'étendaient à partir de sa poitrine. Il essaya de crier, mais le tatouage avait investi sa bouche, lui interdisant le moindre son. Ses dernières pensées, alors qu'il serrait les paupières et laissait la Marque l'avaler tout entier, furent pour Nadia.

Il faisait nuit quand il reprit connaissance. Ou peut-être faisait-il toujours nuit dans le royaume désolé d'Idir, car c'est là que se trouvait à présent Malik. La Marque reprit sa taille normale et se carapata sous l'ourlet de sa tunique alors qu'Idir s'approchait sous sa forme humaine.

« Solstasia afeshiya, champion de la Vie Adil. » L'obosom tourna autour de lui, les mains croisées dans le dos. « Je dois cependant admettre que ce nouveau nom est moins impressionnant que l'ancien. »

Malik se redressa péniblement sur les genoux, la tête légère, et adopta une posture défensive, de crainte qu'Idir ne l'attaque. Le paysage alentour lui laissait voir des kilomètres de terres désolées dans toutes les directions ; Nadia n'était nulle part. Le cœur de Malik tomba comme une pierre.

« Où est Nadia ?

— Ta sœur est indemne. Pour l'instant. Quoique j'aie respecté ma part du contrat, tu sembles avoir des difficultés à honorer la tienne. » Idir grogna à la vue de l'expression sidérée du jeune homme. « Oh, oui, je sais tout du petit moment d'intimité que tu as partagé avec la princesse Karina pendant la rafle. Pour ce que ça vaut, j'ai découvert que tisser des liens avec sa victime avant de l'assassiner ne rend pas la tâche plus simple.

— J'ignorais que c'était elle. » Même aux oreilles de Malik, cette excuse paraissait pathétique. « Si je l'avais su, je l'aurais fait.

— Alors pourquoi n'es-tu pas passé à l'acte quand tu as compris ? » Idir s'exprimait d'une voix mi-amusée, mi-condescendante, qui ne faisait qu'accentuer le malaise de Malik.

« Il y avait trop de témoins autour de nous. Je ne m'en serais pas tiré. »

La main de Malik se tendit vers l'élastique à son poignet. L'obosom continuait de tourner autour de lui ; ses mouvements avaient quelque chose de prédateur, comme si son corps n'oubliait jamais ses origines serpentines, quelle que soit la forme qu'il revêtait.

« Connaître ses propres limites n'est pas dénué de sagesse, mon garçon. Si, pour éviter beaucoup d'ennuis à tout le monde, tu souhaitais abandonner…

— Si vous voulez tant que ça voir la princesse morte, pourquoi ne vous en chargez-vous pas vous-même ? » le coupa Malik, avant de regretter immédiatement ses paroles. Ce n'était pas son genre de rabrouer les autres, encore moins quelqu'un détenant un tel pouvoir de nuisance sur ceux qu'il aimait.

Les yeux d'Idir s'assombrirent. « Voilà trois jours que tu es un champion, et tu me parles déjà comme à un de tes petits camarades de jeu.

— Pardon, ce n'était pas mon intention… Mais pourquoi la princesse doit-elle mourir ? » Malik doutait de pouvoir raisonner Idir, mais il se devait d'essayer. « Tuer les descendants de Bahia Alahari ne vous rendra pas votre fleuve.

— Tu crois que je fais ça parce que… » Idir rejeta la tête en arrière et éclata de rire. « Idiot. Je déteste Bahia Alahari pour pléthore de raisons, mais le détournement de la Gonyama n'en fait pas partie. »

Malik se mordit l'intérieur des joues. Si son argumentation était vouée à l'échec, peut-être pourrait-il le forcer à relâcher Nadia par un autre moyen. Il devait bien pouvoir invoquer une illusion capable d'effrayer même un esprit.

« Je vois que rien de ce que je pourrais dire ne vous fera changer d'avis, commença Malik, qui sentait sa magie se réveiller dans sa poitrine. Mais il y a, là dehors, des choses bien pires à affronter, des monstres contre lesquels même vous ne faites pas le poids. »

En esprit, Malik se représenta une créature infernale féroce comme un lion et forte comme un rhinocéros, assez puissante pour tenir tête à Idir. L'illusion, une créature de cauchemar, se matérialisa avec un grondement sourd, tout en dents grinçantes et en griffes ensanglantées, et poussa au visage de l'obosom un mugissement à faire trembler le monde. Auquel Idir répliqua par un ricanement méprisant.

« Sérieusement ? Tu oses m'insulter avec ces enfantillages que tu appelles magie ? »

Le démon fit un geste de la main, et l'illusion réintégra le corps de Malik en tourbillonnant, en glougloutant et en sifflant. Le jeune homme, noyé de l'intérieur, se griffa inutilement la gorge, en quête d'un air qui n'était pas là.

« Je t'ai aidé à retrouver ta magie, et tu oses l'utiliser contre *moi* ! hurla Idir, et un voile noir passa devant les yeux de Malik. Vous autres humains serez toujours les mêmes petites créatures ingrates ! »

Dans l'instant, la magie de Malik revint à son inertie première. L'Eshran tomba à genoux. Des années de maltraitance le figèrent sur place. Quand il était petit, le silence de Papa après une tirade annonçait en général le pire.

« Voudrais-tu voir ta sœur ? » demanda l'esprit avec un calme déstabilisant.

Malik était trop effrayé pour parler. Idir fit un geste, et les ombres se condensèrent dans l'espace qui les séparait. Quand elles se dissipèrent, Nadia se tenait devant lui, en chair et en os, les yeux écarquillés par l'incrédulité.

« Malik ? »

Le monde aurait pu s'écrouler à cet instant que Malik ne l'aurait pas remarqué. Il bondit sur ses pieds, les bras tendus vers sa petite sœur. Au moment où il allait l'attraper, elle s'envola dans les airs avec un cri, et les ombres la déposèrent entre les mains d'Idir.

« Non ! hurla-t-elle en se débattant vainement. Ne me touchez pas !

— Lâchez-la ! » cria Malik à son tour. Il plongea en avant, mais sa magie lui comprima la gorge une fois de plus, prête à l'étouffer d'un instant à l'autre.

« Peut-être ne me suis-je pas montré assez clair, l'autre jour. » Les griffes d'Idir dansaient sur la peau douce du cou de Nadia. « Si tu échoues à accomplir la tâche que je t'ai confiée, je trancherai la gorge de cette enfant. Mais toi, Malik, tu survivras. Et tu passeras chaque minute du reste de ta vie en sachant qu'il était en ton pouvoir de sauver ta sœur.

— Non ! gémit Nadia, les joues baignées de larmes. Malik, à l'aide !

— M'as-tu bien compris ? » demanda Idir d'une voix dangereusement basse.

Malik n'arrivait pas plus à réfléchir qu'à respirer. « J'ai... compris. »

Un sourire se dessina sur les lèvres d'Idir. Malik n'avait jamais éprouvé une telle haine. « Alors nous en avons terminé. Bonne chance pour le Deuxième Défi, champion Adil. »

Cette fois Malik ne combattit pas la Marque qui reprenait possession de sa peau. Il garda les yeux fixés sur Nadia aussi longtemps qu'il le put, et même une fois qu'il eut regagné l'immobilité de la salle de prière du Jardin azur, la terreur sur le visage de sa sœur resta gravée dans sa mémoire.

Quand Malik leva finalement la tête, la longueur des bougies lui apprit que plusieurs heures s'étaient écoulées. Il ne lui en restait plus qu'une poignée avant le début du Deuxième Défi. Il se redressa difficilement, la lame-esprit à la main. Il ne devait plus penser à Solstasia, aux Défis... seulement trouver Karina et mettre un terme à tout ceci. Nadia avait semblé physiquement indemne, comme Idir l'avait promis, mais Malik ne pouvait clairement pas faire confiance à l'obosom pour garantir sa sécurité plus longtemps.

Se précipiter sur la princesse avait été un plan idiot, lors de la Veille de Solstasia ; il ne l'était pas moins aujourd'hui. La témérité lui vaudrait de se faire tuer plutôt que de sauver quiconque.

À court d'idées, Malik s'essuya le visage et leva les yeux sur sa divinité patronnesse. La vue d'Adanko réveilla un souvenir vieux de plus d'une décennie, une époque où Papa croyait encore pouvoir faire de son fils un chasseur, comme lui.

« Le fou qui court après les lièvres ne remplira jamais son assiette, avait-il dit en montrant au jeune Malik comment tendre correctement un collet. Notre tâche n'est pas de persuader le lièvre qu'il n'y a aucun danger, mais de le convaincre d'entrer dans le piège en connaissance de cause. »

Malik baissa les yeux sur son ridicule petit sac en cuir.

Jusqu'à maintenant, il avait couru après Karina en tentant de s'introduire dans son monde. Mais c'était elle, le lièvre, et aussi longtemps qu'elle évoluait dans un environnement protégé où elle avait l'habitude d'être prise pour cible, il ne parviendrait pas à l'attraper.

Et si, au lieu de courir après la princesse, il la laissait venir à lui ?

Plutôt que de combattre ses souvenirs de la rafle, Malik les passa en revue jusqu'à revivre le moment où Karina l'avait écouté, fascinée, décrire les différentes façons de venir à bout d'un mal de crâne. Il avait suffi d'une histoire pour capter son attention.

Malik fit jouer le sac entre ses mains. « Il y a très longtemps, avant la naissance de votre grand-mère, avant même celle de la grand-mère de votre grand-mère, la Hyène traversa une ville avec un sac assez semblable à celui que je tiens entre les mains. »

L'air autour de Malik se réchauffa et vibra alors que l'illusion prenait forme. Malgré la sueur qui ruisselait sur son front, des plans commençaient à se dessiner dans son esprit pour le Deuxième Défi.

Il s'était laissé distraire par son orgueil de champion trop longtemps. La nuit dernière, la gentillesse de Karina avait retenu sa main. Mais ça n'arriverait plus. Il ne perdrait pas une nouvelle fois de vue son véritable objectif à Ziran.

20

Karina

Les funérailles de la Crécerelle furent une affaire privée. L'assistance dans le temple de Ksar Alahari se réduisait à la prêtresse chargée du rituel, Karina, Farid et les membres du conseil. Les obsèques se déroulaient traditionnellement au milieu de la nuit, mais on avait préféré la fin d'après-midi en raison de l'imminence du Deuxième Défi. De plus, les prêtresses affirmaient qu'on ne pouvait pas repousser davantage l'office.

Tandis que ces dernières préparaient le corps de sa mère à la lumière dansante des lanternes qui peuplaient les recoins de la pièce glacée d'ombres mouvantes, Karina était à mille lieues de son duel du matin. Elle s'avança sans un mot à l'appel de son nom, et on lui remit une jarre de glaise épaisse qui sentait vaguement le safran.

En temps normal, les membres de la famille dessinaient tour à tour des symboles sur le corps du défunt comme autant de bénédictions en vue de son voyage vers le Séjour des Étoiles. Mais Karina étant l'unique parente vivante de la Crécerelle, il lui appartenait de s'en charger seule.

Plongeant ses doigts dans l'argile tiède, Karina traça un symbole de paix sur la joue droite de sa mère et un autre, pour la sagesse, sur la gauche. Sur son front, la santé, et sur son menton, la force. Karina marqua une pause avant de dessiner le symbole de la sérénité. Dix ans plus tôt, la Crécerelle avait refermé sa grande main sur les doigts minuscules de Karina pour l'aider à esquisser le même signe sur la poitrine de Hanane.

La jeune femme dut se retenir de jeter la jarre au visage des prêtresses une fois qu'elle eut terminé. Elle regagna son siège en toute hâte, en ignorant le regard vide de Farid et les larmes que la grande viziresse Jeneba écrasait sur ses joues.

Karina n'avait aucune raison d'être bouleversée, car rien de tout ceci n'était permanent. Dans quelques jours, la mère et la fille riraient de cette situation.

Les membres du conseil jurèrent qu'une fois Solstasia terminé, la Crécerelle aurait droit à des funérailles dignes de son rang, et Karina se contenta de hocher la tête. Ils quittèrent la pièce un par un, jusqu'à ce qu'il n'y ait plus dans le temple que Farid, Karina et le corps de la défunte. Les blessures de la jeune femme palpitaient d'une douleur sourde et lointaine, comme tout le reste autour d'elle.

Farid ne quittait pas des yeux le linceul blanc de la Crécerelle. Sa tenue de deuil d'un ivoire éclatant, comme des os laissés trop longtemps au soleil du désert, tombait lâchement sur ses épaules.

« Je connaissais ta mère mieux que la mienne », murmura-t-il, ramenant instantanément Karina au présent. Elle aurait pu compter sur les doigts de sa main les fois où Farid avait évoqué ses défunts parents. Elle savait qu'ils avaient été diplomates, amis proches de ses propres parents, et qu'ils avaient perdu la vie au cours d'une altercation avec des bandits quand Farid avait 7 ans, mais rien d'autre.

« Sais-tu ce que ta mère m'a dit, le jour où je suis arrivé au palais ? »

Karina secoua la tête. Ses parents avaient fait de Farid leur pupille longtemps avant sa naissance ; à ses yeux, Ksar Alahari était indissociable de lui.

Il soupira. « Que les gens que nous perdons ne nous quittent jamais tout à fait, mais qu'il nous appartient de définir la nature de leur présence. »

Karina fut traversée par un éclair de jalousie. Après la mort de Baba et Hanane, sa mère ne l'avait pas consolée de cette manière – ni d'aucune autre. Le rejet posthume la blessa, mais la honte qu'elle en conçut fut pire encore. Quel genre de fille était-elle pour en vouloir à sa mère le jour de ses funérailles ?

Farid pressa ses paumes contre ses paupières. « Ça n'a jamais de fin, n'est-ce pas ? » Il baissa les mains et se tourna vers elle. « Karina, tu aurais pu mourir.

— Le wakama n'a jamais tué personne, Farid. Si c'était le cas, on ne laisserait pas les enfants le pratiquer.

— La nuit dernière, tu es sortie du château sans garde, tu aurais pu mourir ! » La voix de Farid, dont les échos se réverbéraient sur les murs de pierre, se brisa. « J'ai perdu tous ceux que j'aimais. Que vais-je faire, si je te perds aussi ? »

Il passa ses doigts dans ses cheveux châtain foncé. Malgré le pouvoir et le statut dont il jouissait, Farid n'était qu'un être humain durement affecté par la perte de nombreux proches.

Tout comme elle.

Karina tendit la main vers lui, avant de s'interrompre, incertaine de ce qu'il fallait dire. Le champion de la Vie, Adil, avait su trouver les mots pour la réconforter ; elle s'efforça d'adopter le même ton que lui, en dépit de la colère qu'elle éprouvait à son égard pour lui avoir menti.

« Je te promets que je n'irai nulle part de sitôt. » Elle se contraignit à sourire malgré la douleur. « Et puis, agaçante comme je suis, lorsque j'arriverai dans le Séjour des Étoiles, la Grande Mère me renverra ici-bas pour s'épargner ma présence. »

Un sourire se dessina sur les lèvres de Farid, mais il retrouva vite l'expression stricte de gardien que Karina connaissait si bien. « C'est hautement improbable. Quoi qu'il en soit, ce mépris de ta propre sécurité ne peut pas continuer.

— Parce que je suis la dernière Alahari. Je sais. » *La dernière, pour l'instant.*

« Ce n'est pas ça. » Farid laissa passer un silence, comme si les mots qu'il s'apprêtait à prononcer lui causaient une douleur physique. « Une partie de moi est morte avec Hanane. Depuis, il ne s'écoule pas une seconde sans que je me demande ce que j'aurais pu dire ou faire différemment quand je pensais qu'il nous restait encore du temps. Et pas un jour ne passe sans que j'entende sa voix dans ma tête, comme si… comme si…

— Comme si elle était encore là », termina Karina.

Farid acquiesça. « Comme si elle était encore là. » Il soupira. « J'ai enterré mes parents, Hanane, ton père, ta mère… Ne me force pas à t'ajouter à la liste. »

Ils n'avaient jamais parlé de ça. Le moment paraissait intensément fragile ; le simple fait d'en prendre conscience menaçait de le faire voler en éclats.

« Elle t'aimait. » C'était la seule chose que Karina trouva à dire. « Peut-être pas comme tu l'aurais voulu, peut-être pas comme tu en aurais eu besoin, mais… à sa façon. Elle t'aimait. »

Farid prit une inspiration qui sembla vider tout l'air de la pièce. « Je sais. Et je ferais n'importe quoi pour qu'elle revienne. Ne serait-ce qu'un jour. »

L'envie folle de parler à Farid du Rite de Résurrection brûla la langue de Karina. Elle s'en retint cependant, pas seulement parce que Farid désapprouverait à coup sûr l'usage d'une magie interdite, mais parce qu'aborder le sujet la contraindrait à se poser une question à laquelle elle ne voulait pas répondre : parmi toutes les personnes qu'elle avait perdues, comment pourrait-elle n'en ramener qu'une à la vie ?

Solstasia ne couronnerait qu'un seul roi, son unique chance de ressusciter qui que ce soit. Le choix s'était imposé à elle à la seconde où elle avait vu le corps de la Crécerelle tomber.

Néanmoins, et peut-être parce que Farid lui paraissait si fragile, elle lâcha : « Je crois qu'il y a un traître au conseil.

— Quoi ? »

Karina regretta ses mots sitôt qu'ils eurent franchi ses lèvres. Elle avait promis à la commandante Hamidou de n'en rien dire à personne. Mais Farid n'était pas n'importe qui. Farid était Farid. Il était là quand elle s'était fait sa première fracture, il avait assisté à ses récitals balbutiants, à une époque où elle connaissait à peine la différence entre une note et une pause. Farid était la seule famille qu'il lui restait.

« Après la cérémonie d'Ouverture, la commandante Hamidou m'a dit qu'on avait retrouvé les corps sans vie de tous les serviteurs qui avaient accès au jardin de la Crécerelle, expliqua-t-elle. Quelqu'un qui travaille au palais et qui connaissait l'emploi du temps des domestiques doit être derrière cet attentat, ou avoir donné cette information à ceux qui en sont responsables. »

Farid hocha la tête gravement, le front creusé de profondes rides. « Je n'ai aucune envie de croire à cette théorie, mais force est de reconnaître qu'elle est solide. Je vais m'en occuper. En attendant, il te reste un peu de temps avant le Deuxième Défi. Tu devrais te reposer tant que tu le peux.

— Pas encore. Je dois vérifier la rotation des patrouilles pour m'assurer qu'aucune autre rafle n'est prévue ce soir.

— Personne ne te reprocherait de dormir, après la journée que tu as eue », insista Farid, mais Karina secoua la tête.

La fatigue alourdissait les muscles de Karina, mais elle ne pouvait pas prendre du repos alors qu'il y avait tant à faire pour protéger Ziran.

De plus, dans quelques heures, elle se retrouverait face aux champions pour la première fois. Elle devait se préparer psychologiquement à rencontrer le garçon qu'elle s'était promis de tuer.

L'atmosphère dans la loge personnelle de Karina avait changé, quand elle la regagna pour le Deuxième Défi. Des étoiles de respect brillaient dans les yeux de ceux qui l'attendaient, et qui baissaient la tête avec déférence à son passage. Les membres du conseil se montraient cordiaux, mais aucun d'eux n'essaya de lui parler.

« Si j'avais su qu'il suffisait de battre quelqu'un au wakama pour gagner leur respect, je l'aurais fait depuis longtemps », dit-elle en se tournant vers Aminata, avant de se rappeler que celle-ci était retournée au palais sur son ordre. Moins d'un jour s'était écoulé depuis leur dispute, pourtant il lui semblait que la présence rassurante de son amie lui manquait depuis des décennies.

Mais il était hors de question qu'elle demande à Aminata de revenir après l'avoir éconduite, aussi Karina ignora ce gouffre de solitude et reporta son attention sur le stade. On avait monté une grande estrade sur la terre sèche, sur laquelle se tenaient à présent les cinq champions restants sous les applaudissements des Ziranis.

La prêtresse donna le signal du départ à Karina, qui lança d'une voix forte : « Solstasia afeshiya !

— Solstasia afeshiya ! lui répondirent cinquante mille voix.

— Alors que le soleil se couche sur ce troisième jour de Solstasia, nous voici rassemblés une fois de plus au nom de notre Grande Mère, créatrice de toutes choses ! Ce soir, j'invite chacun de vous, les enfants comme les aînés, les riches comme les pauvres, à jouir du spectacle dont les champions vont nous régaler, nous et les dieux ! »

Karina croisa le regard de tous les champions, s'attardant une demi-seconde de plus sur Adil. Il n'avait absolument rien de remarquable, avec son visage rond et ses yeux encore plus ronds, avec son corps de coureur n'ayant nulle part où aller. Le pauvre garçon tremblait si fort que son malaise était palpable depuis les loges.

« Champions, êtes-vous prêts ? » cria-t-elle.

Ils portèrent leurs doigts à leurs lèvres, puis à leur cœur. « Nous sommes prêts !

— Ziran, es-tu prête ?

— Nous sommes prêts ! » s'égosilla la foule.

Karina frappa une fois dans ses mains, et le claquement se réverbéra dans le stade.

« Que le spectacle commence ! »

Tandis qu'on préparait la scène pour la performance de Driss, Karina réfléchit à l'énigme de la lune-de-sang. Les dieux qui n'en étaient pas devaient se référer aux pharaons, comme l'avait suggéré Adil, mais ce qu'Afua – ou Santrofie, ou quelque entité avec qui elles étaient entrées en contact – avait voulu dire par « les ténèbres au-delà des ténèbres », Karina n'en avait pas la moindre idée.

Un battement de tambour grave résonna à travers le stade tandis que Driss prenait possession de la scène. Il était équipé pour la bataille de pied en cap, y compris la takoba qu'il avait tirée du coffre et un grand bouclier de bois frappé de l'emblème Soleil-aligné. Son armure de bronze brillait aussi fort que l'astre qu'il défendait, et les peintures qu'il portait au visage, à la poitrine et au ventre le faisaient ressembler à un lion en chasse.

Des serviteurs terrifiés apportèrent sur la scène une cage remplie d'adjules. Chacun de ces féroces canidés au pelage cuivré et aux crocs effroyables – qui étaient presque venus à bout des barreaux de la cage – mesurait la taille d'un éléphanteau. Plusieurs courtisans soupirèrent et gloussèrent lorsque Driss adopta une posture martiale en réponse aux grondements des chiens sauvages. À sa décharge, il avait vraiment l'air d'un roi.

Il aboya un ordre, et les serviteurs déverrouillèrent la cage avant de s'enfuir en courant. La meute se rua sur Driss, qui esquiva le premier animal d'un mouvement rapide, avant de pivoter sur lui-même pour taillader le suivant avant qu'il ne lui morde la jambe. La foule rugissait à mesure que le champion triomphait tour à tour des douze molosses en faisant danser son épée trop vite pour que l'œil la suive. Quand le dernier des adjules rendit l'âme, le public exultait, mais pas Karina, que cette inutile démonstration de violence dégoûtait. La force et l'expertise du chasseur étaient dignes de vénération, lorsqu'elles s'exprimaient au cours de chasses respectueuses des animaux. Là, ç'avait été un massacre.

Néanmoins, de tous les champions, Driss était probablement le choix le plus sûr. Il connaissait déjà le protocole de la cour, sa famille était immensément riche et il était populaire en ville. C'était aussi le champion qu'elle aurait le moins de scrupules à tuer. Tous savaient de quel bois il se chauffait, et certaines rumeurs affirmaient qu'il avait plus d'une fois blessé ses entraîneurs dans un accès de rage. En dépit de ses efforts, Karina ne parvenait pas à éprouver beaucoup de peine à l'idée de le voir mort.

Le suivant à monter sur scène fut Khalil, le champion du Vent. Il fit suivre le bain de sang de Driss d'un poème de sa composition ayant pour thème le miroir qu'il avait tiré dans le coffre. Au bout du deuxième vers, la foule se mit à le huer. Il tint cinq minutes ainsi avant de s'enfuir, en larmes. Karina secoua la tête de pitié. Le Vent ne présiderait pas à la prochaine ère, apparemment.

À Khalil succéda Dedele. La championne du Feu s'immobilisa au milieu de la scène, sa flûte à la main. Elle échangea un regard avec Karina avant de se tourner vers le public. « Bonnes gens de la puissante cité de Ziran, c'est avec d'immenses regrets que je renonce à concourir à Solstasia en tant que championne du Feu. »

Des cris outragés s'élevèrent des loges Feu-alignées. Karina fit de son mieux pour masquer son sourire.

Après leur duel, Dedele avait accepté l'ordre de Karina de se retirer de Solstasia avec dignité.

« Un marché est un marché, et personne ne dira que la fille de Tolulope ne tient pas parole. » Elle s'était exprimée d'un ton égal, mais elle n'avait pu dissimuler la douleur dans ses yeux. « Je suppose que ça a quelque chose à voir avec la promesse de fiançailles ? »

Karina avait laissé passer un silence avant de répondre : « Il y a parmi tes concurrents quelqu'un que j'aimerais particulièrement voir remporter Solstasia. Je suis sûre que tu comprends. »

Dedele avait secoué la tête en grognant. « Pas vraiment. Mais malheur à celui ou celle qui cherche à s'interposer entre vous et vos désirs, Votre Altesse. »

Karina s'était sentie quelque peu honteuse d'interférer dans la compétition d'une façon si déloyale. Mais le jeu en avait valu la chandelle, car à présent elle était certaine de pouvoir utiliser le cœur du vainqueur, quel que soit le résultat. Du reste, elle respectait beaucoup trop Dedele pour la tuer.

Cette dernière n'ayant rien d'autre à dire après son annonce, elle quitta la scène en toute hâte et laissa sa place à Tunde. Une boule se forma dans la gorge de Karina, à son grand agacement. Elle ne regrettait pas d'avoir mis un terme à leur relation, mais il lui arrivait parfois de songer avec nostalgie à l'amitié qui les unissait auparavant. Mais tous deux étaient trop orgueilleux pour enterrer la hache de leur guerre silencieuse, aussi ne voyait-elle aucune réconciliation possible.

La jeune femme pensa de nouveau à l'énigme de Santrofie tandis que Tunde se lançait dans une impressionnante démonstration d'archerie acrobatique, décochant flèche sur flèche sans que jamais ne tombent les objets empilés dans la calebasse sur sa tête.

« Les ténèbres au-delà des ténèbres. » Qu'est-ce qui était plus sombre que les ombres ? La nuit ? Minuit ? Quelle partie de l'énigme ne comprenait-elle pas ?

« Et pour terminer, notre champion de la Vie, Adil Asfour ! »

L'irritation de Karina monta d'un cran lorsque Adil monta sur scène en traînant des pieds. Elle lui jeta un regard noir qui le mit encore plus mal à l'aise. Tant mieux. Il le méritait pour s'être moqué d'elle durant la rafle.

« Bonsoir », dit-il d'une voix mal assurée. Il avait troqué sa tenue princière de champion contre une tunique à manches longues toute simple et des hauts-de-chausse ceints à la taille par une écharpe en tissu. Si Driss avait eu l'air d'un roi, Adil ressemblait à un conteur tout ce qu'il y a de plus ordinaire. Un éclair de panique traversa les yeux du garçon lorsqu'il leva son pitoyable sac à la vue de tous. « Je vais vous narrer un conte de la Hyène. »

Le public avait déjà perdu tout intérêt pour sa performance. Les contes de la Hyène étaient d'une banalité telle qu'à moins d'être un griot hors pair, il était vain d'essayer d'impressionner quiconque avec. À ce rythme, même si une déesse l'avait choisi, Adil n'avait aucune chance de remporter Solstasia. Au moins épargnerait-il à Karina la culpabilité de tuer quelqu'un qui l'avait aidée. Après Tunde, Adil était probablement celui qu'elle aimerait le moins voir mourir, et elle espérait vraiment ne pas en arriver là.

« Mais avant de commencer… Princesse Karina, je voulais vous remercier pour la nuit dernière. C'était… J'ai vraiment apprécié votre aide. »

Karina se leva d'un bond alors qu'un concert de murmures s'élevait autour d'elle. *Elle* savait qu'il parlait de son sauvetage durant la rafle, mais le reste des Ziranis l'ignorait. La foule manifesta bruyamment son imagination galopante. Karina grogna ; d'abord Dedele, maintenant Adil… Les champions semblaient s'être donné le mot pour la provoquer, aujourd'hui.

« Merci pour vos aimables paroles. Il est fréquent que j'apparaisse dans les rêves des Ziranis, de temps à autre. Je suis ravie d'apprendre que j'ai béni les vôtres. »

Le public rit de bon cœur, de lui, cette fois, et non d'elle. Karina croisa triomphalement les bras sur la poitrine. Adil baissa les yeux, donnant l'air de se recroqueviller sur lui-même tandis qu'il tripotait quelque chose à son poignet. Il prit une profonde inspiration. Les ombres au bord de la scène parurent se figer, comme dans l'attente de ses ordres.

« Il y a bien longtemps, de nombreuses lunes avant la naissance de votre grand-mère ou même de la grand-mère de celle-ci, alors que la Hyène traversait le désert, elle arriva dans une cité assez semblable à Ziran. Elle avait voyagé des jours entiers, aussi fut-elle heureuse d'avoir trouvé un endroit où soulager ses pieds fatigués et nourrir son âne. »

L'étrange impression de sentir le monde palpiter autour d'elle reprit Karina. Adil s'exprimait d'une voix calme et apaisante, et quoique ses échos se réverbèrent dans tout le stade, il lui semblait que le garçon murmurait à son oreille. Karina se tortilla dans son siège, gagnée par une chaleur au creux du ventre. Du coin de l'œil, elle aperçut Farid se redresser ; il avait toujours apprécié une histoire bien racontée.

« La Hyène cherchait un endroit où dormir quand quelqu'un lui rentra dedans. Après avoir échangé les excuses d'usage, elle reprit son chemin, mais elle se rendit bientôt compte que son sac avait disparu. L'identité du coupable ne faisant aucun doute, la Hyène se lança à la poursuite du voleur afin de récupérer son bien légitime. »

Tandis qu'Adil arpentait la scène d'un pas raide, le monde sembla se transformer autour de lui. Karina voyait presque le sable doré sous ses pieds en lieu et place des planches de l'estrade, ainsi qu'un antique marché grouillant de vie.

« Une foule se rassembla autour de l'altercation opposant la Hyène et le jeune homme. Le voleur ne cessait de crier : "Au secours, à l'aide… Elle essaie de me voler mon sac !" »

Karina secoua la tête plusieurs fois. Elle percevait la présence de Farid près d'elle, mais aussi celle de la foule qui se pressait pour voir la querelle, entendre les accusations et même sentir l'odeur de la cardamome et de la cannelle vendues sur les étals du marché.

« Au bout du compte, ils furent présentés devant une juge pour régler la question. Cependant, avant que la Hyène puisse plaider sa cause, le voleur éclata en sanglots et se lamenta : "Ô sage juge, je jure sur la tombe de ma mère que ce sac et tout ce qu'il contient est à moi !"

« La Hyène était hors d'elle. Qui était ce jeune homme obstiné à qui le mensonge venait si facilement ? Elle se ressaisit et dit : "Ô juge sage et miséricordieuse, je vous jure sur ma vie, celle de la sultane, celles de tous les oiseaux ayant un jour traversé les cieux et de tous les poissons qui peuplent les mers que ce sac m'appartient." »

Adil changeait de voix pour chaque personnage. Complètement envoûté, le public buvait la moindre de ses paroles.

« La juge répondit : "Le véritable propriétaire de ce sac devrait être capable de nous dire exactement ce qu'il contient."

« À ces mots, le voleur s'avança et déclara : "Au nom de la Grande Mère, je vous jure qu'on n'y trouve rien d'autre que quatre vieilles chaussettes, la moitié d'une lampe brisée, l'aile est d'une bibliothèque, quinze danseuses, quelques sages, un troupeau de chameaux en or, assez d'olives pour nourrir la sultane pendant six années, les larmes d'une mère le jour du mariage de sa fille, le manteau préféré de ma grand-mère et une volée entière de blanches colombes qui vous affirmeront que ce sac m'appartient !" »

Toutes ces merveilles jaillirent tour à tour du sac d'Adil. Des danseuses entraînant dans leur sillage des voiles plus vaporeux que la brume au matin, des colombes roucoulantes, des richesses qui brillaient comme elles ne peuvent le faire que dans un rêve. Karina rit de ravissement lorsqu'une colombe s'envola.

« Décidée à ne rien lâcher, la Hyène s'avança à son tour. "Voyez comme il ment ! Ce sac, qui est indéniablement le mien, contient en réalité toutes les mauvaises pensées qui vous ont un jour traversé l'esprit, un tapis volant aux pampilles d'argent, un arganier aux branches chargées de chèvres, le chevrier qui leur cherche querelle, quatre fûts du vin des meilleures vignes, le plus petit bateau que vous ayez jamais vu, un chœur d'enfants qui ne connaît qu'une seule chanson, un maître cordonnier et son atelier, vingt-sept assiettes en cuivre, trente-six chandelles allumées qui ne fondent jamais, la chaussure gauche de la Grande Mère et un volume relié de cuir énumérant les raisons pour lesquelles ce sac m'appartient !" »

On aurait dit qu'une symphonie prenait vie à mesure que les objets sortis du sac ajoutaient des notes à la mélodie. Un animal caracola devant la loge de Karina – un ours polaire au pelage aussi blanc que la neige, qui lui lança un grognement chaleureux. Une créature qu'on ne trouverait jamais dans le désert.

Ce n'était pas seulement une histoire, mais une incursion dans un autre monde. Adil devait avoir plongé son auditoire dans une sorte de transe, de la même manière que les musiciens traditionnels hypnotisaient le public par la musique. Karina savait que rien n'était réel, mais elle s'en fichait ; elle ne pouvait détacher les yeux du garçon qui avait créé ces merveilleuses illusions.

Tout le trac du début de la performance s'était évanoui. Adil évoluait avec aisance au milieu des simulacres, maître de ses créations. Au fil de son histoire, il s'était rapproché de la loge de Karina et s'en tenait maintenant à quelques mètres.

« Pour finir, la juge leva la main et déclara : “Soit vous vous moquez tous les deux de moi, soit ce sac est le plus fantastique objet ayant jamais existé ! Ouvrez-le, afin que tous voient ce qu'il contient.” »

Adil s'interrompit. Le silence se fit dans le stade, tandis que l'attention générale se reportait sur le sac, qu'on avait oublié au milieu de ce chaos.

Karina se pencha en avant. Les yeux charbonneux d'Adil l'effrayèrent autant qu'ils l'attirèrent.

« Qu'y a-t-il dans le sac ? » demanda-t-elle dans un souffle. Le jeune homme lui fit signe de tendre sa main. Un frisson lui parcourut la colonne vertébrale tandis qu'il tournait sa paume vers le haut et y versait le contenu du sac.

Il en tomba deux morceaux de pain rassis, une poignée de figues et une longueur de corde. Toutes les merveilles disparurent aussi vite qu'elles étaient apparues, laissant Adil de nouveau seul en scène. Le monde retrouva sa teinte habituelle, mais Karina était trop concentrée sur le garçon pour le remarquer.

« Quand le véritable contenu du sac fut révélé, la Hyène se contenta de hausser les épaules. “Ce ne sont pas mes merveilles. Je suppose qu'il s'agit de son sac”, dit-elle, et elle reprit son chemin. »

Adil soutint le regard de Karina, les coins de sa bouche relevés par un sourire timide. Consciente de commettre une erreur, mais ne pouvant s'en empêcher, Karina le lui rendit.

Alors seulement la foule rugit. Le bruit, tonitruant, dépassait les applaudissements cumulés de toutes les autres performances. Les juges n'eurent même pas besoin de donner le nom du vainqueur du Deuxième Défi.

En quelques minutes, Adil avait bondi au sommet du classement.

Karina perdit son sourire.

Elle allait devoir le tuer.

21

Malik

« Sans plus attendre, les trois champions qui disputeront la finale sont, dans l'ordre, Adil Asfour ! Driss Rhozali ! et Adetunde Diakité ! »

Malik, à deux doigts de s'écrouler de fatigue, trouva néanmoins la force de lever la main en direction du public, qui hurla sa joie. Des vagues de colère irradiaient de Driss, mais Tunde, bon troisième, salua lui aussi la foule. Ses yeux affichaient de nouveau un regard calculateur.

Malik avait été pétrifié par la peur quand il était monté sur scène sous cinquante mille paires d'yeux, et quand son idée de remercier la princesse s'était retournée contre lui, il avait failli prendre ses jambes à son cou.

Mais alors il s'était souvenu des griffes d'Idir sur la gorge de sa sœur, et il y avait puisé la force de parler. Il avait invoqué sa magie, qui avait pris le relais, à l'instar d'une chanson qui se crée phrase après phrase. Il en avait appris beaucoup sur ses pouvoirs, à cette occasion – comment il pouvait moduler une illusion au ton de sa voix, comment il pouvait duper tous les sens, à l'exception du goût et du toucher, comme il pouvait créer une expérience sensorielle aussi vivante qu'une transe.

L'espace d'un court instant, Malik s'autorisa à jouir de l'adoration de la cité. Pour ce que le public en savait, il n'avait rien fait de plus que conter une histoire avec un immense talent. Aucune règle ne l'interdisait.

Beau travail, articula Leila depuis la loge des familles des champions, et ce compliment lui fit plus plaisir que tout le reste.

Sitôt qu'ils furent de retour en coulisses, Tunde passa le bras autour du cou de Malik et lui frotta la tête du poing. « Tu nous avais caché ça ! C'était incroyable ! »

Malik se tendit instinctivement, avant de se laisser aller. Tunde et lui étaient amis, maintenant. Voilà ce que ça faisait, d'avoir des amis.

« Eh, Driss, lança Tunde par-dessus son épaule, ça se fait de féliciter le gagnant, quand on a perdu. »

Les yeux de Driss lancèrent des éclairs. « On n'avait pas le droit de partager la scène avec un tiers.

— Et il ne l'a pas fait, contra Tunde, alors que Malik reculait d'un pas. Va vérifier, si le cœur t'en dit ; il n'y avait personne d'autre sur le sol du stade. »

Malik vit Driss se repasser sa performance dans sa tête. Avant que ce dernier n'arrive à une conclusion qui ne ferait qu'empirer les choses, il lança : « En fait, c'était de la magie. »

Les deux autres champions le regardèrent, et le cœur de Malik manqua un battement. Stupide, il était si *stupide*, comment avait-il pu lâcher la vérité, il devait...

Tunde éclata d'un rire gras. « De la magie ! Tu entends ça, Driss ? Tout ton entraînement, tenu en échec par quelques étincelles et de la *magie*. Trop drôle, Adil. »

Malik poussa un soupir soulagé. Heureusement, la véritable nature de sa performance était encore moins crédible que n'importe quel mensonge qu'il aurait pu inventer. Tunde leva les yeux au ciel alors que Driss s'éloignait, furieux. « Ignore-le. Il devient grincheux chaque fois qu'il doit partager la vedette plus de cinq minutes. Mais sérieusement, tu as fait un truc incroyable. »

Malik scruta le visage de Tunde à la recherche d'une trace d'amertume et n'en trouva aucune. Il s'était inquiété que l'idylle passée de Tunde et Karina puisse jeter une ombre sur leur amitié, maintenant que Malik cherchait à attirer l'attention de la princesse, mais le champion de l'Eau semblait n'en concevoir aucune rancœur.

« En tout cas, je suis content que ce soit terminé et que nous puissions aller dormir », dit Malik, quoique rien n'ait été plus éloigné de ses pensées que le sommeil. Aucun nouveau Défi ne les attendait le lendemain, aussi avait-il prévu de passer la soirée à explorer Ksar Alahari une fois tout le monde couché.

« Dormir ? » Tunde secoua la tête avec une expression faussement horrifiée. « Mon nerveux ami, dormir est la dernière chose que toi et moi ferons ce soir. Après le Deuxième Défi vient l'heure du Mitan.

— Le Mitan ? »

Tunde lui donna une claque dans le dos, frappant accidentellement la Marque et tirant une grimace à Malik.

« On va bien se marrer. »

Le Mitan, apprit rapidement Malik, était un carnaval.

Il se tenait exactement au milieu du festival – d'où son nom – chez les champions du précédent Solstasia encore en vie. Le quatrième jour, Jour-Terre, de minuit à minuit, la cour tout entière participait à des festivités telles qu'on n'en avait pas vu depuis cinquante ans, et telles qu'on n'en verrait plus avant aussi longtemps. Seule la crème de la noblesse ziranie y était conviée.

« Par la Grande Mère », murmura Leila, les yeux écarquillés en descendant du palanquin par lequel Malik et elle étaient arrivés sur les lieux de la fête. Pour une fois, sa sœur et lui partageaient le même point de vue, tous deux stupéfaits par la scène qui se jouait devant eux.

Cette année, le Mitan se tenait à Dar Benchekroun, la propriété familiale de Mwale Omar. Des sculptures en argent accrochées dans des arbres donnaient à ces derniers l'air de beignets arrosés de miel. Une foule riante s'agglutinait autour d'étals chargés de toutes sortes de récompenses. Des diseuses de bonne aventure promettaient des lendemains meilleurs. Des cris de ravissement s'échappaient des lèvres de celles et ceux qui chevauchaient les gazelles ailées d'une oyinka. Tous étaient en costumes – traditionnels ou plus audacieux, voire carrément bizarres. Heureusement, personne n'avait revêtu les atours de champion, cette fois.

Mais le clou du spectacle était sans nul doute l'oasis artificielle qui s'élevait au centre du terrain. Des dizaines de personnes dansaient sur des ponts mobiles au milieu d'une eau étincelante comme une mer de saphirs. De petits bateaux flottaient sur les vagues, tirés par des dingoneks brayant. Tout comme le chipekwe, Malik n'avait entendu parler de ces morses de la jungle que dans les histoires, et il se demanda comment le vizir avait réussi à en déplacer autant aussi loin de leur habitat naturel.

Mais il ne devait pas se laisser distraire. Pour incroyable que soit le Mitan, et pour nécessaire qu'il s'y affiche avec les autres champions, la princesse Karina n'était nulle part en vue.

« Viens. La princesse devrait arriver d'un instant à l'autre. » Malik se dirigea à grands pas vers une grande tente où Mwale Omar accueillait ses invités. Même une princesse se devait de saluer son hôte, aussi Karina passerait-elle forcément par là. La meilleure stratégie pour Malik consistait donc à ne pas s'éloigner des membres du conseil de la soirée.

Leila avait bien du mal à suivre ses longues foulées. « Qu'est-ce qui ne va pas, chez toi ? Tu te comportes bizarrement depuis ce matin. »

Il était hors de question que Malik lui parle de son entrevue avec Idir – ça ne servirait qu'à la bouleverser, et il l'était déjà bien assez pour eux deux.

« Je suis fatigué, c'est tout, mentit-il alors qu'ils approchaient de la tente. N'oublie pas de me prévenir si tu vois Ka… la princesse. »

Tuer Karina. Sauver Nadia. Plus de distractions.

Ils trouvèrent Mwale Omar assis sur un immense divan, entouré de serviteurs aux bras chargés de montagnes de nourriture. Son visage s'éclaira quand Malik et Leila lui rendirent leurs hommages. « Ah, voici enfin le champion de la Vie que j'espérais voir ! Dites-moi, les fêtes à Talafri sont-elles seulement moitié moins grandioses que celle-ci ? »

Malik secoua la tête. « L'hospitalité dont votre maisonnée fait preuve à mon égard est sans commune mesure. »

Mwale Omar éclata de rire, imité par tous ceux qui se trouvaient à proximité. Malik avait-il dit quelque chose de drôle ? Était-il censé rire lui aussi ? Il le fit, au cas où, mais alors il se rendit compte que tous les autres avaient repris leur sérieux. Son visage s'empourpra.

Ce n'était qu'une fête. Étourdissante, bruyante, mais rien de plus qu'une fête. S'il avait survécu à Idir, il s'en sortirait.

« Pourquoi ce garçon n'a-t-il rien à boire ? » Mwale Omar claqua des doigts, et un serviteur mit entre les mains de Malik un gobelet de vin au parfum capiteux. Trop nerveux pour refuser, il en avala le contenu en quelques gorgées. Mwale Omar se leva avec un rire tonitruant.

« Sacrée descente, mon garçon ! » Le vizir le prit par le bras et le conduisit vers le jardin. « Venez, il y a quelques personnes que vous devez absolument rencontrer. »

Malik lança un regard implorant à Leila, mais celle-ci était déjà aux mains de plusieurs filles de la cour, impatientes d'en apprendre plus sur sa vie supposée à Talafri. Le vizir fit porter un nouveau verre à Malik, qu'il but cette fois en deux gorgées.

Les quelques personnes que Malik devait absolument rencontrer se révélèrent être à peu près tous les membres de la cour. Des juristes, des érudits, des artisans, des philosophes et bien d'autres, autant de noms et de titres à rallonge dont Malik ne se souviendrait jamais, et que le ridicule de leurs costumes décrédibilisait dans l'instant. Un homme se présenta comme le directeur du département d'idéonomie de l'université, avec rien d'autre sur le dos qu'une cape à motif léopard, un pantalon assorti et des chaussures à grelots.

Karina n'avait cependant pas encore fait son apparition, s'avisa Malik en vidant un nouveau verre de vin.

« La princesse nous honorera-t-elle de sa présence ? demanda-t-il d'une voix nonchalante alors que Mwale Omar le menait vers une rangée d'étals, entraînant la moitié de la cour à leur suite.

— Qui sait ? grogna le vizir. Elle a été invitée, bien sûr, mais personne ne peut prédire où la princesse sera. » Mwale Omar adressa un sourire lubrique à Malik et ajouta : « Ou avec qui. »

Le visage de Malik vira au cramoisi, et il masqua son embarras en vidant son troisième – ou bien était-ce le cinquième ? – gobelet de vin. « Je ne voulais pas dire...

— Pas la peine d'être timide, mon garçon. J'étais moi-même un sacré tombeur dans mes jeunes années, et mon lit ne refroidissait jamais, durant mon séjour au Jardin azur. Si vous êtes en quête d'un type de divertissements plus discrets, je connais les meilleures adresses de Ziran. Je m'y rends moi-même de temps à autre.

— C'est... Je veux dire... » Malik venait de rencontrer l'épouse du vizir, et pourtant ce dernier discutait tranquillement de bordels avec un garçon qu'il connaissait à peine. Mais il s'était promis de s'endurcir, aussi ravala-t-il son embarras et dit-il : « Vous savez ce que c'est. »

Le vizir gloussa. « Ah, vous me rappelez tellement moi à votre âge. Saviez-vous que j'étais arrivé deuxième du précédent Solstasia ? En parlant de ça, faites plaisir au vieil homme que je suis et dites-moi comment vous avez créé ces merveilleuses illusions durant le Deuxième Défi. »

Une fois encore, Malik s'en tint à la vérité. « J'ai usé de magie pour les invoquer à partir de rien. »

Et une fois encore, la vérité déclencha l'hilarité. Quand il eut retrouvé son sérieux, Mwale Omar se lança dans d'intenses spéculations impliquant de la fumée, des miroirs, des poulies, et Malik fut reconnaissant de se soustraire à l'attention générale un moment. Les gens avaient tendance à croire ce qu'ils voulaient croire, et personne de sain d'esprit n'admettrait croire à la magie.

La simple évocation de l'énormité des illusions qu'il avait créées déclencha un déferlement d'énergie dans ses veines, qu'il brûlait d'impatience de mettre en pratique. Si seulement le reste de sa famille avait été là pour voir ça. Mama aurait été si fière, et Papa... à vrai dire, son père n'était jamais satisfait de ce que faisait Malik, mais il lui aurait prouvé qu'il excellait dans un domaine. Et Nadia aurait...

Nadia aurait...

La bouche de Malik se remplit de bile. Quelque part au milieu du chaos du Mitan et des flatteries des courtisans, il avait oublié le but de sa mission.

« Excusez-moi. » Malik parvint enfin à échapper à l'emprise de Mwale Omar et gagna l'autre bout du terrain d'un pas incertain. Une fois à l'abri des regards, il rendit le contenu de son estomac parmi les racines d'un arbre, puis s'essuya la bouche d'un revers de manche avec un grognement.

Comment avait-il pu oublier Nadia ne serait-ce qu'une seconde ?

« … deuxième derrière le rejeton d'une famille dont personne n'a jamais entendu parler !

— Peut-être est-il tout simplement bon, Mère. »

Malik se figea en entendant approcher les voix de Driss et de Mwani Zohra. Cette conversation semblait n'être pas destinée à ses oreilles, mais il n'avait nulle part où aller sans révéler sa présence.

« Je me fiche qu'il soit bon, aboya Mwani Zohra. Tu devrais être meilleur.

— Serait-ce une telle honte, de perdre ? Je ne suis même pas sûr de vouloir… »

Malik entendit alors un bruit de coup et se couvrit instinctivement la tête des deux mains.

« Ne redis jamais quelque chose d'aussi égoïste. » Mwani Zohra s'exprimait à voix basse, mais la menace était claire. « Rends-toi utile et va trouver la princesse. Si la rumeur dit vrai, elle a truqué la compétition en faveur du champion de la Vie. Débrouille-toi pour te mettre rapidement dans ses petits papiers. Heureusement, cette fille n'a pas la moitié de l'intelligence de sa mère, tu ne devrais pas avoir de mal à l'embobiner. »

Malik entendit les pas d'un des deux interlocuteurs s'éloigner puis, un moment plus tard, ceux du deuxième. Il se redressa à temps pour croiser Driss, dont la joue gauche était enflée et rouge. Une sincère compassion submergea Malik, qui se demanda comment réagirait le champion du Soleil s'il lui disait qu'il comprenait ce que ça faisait d'avoir un parent impossible à contenter. Mais avant que Malik n'ouvre la bouche, Driss eut un sourire méprisant.

« Le petit chéri de la cour ne tient pas l'alcool. Quelle tristesse. » Driss le bouscula en passant, suffisamment fort pour que ça ne puisse être un accident. « Tu es peut-être bien la coqueluche du moment, mais ça ne durera pas. Une fois qu'ils se trouveront un nouveau jouet qui brille, ils te rejetteront, comme moi. »

Dans ses fantasmes, Malik ne cédait pas d'un pouce et rétorquait quelque chose de spirituel à même d'ébranler Driss. Mais dans la réalité, il baissa les yeux jusqu'à ce que le champion du Soleil s'éclipse. Son mal de ventre s'intensifia. Il était là depuis, quoi, une heure ? Deux ? Karina devait être arrivée. Qui connaissait-il d'assez proche d'elle pour...

Tunde.

Malik trouva le champion de l'Eau, arc et flèche en main, devant un stand où s'alignaient des dizaines de pots en terre cuite.

« On dirait que quelqu'un s'est amusé, ce soir », musa Tunde en avisant les vêtements froissés de Malik. Sa flèche, quand il la libéra, brisa un des pots, révélant un œuf doré.

« Quelle chance ! La Grande Mère te réserve bien des merveilles ! » lança la personne qui gérait le stand, et Malik marqua un temps d'arrêt – c'était Nyeni, habillée aujourd'hui comme une simple servante. Il n'avait pas la moindre idée de ce que la griotte faisait ici, mais ça n'augurait rien de bon. Elle adressa un clin d'œil à Malik, porta un doigt à ses lèvres, puis tendit sa récompense à son ami.

« Tunde, dit Malik en tournant ostensiblement le dos à Nyeni. Tu as vu Karina ?

— J'ignorais que vous en étiez déjà aux prénoms, répondit le champion de l'Eau d'une voix un peu trop désinvolte avant d'encocher une nouvelle flèche.

— Je voulais m'excuser pour ce qui s'est passé durant le Deuxième Défi. Si tu pouvais me donner quelques conseils, ça me serait d'une grande aide. » Tunde ne bougea pas. Non sans scrupules, il se pencha en avant et ajouta : « Ce n'est pas un problème, que je lui parle, n'est-ce pas ? Je veux dire, puisque vous n'êtes plus en couple...

— Aucun problème, le coupa sèchement Tunde, qui plissa les yeux et les tourna vers les pots restants. Je te propose un jeu. Si tu arrives à toucher un de ces pots avec une flèche, je te dis tout ce que tu veux savoir sur la princesse. Mais si tu échoues, c'est toi qui m'expliques comment tu as fait naître ces illusions, tout à l'heure. Et je veux la vérité, cette fois. »

L'archerie était une autre compétence que Papa avait échoué à enseigner à Malik, ce dont il fit une brillante démonstration quand sa flèche alla se perdre à plus d'un mètre de sa cible. Nyeni gloussa, et Malik rougit. Il encocha un nouveau projectile, banda l'arc, visa du mieux qu'il put... et cette fois atteignit la poussière à ses pieds.

Tunde ouvrit la bouche, probablement pour poser une question à laquelle Malik ne pouvait pas répondre, mais alors ses yeux s'écarquillèrent et il se fendit d'une profonde inclinaison du buste.

« On dirait que le champion Adil est moins bon tireur que conteur. »

Malik fronça un peu plus les sourcils. Il chercha à tâtons une autre flèche, sans remarquer que tout le monde autour de lui avait adopté la même attitude que Tunde.

« Je vous parle, Adil. »

N'était-ce pas son nom, qu'on venait de prononcer ? Mortifié, Malik se retourna et vit que la princesse Karina ne goûtait guère la situation. Il s'inclina à son tour et manqua de percuter la tête de Tunde au passage.

« M... M... Mes excuses, Votre Altesse ! »

Karina adressa un signe de tête à Tunde. « Bonsoir, champion Adetunde.

— Bonsoir, Votre Altesse. Vous rayonnez, comme toujours. » Le jeune homme s'exprimait d'une voix mesurée, mais on sentait une tension glaciale entre lui et Karina. Une dentelle d'un blanc virginal couvrait la gorge de la princesse, et ses manches en ailes de papillon lui descendaient presque aux genoux. Des rangées de perles et des filigranes de pierres précieuses s'entrelaçaient dans ses cheveux négligemment jetés sur une épaule. Maintenant qu'il la voyait en pleine lumière, la princesse lui paraissait aussi éloignée d'une servante que le soleil d'une chandelle.

Karina haussa un sourcil à la vue des flèches éparpillées de Malik. « Auriez-vous besoin d'aide ? Je ne suis pas une experte, mais j'ai eu mon lot de leçons d'archerie. »

Vivement conscient de la Marque se déplaçant le long de sa colonne vertébrale, Malik hocha la tête. Karina enroula son bras autour du sien et les mit tous deux en position.

« Restez bien stable et verrouillez le bras qui tient l'arc. » Le rouge monta aux joues de Malik quand le pouce de Karina frôla l'intérieur de son poignet. « Ramenez la corde jusqu'à votre point d'ancrage, comme ceci. »

Elle tira sa main en arrière, et la tension de leurs doigts gagna la corde. L'odeur de pluie valut à Malik un étourdissement qui n'avait rien à voir avec l'alcool dans ses veines. Il aurait pu sortir la lame-esprit dans l'instant et trancher la gorge de la princesse avant que quiconque puisse l'en empêcher. Était-ce bien raisonnable, avec tous ces témoins ?

« Un coup d'œil à votre cible, et… » Il sentit le souffle chaud de Karina dans son oreille, alors qu'elle lui murmurait : « Vous n'auriez pas dû me mentir. »

Une décharge traversa le corps de Malik tandis qu'il relâchait la corde. La flèche alla fracasser un pot en une dizaine de tessons dentelés. À la place se dressait un œuf noir couvert de vers. Nyeni fit un bruit de pet avec sa bouche.

« Joli tir, mais mauvais présage ! » dit la griotte avec un gloussement.

Malik sentit la main de Karina s'attarder sur sa peau même après qu'elle se fut reculée. « Pas mal, pour un duo de débutants. Champion Adil, me feriez-vous l'honneur d'une promenade ?

— Je… » Maintenant que leur identité respective n'avait plus rien de secret, la familiarité qu'ils avaient partagée durant la rafle s'était évanouie. Karina était aussi belle que les histoires l'affirmaient, mais les léopards l'étaient aussi, et Malik ignorait comment se comporter avec l'une comme avec les autres.

« Détendez-vous, je ne suis pas une menace pour votre vertu… quoique je vous aie déjà vu à genoux », dit Karina avec un petit sourire suffisant. Tunde toussa violemment, et Malik s'empourpra, même s'il savait qu'elle parlait de la robe qu'il avait reprisée.

Incapable de refuser, Malik prit le bras que Karina lui tendait, et ils se dirigèrent vers le lac. Les courtisans murmuraient à leur passage, et Tunde se tint à l'écart, se gardant bien de poser les yeux sur eux.

Malik coula un regard en biais à Karina, mais se détourna sitôt qu'elle le lui rendit. Il y avait trop de témoins, trop de gardes prêts à lui sauter à la gorge s'il tentait quoi que ce soit. Mais le Mitan offrait mille recoins sombres ; s'il pouvait l'attirer dans l'un d'eux…

« Quelque chose ne va pas ? » s'enquit-elle.

Respire. Reste présent. Reste ici.

Malik secoua la tête, dans l'espoir de se débarrasser de son parfum. « Tout va bien. »

Karina se fendit d'un sourire qui ne monta pas jusqu'à ses yeux. « Comme il est étrange de marcher à vos côtés en ces lieux. Qui l'eût cru, après notre première rencontre ?

— Vous parlez de la rafle ou de la fois où vous m'êtes rentrée dedans ?

— C'est vous qui m'êtes rentré dedans. Et je parle des deux. Mais je suppose que ceci est notre véritable première rencontre. Tant que j'y pense, je vous félicite pour votre performance durant le Deuxième Défi. Mon intendant en a été si impressionné qu'il ne tarit pas d'éloges.

— Ce n'était rien, Votre Altesse. » Il était plus grand que la princesse, mais pas de beaucoup. S'ils en venaient à se battre, aurait-il le dessus ? Pourquoi cette simple idée le rendait-il malade ?

Ils avaient atteint l'étang de plaisance, où la musique du ponton les accueillit. Karina plongea les orteils dans les vaguelettes qui léchaient la rive. « Charmant, n'est-ce pas ?

— Assurément. » Et d'une écœurante frivolité. Cette eau aurait fait vivre toutes les familles d'Oboure pendant des années. Permettre qu'on puisse en accumuler une telle quantité alors que Ziran n'avait pas vu une goutte de pluie depuis une décennie avait quelque chose d'indécent.

« C'est à la fois impressionnant, intimidant et essentiellement dépourvu de sens. Un portrait qui convient bien à son propriétaire. » Karina leva les yeux sur Malik. « Et à la vie qui vous attend si vous remportez Solstasia. »

Tunde l'avait averti que le palais essaierait d'influencer la compétition. Peut-être était-ce une tentative d'intimidation. « J'ignore de quoi vous voulez parler, Votre Altesse. »

Les yeux de Karina s'attardèrent un instant sur ses traits, et, l'espace d'une seconde, Malik vit le rouge de son sang jaillir de sa gorge tranchée.

« Dansez avec moi. »

Le jeune homme n'était pas certain d'avoir bien entendu, mais avant qu'il puisse protester, elle l'entraîna sur le ponton. Malik écarquilla les yeux en reconnaissant l'air.

« Vous dansez le zafuo, ici ? » Il s'agissait d'une danse traditionnelle eshrane réservée aux mariages ou aux baptêmes, où les deux partenaires étaient reliés par un foulard. L'exécuter correctement requerrait une confiance implicite entre eux. Malik ne l'avait pratiquée qu'en famille, et sans grand talent.

« Ziran est une ville cosmopolite. Toutes les cultures finissent par s'y retrouver », expliqua Karina.

Malik plissa les yeux. Ainsi, la culture eshrane était la bienvenue à Ziran, tant que les Eshrans eux-mêmes restaient aux portes de la ville.

Une servante tendit à Karina un long foulard brodé d'un motif rappelant un ciel orageux. Elle en attacha un bout au poignet de la princesse et l'autre à celui de Malik. Un grand cercle se forma autour d'eux. Malik sentit la morsure du regard des curieux sur sa nuque. Sitôt qu'il eut mis le foulard en position, la danse commença.

Dès la première mesure, Karina prit le contrôle du foulard, obligeant Malik à se mouvoir à son rythme s'il ne voulait pas trébucher. Tourner et virer, en haut, en bas, en avant, en arrière. La chanson parlait d'une femme rejetée qui se vengeait de l'homme ayant couché avec toutes les femmes du village dans son dos. La puissance et la fureur exprimée par la voix de la chanteuse firent frissonner Malik. Karina évoluait au rythme de la musique avec un naturel confondant, et s'il en avait eu l'occasion, le jeune homme aurait volontiers passé la nuit à contempler l'expression de ravissement que la danse faisait naître sur ses traits.

La cadence était contagieuse, et bientôt tous ceux qui les entouraient se joignirent à eux. Karina passa le foulard autour du cou de Malik, qui trébucha vers l'avant. Des rires s'élevèrent, qui le firent grincer des dents. Le zafuo était peut-être populaire à Ziran, mais c'était sa culture, son histoire. Il était prêt à céder sur bien des choses, mais pas là-dessus.

« Sans vouloir me montrer grossier, Votre Altesse, ne m'avez-vous pris à part que pour le plaisir de partager une danse avec moi ? demanda-t-il en pivotant sur lui-même pour tendre le foulard, avant de le faire passer au-dessus de sa tête et de raccourcir la distance qui les séparait à quelques centimètres.

— Pas seulement. Pourquoi voulez-vous remporter Solstasia ? »

Les yeux de Karina s'étrécissaient chaque seconde. L'ébauche de confiance entre eux s'effritait à mesure que Malik ne répondait pas à la question. Il devait remporter Solstasia, mais le voulait-il ?

L'espace d'un instant, Malik s'imagina être le mari de Karina, partager avec elle les richesses et le pouvoir de Ksar Alahari.

Sauf qu'elle épouserait Adil, pas lui. Gagner signifierait vivre le reste de son existence sous l'identité d'un autre homme, entendre ses enfants l'appeler par un nom qui n'était pas le sien…

Mais le problème n'était pas vraiment là. S'il voulait que Nadia vive, l'idée d'épouser Karina ne pouvait même pas l'effleurer.

« Je n'aurais jamais cru me retrouver dans cette situation. Mais maintenant que j'y suis, l'issue ne me fait pas si peur. »

Malik vit une ouverture et fit tournoyer Karina, avant de la plaquer contre sa poitrine, dos à lui. Surprise, la princesse piqua un fard, bientôt suivi par un sourire. Elle passa les mains autour de son cou, l'obligeant à placer les siennes autour de sa taille, et elle synchronisa ses hanches aux siennes en rythme avec la musique. Des étoiles dansèrent dans les yeux de Malik tandis qu'il suivait le mouvement, et il fut soudain très soulagé que sa mère ne soit pas là pour le voir.

« Vous savez, ce serait le moment idéal pour m'embrasser », chuchota-t-elle, et le monde de Malik se pétrifia. Il considéra les lèvres charnues de Karina, qui affichaient de nouveau leur moue boudeuse. La musique enfla tandis que la jeune femme les faisait pivoter tous deux. Sans qu'il s'en rende compte, elle avait détaché le foulard de son poignet et tenait à présent les deux bouts. Vue de l'extérieur, leur danse n'avait rien d'anormal, mais c'était elle qui la contrôlait, à présent.

Quelque chose se ferma dans son regard, quand elle le tourna vers lui. « Vous m'êtes plus agréable que les garçons qui me courtisent habituellement, aussi vous donnerais-je un conseil. Tenez-moi éloignée de vos fantasmes. À l'avenir, posez-vous sérieusement la question de ce qui se passera à l'issue de Solstasia – et de la vie qui vous attend si vous l'emportez. »

Ils avaient atteint le bout du ponton. Sous eux s'étendait l'écumeuse pellicule noire du lac. Ils étaient à bout de souffle, à deux doigts de s'effondrer au terme de leur danse endiablée, et pourtant le corps de Malik vibrait d'énergie, son cœur battait la chamade, chaud et vivant. Karina se pencha en avant, obligeant Malik à se rapprocher dangereusement du bord. Elle fixait sur lui des yeux ambrés aussi durs que les serres du griffon brodé sur les armoiries de sa famille.

« Vous vouliez mon attention, champion Adil. Maintenant vous l'avez. »

Après quoi, d'une petite poussée du poignet, Karina envoya Malik valser dans l'eau glacée.

22

Karina

« Pardonne ma vulgarité, Ton Altesse, mais tu es un vrai trou du cul, parfois. »

Assis sur le banc en face d'elle, Tunde lança à Karina un regard capable de trancher l'acier. Ils avaient pris place dans un des petits bateaux qui flottaient autour du ponton, tirés par les dingoneks criaillant. Une demi-heure s'était écoulée depuis que les gardes avaient repêché Adil, trempé mais indemne, qui avait filé se changer à l'intérieur de Dar Benchekroun. Le souvenir du garçon s'ébattant dans l'eau tira un sourire à Karina. Il semblait peu probable qu'il souhaite poursuivre la compétition, à présent. Autrement dit, Karina n'avait plus à craindre de devoir le tuer.

Restait Tunde. Malgré leurs différends, elle aurait préféré ne pas avoir à le tuer. À l'époque où ils étaient ensemble, il lui avait confié ne nourrir aucun désir d'être champion. Tout ce qu'elle avait à faire, c'était lui rappeler précisément pourquoi il ne voulait pas gagner.

« Je trouve amusante ta fascination pour la partie postérieure de mon anatomie, répliqua Karina.

— *Amusante* n'est pas le mot que j'aurais employé, mais là n'est pas la question. Adil ne méritait pas un tel traitement. »

Il fut un temps où un sourire faussement pudique et un peu de badinage auraient suffi à détourner Tunde du sujet ennuyeux dont il voulait discuter, quel qu'il soit, mais il la regardait à présent comme si cette époque n'avait jamais existé. Karina se pencha en arrière et laissa sa main dériver dans l'eau. Elle n'avait eu aucune envie de l'accompagner sur ce bateau, mais elle s'était dit que son entrevue avec Adil aurait l'air moins suspecte si elle allait parler avec chacun des trois champions.

« Tu sembles très protecteur avec tes concurrents.

— Pour qu'Adil soit mon concurrent, il faudrait que je concoure – ce que je ne fais pas. »

Si Tunde n'essayait même pas de remporter Solstasia, alors le vainqueur serait soit Driss, soit Adil. Entre les deux, le choix de sa victime était évident. La vie de Driss lui paraissait une perte négligeable en regard de celle de sa mère. Le peuple de Ziran méritait le retour de sa reine.

« De plus, poursuivit Tunde, j'aime bien Adil. Il me rappelle qui nous aurions pu être si nous n'avions pas grandi dans... tout ce cirque », dit-il avec un geste englobant le carnaval.

Karina avait passé une bonne partie de sa vie à assister aux réceptions somptueuses de la cour, pourtant elle n'avait jamais rien vu de tel que le Mitan. Ces festivités semblaient tout droit sorties d'un rêve, mais elle n'arrivait pas à les apprécier, après les horreurs dont elle avait été témoin la veille. Elle serra les poings sur ses genoux en se promettant silencieusement qu'une fois sa mère revenue, elle s'assurerait que le responsable de la rafle obtienne ce qu'il mérite.

« Peut-être qu'il ferait mieux d'abandonner », dit Karina en se radoucissant. Quand elle releva les yeux, Tunde la dévisageait, et elle le connaissait assez bien pour sentir la question qui lui brûlait les lèvres.

« Si tu as quelque chose à dire, dis-le, fit-elle sèchement.

— Est-ce que tu vas bien ? Tu parais... différente. »

Karina grimaça. Telle était la raison pour laquelle leur relation avait capoté ; Tunde voulait toujours parler de sentiments et d'autres choses agaçantes de ce genre pour lesquelles elle n'avait aucune patience.

« Les gens changent, Adetunde. C'est ce qui arrive quand on ne leur parle pas pendant six mois. » Avant qu'il puisse répondre, elle ajouta : « Quand Adil reviendra, je vais lui demander une autre danse. Il a le pied plus léger que quiconque avec qui j'ai été. » Elle inclina la tête de côté. « À moins que tu n'y voies un inconvénient ? »

Tunde retrouva son expression glaciale. « Je n'ai pas à me mêler de tes choix de partenaires. »

La part la plus cruelle de Karina jubilait. Adetunde Diakité, champion de l'Eau réputé dans tout Ziran pour son sourire charmeur et son esprit vif, était jaloux. Elle ne pouvait certainement pas lui en vouloir ; à sa place, elle aussi serait amoureuse d'elle.

Karina aurait pu mettre là un terme à la conversation et les laisser dériver en silence durant le reste de la promenade. Mais l'observation de Tunde s'était un peu trop approchée de la vérité à son goût. Proximité signifiait vulnérabilité, et la vulnérabilité faisait de vous une proie facile. Aussi, elle se pencha en avant et dit : « Tu sais quelle est la différence entre Adil et toi ? Malgré toute sa nervosité, au moins ne cache-t-il pas derrière son humour le fait qu'il a trop peur de l'échec pour même essayer. »

Tunde se recroquevilla sur lui-même comme si elle l'avait frappé, et Karina se demanda si lui aussi se rappelait qu'il n'y avait pas si longtemps, ils partageaient la même couche, pas tout à fait amoureux, mais pas loin. Ce fut d'une voix résignée qu'il répondit : « J'ai hâte de voir arriver le jour où tu te battras pour quelque chose plutôt que contre tous. »

Tunde se détourna. Karina déglutit péniblement. Elle aurait voulu pouvoir retirer ses paroles. Elle aurait voulu que son premier réflexe ne soit pas de frapper sitôt qu'elle voyait une faiblesse, mais elle ne pouvait s'en empêcher. Son épée lui avait bien servi au fil des années, mais la faille qu'elle avait creusée entre elle et le monde avait atteint une profondeur inégalée.

Elle se consolait en se disant qu'elle sauvait Tunde et Adil de la mort en se rendant suffisamment haïssable à leurs yeux pour les décourager de remporter Solstasia. Les dommages collatéraux n'avaient que peu d'importance.

Incapable de supporter la figure mélancolique de Tunde plus longtemps, Karina tourna son attention vers le rivage. Adil avait finalement regagné le Mitan, dans un costume bien trop grand pour lui. La jeune femme plissa les yeux ; elle avait espéré qu'il s'éclipse définitivement. Elle ne voyait pas comment son avertissement aurait pu être plus clair, sauf à l'expulser *manu militari* de Ziran.

« Capitaine, pouvez-vous nous reconduire au ponton, s'il vous plaît ? » lança-t-elle, et le bateau prit le chemin du retour. Tandis qu'ils approchaient, Karina surprit des bribes d'une conversation entre Mwale Omar et Adil.

« Ah, vous revoilà ! s'exclama le vizir en donnant une tape dans le dos d'Adil. Ne vous inquiétez pas, mon garçon. J'ai eu mon lot de querelles d'amoureux. »

Karina leva les yeux au ciel. Elle n'aurait pas vraiment appelé une danse et une chute « accidentelle » dans le lac une querelle, mais les gens choisiraient la version de l'histoire qu'ils préféreraient, peu importe son degré de vérité.

« Avez-vous faim ? Vous faut-il un peu plus de vin ? » Adil affirma que tout allait bien, vraiment, mais Mwale Omar héla un serviteur à proximité.

Un garçon qui ne pouvait pas avoir plus de 10 ans accourut, un pot de fleurs serré contre la poitrine.

« Oui, monsieur ? » dit le garçon avec un accent eshran prononcé. Un regard terrifié traversa le visage d'Adil, si manifeste que Karina en eut la chair de poule. Jusqu'à il y a quelques jours, elle aurait balayé la conversation d'un revers de main, mais après ce qu'elle avait vu durant la rafle, elle ne pouvait détourner les yeux.

Mwale Omar désigna les plats vides sur les tables autour d'eux. « Va nous chercher de quoi manger.

— Je suis désolé, monsieur, marmonna le garçon qui se balançait d'un pied sur l'autre, mais je ne travaille pas aux cuisines. Si vous voulez bien me donner une seconde, je peux...

— Ne t'ai-je pas donné un ordre ?

— Je... Je suis déjà occupé à une tâche, et selon vos instructions précédentes, monsieur, je ne suis pas autorisé à me rendre dans les cuisines. Laissez-moi trouver quelqu'un qui pourra...

— Viens ici, jeune homme.

— Vraiment, je n'ai besoin de rien, intervint Adil dont le regard passait du vizir à l'enfant. Je n'ai pas faim.

— J'ai dit, viens ici », répéta Mwale Omar.

Le garçon se rapprocha prudemment, ses bras maigres si serrés autour de son pot de fleurs que les veines saillaient sur sa peau sombre.

« Comment t'appelles-tu ?

— Boadi, monsieur.

— Eh bien, Boadi, je ne sais pas ce qu'on t'apprend dans ce trou à rats que tu appelles chez toi, mais ici, à Ziran, on parle à ses aînés avec respect. »

Les lèvres de Boadi se mirent à trembler.

« Est-ce vraiment nécessaire ? demanda Adil.

— Si vous ne leur apprenez pas où est leur place dès leur plus jeune âge, ils ne comprennent jamais », répondit le vizir d'une voix aussi posée que s'il décrivait l'entraînement d'un cheval.

Adil sembla se tasser sur lui-même, comme un ressort prêt à se détendre à tout instant. L'attraction qu'il avait exercée sur elle durant le Deuxième Défi se manifestait de nouveau, mais elle était trop loin pour faire quoi que ce soit.

« S'il vous plaît, je peux y aller ? interrogea Boadi en se cachant derrière son pot de fleurs. Je dois aller mettre ça à l'intérieur.

— Tu seras libre de le faire après nous avoir apporté à manger.

— Mais je ne peux pas ! » s'écria le garçon.

Une grimace cruelle déforma le visage de Mwale Omar. « Tu vas m'obéir, petit insolent… »

L'homme arma son bras, et Karina aboya au capitaine de les faire accoster, mais alors quelqu'un cria : « Ça suffit ! »

En un éclair, Adil attrapa le poignet du vizir. Tous les convives à proximité se figèrent, sauf Boadi, qui décampa sans demander son reste.

Mwale Omar se libéra de la prise d'Adil avec un grondement. « Qu'est-ce qui ne va pas chez vous ?

— Vous alliez frapper un enfant !

— Ce n'est qu'un petit Eshran. Ils grouillent par milliers dans les rues de Ziran. »

L'afflux de réfugiés d'Eshra s'était indéniablement accru ces derniers mois. Les raisons qu'on avançait étaient nombreuses – la fièvre de la rivière, les guerres claniques, leur paresse naturelle qui les attirait à Ziran où ils pourraient gagner leur vie sans lever le petit doigt. Karina ne savait que croire ; elle n'avait jamais parlé au moindre Eshran, aussi ignorait-elle la situation dramatique dans cette région.

« Et si ç'avait été votre fils, qu'on traitait comme ça ? demanda Adil.

— Ne vous avisez pas de comparer mes enfants avec cette engeance, avertit Mwale Omar. Pourquoi vous souciez-vous tant de ces maudits kekkis ? »

Le visage d'Adil se contracta de nouveau, mais alors il baissa les yeux.

« J'ai grandi à Talafri, dit-il d'une voix plus faible. Là-bas, les Eshrans sont comme vous et moi. Nous les traitons avec respect, et ils nous respectent en retour. »

La colère du vizir se mua en condescendance. « Vous n'êtes pas à Ziran depuis longtemps, mais nos relations avec les Eshrans y sont différentes. Des hordes entières d'entre eux ont investi la ville, pompant nos ressources à leur profit.

— De plus, ils arrivent ici les poches vides, et sans la moindre compétence », intervint Driss. Le champion du Soleil penchait ostensiblement en faveur des arguments du vizir, dans l'espoir, peut-être, de regagner sa place de favori à la cour. « La dernière chose dont Ziran ait besoin, c'est de bouches à nourrir.

— Les Eshrans ne seraient peut-être pas si pauvres, si l'essentiel de leurs récoltes ne finissait pas dans des poches ziranies, fit valoir Adil.

— Tu apprendras, fit Driss d'une voix traînante, et Karina n'eut jamais plus envie de mettre son poing dans la figure de quelqu'un qu'à cet instant précis, que la population de Ziran est mille fois plus importante que celles de tous les villages eshrans additionnés. Ils produisent plus de nourriture qu'ils ne peuvent en consommer, il est donc juste que la plus grande part nous revienne. Du reste, les accords commerciaux que nous avons avec eux sont parfaitement légaux.

— Un accord signé il y a des siècles sous la menace d'une guerre me semble difficilement légal.

— On ne peut déclarer la guerre qu'à un État constitué. » Driss articulait chaque mot comme s'il s'adressait à un enfant ignorant, sous les hochements de tête approbateurs de tous les courtisans autour d'eux. « Les Eshrans n'ont pas d'État. Quand nous sommes arrivés, ils n'avaient même pas de routes dignes de ce nom. Ils ont largement profité de notre présence.

— Si les Ziranis sont si bons pour les Eshrans, pourquoi n'avez-vous jamais rien fait pour arrêter les guerres de clans ? Pourquoi avons-nous été abandonnés par ceux-là mêmes qui sont censés nous protéger ?

— Nous ? »

Un soupçon d'accent de l'ouest s'était glissé dans la voix d'Adil. Talafri se dressait à la frontière entre le désert de l'Odjubai et la région d'Eshra, et pourtant...

Le bateau avait enfin atteint sa destination. Sans attendre Tunde, Karina se hissa sur le ponton et se dirigea vers le cercle qui grossissait à vue d'œil. Ils se trouvaient peut-être à Dar Benchekroun, mais cette cité restait la sienne, et elle n'allait pas laisser le conseil s'en prendre à un enfant sous ses yeux, même si elle ignorait pourquoi Adil se souciait tant du sort d'un serviteur.

Cependant, Karina ne saurait jamais ce qui se serait passé si elle était intervenue, car un hurlement déchira l'air, et une silhouette menue la plaqua au sol.

Des ongles acérés lui griffèrent le visage, aussi eut-elle du mal à discerner Afua, qui lui hurlait dessus en kensiya. « Ils les ont emmenés ! Comment avez-vous pu ? Après que je vous ai aidée ! »

L'agression prit fin rapidement quand les gardes se saisirent d'Afua et la mirent à genoux, lui arrachant un cri. L'un d'eux passa un bras protecteur autour de Karina, mais elle le repoussa.

« Arrêtez ! Vous lui faites mal ! » cria Karina ; les joues ensanglantées. Les soldats ne relâchèrent pas Afua, mais desserrèrent leur étreinte. Ignorant les regards abasourdis des courtisans, Karina s'agenouilla près de la jeune fille et demanda en kensiya : « Que se passe-t-il ? Qui a emmené qui où ?

— Ma famille ! Vos soldats, ils les ont emmenés !

— Quoi ? » Karina ne put dissimuler la perplexité dans ses yeux.

La défiance d'Afua céda rapidement à la peur. « Vous n'avez vraiment rien à voir avec ça ?

— Je te jure sur la tombe de mon père que je ne sais pas de quoi tu parles. »

Karina était disposée à l'admettre uniquement parce qu'elles s'exprimaient en kensiya. La cour n'avait pas besoin de la savoir si peu informée de ce qui se passait à Ziran.

Karina se retint de grogner sur l'homme qui tenait Afua. « Lâchez-la immédiatement. » Devant l'absence de réaction, elle aboya : « Vous osez discuter un ordre direct ? Lâchez-la. »

Au lieu d'obéir, le garde se tourna vers la grande viziresse. La colère de Karina redoubla.

« Votre Altesse, peut-être vaudrait-il mieux poursuivre cette discussion à l'intérieur », dit Jeneba en jetant un coup d'œil aux dizaines de courtisans qui les entouraient. Karina serra les dents, mais hocha la tête. Les gardes ne libérèrent Afua que sur l'ordre de la grande viziresse et escortèrent cette dernière, suivie de Karina et le conseil, à l'intérieur de Dar Benchekroun.

Les trophées des nombreuses chasses de Mwale Omar s'alignaient sur les murs de la pièce dans laquelle ils entrèrent. Les membres du conseil prirent position le long des murs, sous les têtes de lions, d'éléphants et de léopards pétrifiées au regard menaçant ; Karina se tint derrière la jeune fille.

« Afua, explique-nous ce qui s'est passé, demanda Karina, en gardant une voix aussi posée que possible pour ne pas effrayer davantage l'Arkwasienne.

— Il y a eu une nouvelle rafle au marché de la Rivière, ce soir. Les Sentinelles se sont dirigées droit sur la tente de ma famille. Je n'ai réussi à m'enfuir que de justesse. » Pour la première fois, Afua donnait l'impression d'avoir son âge. « Est-ce qu'on a fait quelque chose de mal ? Pourquoi nous ? »

Une autre rafle s'était produite, et Karina n'avait rien fait pour l'empêcher. Elle se tourna vers le conseil. « Pouvez-vous m'expliquer ceci ?

— Rappelez-vous, Altesse, nous avons découvert que l'épée impliquée dans l'*incident* de l'autre soir portait les armoiries de l'Arkwasi-hene, déclara la grande viziresse. Le conseil mène l'enquête sur tous ceux qui sont liés à sa cour.

— Même si Osei-hene vous a fait quelque chose, le reste d'entre nous n'a rien à voir avec ça ! » s'écria Afua. Karina hocha la tête en se remémorant la soirée qu'elle avait passée parmi les Arkwasiens. L'espace de quelques heures, Afua lui avait rappelé ce que c'était d'avoir une famille, et à présent on la lui avait enlevée. Le mépris d'Adil pour les autorités ziranies revint à l'esprit de Karina, frappée par l'injustice de tout cela.

« L'Arkwasi-hene sera livide quand il découvrira que nous avons arrêté des membres de sa cour sans une raison suffisante, fit-elle remarquer. Je ne serais pas surprise qu'il prenne ça comme un *casus belli*.

— Le cas échéant, nous nous en occuperons le moment venu. Pour l'instant, notre priorité est de nous assurer que justice soit rendue. »

Karina n'en croyait pas ses oreilles. Aucun dirigeant qui se respecte ne traitait à la légère une menace de guerre, à moins que…

À moins qu'ils n'*essaient* d'en déclencher une.

Toutes les manœuvres du conseil depuis la mort de la Crécerelle prenaient soudain sens. L'assassinat de la sultane justifiait une déclaration de guerre, et presque tous les membres du conseil avaient des parts dans des sociétés qui fleuriraient en temps de guerre. De plus, aucun d'eux n'aurait à brandir ne serait-ce qu'un bouclier dans les batailles à venir.

Et sans la Crécerelle, qui pourrait les arrêter ?

« J'ordonne que vous libériez sur-le-champ tout Arkwasien que vous avez jeté en prison au nom de cette "enquête". »

Personne ne bougea.

Jeneba soupira. « Mes excuses, Votre Altesse. Peu importe ce que vous croyez, votre couronnement n'a pas eu lieu ; vous n'êtes pas encore sultane. Gardes, veuillez raccompagner Son Altesse à sa chambre, et emmener la fille pour interrogatoire. »

Un frisson parcourut la colonne vertébrale de Karina. Deux Sentinelles sortirent subrepticement des ombres, leurs armes à poignée d'os déjà en main.

« Non ! » cria Afua quand les guerriers arrivèrent à son niveau. L'air autour d'eux crépita comme il l'avait fait dans la grotte, et Karina sentit la jeune fille invoquer ses pouvoirs. La réalité de la magie et des zawenjis était encore un secret, et il était impossible de savoir comment le conseil réagirait en apprenant la vraie nature d'Afua. Mais comment calmer une enfant qui avait vu sa famille se faire enlever sous ses yeux ?

Et les Sentinelles. Il y avait quelque chose dans la façon dont elles menaçaient Afua, une connexion que Karina sentait sans la voir. Si la magie devait s'opposer à la force brute, elle ignorait qui aurait le dessus.

À quelques pas de là, Farid posait alternativement des yeux effarés sur Karina et sur le conseil, en passant nerveusement ses doigts dans ses cheveux déjà ébouriffés.

« Karina, je t'en prie, fais ce qu'ils te disent, supplia-t-il. Nous tirerons ce malentendu au clair demain matin. »

Le désespoir dans la voix de l'intendant ramena Karina à la réalité.

« Afua, baisse la garde », dit-elle calmement. S'il lui arrivait quoi que ce soit, elle ne se le pardonnerait jamais. « Je te jure qu'il ne te sera fait aucun mal. Obéis-leur. »

Afua chercha dans le regard de Karina une assurance qu'elle n'éprouvait pas. Ses épaules s'affaissèrent, et la tension dans l'air se dissipa alors que les Sentinelles emmenaient les deux jeunes femmes dans des directions opposées.

Karina aurait pu crier, hurler. Peu de temps auparavant, elle ne s'en serait pas privée. À présent, elle aurait préféré mourir plutôt que donner au conseil la satisfaction de la voir craquer.

C'est donc la tête haute qu'elle laissa les Sentinelles l'escorter jusqu'à Ksar Alahari, sans faire cas des murmures qu'elle suscitait à son passage.

Ce n'est que lorsqu'elle se retrouva seule qu'elle se rendit compte que ses ongles s'étaient plantés dans ses paumes jusqu'au sang.

23

Malik

Le départ de Karina du Mitan était sur toutes les lèvres. La rumeur affirmait que la princesse avait contracté un emprunt faramineux auprès de la famille de l'ambassadeur arkwasien et refusait de le rembourser ; non, la vérité, c'était qu'elle avait insulté l'Arkwasi-hene et payait le prix de son irrespect. Non, ce qui s'était *vraiment* passé…

Odieuse. Fade. Sotte. Lubrique. Les critiques pleuvaient. La sympathie que Karina s'était attirée durant le tournoi de wakama s'était évaporée avec les premiers ragots. Malik n'était pas certain de lui conserver la sienne, après qu'elle l'avait poussé dans le lac, mais même elle ne méritait pas un tel traitement. Personne ne le méritait.

Mais alors, un juriste ivre écrasa son oyinka sur le carrousel, et les commérages se détournèrent de la princesse alors qu'apparaissaient les premières lueurs de l'aube. Tunde n'avait pas exagéré quand il avait dit que la fête durerait vingt-quatre heures – il s'en était écoulé seulement dix, et Malik était déjà sur les genoux.

Nouveau verre et nouvelle danse. Mwale Omar s'était depuis longtemps écroulé dans un lit de fleurs, entouré de plusieurs danseuses hilares ; il fit signe à Malik de le rejoindre, mais on l'entraînait déjà dans une partie d'agram, puis quelqu'un d'autre le tirait par le poignet pour lui présenter sa fille. Le goût écœurant du vin mêlé à celui de l'eau du lac lui emplissait la bouche, et bien qu'il ait regagné la terre ferme depuis des heures, il sentait toujours les vagues qui essayaient de le couler.

Il était là pour une raison précise, mais il n'arrivait plus à se rappeler laquelle. Il était là pour… danser avec la princesse Karina. Non, non, il était là pour… Nadia ! Oui, il cherchait Nadia. Mais où se trouvait-elle ? Il l'appela, mais n'obtint aucune réponse. Terrifié, il cria plus fort, mais sa voix se perdit dans le brouhaha général. Égaré dans ce monde onirique de diamants, de richesse et de célébrité, tout ce que Malik voulait, c'était sa petite sœur.

« Nadia ! cria-t-il encore, mais une main se plaqua sur sa bouche et l'entraîna dans la tente de la ménagerie, où il s'étala sur le sol.

— Je t'ai cherché partout ! » s'exclama Leila. Malik roula sur lui-même en serrant ses bras autour de son ventre avec un grognement.

« Je vais vomir », balbutia-t-il. Leila ramassa un seau abandonné près d'une cage pleine de singes piaillant et le posa devant lui. Il rendit le contenu de son estomac pour la deuxième fois de la soirée, mais ne se sentit pas plus sobre après.

« Tu sais très bien que tu ne tiens pas l'alcool », le tança Leila avec un regard courroucé en l'aidant à s'asseoir. La ménagerie était d'un calme salvateur après la cacophonie du Mitan. L'odeur des déjections animales, la vue des outils rouillés, l'agitation de Leila… tout cela lui semblait familier. Il se serait cru chez lui.

Malik sentit son estomac se retourner quand lui revint en mémoire son altercation avec Mwale Omar et Boadi. Jusque-là, il avait considéré le vizir comme un vieil homme plein de bonnes, quoique vaines intentions. Mais il avait suffi d'un instant pour qu'il se transforme en une hideuse et cruelle créature, tout ça parce qu'il avait cru qu'un Eshran avait osé lui tenir tête.

L'arrogance avec laquelle Driss avait justifié le traitement dont le peuple de Malik était victime lui donnait envie de hurler. S'ils avaient réagi ainsi simplement parce qu'il avait pris la défense d'un Eshran, que lui feraient-ils s'ils apprenaient qu'il en était un lui-même ? Tant qu'il parlait et se comportait comme eux, il demeurait l'un des leurs. Mais à la seconde où il révélerait sa véritable identité, ils porteraient sur lui le même regard que sur le jeune Boadi. Pire, même.

Il leva les yeux sur Leila. Sa sœur paraissait encore plus troublée qu'à l'accoutumée, quoiqu'en bien meilleure forme que lui-même. « Quoi ? Quelque chose ne va pas ?

— Quand comptais-tu me dire que tu étais avec la princesse Karina, la nuit dernière ? »

La bile monta une fois de plus dans la gorge de Malik, mais il la ravala. « Je voulais le faire, mais je n'en ai pas eu le temps. Et si je n'ai pas accompli ma tâche à ce moment, c'est parce que je ne savais pas que c'était elle. »

Leila renifla. « Bien sûr. Et tu vas bientôt m'expliquer comment danser avec elle va t'aider à la tuer. »

S'il pensait que la nuit ne pouvait pas empirer, la Grande Mère semblait décidée à lui prouver le contraire. « Je ne voyais pas vraiment les choses de cette façon.

— Vraiment ? Je vais te dire, moi, comment je les ai vues : tu aurais embrassé l'air qui sortait de ses poumons, si tu en avais eu l'occasion. Tu es tombé amoureux de cette fille au point d'avoir oublié la véritable raison de notre présence dans cette foutue ville ! »

Malik n'avait jamais rien entendu d'aussi absurde. Certes, Karina était belle, et étonnamment gentille quand elle s'en donnait la peine. Certes, il n'oubliait pas le calme béat qu'il avait ressenti à ses côtés durant la rafle. Mais l'admettre n'avait rien à voir avec de l'amour. Et rien de tout cela ne changeait le fait que sa famille avait persécuté les siens pendant des siècles. Même l'amour ne pouvait guérir certaines blessures.

« As-tu manqué le moment où elle m'a poussé à l'eau ?

— Je n'ai pas dit qu'*elle* était amoureuse de *toi*. Tu te rappelles quand tu t'étais amouraché de la fille d'oncle Enni ? Chaque fois qu'elle venait nous voir, tu te comportais comme un idiot aveuglé par ses sentiments. Quand tu es avec la princesse, tu as le même regard – comme si tu avais passé chaque seconde en son absence à souhaiter qu'elle soit là. »

Malik baissa les yeux sur ses mains, trop furieux pour parler. Leila soupira. « Le mot *amour* est peut-être un peu fort. Mais tu as laissé toutes ces histoires de champion te monter à la tête, et nous n'avons pas progressé d'un pouce, en ce qui concerne Nadia. »

Une vanne s'ouvrit en Malik, qui ne put s'empêcher de demander d'une voix tranchante : « Est-ce que tu te rends compte à quel point c'est difficile pour moi ? »

Leila fut interloquée ; ni l'un ni l'autre ne se souvenait que Malik lui ait un jour parlé de la sorte. Il poursuivit néanmoins : « Est-ce que tu mesures à quel point il est difficile de s'approcher de la personne la mieux protégée de Sonande sans risquer nos vies à tous les deux ? Est-ce que tu sais ce que ça fait, d'avoir peur de tout, tout le temps ?

— Oh, oui, comme il doit être dur d'être adoré par tous, de recevoir plus de mets fins et de cadeaux que tu ne pourras jamais en désirer et d'entendre la foule scander ton nom partout où tu vas. C'est si terrible que tu n'as même pas réussi à sauver notre sœur !

— J'essaie depuis le premier jour !

— Ça ne suffit pas, Malik ! » Leila frappa l'air de sa main. À cet instant, elle ressemblait tant à leur père que Malik tressaillit. « Si j'avais tes pouvoirs et tes opportunités, nous n'aurions même pas cette discussion, car Nadia serait déjà en sécurité ! »

Malik sentit ses yeux lui brûler ; lors des disputes, les larmes lui venaient toujours plus facilement que les répliques.

« Tu passes ton temps à me dire que j'ai tort, que j'ai merdé ou que tu t'en serais beaucoup mieux sortie que moi, répondit-il d'une voix étranglée. Je n'ai pas besoin que tu me mettes le nez dans mes échecs, parce que je ne les connais que trop bien ! »

Leila serra les poings sur ses hanches. « Tu veux quoi, des excuses ? Alors pardon de ne pas vouloir voir notre sœur mourir aux mains d'un esprit maléfique. Pardon d'avoir passé ma vie à m'occuper de toi sans n'avoir jamais rien demandé en retour. Et pardon d'être celle qui sait tout et qui ne flanche jamais, parce que si je l'avais fait, peut-être que tu ne serais pas un tel lâche ! »

Leila se leva d'un bond. « Nous avons dépassé la moitié de Solstasia, et notre sœur est toujours entre les griffes d'Idir. Plutôt que de perdre mon temps ici, je vais trouver un moyen de la sauver, avec ou sans toi. Tu n'as qu'à… faire ce qui te plaît. Je ne me mettrais plus en travers de ton chemin. »

Elle s'arrêta à l'entrée de la tente, donnant à Malik un semblant d'espoir d'arranger les choses.

« Papa était comme ça, aussi, ajouta-t-elle d'une voix glaciale. Il n'en faisait toujours qu'à sa tête, sans se soucier des conséquences sur les autres. Donc si tu préfères vivre tes fantasmes jusqu'à ce qu'ils se retournent contre toi – et ça arrivera –, alors peut-être que tu n'es pas si différent de lui, après tout. »

Sur ces mots, sa sœur s'éloigna.

Les cinq années passées sans leur père ne représentaient qu'à peine un tiers de la vie de Malik, et pourtant il lui semblait qu'une éternité s'était écoulée depuis son départ. À une époque, il ne désirait rien davantage que ressembler à son père – non, ce n'était pas exactement ça. Plutôt incarner celui que son père voulait le voir devenir. Mais aujourd'hui, il n'était qu'un… lâche.

Il y eut un bruit d'air. Malik leva les yeux et vit au-dessus de sa tête les spectres qui s'assemblaient autour de lui pour former un cocon d'ombres protectrices. Ils avaient un don pour le trouver quand il était particulièrement bouleversé. Il leur adressa un faible sourire, surpris de se sentir plus soulagé qu'effrayé de les voir, pour la première fois depuis… eh bien, pour la première fois.

« Je suppose que vous n'êtes pas là pour m'aider à trouver la princesse Karina », croassa-t-il. Les spectres le considérèrent en silence, et il soupira. Ce petit tour ne marcherait pas deux fois.

La tête bourdonnante comme si on la lui avait frappée contre une enclume, Malik se leva. À en juger par la luminosité qui filtrait dans la tente, il pouvait être quelques heures avant ou après midi.

« Viens, j'ai l'impression qu'il n'y a personne, ici !

— On va avoir des ennuis ! »

Les pas de deux personnes s'approchèrent. Malik sentit son pouls s'emballer. Il scruta l'intérieur de la tente, sans y voir de cachette.

« Les filles entrèrent dans la tente et n'y trouvèrent personne », marmonna-t-il rapidement. Sa magie s'échauffa en lui, se déploya autour de ses os. Il n'osa pas respirer lorsque le rabat de la tente s'ouvrit à la volée.

« Tu vois ? C'est vide, je te l'avais dit ! Allez, viens. »

Malik gagna rapidement l'entrée de la tente tandis que les deux amantes entrelaçaient leurs bras et leurs jambes. Il attendit que l'une d'elles l'interpelle, mais rien ne vint. Leurs regards glissaient complètement sur lui. Abasourdi, Malik baissa les yeux sur sa main ; elle était complètement transparente, au point qu'il voyait la terre et le sable au travers. Il ne pouvait même pas voir la Marque, quoiqu'il la sente s'enrouler au dos de sa main.

Pour la première fois depuis des heures, un authentique sourire naquit sur ses lèvres. Jusqu'à maintenant, toutes les illusions qu'il avait tissées avaient été des entités indépendantes de lui ou de tout autre être vivant, mais il avait créé celle-ci autour de sa personne. Les nombreuses applications possibles de cette nouvelle aptitude étaient stupéfiantes, mais Malik se limita à une seule d'entre elles en scrutant la silhouette de Ksar Alahari contre le ciel de ce milieu de journée.

Pour l'heure, tous les membres de la noblesse ziranie célébraient le Mitan, ce qui signifiait que le palais était presque désert, à l'exception notable de la princesse Karina. Il n'était même pas sûr que les Sentinelles l'aient raccompagnée dans ses quartiers après l'avoir exfiltrée de la fête, mais il semblait logique de commencer ses recherches à cet endroit. Le quatrième jour de Solstasia débutait à peine, aussi avait-il plus qu'assez de temps pour s'éclipser et revenir avant que sa présence soit de nouveau requise.

Il n'avait ni n'aurait jamais rien de commun avec son père. Peu importe le nombre de ses échecs, il n'abandonnerait jamais sa famille à son sort.

« Allez, les gars, dit-il aux spectres. Nous avons une princesse à trouver. »

Ces derniers suivirent obligeamment Malik tandis qu'il se frayait un chemin hors de la propriété et courait jusqu'au palais, sa main invisible serrée en une étreinte mortelle autour de la poignée de la lame-esprit.

Leila se trompait à son sujet. Et il allait tuer la princesse Karina une bonne fois pour toutes afin de le lui prouver.

24

Karina

La commandante Hamidou avait tort. Il n'y avait pas un traître à Ksar Alahari.

Il y en avait douze. Un conseil entier d'entre eux qui n'avaient pas hésité à arracher le pouvoir à Karina à la première occasion. Et maintenant, son peuple allait souffrir à cause de sa faiblesse.

Karina arpenta sa chambre de long en large en faisant pivoter l'anneau de sa mère autour de son doigt. Elle était enfermée ici depuis son départ du Mitan. Le soleil se couchait sur le quatrième jour de Solstasia. Elle voyait toujours les lumières du carnaval de sa fenêtre et sentait le rythme de la musique faire vibrer les pierres du palais. Son seul contact avec l'extérieur se résumait à la servante qui lui apportait ses repas. Lors de ses visites, Karina avait essayé de la faire parler, mais chaque fois la pauvre fille avait lâché son plateau et s'était enfuie. Même le vieux couloir des domestiques était bloqué. Si le conseil avait jusqu'ici fermé un œil complaisant sur ses activités nocturnes, il ne faisait plus aucun doute que son passage secret n'avait rien de secret.

Ksal Alahari lui avait toujours semblé être une prison dorée. Aujourd'hui, c'était une cage.

L'Ultime Défi aurait lieu le lendemain, au coucher du soleil, et la cérémonie de Clôture deux jours plus tard. Il n'en restait plus que trois à Karina pour accomplir le Rite de Résurrection, alors qu'elle n'avait toujours pas résolu l'énigme de Santrofie, et encore moins rassemblé les objets nécessaires. Les prémices d'une migraine palpitaient à ses tempes, qu'elle combattit en serrant les dents. Il fallait qu'elle trouve une issue à sa situation désespérée.

Aminata ne devait pas être au courant que le conseil avait pris le contrôle de la ville, sans quoi elle aurait essayé d'entrer en contact avec elle, non ? Karina n'aurait jamais dû lui crier dessus. Si elle ne l'avait pas fait, son amie serait à l'instant même en train de se creuser la cervelle pour trouver une solution.

Et Afua. Malgré tous ses pouvoirs magiques, elle restait une enfant piégée dans un pays étranger. Pire, une enfant que Karina avait échoué à protéger, malgré ses promesses.

Tout comme elle avait failli à la Crécerelle.

Tout comme elle avait failli à Baba et Hanane, tant d'années plus tôt...

La douleur transperça le crâne de Karina, qui eut l'impression qu'on le lui fendait avec une hache. Elle s'écroula sans grâce, et lorsqu'elle reprit conscience, elle était étendue sur le sol, la bouche pleine de bile. D'amères larmes lui piquaient les yeux, et le monde tournait autour d'elle.

Elle n'y arriverait pas. Elle ne pourrait rien contre le conseil, elle ne pourrait protéger le peuple de Ziran, si chaque fois qu'elle pensait à son père et à sa sœur, elle perdait connaissance.

Mais la Crécerelle le pourrait.

Sa mère était la seule personne capable d'arracher le contrôle de la ville aux mains du conseil. Ziran avait plus que jamais besoin d'elle, plus qu'elle n'avait jamais eu besoin de Karina.

La jeune femme s'assit en tremblant. Sa servante serait là d'une minute à l'autre avec son dîner. Il lui fallait un plan. Si elle voulait se tirer de ce mauvais pas, elle allait devoir penser comme la Hyène. Il n'existait aucune énigme que la légendaire arnaqueuse ne puisse résoudre.

La lune-de-sang ne pousse que dans les ténèbres au-delà des ténèbres et tire sa force des os des dieux qui n'en étaient pas. Fais confiance à la rivière pour t'y conduire.

Adil avait suggéré que « les dieux qui n'en étaient pas » désignaient les pharaons de Kennoua. Ziran avait été bâtie sur les ruines d'une place forte kennouane après la guerre du Pharaon, aussi cette expression pouvait faire référence à n'importe quel endroit de la cité. Et fallait-il prendre « les ténèbres au-delà des ténèbres » au sens littéral ou figuré ?

« Fais confiance à la rivière… fais confiance à la rivière », marmonna Karina, en ravalant ses larmes et en se massant les tempes. La Gonyama avait irrigué tout Kennoua, mais le peu qu'il en restait coulait sous la ville, dans les citernes qui alimentaient les puits de Ziran. Karina ne s'y était jamais rendue…

Sauf une fois.

Durant la Veille de Solstasia, quand la Crécerelle l'avait emmenée dans le Sanctuaire de la reine, Karina avait senti la présence de l'eau. La Gonyama étant la seule source à des kilomètres à la ronde autour de Ziran, la moindre goutte d'eau si loin sous la ville devait être connectée d'une façon ou d'une autre à la rivière.

Si elle voulait résoudre cette énigme, elle allait devoir trouver un moyen de descendre.

Elle devait accéder au Sanctuaire de la reine.

Karina sauta sur ses pieds et se jeta de tout son poids contre la grille de la fenêtre, mais le métal tint bon. Tandis qu'elle cherchait une autre issue, ses yeux s'arrêtèrent sur les lanternes accrochées près de son lit.

Le feu. Puissant. Consumant tout sur son passage.

Karina fit un pas vers les lanternes, mais se figea. Des souvenirs de corps noircis et de funérailles blanches lui traversèrent l'esprit. Sa main se mit à trembler.

Mais elle ne pouvait pas prendre le risque de ne pas renouveler la Barrière ni de ne pas accomplir le Rite de Résurrection. De plus, les membres du conseil ne voulaient pas qu'elle meure, ou ils l'auraient déjà tuée. Tout ce qu'elle pouvait faire, c'était allumer cette étincelle et prier pour qu'ils ne la laissent pas brûler.

Avant de pouvoir changer d'avis, Karina prit toutes les huiles et les parfums qu'elle put trouver dans son nécessaire et en versa le contenu sur son lit. Elle décrocha une lanterne de son support et jeta un dernier coup d'œil à sa chambre, ses yeux s'attardant sur la moitié d'espace qui avait autrefois été celui de Hanane.

Elle lâcha la lanterne.

Le feu se propagea à toute sa literie presque instantanément. Karina s'écarta des flammes qui dévoraient son lit et ses montants de bois. Elle ouvrit la bouche pour crier, mais aucun son n'en sortit.

Elle avait de nouveau 8 ans. Baba et Hanane se ruaient dans le brasier pour la sauver. Elle avait échappé à l'incendie, pas eux, et personne ne la pardonnerait jamais, et…

Karina se gifla la joue qu'Afua avait griffée. La douleur lui fit reprendre pied dans la réalité, assez pour qu'elle crie : « Au feu ! »

La porte de sa chambre s'ouvrit à la volée. Sa nouvelle servante la fit sortir de la chambre en toute hâte, hurlant aux gardes d'apporter de l'eau. Karina s'éclipsa au milieu du chaos et se mit à courir plus vite qu'elle ne l'avait jamais fait. La plupart des courtisans assistaient toujours aux festivités du Mitan et le feraient jusqu'à minuit, mais il restait assez de gens pour que l'alerte circule rapidement. Elle se fraya un chemin parmi une foule qui s'agitait en tous sens, ne s'arrêtant même pas à l'appel de son nom.

Elle s'apprêta à tourner au coin derrière lequel se trouvait l'entrée du jardin de la Crécerelle, mais se ravisa aussitôt. Deux soldats montaient scrupuleusement la garde devant la porte, en jetant des coups d'œil nerveux à la fumée qui flottait devant eux. La Grande Mère lui vienne en aide, elle aurait dû savoir que des gardes stationnaient toujours devant les quartiers de la sultane, vivante ou pas. Cependant, elle ne pouvait pas regagner sa chambre, laquelle était occupée à se faire dévorer par les flammes.

Karina s'engouffra dans la pièce qui faisait face aux quartiers de sa mère. À l'intérieur, la fenêtre donnant sur le jardin était restée miraculeusement ouverte – son premier coup de chance de la journée. Ses yeux lui piquèrent lorsqu'elle prit conscience de la chute qui l'attendait si elle se loupait. Elle grimpa sur le rebord de la fenêtre et banda les muscles pour sauter.

« Karina ? »

Postée tel un fantôme sur le seuil de la porte, Aminata dévisageait sa maîtresse, les sourcils arqués. Pendant des jours, Karina s'était répété ce qu'elle dirait à sa suivante lorsqu'elle la reverrait, mais maintenant qu'elle était devant elle, les mots lui manquaient.

« Vous l'avez trouvée ? » cria quelqu'un dans le couloir.

Toutes les choses que Karina voulait dire restaient coincées dans sa gorge. *Je suis désolée*, murmurait son cœur. *J'ai peur. Je n'y arriverai pas toute seule.* Aminata ouvrit la bouche, la referma, puis l'ouvrit de nouveau.

« Elle n'est pas là ! » lança-t-elle en claquant la porte derrière elle. Ravalant les paroles qu'elle ne pouvait prononcer, Karina sauta.

L'un des arganiers de sa mère amortit sa chute, mais elle y récolta une sévère entaille au bras. Le jardin souffrait déjà de n'avoir reçu aucun soin depuis quatre jours. Des plantes grimpantes encombraient les sentiers, et les pétales des fleurs les plus délicates s'étaient desséchés. Combattant la sensation tenace d'être suivie, Karina courut jusqu'à la fontaine qui cachait l'entrée du Sanctuaire de la reine et trouva le griffon dissimulé dans la pierre. Elle positionna son anneau dans l'indentation et poussa aussi fort qu'elle le put.

Rien ne se produisit.

Jurant sous cape, Karina fit deux autres tentatives, sans plus de résultats. Une seconde… Sa mère avait prononcé une formule, mais laquelle ?

« Sésame, ouvre-toi ! dit-elle en se sentant un peu idiote. Montre-moi ta véritable forme ! »

La pierre ne bougea pas. Karina se replongea à contrecœur dans ce jour funeste, avant la révélation de la magie et l'assassinat, quand il n'y avait eu qu'elle et sa mère assises parmi les fleurs. La blessure était encore vive, pourtant Karina dépassa sa douleur pour invoquer ce moment où sa mère avait définitivement changé son monde.

« Malgré tout, nous sommes toujours debout. »

Le sol gronda lorsque les pierres à la base de la fontaine s'écartèrent. Karina avait déjà à moitié pénétré dans la grotte quand un étau se referma autour de sa cheville et la tira vivement en arrière.

« Retournez sur-le-champ dans les quartiers résidentiels, Votre Altesse. Sur ordre du conseil », commanda la Sentinelle du ton monocorde qu'elles partageaient toutes.

Karina se débattit en vain pendant que le soldat la traînait loin de la fontaine. C'est à peine si ses coups le ralentissaient. Le vent soufflait dans les arbres, dont les branches s'agitaient en tous sens, comme les flammes du feu qu'elle venait d'allumer. Le monde était d'une netteté troublante – des vagues mortelles de magie irradiaient du soldat, mais Karina se démenait trop pour se demander pourquoi.

« Attendez ! »

Karina ne vit pas Adil, mais elle l'entendit user du même ton charmeur avec lequel il avait envoûté toute la ville lors du Deuxième Défi.

« Je ne vais pas vous faire de mal, déclara Adil, dont les pas se rapprochaient. Personne dans ce jardin ne peut vous faire de mal. »

À ces mots, le corps de la Sentinelle se détendit. Son étreinte se desserra, permettant à Karina de libérer un de ses bras. La transe dans laquelle Adil avait plongé l'homme était si puissante qu'il ne remarqua même pas l'objet que le champion avait jeté sur le sol à proximité de la main de Karina.

Une dague pourvue d'une poignée dorée et d'une lame noire.

Sans réfléchir, elle la ramassa et la planta dans un défaut de l'armure de la Sentinelle, au niveau de la cuisse. Le soldat la lâcha avec un cri, et elle s'accrocha à sa cheville avant qu'il ne puisse se saisir à nouveau d'elle. Au même instant, Adil le chargea d'un coup d'épaule. L'impact projeta la Sentinelle en arrière et propulsa Adil et Karina dans le passage minéral. Sitôt que la jeune femme fut dans l'escalier, l'entrée se referma au-dessus d'eux avec un bruit caverneux.

Déséquilibrés, les deux jeunes gens basculèrent par-dessus la corniche longeant la fresque murale et furent avalés par le monde sombre et inconnu en contrebas.

25

Malik

Malik percuta la surface de l'eau avec un bruit de tonnerre et fut entraîné dans les profondeurs par le lourd tissu de ses vêtements. Pour la deuxième fois de la journée, ses membres battirent inutilement dans les eaux agitées à la recherche d'une stabilité inexistante. Sa magie se manifesta, mais nulle illusion ne pouvait le sauver des rapides tourbillonnants.

Pour futiles que soient ses efforts, Malik n'abandonna pas la lutte. Il était hors de question qu'il se noie, pas tant que Nadia ne se trouvait pas en sécurité. Au moment où un voile noir obscurcissait sa vision, des mains puissantes le saisirent sous les aisselles et le tirèrent vers le haut. Malik creva la surface, prit une inspiration hoquetante et s'accrocha à un rocher qui faisait saillie pour ne pas se faire davantage entraîner par le courant.

Un mouvement sur la berge attira son attention. Karina, penchée au-dessus de l'eau, tendait une main vers lui. « Par ici ! »

Serrant les paupières, Malik inspira profondément et se laissa aller. L'effrayante sensation de ne pas peser son poids revint, mais il parvint à atteindre Karina juste avant de couler à nouveau. Avec son aide, il rampa sur la rive et s'effondra dans ses bras. Ils restèrent silencieux pendant de longues minutes, accrochés l'un à l'autre, jouissant du simple soulagement d'être en vie.

« ... deux fois », articula Karina.

Malik toussa. « Deux fois que quoi ?

— Deux fois que je vous mets à genoux. »

Malik entendit son sourire dans sa voix, et il eut soudain une conscience aiguë de son corps pressé contre le sien. À contrecœur, car la chaleur de Karina était une bénédiction après l'étreinte glacée de la rivière, il s'écarta d'elle.

« Vous m'avez sauvé la vie. » Sans Karina, il n'aurait jamais revu la surface. Il adressa une prière silencieuse à la Grande Mère – s'il s'était noyé ici, ç'aurait aussi été la fin pour Nadia.

Karina s'assit en essorant sa chevelure argentée. « Je vous ai juste donné la main. Vous vous êtes hissé tout seul sur la rive.

— Avant ça. Quand j'étais sous l'eau, vous m'avez tiré vers la surface.

— Non. J'étais déjà sortie quand je vous ai vu.

— Alors qu'est-ce que... » Des histoires de monstres tapis dans les profondeurs vinrent à l'esprit de Malik, et il décida qu'il ne voulait pas connaître la réponse à cette question ; si une telle créature l'avait sauvé, c'était l'affaire de la Grande Mère, pas la sienne.

Une fois le choc de sa mort imminente passé, Malik regarda autour de lui. La grotte dans laquelle ils se trouvaient était si haute qu'il n'en voyait pas le plafond. La pierre brute n'avait rien de commun avec le grès taillé dans lequel était bâti le reste de la ville. L'air épais sentait la vase et la moisissure.

Karina et lui étaient à présent absolument seuls. Aucun témoin. Aucune excuse.

La princesse fronça les sourcils, comme si elle avait senti la modification du cours de ses pensées. « Qu'est-ce que vous faisiez au palais, et comment avez-vous trouvé le jardin ? » demanda-t-elle d'une voix sèche.

La Marque se glissa dans la paume fermée de Malik, alors que ce dernier estimait le meilleur endroit où la frapper. Il voulait faire ça vite et proprement.

« J'ai quitté le Mitan parce que je voulais m'excuser pour ce que j'avais dit durant le Deuxième Défi. » La facilité avec laquelle il mentait le désarçonna un peu. « Je n'ai pas vraiment mesuré les conséquences de mes paroles, je suis vraiment désolé de vous avoir mise dans une position inconfortable. Quand le feu s'est déclaré, je me trouvais à l'un des étages supérieurs ; je vous ai vue vous engouffrer dans cette pièce, et j'ai vu la Sentinelle vous courir après. Ça ne semblait pas normal, alors je vous ai suivie et je me suis glissé dans le jardin par la même fenêtre que vous. »

Cette dernière partie était techniquement exacte. Après avoir quitté le Mitan aux alentours de midi, Malik avait pénétré dans Ksar Alahari à la suite d'un groupe de serviteurs, et il avait passé des heures à arpenter les nombreux couloirs du palais. Il aurait pu continuer longtemps si le chaos de l'incendie ne l'avait mis sur le chemin de Karina.

La ride entre les sourcils de la princesse s'approfondit ; elle n'en croyait pas un mot. Il lui jeta le même regard ingénu que Nadia utilisait pour échapper à une punition.

« Je ne doute pas que vous auriez pu vous débarrasser toute seule de ce soldat. Mais… » Malik s'interrompit et baissa de nouveau les yeux. Il ajouta d'une voix douce : « Comme vous l'avez dit lors de la rafle… Je ne pouvais pas le regarder vous faire du mal en sachant que je pouvais intervenir. »

Karina se détourna en toussant. « Bon. J'accepte vos excuses. Et… merci. D'avoir été là. »

Une vague de soulagement traversa Malik. Moins elle aurait de soupçons, plus ce serait facile. La poignée de la lame-esprit appuyait contre sa paume. Il suffirait d'un coup bien placé sur l'un de ses points vitaux, et alors…

Et alors elle mourrait.

L'idée du sang de Karina sur ses mains le révulsa. Il hoqueta bruyamment, mais l'attention de la princesse s'était détournée de lui. Ses yeux étaient attirés par un éclat au-delà de la saillie sur laquelle ils se tenaient. Karina se précipita vers le bord du piton rocheux, suivie de près par Malik.

Cachée dans une faille plus longue que la plus haute tour de Ksar Alahari, une cité étincelante formait comme une balafre dorée sur la pierre sombre. Cela rappela à Malik les villes miniatures que les artisans vendaient sur les marchés, des répliques trop jolies, trop parfaites pour ressembler à un quelconque endroit où vivaient vraiment des gens. Alors qu'il contemplait ce paysage impossible, une vibration se saisit de ses os, l'attirant vers l'avant. La Marque se coula dans sa peau et alla se dissimuler sous sa manche.

« Qu'est-ce que c'est que ça ? » souffla-t-il. Il n'y avait pas de raison de chuchoter, puisqu'ils étaient seuls, mais cela semblait être le genre de lieu où l'on n'élevait pas la voix.

« Les dieux qui n'en étaient pas… C'est une nécropole, bâtie par les Kennouans pour enterrer leurs pharaons après leur mort. C'est ça ! » Avant que Malik ait pu poser d'autres questions, Karina se rua à l'assaut de l'étroit escalier qui longeait l'à-pic.

« Attendez ! s'écria Malik en se lançant à sa poursuite. Vos ancêtres ont construit leur ville sur un ancien cimetière kennouan ?

— Ce n'était pas *mon* idée ! »

Arrivé en bas de l'escalier, Malik comprit pourquoi la nécropole brillait avec une telle intensité : chacune des surfaces, des façades des bâtiments jusqu'aux statues à tête de serpent qui gardaient l'entrée, était couverte d'or. L'architecture, différente de celle de Ziran, se distinguait par ses larges piliers, ses pyramides évasées et ses obélisques qui semblaient bouger quand Malik les regardait.

Les cris de Nadia résonnaient aux oreilles de Malik, mais chaque fois qu'il essayait d'invoquer la lame-esprit, sa main n'obéissait pas.

« On devrait attendre que quelqu'un nous trouve », lança-t-il. Plus ils s'approchaient du cœur de la nécropole, plus la vibration se faisait présente. Il n'y avait nul signe des enténébrés, ce qui signifiait qu'ils se trouvaient toujours sous le palais.

« Personne ne nous trouvera, tout simplement parce que je possède la seule clé d'accès à la fontaine, répondit Karina. À moins que vous n'envisagiez de remonter la rivière à contre-courant jusqu'à Ksar Alahari, elle reste notre seule porte de sortie. »

Si Karina disait vrai, il ne pourrait jamais sortir de la nécropole sans elle, et il ne servait à rien de la tuer ici s'il ne restait pas vivant pour en donner la preuve à Idir.

Tant qu'il aurait besoin de son aide, garder Karina en vie était la meilleure chose à faire. Pour cette raison, et pour cette raison seule, il différa ses plans.

Peut-être qu'en se répétant suffisamment cette version de l'histoire, il finirait par y croire.

Ils arrivèrent dans ce qui semblait être un marché, à en juger par les divers étals et boutiques qui bordaient la chaussée. Mais à la différence des autres rues, et à la grande surprise de Malik, il y avait là des gens. À la fois soulagé et déçu qu'ils ne soient pas seuls, il s'approcha d'une personne. Avant de reculer brusquement avec un cri.

Ce qu'il avait pris pour des gens était en réalité des corps. Chacun d'eux effectuait un geste emprunté aux vivants – inspecter un fruit pétrifié, nettoyer un étal figé pour l'éternité, tenir un bébé mort depuis des siècles. Leurs vêtements, dont seuls les fils d'or effilochés et les broderies à moitié effacées témoignaient de la gloire passée, méritaient à peine le nom de loques.

Dans sa hâte à s'éloigner, Malik trébucha sur son propre pied et tomba sur les fesses. Ce n'est qu'à cet instant que Karina consentit à s'arrêter pour lui tendre une main secourable.

« Quel est cet endroit ? haleta-t-il en refoulant une montée de bile dans sa gorge.

— Les Kennouans croyaient que tout ce qu'ils emportaient dans la tombe les suivait dans l'Au-delà. Pour eux, il était hors de question que leur pharaon, dieu parmi les mortels, s'y rende seul. On sacrifiait donc ses esclaves pour qu'ils se joignent à lui. » Le regard de Karina démentait le calme de ses paroles ; s'y lisait une colère noire dont Malik s'estimait heureux de ne pas être la cible.

En attrapant sa main, il posa les yeux derrière l'épaule de la jeune femme sur une fresque murale complexe ornant le mur de ce qui semblait être un temple. S'étendant sur plusieurs étages, elle racontait l'histoire du désert de l'Odjubai, des tribus nomades prékennouanes à l'image récurrente de la comète bicentenaire. Cependant, dans la section consacrée à la fondation de Ziran figurait un élément que Malik n'avait jamais vu.

Le Roi sans visage avait toujours été soustrait des images de l'histoire ziranie, et aucun des contes ne fournissait de détails sur l'homme qui avait gagné puis perdu la confiance de Bahia Alahari.

Mais là, dans la lumière inquiétante de cette nécropole, l'image de ce roi de l'Antiquité montrait un visage qui hantait Malik chaque fois qu'il fermait les yeux.

Idir.

Malik tressaillit, manquant de peu d'invoquer la lame-esprit dans un réflexe défensif. Sur chacune des portions de la fresque où Bahia Alahari apparaissait, Idir la flanquait dans sa forme humaine aux cheveux blancs. On le voyait mener la bataille aux côtés de l'ancêtre de Karina. Un peu plus bas, deux enfants aux cheveux argentés se tenaient entre deux silhouettes fières. Dans l'image suivante, il n'y avait plus qu'un seul enfant.

Plusieurs pièces s'emboîtèrent dans l'esprit de Malik. La familiarité avec laquelle Idir avait évoqué la reine tutélaire, durant la Veille de Solstasia. L'amertume et la colère dévorante que l'esprit nourrissait à l'égard de Ziran.

Cela n'avait aucun sens, pourtant Malik ne pouvait nier la réalité sous ses yeux.

Idir était le Roi sans visage.

Ce qui signifiait que Karina, comme tous les Alahari depuis Bahia, descendait de l'obosom. Les membres de la famille royale de Ziran étaient des enténébrés.

Il se tourna vivement vers Karina, qui contemplait le temple, bouche ouverte.

« C'est ça ! »

Cependant, elle ne regardait pas Idir, mais le toit du temple, où des alignements de fleurs rouge sang faisaient saillie audessus du rebord. Karina se précipita vers le bâtiment, sans comprendre ni faire cas de la signification de cette fresque sur sa vie.

Malik sentit la tête lui tourner. Karina n'était pas humaine, ou seulement en partie, ou… En fait, il ignorait ce que ça faisait d'elle. Mais il savait que s'il était à sa place, il voudrait que quelqu'un lui dise la vérité sur ses origines. Mais alors, il devrait lui expliquer comment il connaissait Idir, et il ne voyait pas comment le lui révéler sans que cette histoire finisse mal pour lui.

Du reste, si Idir était vraiment l'ancêtre de Karina, pourquoi voulait-il sa mort ?

« Altesse, attendez ! cria Malik.

— Je dois aller cueillir une de ces fleurs !

— Mais la fresque ! Le Roi sans visage !

— Qu'est-ce qu'on en a à faire ? Il est mort, et depuis un bon moment ! »

Ils dépassèrent un groupe d'enfants pétrifiés disposés de telle façon qu'ils paraissaient jouer au ballon. Dans chacun de leurs visages figés, Malik voyait Nadia, et les larmes lui brûlèrent les yeux.

« Et tous ces gens ? » La Marque était de retour dans sa paume, de nouveau prête à se transformer en arme à tout instant. « Eux aussi sont morts depuis trop longtemps pour que vous vous en souciiez ? Et ces centaines de personnes qui perdent la vie tous les jours en traversant le désert, et tous ces Eshrans qui meurent dans les troubles qui sévissent dans les montagnes, vous vous en fichez aussi ?

— Vous ne comprenez rien », cracha Karina en accélérant le pas. L'éclat doré qui se reflétait sur sa chevelure argentée lui donnait un air éthéré, presque mystique.

L'infériorité écrasante que Malik avait ressentie quand Mwale Omar avait failli frapper Boadi le saisit à nouveau. Il pressa le pas à son tour pour rattraper la princesse. Des écailles vert d'eau jonchaient le sol, mais toute son attention se concentrait sur elle.

« Comment suis-je censé comprendre quoi que ce soit, alors que vous ne m'expliquez pas le problème ?

— Il n'y a aucun problème !

— Alors pourquoi vous enfuyez-vous ?

— Parce que ç'aurait pu être moi ! »

Karina s'arrêta net et pivota pour faire face à Malik. Des larmes gonflaient ses paupières. « Tout le monde se souvient de Bahia Alahari comme la fondatrice de Ziran. Mais avant ça, c'était une esclave de la maisonnée du pharaon, qui s'est rebellée en premier lieu pour éviter ce destin. J'ai probablement des liens de parenté avec ces pauvres gens. Si j'avais vécu à cette époque, mon corps se trouverait sans doute sur ce marché. Est-ce que vous savez ce que ça fait, d'être entourée par les souvenirs de ceux qui abhorrent jusqu'à votre existence ? »

Malik s'arrêta à son niveau. Un mètre les séparait, mais ç'aurait tout aussi bien pu être un millier de kilomètres.

« Je ne le sais que trop bien, Votre Altesse », dit-il faiblement.

Comment Karina réagirait-elle s'il lui expliquait que son cœur se brisait chaque fois qu'il devait feindre l'indifférence en entendant des propos haineux à l'égard de son peuple ? Comprendrait-elle ? Le cas échéant, que ferait-il ?

« Je suis désolé, s'excusa-t-il, désamorçant la colère de Karina. Tout cela est… Je ne sais même pas quoi dire. Mais on serait effrayé pour moins que ça. »

Karina éclata d'un rire sans joie. « Les reines n'ont peur de rien.

— Tout le monde a peur. À commencer par moi. Les espaces confinés. Les gros chiens. Mourir… Mourir seul. Je sais que mes paroles ne valent pas grand-chose à vos yeux, mais je ne crois pas que la peur vous affaiblisse. Je pense même qu'elle vous rend plus forte. »

Leurs regards se croisèrent, et Malik fut frappé par la douceur dans les yeux de Karina. La Marque tourbillonnait dans son poing serré, mais il ne pouvait pas… non, il ne voulait pas invoquer la lame-esprit. La vibration gagna en intensité à mesure que l'appel de la magie s'infiltrait dans son sang.

« Venez, dit-elle finalement. Je ne peux pas partir d'ici sans cette fleur. »

Cela semblait une bien étrange exigence dans un moment pareil, mais cela n'empêcha pas Malik de suivre Karina jusqu'au temple. Un obélisque doré les toisait depuis le toit du bâtiment, dont ils essayèrent en vain d'ouvrir le verrou. Quand il devint clair qu'ils n'entreraient pas par la grande porte, les deux jeunes gens contournèrent le temple, pour se retrouver de nouveau devant la fresque.

Elle était composée de milliers de glyphes kennouans, dont le sens leur était obscur. Pris séparément, chacun d'eux ne voulait pas dire grand-chose, mais ensemble ils racontaient une histoire. Malik, dont l'esprit bouillonnait comme chaque fois qu'il se trouvait face à une énigme, observa le dessin devant lui. Celui-ci représentait treize silhouettes masquées, agenouillées devant une quatorzième qui tenait le soleil et la lune dans ses mains étendues.

Malik toucha le mur. Il était frais et solide sous ses doigts.

Dague. Coupe. Canne. Baguette. Livre. Œil.

« Nous, membres de l'Ulraji Tel-Ra, jurons allégeance au dieu parmi les rois, et à personne d'autre », murmura Malik, sachant au fond de lui sa traduction exacte. Ses yeux tombèrent sur le glyphe que se répétait plus que tout autre dans l'image.

C'était sa Marque. Tous les membres de l'Ulraji Tel-Ra arboraient le même tatouage que Malik, aussi noir que la nuit.

Il cessa soudain de respirer.

Il ignorait l'identité et la nature de ces gens, mais ils étaient clairement liés à Kennoua d'une façon ou d'une autre. L'Empire kennouan avait été un fléau pour Sonande – la nécropole en témoignait –, et les peuples avaient mis plusieurs siècles à guérir de la terreur qu'il avait fait régner. S'il disposait des mêmes pouvoirs que les Kennouans, ou si ses pouvoirs provenaient de la même source, alors cela voulait dire…

Impossible. Il ne pouvait avoir aucun lien avec le pharaon. Il était eshran, comme tous les membres de sa famille… non ?

Malik s'écarta brusquement du mur, et l'étrange connexion qu'il avait ressentie se rompit. Un malaise le traversa lorsqu'il leva les yeux sur Karina ; il pria pour qu'elle n'ait rien remarqué.

« Adil, dit-elle soudain, et le cœur de Malik menaça de lui sortir de la poitrine. À quoi faisiez-vous référence, quand vous parliez de troubles à Eshra ? »

Les muscles de Malik se détendirent lentement. Agir normalement. Karina ne pouvait pas connaître la vérité. « Vous n'avez pas entendu parler de la fièvre de la rivière, de l'aggravation des guerres entre clans ? »

Karina secoua la tête. « La dernière chose que j'aie entendue à propos d'Eshra, c'est que les récoltes de grain y étaient basses, mais rien d'autre. Il s'y passe quelque chose ? »

Jusqu'à quel point un jeune homme privilégié comme Adil saurait-il ce qui se passait dans ces montagnes éloignées ? Un faux pas, et sa couverture serait éventée. D'un autre côté, il tenait peut-être sa seule chance de faire part des malheurs de son peuple à quelqu'un qui avait le pouvoir d'améliorer son sort.

Malik ouvrit la bouche, mais la referma aussitôt, incapable de trouver comment raconter l'histoire qui comptait à ses yeux plus que toute autre. Tout en patientant, Karina s'appuya d'une main contre le mur.

« Vous n'avez pas à me le dire, si vous ne… »

Un tremblement puissant lui coupa la parole, suivi par un bruit de friction minérale et un grondement grave. Alarmé, Malik chercha instinctivement la main de Karina, qui la lui donna volontiers.

« Qu'est-ce que c'est que ça ? souffla-t-il.

— Je... »

Le grondement devint un rugissement. Une portion du mur du temple coulissa, et une créature que Malik n'avait jamais vue franchit l'ouverture. Le monstre tourna vers eux une tête de la taille d'une vache, que supportait un cou écailleux large comme un tronc d'arbre et long comme un serpent. Des colliers rouillés turquoise et vermillon lui enserraient la gorge, et des émeraudes étincelaient dans sa coiffe.

Durant une seconde, Malik fut trop fasciné pour avoir peur. Il avait sous les yeux un authentique serpopard, une créature mythique à laquelle les Kennouans attribuaient la fonction de conduire les morts dans l'Au-delà. Selon les contes, le venin de cette chimère était si puissant que son seul contact vous tuait en moins d'une heure.

Le serpopard poussa un mugissement à faire frémir le monde. Revenant à la réalité, Malik et Karina se mirent à courir.

La bête se lança à leur poursuite, mais sa corpulence le handicapait dans les rues étroites de la nécropole. Des débris plurent sur eux de toutes parts, et certains des esclaves sacrifiés furent réduits en poussière sous les pattes du serpopard.

« Par ici ! » cria Karina en se précipitant vers l'entrée d'une boutique trop petite pour que la créature s'y faufile. Tous deux se recroquevillèrent dans le coin opposé quand la tête monstrueuse se baissa au niveau de l'encadrement de la porte. Un œil orange de la taille de la tête de Malik cligna devant eux.

Au bout de quelques secondes, le serpopard s'éloigna, et ils soupirèrent de soulagement.

BAM !

Utilisant son cou comme une masse, le serpopard frappait la bâtisse de sa tête, encore et encore. De gros blocs de pierre se détachant du plafond fracassaient les nombreuses poteries qui jonchaient le sol.

Si la chimère ne les tuait pas, les décombres s'en chargeraient. Malik n'avait rien d'autre que sa lame-esprit, une arme trop petite contre une créature de cette taille. Et avec Karina près de lui, il ne pouvait pas non plus utiliser sa magie.

Tandis que Malik battait en retraite, Karina fouilla parmi les pots et trouva une longueur de corde. Ses yeux se tournèrent vers l'obélisque sur le toit du temple.

« Adil, la prochaine fois qu'il frappera le bâtiment, passez sous lui et courez vers la gauche.

— Et vous ?

— Ne vous inquiétez pas pour moi ! »

La tête du serpopard percuta une fois de plus la boutique. La peur figeait Malik, mais Karina l'encouragea d'une poussée dans le dos et cria : « Maintenant ! »

Malik fonça en avant et zigzagua entre les pattes du monstre, tandis que Karina repartait à toutes jambes vers le temple. Ramenant son long cou en arrière, le serpopard se lança à la poursuite de Malik qui courait à en perdre haleine vers le marché. Il se glissa sous plusieurs étals, en prenant soin de déranger le moins possible leur ordonnancement méticuleux, mais en pure perte, car le serpopard chargeait chacun d'eux. Quoique la moitié supérieure de la chimère se meuve à la vitesse du cobra, la partie inférieure de son corps, lourde, le ralentissait. Malik joua de cet avantage en restant toujours hors de portée de ses crocs, telle une souris esquivant un chat.

Jetant un coup d'œil par-dessus son épaule, il vit Karina escalader le mur du temple, la corde serrée entre les dents. Des traces sanglantes apparaissaient sur la façade là où elle s'était entaillé les doigts. Malik lui intima silencieusement de se dépêcher, avant de se baisser vivement pour éviter une nouvelle attaque. La tête du monstre fit voler en éclats un chariot devant lui, et des échardes tranchantes lui sautèrent au visage. Malik trébucha, mais reprit sa course, son endurance s'épuisant à vue d'œil.

« Adil ! »

Karina avait pris pied sur le toit du temple et attaché un bout de la corde à l'obélisque. L'autre pendait dans le vide. Comprenant ce qu'elle attendait de lui, Malik plongea sous les pattes du serpopard. Avec tout ce qui lui restait de force, Malik fonça vers le temple et attrapa la corde. Une fois qu'il l'eut bien en main, Karina cria : « Eh, gros matou, par ici ! »

Profitant de cette diversion, Malik se jeta sur la bête. Il grimpa le long d'une de ses pattes poilues jusqu'à se retrouver à cheval sur son dos. Alors, il fit plusieurs tours de corde autour du cou du serpopard et l'attacha avec un nœud coulant, comme son père le lui avait enseigné bien des années plus tôt.

« Adanko, bénie sois-tu, j'en appelle à ta protection », marmonna Malik en sautant du dos de la créature. L'impact avec le sol déclencha une vive douleur dans tout son corps, mais il ne pouvait pas rester là, et sa course l'emmena droit devant la chimère. Frappé de plein fouet par son haleine méphitique, Malik présenta des excuses silencieuses à Nadia pour être mort avant d'avoir pu la sauver.

Mais au lieu de la douleur attendue, il y eut un hoquet. Les yeux du serpopard s'exorbitèrent quand le nœud de fortune se serra autour de son cou. L'obélisque frémit sous la traction, mais tint bon. De l'écume s'échappa des babines de l'antique créature qui, dans un dernier rugissement, s'écroula sur le sol et ne bougea plus.

Malik tomba à genoux, le visage baigné de larmes. Il remarqua à peine Karina dégringoler du toit du temple.

« On a réussi ! »

Une masse de bras et de cheveux se précipita sur lui, et tous deux roulèrent à quelques pas de la gueule immobile du serpopard. Le rire de la jeune femme était contagieux, et bientôt Malik s'esclaffait lui aussi, au point de devoir se tenir les côtes.

« Tu as été incroyable ! s'exclama Malik. Avec la corde ! L'obélisque !

— Et toi ! Grimper sur son dos comme tu l'as fait ! »

Karina rayonnait au-dessus de lui, le visage éclairé par une joie féroce. Il aurait été si simple de réduire l'espace entre eux, de voir si leurs corps s'épousaient aussi bien que Malik commençait à le soupçonner.

« On fait une bonne équipe, non ? » dit-elle d'une voix douce. Mais une ombre, dont il aurait désespérément voulu connaître l'origine, traversa son regard.

« Oui », acquiesça-t-il.

Elle approcha encore son visage du sien. Ses mèches argent lui chatouillèrent le nez. Malgré son hébétude, Malik invoqua la lame-esprit derrière son dos et la tint aussi proche de son cou que l'étaient leurs lèvres.

Un coup. Il n'en faudrait pas plus. C'est tout ce qu'il...

La Grande Mère lui vienne en aide, il avait envie de l'embrasser.

« Adil », murmura-t-elle, son souffle chaud contre son visage. La lame-esprit trembla dans sa main. « Est-ce que tu... Attention ! »

Karina les fit rouler sur le côté juste avant que les crocs du serpopard ne balayent l'espace qu'ils occupaient un instant plus tôt. L'arme disparut lorsque les mâchoires de la créature se refermèrent sur l'ourlet de la chemise de Malik, à quelques centimètres de sa peau. Le corps de la chimère fut agité de soubresauts, puis elle s'immobilisa définitivement.

Le pouls de Malik s'accéléra. « Ma chemise !

— Je t'en achèterai une nouvelle. »

Karina déchira une bande de tissu de sa robe, l'enroula autour de sa main et entreprit de disjoindre la mâchoire du serpopard des vêtements de Malik. Une des dents pourries de la créature se détacha. Elle alla rejoindre les dizaines de fleurs rouges dans la poche de Karina.

« Pour étude », précisa la princesse en réponse au regard interrogateur de Malik. Il subodorait un mensonge, mais ne chercha pas plus loin. Elle se redressa et jeta au cadavre un coup d'œil méfiant. « Viens. Je n'ai aucune envie de découvrir quelles autres abominations vivent ici. »

La Marque s'agita contre la peau de Malik, mais pour le moment, il ne pouvait rien faire d'autre que s'appuyer contre la fille qu'il était censé tuer alors qu'ils quittaient le tombeau doré.

26

Karina

Plusieurs heures s'étaient écoulées, ou du moins Karina le supposait-elle. Elle n'avait aucun moyen de mesurer le temps qu'ils avaient passé là-dessous. L'exaltation de leur victoire sur le serpopard céda bientôt la place à l'effroi quand il devint évident qu'il n'y avait aucune issue.

La nécropole elle-même mesurait environ un kilomètre et demi, à en juger par le temps qu'il leur fallut pour la traverser d'un bout à l'autre. Ils prirent soin de ne rien déranger. Cependant, il n'avait pas échappé à Karina qu'il ne s'était rien passé quand Adil avait touché le mur du temple. C'était son contact à elle qui avait libéré la bête, et elle frissonna à l'idée que les pharaons avaient trouvé un moyen de prendre sa famille pour cible même dans la mort.

Il y avait néanmoins un point positif à leur mésaventure : les lunes-de-sang dans sa poche. Elle avait maintenant tout ce dont elle avait besoin pour accomplir le Rite de Résurrection.

Tout, sauf le cœur d'un roi. Mais elle s'en inquiéterait plus tard.

Où que se tourne Karina, les yeux du Roi sans visage semblaient la suivre – une illusion d'optique créée par la fresque. Techniquement, il était son ancêtre, mais Karina ne ressentait rien d'autre à son égard que du mépris. Il ne méritait pas qu'on se souvienne de lui comme d'un membre de la famille, dès lors qu'il avait trahi Bahia.

Karina sentit son estomac se serrer. Elle remarqua qu'Adil lorgnait les fruits vieux de plusieurs siècles alignés sur les étals. Ils en arrivèrent au point où tous deux étaient trop fatigués et affamés pour faire un pas de plus, aussi s'étendirent-ils côte à côte au bord de la rivière agitée. Karina leva les yeux sur ce qu'elle voyait du plafond de la grotte et essaya de se rappeler ce qui, de la faim ou de l'épuisement, tuait en premier.

Elle jeta un coup d'œil en biais à Adil, et le souvenir du baiser qu'ils avaient failli échanger juste avant leur victoire sur le serpopard fit naître une chaleur au plus profond d'elle-même.

« Qu'est-ce qu'il y a ? » demanda-t-il. Karina secoua la tête, mais l'image des lèvres d'Adil sur les siennes refusait de la quitter.

« Rien. Mais puisque tu m'as sauvé la vie, je suppose que je te dois des excuses pour t'avoir poussé dans le lac.

— Ne t'en fais pas pour ça. En plus, ça m'a permis de dessoûler, ce dont j'avais grandement besoin. » Adil laissa passer un silence. « Cependant, si je puis me permettre de reprendre la conversation que nous avions avant ce fâcheux incident, pourquoi veux-tu que j'abandonne la compétition ? »

Les fantasmes de Karina s'interrompirent tout net quand elle vit le regard blessé d'Adil. Après ce qu'ils venaient de traverser, le moins qu'elle puisse faire était de lui révéler une partie de la vérité.

« Mon père a rompu ses fiançailles pour pouvoir épouser ma mère, et sa famille l'a renié pour ça, répondit-elle en pesant ses mots. Après ce triste épisode, il a emménagé à Ksar Alahari et s'est vite rendu compte qu'il détestait la vie de palais. Il nous aimait, ma mère, ma sœur et moi, mais la cour lui rendait la vie impossible. » Karina soupira. « Ma mère a essayé de le protéger de leurs plus sombres machinations, sans y parvenir totalement. Au cours des dernières années de sa vie, il ne quittait ses quartiers que lorsqu'il y était obligé. Est-ce vraiment le genre de vie que tu veux ? »

Des trois champions encore en lice, Adil était le seul qui n'ait appris dès le plus jeune âge à quel point la vie de cour pouvait être insidieuse. Karina éprouvait de la peine à l'idée que la gentillesse de ce garçon se heurte à la laideur des gens comme elle, presque autant que d'imaginer lui arracher le cœur. Elle ne voulait pas le tuer. Elle ne le ferait pas.

Durant plusieurs minutes, seul le doux bruit des eaux de la rivière lui répondit. Karina fut reconnaissante à Adil de ne pas reprendre la parole immédiatement. Même après toutes ces années, le souvenir de l'histoire de Baba restait une douleur cuisante. Il n'y avait pas trente-six façons de vivre le fait qu'une des personnes qu'elle aimait le plus au monde avait supporté l'insupportable pour simplement rester à ses côtés.

Adil prit finalement la parole. « Comment était ton père ? »

Karina ferma les yeux. Un sourire pensif lui étira les lèvres. « Il faisait rire tout le monde, même ma mère. C'était le meilleur musicien que j'aie jamais connu. Il lui suffisait d'entendre une chanson une fois pour l'interpréter à la perfection. Et ne te fatigue pas à dire que tu es navré. Ça ne change rien.

— Je n'en avais pas l'intention. » La voix d'Adil se fit plus douce, loin du ton envoûtant qu'il avait adopté durant le Deuxième Défi, et pourtant Karina ne pouvait s'empêcher de tomber sous son charme. « Quand mon père… Quand il nous a quittés, tout le monde n'avait que ce mot à la bouche. Je l'ai toujours détesté ; être “navré” n’a jamais ramené personne. Donc… je ne prétends pas comprendre ce que tu ressens, mais je vois ce que tu veux dire. » Après une pause, il ajouta : « Pour ce que ça vaut, il ne fait aucun doute que tu l’aimais beaucoup.

— Oui. »

Un silence s’étira entre eux, chacun perdu dans son propre monde. Visiter la partie de son cœur qu’habitait Baba serait toujours une épreuve, elle le soupçonnait. Mais lorsqu’elle en parlait avec cet étrange garçon aux yeux de nuit qui ne cessait de la surprendre… la douleur ne disparaissait pas, mais pour la première fois, la perspective de l’affronter ne l’effrayait pas.

Adil avait quelque chose que Karina aurait été bien en peine de définir, une bonté et un courage qu’elle n’avait jamais trouvés ailleurs. Mais plus que cela, quand elle parlait, il écoutait. Et il lui témoignait une confiance que personne, pas même Farid ou Aminata, ne lui avait jamais accordée. Il avait remis sa vie entre ses mains lors de l’attaque du serpopard, et le poids de cette responsabilité était à la fois réconfortant et intimidant.

« Si je te demandais de m’attraper la lune à mains nues, comment t’y prendrais-tu ? »

Adil ferma les paupières. Karina ne pouvait quitter des yeux sa peau sombre qui reflétait l’éclat doré de la lumière. « Quand la lune commencera à se coucher, je l’attendrais les mains tendues jusqu’à ce qu’elle se pose sur elles. Alors je me retournerais et je te la donnerais. » Il pivota vers elle et lui adressa un sourire timide. « Mais c’est une réponse idiote, n’est-ce pas ? »

D’un coup, le monde fut à la fois trop et pas assez, prêt à se briser en mille morceaux au moindre mot de travers. Karina eut l’impression d’avoir trébuché sur une barrière dont elle ne soupçonnait pas l’existence, et de ne se rendre compte de sa chute que lorsque le sol s’était précipité à sa rencontre.

Pourtant, l'impact ne lui causa aucune douleur. Elle en connaissait un rayon sur le sujet, et l'étourdissement qu'elle ressentait n'avait rien de commun avec celle-ci.

« Non, répliqua-t-elle, le souffle coupé. Ça n'a rien d'idiot. »

Que cette prise de conscience ait lieu ici, à un jet de pierre des pires outrages que sa famille avait subis, témoignait de l'étrange et insaisissable marche du monde.

Mais ça n'avait aucune importance, car si Adil remportait Solstasia, il mourrait, et s'il échouait, ils ne seraient jamais ensemble. Quoi qu'il se passe entre eux ne pourrait jamais advenir, un point c'est tout.

Sentant sa poitrine se contracter, Karina se concentra sur le flot de la Gonyama. Santrofie lui avait dit de se fier à la rivière, et celle-ci l'avait conduite à la lune-de-sang. Peut-être qu'en lui confiant de nouveau son destin, elle la mènerait là où elle devait aller.

« Je crois que nous devrions tenter notre chance avec la rivière », déclara Karina en espérant que l'idée paraisse meilleure en la disant à voix haute que dans sa tête.

Adil la fixa du regard. « La rivière qui a failli nous tuer ? »

Karina soupira. Visiblement, il n'était pas plus convaincu qu'elle.

« Mais on s'en est sortis. » Était-ce son imagination, ou s'exprimait-elle d'une voix plus aiguë ? Comment était-on censé parler à la personne sur laquelle on craquait possiblement ? « Et puis, ce n'est pas comme si tu avais mieux à proposer.

— Au moins, je n'invite personne à se jeter à l'eau. »

Trop fatigués pour rire, tous deux grognèrent.

Sans meilleure option que d'essayer, ils retournèrent à l'endroit où ils avaient émergé des flots la première fois. Le courant était encore assez puissant pour qu'ils se tuent s'ils se cognaient la tête contre un rocher ou sur la rive.

Mais Santrofie était sa divinité patronnesse. Il n'irait sûrement pas lui suggérer de faire quelque chose qui lui serait fatal. Karina tendit la main à Adil. « Fais-moi confiance. »

Ce dernier se rembrunit, désarmant un moment la jeune femme, avant de finalement hocher la tête et d'attraper sa main. Un curieux frisson la traversa, la sensation de retrouver l'ombre après une journée sous le soleil, mais qui s'évanouit aussitôt.

Karina jeta un dernier regard à la nécropole, gravant dans sa mémoire chacun des visages piégés ici depuis bien trop longtemps. Elle comprenait pourquoi ses ancêtres avaient choisi de garder cet endroit intact, mais cela avait assez duré. Une fois qu'elle serait officiellement sultane, son premier acte consisterait à détruire cet endroit et à donner des funérailles dignes à chacun de ses occupants. Les esclaves méritent autant que les reines de rester dans l'histoire.

Prenant une dernière inspiration et serrant la main d'Adil dans la sienne, Karina sauta dans l'eau.

La force de la Gonyama l'écrasa une fois de plus, et bientôt ses poumons réclamèrent désespérément de l'air. Au moment où un voile noir commençait à obscurcir sa vision, sa tête creva la surface. Elle inhala une grande bouffée d'air nocturne alors que le courant la déposait sur la rive du canal qui courait derrière les cuisines du palais.

Sous le regard brillant des étoiles, Karina toussa pour évacuer l'eau de ses bronches. La Grande Mère en soit remerciée, c'était toujours la nuit du quatrième jour de Solstasia ; il lui en restait encore trois pour accomplir le rituel. Ses lunes-de-sang étaient trempées, mais miraculeusement intactes.

Karina leva les yeux et vit six serviteurs abasourdis la dévisager. Sachant qu'elle disposait de peu de temps avant que la nouvelle de son retour se répande, elle ordonna : « Allez me chercher une serviette. Et Farid. »

Dix minutes plus tard, elle était assise dans un salon chichement éclairé, une serviette enroulée autour des épaules. Elle n'avait pas touché au pichet d'eau et à l'assiette de fruits qu'on avait déposés près d'elle. Après l'éclat fantomatique de la nécropole, Ksar Alahari paraissait terne, comme un vêtement lavé de trop nombreuses fois. Elle ignorait où se trouvait Adil, mais il allait bien ; Karina refusait de croire le contraire. Ils avaient été séparés, et il avait émergé dans une autre portion du canal, trempé et épuisé.

Le grincement d'une porte qui s'ouvrait rompit le fil de ses pensées. Elle hoqueta quand Farid jeta ses bras autour d'elle. Elle faillit commenter cette inhabituelle démonstration d'affection, mais Farid tremblait tant que Karina ravala sa moquerie et lui rendit son étreinte.

« J'apprécie ton accueil chaleureux, mais je ne suis partie que quelques heures. »

Karina perdit le sourire quand Farid s'écarta d'elle, les sourcils froncés. « Karina, personne ne t'a vue depuis l'incendie de Jour-Terre. Le conseil a annulé l'Ultime Défi et s'apprêtait à annoncer officiellement ta mort dans la matinée.

— Ils ont annulé le... Quel jour sommes-nous ?

— Jour-Feu, quelques heures après minuit. »

Le cœur de Karina se serra. Jour-Feu était le sixième jour de la semaine. Sa traversée de la nécropole avec Adil avait donc duré plus d'une journée ?

« Les rafles se poursuivent-elles ? A-t-on des pistes au sujet du traître ? As-tu des nouvelles d'Afua ?

— Oui, non et non. »

Karina s'agrippa à la table pour ne pas perdre l'équilibre tandis qu'elle enregistrait les informations de Farid. Elle avait perdu une journée entière, il ne lui en restait maintenant plus que deux pour accomplir le Rite de Résurrection. Le conseil était sur le point d'accroître son pouvoir, et toujours aucun signe d'Afua.

« Fais venir immédiatement la commandante Hamidou », ordonna Karina. Si le conseil était prêt à annoncer sa mort, l'heure n'était plus à la négociation, mais à la force brute, même si la confrontation risquait d'être violente.

Cependant, au lieu d'obéir à son ordre, Farid se passa la main dans les cheveux. « La commandante Hamidou n'est plus là. Après ta disparition, le conseil lui a mis sur le dos tout ce qui était allé de travers durant Solstasia et l'a révoquée. Je ne sais pas où elle a été emmenée. »

Non. Karina s'écroula. Farid se précipita près d'elle.

« Karina.

— Tout est ma faute, dit-elle d'une voix brisée. Je dois les arrêter, mais je ne sais pas comment. Ils ont pris le contrôle de la ville, et je n'y peux rien.

— Karina. »

Elle était de nouveau une enfant, à qui l'on arrachait tous ceux qu'elle aimait en l'espace d'une seule journée. « Ils sont morts, Farid. Ils sont tous morts !

— Je suis vraiment désolé pour ça. » Avant qu'elle ait pu lui demander ce qu'il voulait dire par là, il attrapa le pichet d'eau et le lui vida sur la tête.

Karina glapit et postillonna. « Qu'est-ce qui ne va pas chez toi ? hurla-t-elle.

— Qu'est-ce qui ne va pas chez *toi* ? cria-t-il en retour. Regarde-toi ! »

Karina baissa les yeux sur ses vêtements trempés et en piteux état.

« Ta mère est morte, et le conseil a pris le pouvoir. Ce sont des faits indéniables. Mais la Karina que je connais, celle qui n'a jamais laissé personne lui marcher sur les pieds, ne resterait pas assise là à pleurer pendant que d'autres lui volent ce qui lui appartient légitimement. »

La jeune femme renifla. Farid avait raison ; craquer ne la mènerait nulle part. Si le conseil avait fait main basse sur la ville, alors elle n'avait d'autre choix que de la lui reprendre.

Mais comment ?

Le regard de Karina tomba sur la dent de serpopard, qu'elle n'avait pris que pour la montrer à Farid, lui qui était si friand de tout ce qui venait de l'ancien monde. Elle était toujours emmaillotée entre des couches de tissu, mais un petit trou était apparu au niveau de la pointe et s'élargissait de seconde en seconde.

Les yeux de la jeune femme s'agrandissaient, eux aussi. Sans faire cas de son épuisement, elle se redressa sur ses jambes tremblantes. « Convoque immédiatement le conseil.

— Tu devrais te reposer, d'abord, protesta Farid.

— Non. Nous allons tirer ça au clair cette nuit. Rappelle-leur tout ce qu'ils nous doivent, s'il le faut. Mais fais-les venir.

— Mais...

— Farid. » Karina leva sur l'intendant un regard qu'elle espérait calme et déterminé. « Tu as été un frère pour moi depuis que je suis née, et un professeur depuis presque aussi longtemps. N'as-tu pas mis ce temps à profit pour faire de moi le genre de reine que d'autres voudraient suivre ?

— J'ai essayé. »

Écouter son instinct l'avait jetée dans l'arène de wakama et les avait sauvés, Adil et elle, des griffes du serpopard.

L'heure était venue de l'éprouver face au conseil.

« Alors suis-moi. »

À en juger par les regards terrorisés que les membres du conseil posaient sur elle en entrant dans le Marbre, plus d'un l'avait réellement crue morte. Fraîchement sortie du bain et vêtue d'un élégant cafetan écarlate bien trop élaboré pour les petites heures du matin, Karina remplissait des verres de thé à la menthe devant chacun des sièges. Farid se tenait debout derrière son fauteuil, les mains consciencieusement croisées dans le dos.

Quand tout le monde fut assis, Karina désigna d'un geste la débauche de pain et de pâtisseries qu'elle avait fait préparer à la dernière minute.

« Je vous en prie, mettez-vous à l'aise et servez-vous. Nous avons beaucoup de choses à nous dire. »

Personne ne toucha à la nourriture. Haussant les épaules, Karina trempa un morceau de pain dans un bol d'huile d'olive, prenant mentalement note de ceux qui avaient déjà bu une gorgée de thé.

Mwani Zohra fut la première à rompre le silence. « Je parle en mon nom, mais je sais que tous ici partagent mon sentiment quand je dis que je suis enchantée de vous voir vivante et en bonne santé.

— Nous serions curieux de savoir où vous vous trouviez, souffla Mwale Omar, qui avait déjà avalé la moitié de son verre. Ça la fiche mal d'avoir dû annuler l'Ultime Défi.

— Je vous promets de tout vous raconter bientôt. Mais d'abord, je suis sûre que vous vous demandez pourquoi je vous ai tirés du lit si tôt. Pour être honnête, je suis consternée par le comportement du conseil, ces derniers jours. Depuis que Solstasia a commencé, j'ai été témoin de nombreuses injustices commises contre notre peuple et nos invités, et cela au nom de notre famille.

— Je concède que les rafles ont causé plus de troubles que prévu, mais notre enquête ne saurait s'en dispenser, dit la grande viziresse Jeneba. Chaque jour qui passe sans que nous trouvions les coupables est une insulte supplémentaire à la mémoire de Haissa Sarahel – puisse la Grande Mère lui accorder la paix.

— La plus grande insulte à la mémoire de ma mère est de laisser le chaos régner dans sa ville. »

Karina se tourna vers le conseiller à côté d'elle. « Mwale Ahar, depuis combien d'années êtes-vous vizir ?

— Plus de quinze, Votre Majesté.

— Et durant ces quinze années, combien de sultanes avez-vous servies ?

— Deux... Votre mère et sa tante avant elle. Bientôt trois, j'espère, ajouta-t-il rapidement.

— Alors répondez-moi. Avec quinze ans de service à votre actif, pourquoi choisir maintenant de vous opposer à ma famille ? »

Mwale Ahar eut la décence d'avoir l'air embarrassé en bredouillant : « Comme la grande viziresse l'a dit, nous n'avons agi que dans la limite de nos droits étant donné les circonstances inhabituelles entourant Solstasia.

— Bien sûr. Et vous, Mwani Rabia ? »

Mwani Rabia Assaraf, l'une des membres les plus âgées du conseil, se tortilla sur son siège. Karina poursuivit : « Les Assaraf se tiennent aux côtés de la sultane depuis la fondation de Ziran. L'amour entre nos deux familles aurait-il tourné à l'aigre ?

— Mon amour pour votre famille demeure toujours aussi vif. » La voix de la viziresse se mit à chevroter sous le poids des ans. « Mais pour être franche, je m'inquiète pour l'avenir de Ziran sous votre autorité. »

Karina avait beau s'être attendue à cette réponse, elle ne lui en fit pas moins l'effet d'une douche froide. « Développez, je vous prie. »

Jeneba prit la parole. « Tout le monde ici vous connaît depuis votre naissance, si bien que nous avons eu le temps de mesurer vos forces… et vos faiblesses. »

D'autres conseillers autour de la table hochèrent la tête. « J'ai été impressionnée, continua la grande viziresse, par la façon dont vous vous êtes conduite depuis le décès de Haissa Sarahel – puisse la Grande Mère lui accorder la paix. Cependant, cela ne suffit pas à nous faire oublier le comportement discutable auquel vous nous avez habitués durant des années. Nous nous inquiétons de votre capacité à gouverner Ziran avec efficacité, et nous pensons qu'il n'est pas souhaitable pour la ville que vous assumiez le rôle de sultane pour l'instant.

— J'admets que je vous ai donné de nombreuses raisons de douter de moi. » Les mots lui brûlèrent la gorge, mais Karina savait qu'elle devait faire quelques concessions si elle espérait arriver à quelque chose. « Je ne me suis pas montrée aussi responsable que j'aurais pu l'être au cours des dernières années, surtout si l'on considère l'implication de ma sœur à la cour lorsqu'elle avait mon âge. »

Viendrait peut-être un jour où elle pourrait évoquer Hanane sans que son cœur se brise. Mais pas aujourd'hui.

« Je vous promets qu'à compter de ce jour, je ferai tout ce qui est en mon pouvoir pour protéger cette cité et son peuple. Mais j'ai besoin que vous me promettiez en retour que vous allez faire cesser les rafles ou toute autre injustice commise en mon nom.

— Je ne peux pas vous promettre une chose pareille, protesta la grande viziresse. Je ferai ce qui me semble nécessaire pour protéger notre foyer, comme je l'ai toujours fait. » Un murmure d'assentiment parcourut le conseil. Karina soupira et posa son menton sur ses mains.

« Admettons que l'Arkwasi-hene apprenne que nous arrêtons certains de ses sujets et décide, en toute légitimité, de riposter. En quoi une guerre contre l'Arkwasi va nous aider ?

— Les Arkwasiens doivent payer pour ce qu'ils ont fait à notre sultane.

— Dites plutôt que vous voulez déclencher une guerre pour vous remplir les poches, tout en sachant que vous-mêmes ne porterez jamais l'épée. Je me trompe ? » Le dernier verre vide heurta la table en tintant. Toute trace de civilité déserta le visage de Karina. « Parlons sans détour : je sais que l'un de vous a engagé l'assassin. »

Un silence s'abattit sur la pièce, bientôt rompu par des cris outragés.

« Vous nous accusez de trahison, Altesse ! fulmina Mwale Omar. Jamais on ne m'avait insulté de la sorte !

— Alors aucun de vous n'est impliqué ? » interrogea Karina.

Les vitupérations reprirent de plus belle. Souriant pour elle-même, Karina sortit un petit paquet de sa robe et déroula la longueur de tissu dans lequel il était emballé. Prenant soin de ne pas toucher directement la dent de la chimère, elle la lâcha sur la table dans un fracas satisfaisant.

« Venin de serpopard. Croyez-moi, il est tout ce qu'il y a de plus réel. » Karina tapota la théière en argent devant elle. « J'en ai versé dans le thé avant votre arrivée. »

Afin de couper court aux exclamations incrédules dont le conseil la bombarda, Karina versa assez de thé sur le plateau de la table pour que chacun soit témoin de sa démonstration. En quelques secondes, le bois vira au noir et se courba sur lui-même, formant une dépression peu profonde.

« Quelques gouttes ont suffi pour ça. Je dirais que chacun de vous en a avalé beaucoup plus.

— Quand nos familles apprendront notre mort, elles ne trouveront pas le repos avant que votre sang n'irrigue le souk », gronda Mwani Rabia. Plusieurs des vizirs se tenaient nerveusement le ventre, l'air déjà malades.

« Argument valable. Voici ma réponse. »

Karina inclina la tête en arrière et versa le contenu de la théière directement dans sa bouche, ne s'arrêtant que lorsqu'elle eut bu la dernière goutte. Puis elle reposa brutalement l'objet sur la table et dévisagea un à un les conseillers effarés. « Ziran a survécu des siècles avant notre naissance. Elle survivra aussi longtemps après que nous ne serons plus là.

— Vous mentez ! » tempêta Mwale Omar.

Karina haussa les épaules. « Peut-être. D'après ce que je sais des poisons – bien peu, il est vrai –, nous saurons la vérité dans une dizaine de minutes. »

Mwani Rabia fut la première à craquer. Dans une quinte de toux étouffée, la viziresse se griffa la gorge, laissant des marques rouges sur sa peau tendue. « Gardes ! cria-t-elle. De l'eau ! J'ai besoin d'eau ! »

Les soldats pénétrèrent dans le Marbre et s'avancèrent vers Karina, mais elle tira une petite fiole de sa manche. « Ceci est l'antidote. Faites un pas de plus et je le lâche. »

Les yeux emplis de rage, la grande viziresse fit signe aux gardes de ne plus bouger.

« Qu'espérez-vous accomplir de cette façon ? » demanda-t-elle entre ses dents serrées, le front emperlé de sueur. Pour toute réponse, Karina posa la fiole sur la table et tira une dague.

« Premièrement, vous allez libérer tous les Arkwasiens arrêtés au nom de cette "enquête". Deuxièmement, toute décision du conseil devra dorénavant m'être soumise pour approbation. Vous allez tous me prêter allégeance par un serment de sang. » Karina plissa les yeux. « Mais pas un ne recevra l'antidote tant que le responsable de la mort de ma mère ne se sera pas dénoncé.

— Et qu'est-ce qui nous empêchera d'ordonner aux Sentinelles de vous enfermer, une fois que vous nous donnerez l'antidote ? »

Karina fit un signe de tête, et Farid s'avança.

« Mwale Omar, demanda-t-il innocemment. Comment va votre fille ? »

L'intéressé bredouilla quelque chose d'inintelligible, mais Karina reprit la parole. « Farid, tu dois te tromper. Mwale Omar n'a que deux fils, *n'est-ce pas* ? »

Farid hocha la tête. « Ah, c'est vrai, pardon. Et vous, grande viziresse, je suppose que vos dettes de jeu auprès de la Banque royale sont derrière vous ? »

Tandis qu'il considérait un à un les membres du conseil, Farid ne se départit jamais de son sourire poli. « Chacun de vous a un petit secret qu'il préférerait voir rester entre ces murs. Quel dommage, si de tels racontars arrivaient aux oreilles de vos familles.

— Quel dommage, en effet, renchérit Karina. D'autant que si quiconque sort d'ici blessé, vous ou moi, j'ai pris des dispositions pour que ces informations parviennent aux bonnes personnes. »

Des expressions horrifiées s'épanouirent sur les visages. Nul doute que les membres du conseil repensaient aux années que Farid avait passées auprès du précédent intendant et de la Crécerelle elle-même à apprendre tout ce qu'il y avait à savoir des pièces maîtresses de la cour – leurs petits secrets, aussi puissants que le poison de Karina. Cette dernière se redressa sur son siège, refusant de laisser voir sa fatigue.

« Je suis prête à mourir pour cette ville. » Elle leur décocha un sourire plus tranchant qu'un éclair dans le ciel. « Et vous, l'êtes-vous ? »

Les secondes s'égrenèrent à mesure que Karina passait les conseillers en revue. S'était-elle trompée ? Avait-elle abattu toutes ses cartes pour démasquer un traître qui n'avait jamais fait partie du conseil ?

Une goutte de sueur dévala sa colonne vertébrale. Ça ne marchait pas. Mais alors qu'elle s'apprêtait à les pousser davantage dans leurs retranchements, Mwale Omar poussa un cri en se griffant la gorge à son tour. « C'était moi ! J'ai vendu la clé des quartiers de la sultane ! »

La trachée de plus en plus serrée, Karina ordonna : « Emparez-vous de lui. »

Les gardes le maîtrisèrent rapidement. Tout le temps que dura son arrestation, il cria d'une voix hystérique : « Il n'a jamais été question de la tuer, seulement de lui faire croire que les Arkwasiens avaient attenté à sa vie pour que nous puissions confisquer leurs terres en représailles ! Je le jure sur ma vie, je n'ai jamais voulu que ça arrive ! »

Karina le força à avaler quelques gouttes d'antidote, et son regard paniqué s'éclaircit.

« Merci, souffla-t-il. Je... »

Elle le frappa aussi fort qu'elle le put. Le cou de Mwale Omar pivota avec un craquement sec, et Karina considéra un instant sa paume écarlate. Sa rage était une créature vivante hors de tout contrôle ; elle dut demander aux gardes d'emmener le vizir, craignant le pire si elle posait les yeux une seconde de plus sur ses traits pathétiques.

« Je vous en prie, Altesse, l'antidote, supplia Mwani Zohra.

— Mes conditions ne sont toujours pas remplies. » Karina tempérait sa colère du mieux qu'elle le pouvait. Le résultat n'était guère convaincant. « Serment de sang. Maintenant. »

La poignée de la dague était poisseuse, le temps que le dernier membre du conseil lui jure allégeance. Elle but les dernières gouttes de l'antidote avec avidité.

« Nous nous reverrons ce soir, lors de l'Ultime Défi », déclara Karina tandis que les conseillers quittaient le Marbre, vaincus. Une fois le dernier d'entre eux parti, elle s'effondra sur le flanc avec un grognement. Farid fut près d'elle en un instant.

« Un guérisseur, vite ! Par la Grande Mère, t'empoisonner ? Personne n'a vu un serpopard depuis des siècles. Où as-tu trouvé une dent ? »

Bien qu'elle soit assez fatiguée pour dormir une semaine d'affilée, Karina sourit et leva sur Farid un regard où brillait une lueur de malice. « Tu sous-estimes grandement mon instinct de conservation. »

Elle tendit la fiole du supposé poison à Farid. Ses yeux s'écarquillèrent à la vue de l'antivenin que les membres de la famille royale ingéraient avant chaque repas.

« Je dois être meilleure actrice que je ne le croyais si je t'ai convaincu que je m'étais vraiment empoisonnée, dit Karina. Même sans l'antidote, ils ne risquaient rien ; l'antivenin ne contient pas assez de toxines pour tuer quiconque. Ils auraient juste souffert d'une diarrhée de tous les diables lors de l'Ultime Défi.

— L'informateur, c'était aussi du bluff ? » Lorsque Karina confirma, Farid secoua la tête, pensif, puis il fronça les sourcils. « La tradition veut que les défis de Solstasia se tiennent au coucher du soleil, seulement les jours impairs. Jour-Feu est le sixième jour, il va donc falloir attendre demain soir avant de pouvoir...

— L'Ultime Défi aura lieu aujourd'hui, à midi. » Karina n'avait pas fait tout ça pour se laisser arrêter par le poids des traditions. Farid s'apprêta à protester, mais elle leva la main pour le réduire au silence. « Fais savoir au Jardin azur que les champions sont attendus au stade la quatrième heure après l'aube. »

Elle avait certes démasqué le traître, mais ça ne changeait rien au fait que sa mère demeurait la reine dont Ziran avait besoin. De plus, Karina avait pris trop de risques pour ne pas accomplir le Rite de Résurrection. Quand Farid eut compris que rien ne pourrait la faire changer d'avis, il hocha la tête et partit transmettre ses ordres.

L'espace d'un battement de cœur, Karina se demanda comment la Crécerelle aurait réprimé la mutinerie du conseil. Sa mère aurait sans nul doute trouvé un moyen de s'assurer de sa loyauté sans démonstration de force ou de ruse.

Mais la Crécerelle n'était pas là.

Karina passa la main dans la masse de ses cheveux et la rejeta sur le côté, comme elle repoussa la fatigue et la déception. Elle aurait toujours le temps de dormir quand elle serait morte.

Car l'heure de l'Ultime Défi était venue et, d'une façon ou d'une autre, elle obtiendrait le cœur d'un roi.

27

Malik

« Adanko soit louée de t'avoir ramené parmi nous indemne. » Malik ne répondit pas. La prêtresse de la Vie perdit son sourire et caressa d'un air absent le dos de sa hase. L'animal inclina la tête sur le côté, un mouvement d'une telle humanité que Malik sentit son regard le scruter, retirer une à une les couches de son enveloppe corporelle pour révéler la laideur de son cœur.

Les prêtresses s'agitaient frénétiquement depuis que le palais leur avait fait savoir que l'Ultime Défi se tiendrait aujourd'hui, un Jour-Feu. Jamais dans l'histoire de Ziran un tel événement ne s'était produit un jour pair, et encore moins avant le coucher du soleil. Dans toute la ville, on murmurait que c'était un mauvais présage, mais personne n'osait s'opposer à un ordre direct de Ksar Alahari. D'autre part, la curiosité ambiante prenait le pas sur le scandale naissant du champion de la Vie disparaissant au beau milieu du Mitan pour réapparaître au Jardin azur un jour et demi plus tard, contusionné et trempé.

Une heure avant le début de l'épreuve, Malik gardait le silence tandis que ses gens s'affairaient autour de lui. Ils terminèrent leurs préparatifs plus vite que les deux autres équipes, aussi Malik alla-t-il s'agenouiller devant la statue d'Adanko dans la salle de prière du Jardin azur tandis que ses deux concurrents parachevaient leur costume. Aux yeux de n'importe qui, il était un pieux champion venu quérir l'aide de sa divinité patronnesse en vue de l'Ultime Défi. Personne n'aurait soupçonné une vérité bien plus sombre.

La prêtresse de la Vie fronça les sourcils. « Si quelque chose vous trouble, champion Adil, laissez-moi vous…

— Je voudrais être seul, à présent. »

Nana aurait hurlé de voir Malik traiter une sainte femme avec tant de grossièreté, mais après son épreuve dans la nécropole, la politesse était le cadet de ses soucis.

Pour la deuxième fois, l'occasion de tuer Karina s'était présentée, et pour la deuxième fois, il avait échoué. Là, il ne pouvait plus se cacher derrière aucune excuse.

Il était incapable de lui faire du mal. Même avec la vie de Nadia en jeu, il ne le pouvait pas.

La prêtresse de la Vie s'attarda sur le seuil de la porte. « Peut-être serait-ce le bon moment pour revoir notre stratégie en vue de l'Ultime Défi…

— Partez. »

L'avertissement dans la voix de Malik était clair ; la prêtresse s'inclina rapidement et repartit par l'antique escalier. Le jeune homme s'agenouilla sur le tapis de prière, son corps exécutant les mouvements dont il connaissait l'enchaînement avant d'avoir su dire son nom.

« Adanko, bénie sois-tu… » Il s'interrompit, dans l'espoir de maîtriser la nausée qu'il sentait monter.

La peur. La vérité était aussi simple et aussi complexe que ça. Tuer Karina représentait un trou noir d'incertitude, et rien n'attisait davantage ses angoisses que l'inconnu. Il y avait trop de facteurs à prendre en compte – qu'est-ce que ça faisait de prendre la vie d'un autre être humain ? Qu'arriverait-il à Ziran, et par extension à Eshra, une fois la lignée des Alahari éteinte ? Et si Idir revenait sur sa parole et que Malik tuait une innocente pour rien ? Pourquoi le Roi sans visage voulait-il faire mourir sa descendante ? Incapable de répondre à toutes ces questions, son cerveau rendit les armes.

Cependant, si Malik voulait se montrer parfaitement honnête avec lui-même, la peur seule ne retenait pas son bras. Dès l'instant où ils s'étaient rencontrés, il s'était senti lié à Karina d'une façon tout à fait nouvelle pour lui. La princesse l'avait aiguillonné, s'était battue pour lui, l'avait incité à trouver en lui un courage qu'il ignorait posséder, et quelque part entre le moment où leurs destins s'étaient télescopés et maintenant, l'idée de devoir la tuer lui était devenue intolérable.

Même à présent, les instants qu'ils avaient partagés après avoir abattu le serpopard dominait ses pensées, et chaque fois le souvenir se modifiait légèrement pour lui montrer ce qui aurait pu se passer s'ils avaient comblé l'espace entre eux, ce qu'auraient ressenti ses mains en s'enfouissant dans ses cheveux, le contact de sa poitrine contre la sienne.

La vérité, aussi libératoire qu'accablante, n'allégeait ses épaules d'un poids que pour l'écraser d'un autre. Il voulait Karina, il voulait être avec elle, auprès d'elle, il voulait être celui à qui elle confierait ses secrets et son cœur. Son désir empoisonnait tous ses autres sens, et Nadia serait la première victime de cette irrationnelle toquade.

Mais même s'il sauvait sa sœur, que se passerait-il ensuite ? Il retournerait se tapir dans les ombres en espérant que sa famille et lui atterriraient dans un endroit où on les haïrait un peu moins que dans le précédent ? Il reprendrait une vie à laquelle tout autre n'accordait aucune valeur parce qu'il n'était pas né au bon endroit ?

Et sa magie ? La seule chose dont il était sûr à propos de l'Ulraji Tel-Ra, c'est qu'il était lié à l'Empire kennouan. Malik ne voulait rien avoir à faire avec cet héritage de conquête et de souffrance, et si les autorités ziranies découvraient la vérité, toute sa famille serait exécutée à cause de ce lien avec le pire ennemi que Ziran ait jamais connu. Et pourtant, comment sa magie pourrait-elle contenir la moindre part de cruauté et de haine, alors qu'elle lui apportait un tel sentiment de plénitude ?

Malik était si profondément immergé dans l'océan de ses pensées qu'il entendit à peine Driss entrer dans la salle de prière.

« Tu sais, un de mes serviteurs a entendu quelque chose de très intéressant, durant le Mitan. »

Malik resta silencieux. D'horribles images d'Idir martyrisant Nadia lui tourmentaient l'esprit.

Tout était sa faute. Elle allait mourir, à cause de lui.

« Quelque chose à propos d'un garçon nommé Malik, poursuivit Driss. Ce nom te dit quelque chose ? »

Malik retint sa respiration. Comment Driss pouvait-il… Une seconde. Leila avait utilisé son vrai nom durant leur dispute dans la tente de la ménagerie. Les paumes moites, Malik envisagea de le supplier. De se mettre à genoux devant le champion du Soleil et de l'implorer de garder son secret. Mais son corps refusa de bouger. Au-delà d'un certain point, la peur se traduisait par une forme d'hébétude, et Malik l'avait dépassée depuis longtemps.

« Je te parle ! » Driss hissa Malik sur ses pieds par le dos de sa chemise. La folie se lisait dans les yeux sombres du champion du Soleil et dans ses boucles en désordre. « Tu n'es pas Adil Asfour. Qui es-tu ? Comment as-tu réussi à truquer la compétition en ta faveur ? »

Malik baissa le regard sur la main de Driss. Sa terreur avait cédé la place à quelque chose de plus tranchant, de plus puissant. Quelle menace Driss représentait-il, comparé à Idir et aux épreuves que Malik avait traversées tout au long de sa vie ?

« Lâche-moi, marmonna Malik.

— Quoi ?

— J'ai dit, lâche-moi ! »

Animé d'une colère plus forte que sa peur, Malik invoqua la lame-esprit et en posa la pointe contre le ventre de Driss. Le champion du Soleil fit un bond en arrière en criant des imprécations, et Malik cacha rapidement l'arme derrière son dos, où elle reprit sa forme de tatouage.

« Si tu penses que la compétition est truquée, alors abandonne ! Tu peux aller où tu veux ! Tu peux faire tout ce que tu veux, aucun papier, aucun soldat ne t'en empêchera. Alors fous le camp et laisse-moi tranquille ! »

Driss se jeta sur Malik avec un rugissement et le frappa au visage. Le champion de la Vie recula de quelques pas chancelants en essuyant sa bouche pleine de sang, le crâne traversé par une douleur intense. Le coup suivant l'atteignit au ventre, et le troisième à la poitrine.

Fais-toi tout petit, lui souffla une petite voix, celle qui avait survécu aux raclées que des brutes et son propre père lui avaient administrées durant des années. *Minimise les dégâts.*

Mais Malik, aveuglé par le sang qui lui coulait dans les yeux, ne fit rien pour se protéger des coups de son adversaire.

Que Driss le batte à mort. Il le méritait, et même pire, pour tous ses échecs.

« Adil ? Tu es là ? »

Leila entra dans la salle de prière. On l'avait sans doute envoyée chercher son frère pour se mettre en route. Malik espéra qu'elle ferait demi-tour avant d'être témoin de l'altercation, mais les yeux de sa sœur s'écarquillèrent quand elle comprit ce qui se passait, et elle gravit les dernières marches de l'escalier deux par deux.

« Arrête ! » cria Leila en se jetant sur Driss, mais le champion du Soleil la repoussa sans effort, et son dos alla percuter la rambarde. Un déclic se fit en Malik.

Driss pouvait le battre autant qu'il le voulait, repeindre le Jardin azur de son sang, s'il le souhaitait.

Mais il ne lèverait pas la main, pas même un doigt, sur Leila.

Plus tard, Malik ne se souviendrait pas comment il était parvenu à se relever. Il ne se rappellerait pas exactement ce qu'il avait dit ni dans quelle langue. Mais il n'oublierait jamais l'illusion qu'il invoqua, une créature gargouillante aux cris perçants sortie tout droit de ses pires cauchemars. Malik hurla et le monstre hurla de concert en se ruant sur Driss. Le champion du Soleil s'époumona à son tour, reculant vivement contre la balustrade de l'escalier pour esquiver le monstre.

Il y eut un craquement de bois, dont Malik comprit la nature une seconde trop tard. Malgré son visage tuméfié, il tendit la main à Driss. Ce n'est que lorsque ce dernier la balaya d'un revers en aboyant : « Ne me touche pas, maudit kekki ! » qu'il se rendit compte qu'il avait parlé en darajat.

Malik ne put rien faire d'autre qu'observer Driss s'écraser sur le carrelage en contrebas, le cou et les bras pliés selon un angle impossible. L'illusion infernale s'évapora, et tandis que Malik contemplait avec horreur la flaque de sang qui s'étendait autour de la tête de Driss, Leila s'assit, secouée mais indemne.

Debout sur le seuil de la porte donnant accès aux salles de prière, Tunde regardait alternativement le corps de Driss et Malik, les yeux emplis d'un million de questions. Il était impossible de savoir ce que le champion de l'Eau avait vu ou entendu, et aucune explication ne changerait la réalité du sang de Driss souillant ce sol sacré.

« Champions, êtes-vous… Par la Grande Mère ! »

Ce fut la prêtresse du Soleil qui entra la première, et ses cris firent accourir toutes les personnes présentes au Jardin azur. Les gardes, arrivés quelques secondes plus tard, se frayèrent un chemin jusqu'au corps et établirent un périmètre de sécurité.

« Qui a fait ça ? » lança leur supérieur d'une voix forte. La magie de Malik bouillonna sous sa peau tandis que le jeune homme passait frénétiquement en revue ses options – il serait si facile de les soumettre tous par la pensée, de ne laisser derrière lui aucun témoin…

Mais avant qu'il ait pu dire un mot, Leila se manifesta. « C'est moi ! Je l'ai poussé !

— Quoi ? Non…, commença Malik, mais sa sœur lui coupa la parole.

— Ne l'écoutez pas, il essaie seulement de me protéger ! Je suis venue chercher mon frère, et je l'ai vu se battre avec Driss. J'ai essayé de les séparer, mais je l'ai poussé trop fort, et il est tombé. » Elle se tourna vers Tunde, le seul autre témoin de l'altercation. « Dis-leur, Tunde. Dis-leur que c'était moi. »

Le champion de l'Eau regarda le frère et la sœur. Le choc et la confusion sur son visage se muèrent en résignation.

« C'est elle. Driss a porté le premier coup, mais c'est elle qui l'a poussé contre la rambarde. »

Le monde s'arrêta un instant de tourner quand les soldats s'emparèrent de Leila. La prêtresse de la Vie tenta de maîtriser Malik, mais il se débattit. Non, ce n'était pas possible. On ne lui enlèverait pas son autre sœur.

« Ne la touchez pas ! cria-t-il. Elle n'a rien fait… C'était moi ! »

Leila lança un dernier regard à son frère alors que les gardes la tiraient dans une direction et que la prêtresse de la Vie entraînait Malik dans l'autre. Sa sœur articula deux mots en darajat, deux mots que, dans tout Ksar Alahari, lui seul comprendrait.

Sauve-la.

Il s'avéra que même la mort d'un champion ne pouvait remettre en cause l'Ultime Défi.

Le temple du Soleil avait demandé que le défi soit repoussé par respect pour le défunt, mais le palais avait refusé. Par conséquent, Malik se retrouvait une fois de plus dans le stade, cette fois seul avec Tunde, sous les acclamations de milliers de spectateurs. La section réservée aux Soleil-alignés, désertée, produisait un silence assourdissant.

Ksar Alahari s'était vraiment dépassé pour l'Ultime Défi. Au cours de trois jours qui s'étaient écoulés depuis le tournoi de wakama, les techniciens du palais avaient édifié au milieu du stade un labyrinthe de grès aux murs hauts de plusieurs mètres. Son entrée déversait des langues de brumes glacées en dépit de la chaleur étouffante. Même la comète de Bahia perdait de son éclat à l'ombre de cette structure menaçante.

Malgré l'excitation du public, il régnait à l'extérieur du labyrinthe une ambiance beaucoup plus calme. Le sourire effacé de Karina et ses mouvements lents trahissaient le même épuisement dont souffrait Malik depuis la nécropole. La princesse regarda entre Tunde et lui et grimaça. L'absence de Driss était lourde.

La famille de ce dernier avait-elle récupéré le corps ? Les gardes avaient-ils déjà exécuté Leila pour le crime commis par Malik ? Il enfouit ces questions et des millions d'autres au fond de son esprit alors même que des vrilles de panique s'enroulaient autour de son cou.

Ce n'était pas le moment de craquer. Ni celui de fantasmer l'avenir qu'il n'aurait jamais avec Karina. Il devait s'assurer que le sacrifice de Leila n'avait pas été vain.

Il devait gagner, quel qu'en soit le coût.

« Peuple de Ziran, nous voilà enfin à l'Ultime Défi, malgré la tragédie qui a frappé l'un de nos champions adorés, lança Karina. À l'heure où la Grande Mère guide son âme sur le chemin du Séjour des Étoiles, souvenons-nous de la force, de la dignité et de l'intensité de l'âme de Driss Rhozali. » Chacun dans le stade pressa trois doigts contre ses lèvres, puis contre son cœur. Malik se retint de vomir.

Une fois la prière terminée, Karina se tourna vers les deux champions en lice. « C'est uniquement parce que Grand-mère Bahia possédait un cœur pur et vrai qu'elle a réussi à vaincre Kennoua. Dans ce labyrinthe, vous rencontrerez des obstacles qui mettront à l'épreuve l'essence de votre cœur : votre valeur, votre astuce et votre sens du sacrifice. Vous y entrerez sans rien d'autre que les vêtements que vous portez. Il n'y a aucune limite de temps. Le premier à en sortir l'emporte. Champions, êtes-vous prêts ?

— Nous sommes prêts », répondirent les deux garçons. Karina les considéra tour à tour, s'attardant une fraction de seconde de plus sur Malik, qui déglutit et détourna les yeux.

Les prêtresses tendirent à chacun un calice et leur ordonnèrent de boire jusqu'à la dernière goutte du liquide qu'il contenait. Un goût de cerise et de boue envahit la bouche de Malik, et quand il releva les yeux, le monde semblait briller d'une lueur floue. Sitôt qu'ils eurent fini leur boisson, Karina recula d'un pas et tendit la main vers le labyrinthe.

« Que l'épreuve commence ! »

Les acclamations de la foule se perdirent dans la brume à mesure que Malik et Tunde s'enfonçaient dans la structure.

Après plusieurs virages, ils se retrouvèrent à un embranchement d'où partaient trois chemins. Quoiqu'on ait à peine dépassé midi, le brouillard était si épais que le soleil ne parvenait pas à éclairer ce qu'il y avait devant eux.

Le regard de Tunde croisa l'œil tuméfié de Malik. « Vas-tu invoquer un monstre pour me manger, maintenant que nous sommes seuls ? »

Le ton badin de son ami cachait mal sa peur, mais Malik ne savait pas quoi dire qui ne ferait empirer les choses. Alors qu'il se détournait, Tunde le prit par l'épaule, et il tressaillit.

« Vraiment, tu ne vas rien dire ? Aucune explication à cette… *chose* ? »

Malik se dégagea d'une secousse. Le champion de l'Eau lui jeta un regard courroucé. « Je ne peux pas t'aider si tu ne me dis pas ce qui se passe ! »

Malik dévisagea le premier ami qu'il s'était fait depuis des années. La prochaine fois qu'ils se verraient, l'un d'eux serait roi.

« Dans cette compétition, peut-être ne suis-je pas celui que tu dois aider », dit Malik. Là-dessus, il choisit le chemin de droite et s'y engagea au petit trot.

Il s'était préparé à tenir le compte de tous les virages, mais il courait depuis anormalement longtemps sans qu'il s'en présente aucun. La brume mettait ses poumons à rude épreuve, et il n'avait aucun moyen de mesurer le temps écoulé.

Alors qu'il rebroussait chemin pour vérifier qu'il n'avait pas manqué un embranchement, Malik trébucha, et le monde plongea dans les ténèbres.

Quand il essaya de se relever, sa main rencontra une surface plane. Du bois ? Un air humide chargé de sueur et d'urine lui emplit les narines, une odeur que Malik se rappellerait jusqu'à la fin de ses jours. Il se trouvait à l'intérieur d'un chariot, dans un double fond semblable à celui dans lequel ses sœurs et lui avaient traversé l'Odjubai. Le véhicule fit une embardée, projetant Malik contre la personne à côté de lui qui poussa un cri déchirant.

Malik connaissait ce gémissement pour l'avoir entendu pendant des mois – s'agissait-il du même chariot ?

Comment était-ce possible ?

« Nadia ! » s'écria Malik, mais sa sœur n'était pas pelotonnée contre lui comme elle aurait dû l'être. Il n'y avait même pas assez de place pour lui permettre de se tourner sur le flanc. Chaque inspiration lui donnait l'impression d'avaler une goulée d'eau croupie, et l'air rance lui brûlait les yeux.

Tout Eshran connaissait les histoires de ceux qui avaient risqué leur vie pour traverser le désert. La plupart d'entre eux étaient morts d'hypothermie, avaient été vendus à des trafiquants ou avaient rencontré un destin tout aussi fatal. Ces gens ne vivaient plus que dans les contes qu'on se murmurait comme autant de mises en garde. Comment ses sœurs et lui pourraient-ils survivre à ce voyage quand tant d'autres y avaient laissé la vie ?

Malik aurait crié, mais, pour peu qu'on l'ait entendu, personne n'en aurait rien eu à faire. En fin de compte, ce ne serait ni la pauvreté ni les soldats Zirani qui le tueraient, mais ce chariot pourri qui l'écrasait, qui chassait l'air de ses poumons et la vie de son corps. Il ne retrouverait jamais ni Mama ni Nana. Il n'irait jamais à l'école. Il ne verrait jamais Ziran…

Mais il *avait* vu Ziran. Il avait arpenté la place Jehiza, dansé sur un lac, combattu un serpopard.

Et cela avait été réel. Ceci ne l'était pas.

Le chariot fit une nouvelle embardée, et quelqu'un gémit près de lui. Au prix de quelques efforts, Malik invoqua la lame-esprit et scia le bois sous lui. Il obtint bientôt un trou assez large pour qu'il puisse s'y faufiler. Mais au lieu de sable doré, des langues de brumes tourbillonnaient sous le chariot. Malik se figea, et dans ce moment d'hésitation, des dizaines de mains s'emparèrent de lui.

« Emmenez-nous aussi ! » crièrent les autres occupants du chariot.

La culpabilité l'étrangla ; comment pouvait-il laisser ces gens derrière lui en sachant ce qui les attendait au bout de leur voyage ? Il devait rester ici et trouver un moyen de…

Non. Ces illusions n'étaient rien d'autre que des souvenirs revenus à la vie, et Malik ne pouvait plus rien pour eux. Il ne se laisserait plus prendre aux manipulations mentales du labyrinthe.

Pour Nadia.

Se dégageant des mains qui l'empoignaient, Malik se laissa tomber dans le trou et se réceptionna tant bien que mal, les yeux fermés.

Quand il les rouvrit, il était étendu sur le dos, chez lui.

Il se leva et contempla la maison de son enfance avec un mélange d'émerveillement et de désir. Il fit courir ses mains sur la table basse sur laquelle Nana l'avait obligé à s'entraîner à écrire en zirani, une langue qu'elle-même ne savait pas lire. Tous les soirs, longtemps après que tout le monde se fut endormi, Nana lui avait fait dessiner les lettres, encore et encore, jusqu'à ce qu'il maîtrise parfaitement l'exercice.

Et là, le canapé en piteux état sur lequel Mama s'était si souvent assise pour arrondir leurs fins de mois en tressant les cheveux des filles du village. Cinq ans auparavant, presque jour pour jour, lui, Leila, Nana et Nadia qui n'était guère plus qu'un bébé vagissant contre sa hanche s'étaient rassemblés autour de ce même canapé, et Mama leur avait expliqué que Papa ne reviendrait pas, mais que tout irait bien. Le parfum de sa mère demeurait, puissant mélange de noix de coco et d'huile de palme.

C'était une si petite maison, plus petite que les plus modestes bâtisses de Ziran, et pourtant elle avait englobé le monde de Malik. Chaque éraflure du bois, la moindre bosse sur une casserole était le vestige d'une enfance remplie d'autant d'amour que de dur labeur.

Il était cependant seul au milieu de ces souvenirs familiaux.

« Il y a quelqu'un ? » lança-t-il d'une voix hésitante.

Et le monde se mit à trembler.

Des poteries se fracassèrent sur le sol, des débris se détachèrent du plafond, couvrant Malik de poussière. Il se mit à quatre pattes sous la table tandis que le monde convulsait autour de lui. Assistait-il à un tremblement de terre ? Son instinct lui criait de courir vite et loin, mais où allait-on pour fuir la terre elle-même ?

Juste au moment où il eut rassemblé assez de courage pour prendre ses jambes à son cou, il entendit la voix de sa mère. « Malik ! »

Toute velléité d'assurer sa propre sécurité le déserta.

« Mama ! » Un gouffre s'ouvrit devant lui, qu'il franchit d'un bond, dont il se réceptionna en claquant des dents. Il avait presque atteint la cave d'où venaient les cris de sa mère quand une deuxième voix l'appela depuis les toilettes.

« Malik, à l'aide ! »

Nana. Malik se tourna vers sa grand-mère, mais alors qu'il s'en approchait, les cris de Leila s'élevèrent du fond de la maison, secondés par les vagissements de Nadia.

Malik se pétrifia : tout le monde l'appelait en même temps. Nana étant la plus âgée, il lui parut plus logique d'aller la chercher en premier, mais il ne pourrait plus jamais se regarder dans un miroir si Mama mourait alors qu'il aurait pu la sauver.

Et Leila ? Sa grande sœur n'appelait jamais à l'aide, et surtout pas lui. Néanmoins, Nadia était le bébé de la famille, celle qu'il fallait protéger.

Vu la vitesse à laquelle leur maison s'écroulait autour de lui, il n'aurait le temps d'en sauver qu'une.

« Viens m'aider, Malik !

— Non, moi ! »

Les murs commencèrent à s'effondrer sous leur propre poids, et les cris se muèrent en hurlement de pur désespoir. Il sentit sa poitrine se comprimer sous le poids du dilemme.

Mama. Nana. Leila. Nadia.

Il ne pouvait en sauver qu'une, s'il devait pour cela laisser toutes les autres mourir. Il ne le ferait pas.

Et aucun membre de sa famille, de sa *vraie* famille, ne l'encouragerait jamais à abandonner les autres. Quelle que soit la tragédie qui les frappait, tous les cinq avaient toujours fait front ensemble, et cette prise de conscience tira Malik de son rêve éveillé.

Ceci n'était pas sa maison. Sa famille n'était pas en train de mourir. Il se trouvait au milieu de l'Ultime Défi et devait trouver la sortie de ce labyrinthe avant qu'une nouvelle vision encore plus réaliste ne l'en éjecte pour de bon.

Malik serra ses bras autour de lui pour encaisser une nouvelle secousse. Il embrassa du regard le monde qui s'écroulait autour de lui jusqu'à ce que ses yeux tombent sur le ruisseau qui délimitait leur propriété. Malgré le séisme qui s'intensifiait, la surface de l'eau demeurait aussi lisse que celle d'un miroir. Malik courut dans cette direction, poursuivi par les cris de sa famille qui s'amplifiaient à mesure qu'il s'éloignait de la maison.

« Malik ! À l'aide ! À l'aide ! Comment as-tu pu nous abandonner ? Malik ! »

Laissant derrière lui ses dernières hésitations, Malik sauta dans l'eau immobile et rencontra la surface avec un bruit de verre brisé. Il pivota sur lui-même, une fois, deux fois...

Ses pieds rencontrèrent le sol dans un monde de sable et de soleil.

Le paysage aride de l'Odjubai était plus que déconcertant après la végétation familière d'Eshra. Des dunes dorées aussi grosses que des maisons couronnaient l'horizon, sous le point blanc du soleil au zénith. Ziran n'était nulle part en vue, ni aucun indice lui permettant de deviner dans quelle partie du désert il avait atterri.

Aucune des histoires de l'Odjubai n'avait préparé Malik au sentiment d'insignifiance qu'on éprouvait face à ces dunes. Quel que soit l'endroit où l'on se trouvait à Eshra, on ne perdait jamais de vue les montagnes, cocon protecteur veillant sur les gens et leurs terres. Mais ici, l'immensité du ciel ne faisait que souligner sa propre petitesse.

Il pouvait aller où il voulait, et pourtant chaque direction semblait être la mauvaise.

Malik en choisit une et se mit en route. Il s'arrêta et en prit une autre, qui le ramena à son point de départ. Des cloques se formaient déjà sur sa nuque, mais il n'avait ni turban ni capuche pour se protéger de la brûlure du soleil. Sa langue gonfla dans sa bouche, et il trébucha plus d'une fois en essayant d'atteindre de lointaines oasis qui se révélaient toujours être des mirages quand il s'en approchait. Chaque fois qu'il tombait, le sable laissait de minuscules coupures sur sa peau qui le piquaient comme autant d'aiguilles.

Les pleurs familiers d'un enfant interrompirent net le cours des pensées de Malik. *Nadia.* Il tomba à genoux près de l'infortunée créature, qui s'était roulée en boule.

« Que se passe-t-il ? Tu es blessée ? »

L'enfant leva la tête, révélant des boucles sombres et des yeux de chouette plus noirs que la nuit.

Malik tressaillit comme s'il avait été frappé par la foudre. Cet enfant n'était autre que lui-même, à peu près à l'âge de Nadia. À en croire son regard morne et les bandages enroulés autour de ses petits pieds, cela devait être juste après l'incident avec Nana Titi, quand les aînés du village avaient essayé de le « réparer ». L'âge auquel les crises de panique avaient commencé.

L'enfant crapahuta hors de portée de Malik, en criant : « Ne vous approchez pas !

— Je ne suis pas… », commença à protester Malik, mais l'autre détala derrière la dune la plus proche, ses pas projetant d'énormes nuages de sable derrière lui. Malik le suivit, quand bien même ses sens lui hurlaient de ne pas tomber de nouveau dans les pièges du labyrinthe.

« Ne me touchez pas ! Ils me disent tous que vous n'êtes pas réel ! cria l'enfant.

— Je t'en prie, attends ! » s'époumona Malik, mais la version plus jeune de lui-même bondit derrière un rocher escarpé et disparut. Malik contourna l'obstacle et se retrouva nez à nez avec un second personnage.

Lui, mais un peu plus vieux, cette fois. D'une taille à peu près équivalente à la sienne. Des valises noires soulignaient les yeux de l'apparition, qui, à peine consciente de la présence de Malik, murmurait dans sa barbe.

« Respire. » Son lui plus jeune se griffa la peau du bras, y laissant des marques rouges et sanglantes. Malik chercha l'élastique que Tunde lui avait donné, mais il n'était pas là. « Reste présent. Reste là. »

L'apparition se mit à faire les cent pas, les yeux de plus en plus agités. « Ils vont encore te renvoyer si tu n'es pas capable de garder le contrôle. Papa va revenir si tu n'y arrives pas. »

Si la précédente apparition avait été lui quand les crises de panique avaient commencé, celle-ci endurait les pires qu'il ait jamais connues, l'année où Papa était parti. De tous les tours du labyrinthe, celui-ci était le plus cruel. Aujourd'hui comme alors, Malik ignorait comment y mettre un terme.

« Je suis désolé, Papa, dit l'autre. Je ne mentirai plus à propos des esprits. Je suis tellement, tellement désolé. Je serai un bon garçon. Je te le promets. »

Malik essaya de tendre les bras vers son double, mais ils refusèrent de bouger. Il aurait voulu pouvoir se glisser sous sa peau et arracher la magie de son corps. La beauté des illusions qu'il avait créées ou le nombre de personnes qu'il avait enchantées n'étaient rien en comparaison de ce que lui avaient pris ses pouvoirs.

« Tout est ta faute. »

Les apparitions disparurent, remplacées par lui tel qu'il était aujourd'hui, mais avec les cheveux plus longs, sales, le dos voûté, les yeux caves – Malik lors de la Veille de Solstasia, affamé, crasseux et désespéré. Avant qu'il ait rencontré Idir ou qu'il sache ce que ça faisait d'être écouté.

Le fantôme fit un pas en avant. « Tu crois que tu t'améliores, mais tu ne fais aucun progrès. »

Malik recula, mais il n'y avait nulle part où aller. Son alter ego marchait sur lui sans hésitation, sa voix gagnant en assurance à chaque pas.

« Et même si tu en as l'impression, ça ne durera pas longtemps. Au final, tu tomberas si bas que tu ne te relèveras jamais. »

Malik invoqua la lame-esprit et porta un coup à l'apparition, qui l'esquiva facilement. Son fantôme l'attrapa par la chemise et le tira en avant. « Tu ne peux t'en prendre à personne d'autre qu'à toi-même. Tu aurais pu mettre un terme à tout cela il y a des jours, mais tu ne l'as pas fait. »

C'était maintenant Karina, une main posée contre sa poitrine, l'autre enfouie dans ses cheveux. Il laissa échapper un grognement malgré lui, auquel elle répondit par un sourire enjôleur.

« C'est ça que tu veux ? » Elle pressa son corps contre le sien, ses lèvres dangereusement proches de son menton. « Est-ce que tu m'aimes ?

— Je...

— Plus que tu ne m'aimes, moi ? »

Karina avait disparu, remplacée par Nadia, qui se tenait à un mètre devant lui. Malik tomba à genoux. « Non !

— Alors pourquoi tu ne la tues pas ? Pourquoi tu laisses Idir me faire du mal ?

— Je... Je...

— Mon propre grand frère va me laisser mourir. »

Le mirage, de nouveau lui, lui donna un coup vicieux à l'estomac. « Nadia va mourir à cause de ce que j'ai toujours su : tu ne sers absolument à rien, et tous ceux que tu aimes s'en sortent bien mieux sans toi. »

Le sang se mêla au sable dans la bouche de Malik sous les coups que son fantôme faisait pleuvoir sur lui.

« Est-ce que tu m'entends ? vociféra le mirage. Inutile ! Tu crois que ta famille mérite un bon à rien comme toi ? Tu crois que Karina voudrait de quelqu'un comme toi ? »

Le mirage vacilla – il prit la forme d'Idir, puis de Driss. C'était à présent Papa, dont les coups se faisaient de plus en plus douloureux.

« Rien. D'autre. Qu'un. Maudit. Kekki ! »

L'apparition s'interrompit, mais elle n'en avait pas fini avec lui. Même respirer lui faisait mal. Malik se força néanmoins à soutenir le regard du fantôme, qui avait repris sa forme initiale.

Il se dévisageait lui-même.

« Dis-moi que je me trompe. » Des larmes se mirent à couler sur les joues de l'apparition, avant de s'écraser sur la poitrine de Malik. « Je t'en prie, dis-moi que je me trompe. »

Il était au-delà du labyrinthe, au-delà d'Idir et de toutes les peurs qui l'avaient tourmenté tout au long de sa vie. Malik était seul avec celui auquel il n'avait jamais réussi à échapper.

« Je ne peux pas, marmonna-t-il.

— Quoi ?

— J'ai dit que je ne pouvais pas. Même si je ne suis qu'un kekki. Si Mama, Nadia et tous les autres sont plus heureux sans moi… alors, qu'il en soit ainsi. »

Malik se dégagea de l'étreinte de l'apparition et se redressa sur ses jambes flageolantes.

« Je continuerai d'avancer. » Et en prononçant ces paroles, il sut que c'était vrai. « Aucun de nous ne gagnera jamais ce combat. »

Malik rétracta la lame-esprit et tendit sa main à son double. « Pourquoi ne viens-tu pas avec moi ? Peut-être qu'on trouvera la solution ensemble. »

Le mirage considéra la main de Malik. Lentement, il tendit la sienne, et au moment où leurs doigts se touchaient, l'Odjubai se désintégra.

La sortie du labyrinthe se dessina quelques centaines de mètres devant lui, tandis que les acclamations de la foule remplaçaient le silence complet. Cela semblait irréel, mais les lauriers de la victoire étaient là, à portée de main.

Malik ne fit pas un mouvement. Il contempla ses mains, incapable de prendre la mesure de ce qu'il venait de voir. Il aurait voulu pouvoir s'asseoir avec lui-même, démêler l'écheveau de ses peurs et de ses désirs, mais le temps lui avait toujours manqué.

À cet instant, Tunde apparut au détour d'un virage. Il ignorait ce que son ami avait trouvé sur son chemin, mais à en juger par ses yeux hagards, l'expérience avait été aussi perturbante que la sienne.

Les deux amis échangèrent un long regard silencieux. Malik eut le sombre pressentiment que s'il ne tirait pas les choses au clair avec Tunde maintenant, il n'en aurait plus jamais l'occasion.

« Pourquoi as-tu menti pour moi ? demanda-t-il. Au Jardin azur ? »

Tunde se passa les mains sur le visage. Son habituel air bravache l'avait déserté. « Je n'ai pas menti... J'ai dû faire un choix. J'ai fait ce qui me semblait le plus juste, mais je me demande à présent si c'était avisé de ma part. »

Malik hocha la tête, la gorge nouée. Il ne connaissait que trop bien les dilemmes impossibles.

La clameur de la foule s'était amplifiée, pourtant aucun d'eux ne bougeait. Après tout ce que Malik avait traversé depuis son arrivée à Ziran, il lui paraissait étrange que la fin soit à portée de sa main.

« Adil, dit soudain Tunde. Tu te rappelles, j'avais dit que je ne voulais pas gagner cette compétition.

— Oui, je m'en souviens. »

Le champion de l'Eau ouvrit des yeux remplis d'une détermination que Malik n'avait jamais vue en eux. « Eh bien, je crois que j'ai changé d'avis. »

Malik sourit malgré lui. Tunde et lui considérèrent la sortie, puis ils échangèrent un dernier regard.

Alors Malik fit ce qu'il savait faire de mieux.

Il courut.

Il courut pour Nadia et la dernière chance qu'il avait de la libérer.

Il courut pour le jeune serviteur que Mwale Omar avait failli battre.

Il courut pour Leila, pour Mama, pour Nana, pour tout Eshran qui avait un jour espéré un monde plus juste, sans jamais le voir advenir.

Il courut pour les trois apparitions qu'il avait rencontrées dans le labyrinthe. Il courut pour le garçon qu'il avait été et pour celui qu'il devenait.

Malik donna tout ce qu'il avait dans la dernière ligne droite du labyrinthe, au coude à coude avec Tunde. Il ignorait si ce serait assez, si ce serait jamais assez, mais c'était tout ce qu'il avait en lui.

La vision brouillée par la sueur qui lui coulait dans les yeux, les jambes hurlant de douleur, Malik franchit la ligne d'arrivée.

28

Karina

Tout était allé de travers.

Driss était censé remporter cette épreuve. Tous les parieurs fiables de la ville avaient misé sur lui, et les temples s'étaient résignés depuis des mois à endurer une troisième ère du Soleil d'affilée. Cette brute était censée gagner, Karina était censée l'épouser et le tuer sans regret, puis elle était censée utiliser son cœur pour ramener la Crécerelle à la vie.

Mais Driss était mort, prétendument de la main de la grande sœur d'Adil. Tout dans cette histoire lui paraissait suspect ; elle n'avait vu Eschaal Asfour que de loin, mais Driss avait fait deux fois le poids de la jeune femme. Pourtant elle avait avoué le crime, et Tunde avait corroboré sa version.

Vrai ou pas, Driss était mort, ce qui ne laissait qu'Adil et Tunde. L'un d'eux allait devoir périr pour le Rite de Résurrection, mais lequel ? Le premier garçon que Karina avait laissé entrer dans son cœur, ou celui qui s'y était glissé sans qu'elle s'en rende compte ?

Elle avait pesé le pour et le contre de chaque option alors que l'Ultime Défi s'éternisait, mais s'était trouvée incapable de décider lequel des deux méritait le plus de mourir.

Alors Adil avait jailli du labyrinthe, moins d'une seconde avant Tunde. Le visage du champion de la Vie luisait de transpiration, et sa mâchoire serrée trahissait une détermination qu'elle n'y avait pas vue avant le début du défi.

Leurs yeux se croisèrent, et l'étourdissement qu'elle avait ressenti dans la nécropole explosa dans sa poitrine. En entendant le peuple de Ziran acclamer son nouveau roi, elle s'imagina régner aux côtés d'Adil, faire face à leurs ennemis comme ils avaient affronté le serpopard. Il fit un pas vers elle, et elle se vit reposer son épée définitivement.

Mais alors elle se souvint du sang de la Crécerelle sur le sol. Elle se souvint de la terreur des rafles. Elle se souvint des cris d'Afua tandis que les Sentinelles l'emmenaient.

Non. Elle était allée trop loin pour ne pas accomplir le Rite de Résurrection. Elle avait sacrifié le futur qu'Adil et elle auraient pu connaître à l'instant où elle avait choisi de s'engager sur ce chemin de magie noire pour sauver Ziran.

Mais pourrait-elle tuer ce doux garçon aux yeux de nuit ? Pourrait-elle tuer l'un ou l'autre ?

Les prêtresses conduisaient Adil sur la plus haute marche du podium, et Tunde suivait avec un sourire peiné.

« Adil Asfour », lança-t-elle. Celui-ci redressa vivement la tête, et le monde sembla s'ouvrir sous les pieds de Karina.

« Vous êtes disqualifié. »

Le silence tomba sur le stade. Tous les yeux étaient tournés vers Karina, mais les siens ne quittaient pas Adil et son visage tourmenté par la confusion. « J'ai clairement énoncé que vous ne pouviez rien emporter dans le labyrinthe. Or, vous vous êtes servi d'un couteau introduit illégalement pour venir à bout du premier obstacle. Pour cette entorse manifeste aux règles, vous êtes disqualifié et votre victoire invalidée. »

Le public n'avait pas pu partager les visions des champions, mais il avait vu leurs réactions physiques. Adil avait utilisé un genre de dague peu après le début, et quoique Karina n'ait pas la moindre idée de la façon dont il s'y était pris pour l'introduire dans le stade, l'arme lui fournissait un prétexte idéal.

Karina se tourna vers Tunde, dont elle fut incapable de croiser le regard. Elle cacha son désarroi derrière un sourire, comme on lui avait appris à le faire. « Par conséquent, le vainqueur de l'Ultime Défi, et votre futur roi, est le champion de l'Eau, Adetunde Diakité ! Réjouissez-vous, car voici venir enfin une ère de l'Eau ! »

Personne ne sembla plus abasourdi par cette annonce que Tunde lui-même. Il grimpa sur la plus haute marche du podium avec prudence, comme si quelqu'un avait pu le retirer de sous ses pieds à tout moment. Les gardes entourèrent Adil, dont ils craignaient manifestement une réaction violente à ces événements inattendus, mais le champion de la Vie concéda la victoire sans esclandre. Karina jeta au garçon le regard le plus glacial qu'elle put feindre lorsqu'il passa devant elle.

« Je t'avais prévenu de ne pas te faire d'illusions », murmura-t-elle, et son cœur se brisa à la vue de la douleur dans ses yeux.

Tandis que tout Ziran acclamait son nouveau roi et sa prochaine ère, Karina demanda silencieusement pardon au véritable vainqueur pour ce qu'elle avait fait.

Mais peu importait la souffrance qu'il éprouvait à cet instant. Un jour, Adil Asfour comprendrait qu'elle lui avait sauvé la vie.

Les gens l'appelaient déjà la romance du siècle : la princesse réunie avec son premier amour par la grâce des dieux et la magie de Solstasia. Leur histoire fut sur toutes les lèvres jusqu'à la fin du sixième jour. Les heures s'écoulèrent dans une débauche de festivités et de chansons. Chaque notable de la ville voulut féliciter le nouveau couple. À un moment, la mère de Tunde prit le visage de Karina entre ses mains et bénit leur union en sanglotant, tandis que les jeunes frères de Tunde babillaient autour d'elle, voulant tout savoir de leur nouvelle sœur.

Malgré tout, personne ne devina la vérité que Karina porterait sur ses épaules durant le reste de sa vie : en choisissant Tunde, elle avait déjà choisi Adil.

Mais la nuit vint à point nommé, et elle parvint enfin à s'isoler dans sa nouvelle salle de bains, dont elle contemplait le plafond.

Le feu ayant dévasté l'ancienne chambre de Karina, Farid l'avait déménagée dans une partie des quartiers de la Crécerelle. Karina avait cependant choisi une autre chambre ; c'était une des nombreuses choses appartenant à sa mère dont elle ne serait jamais prête à hériter.

Karina se tenait à présent assise dans l'eau brûlante, les genoux remontés contre la poitrine. Quand Hanane et elle prenaient le bain ensemble, elles jouaient à celle qui resterait le plus longtemps la tête sous l'eau. Karina refaisait invariablement surface la première et attendait, terrifiée à l'idée que sa sœur ne remonte pas. Puis Hanane redressait la tête et arrosait sa sœur, et la vie continuait.

S'assurant que son bonnet de bain était bien serré, Karina plongea sous la surface. Elle nagea jusqu'au fond du bassin et remonta, sans savoir ce qu'elle espérait y trouver. Elle recommença, et, la troisième fois, patienta sous l'eau jusqu'à ce que ses poumons deviennent douloureux. Elle se demanda si l'on ressentait la même chose en mourant de noyade que par inhalation de fumée ou d'un coup d'épée dans le dos.

Elle ne le saurait jamais, car pour la troisième fois, elle refit surface. Puis elle sortit du bassin et appela une servante pour l'aider à s'habiller.

Dans quelques heures, le soleil se lèverait sur le dernier jour de Solstasia. Si elle voulait accomplir le Rite de Résurrection avant la fin du festival, elle ne pouvait plus différer la tâche qu'elle redoutait le plus.

À la requête de Karina, Tunde s'était vu attribuer une chambre dans ses nouveaux quartiers. Personne ne s'était interrogé sur ses intentions, du moins pas devant elle. Nul doute que toutes sortes de rumeurs obscènes circulaient déjà par les lézardes qui émaillaient les murs de la ville, et peut-être un jour reviendraient-elles la détruire, comme le font souvent les rumeurs.

Elle s'en inquiéterait une fois sa mère de retour.

Karina frappa à la porte à la manière des servantes, et Tunde la fit entrer. Elle faillit s'esclaffer en le voyant sursauter.

« C'est toi », souffla-t-il. Tunde était resté exceptionnellement silencieux toute la journée, ce dont Karina lui savait gré. Leur histoire passée rendait les choses assez difficiles comme ça, et plus elle voyait les choses qui l'avaient attirée chez lui la première fois, comme la façon dont il chahutait avec ses frères ou l'amour qu'il témoignait à ses parents, plus sa résolution faiblissait.

« Viens », dit-elle simplement. Tunde fronça les sourcils, mais il la suivit sans hésitation. Comme Adil l'avait…

Non. Elle ne devait pas se laisser entraîner sur cette pente. Elle s'y refusait.

Elle conduisit le vainqueur de Solstasia dans le temple privé de Ksar Alahari, celui dans lequel ils avaient rendu les derniers hommages au corps de la Crécerelle à peine trois jours plus tôt. La statue voilée de la Grande Mère se dressait au-dessus d'eux. La prêtresse de service s'inclina à leur entrée. Karina avait prévenu la sainte femme de leur venue, aussi ne fut-elle pas surprise de leur soudaine apparition.

Karina fit signe à Tunde de s'asseoir près d'elle sur un tapis de prière. « Comme tu le sais, notre cérémonie de mariage officielle commencera dès que Solstasia sera terminé. Mais il est de coutume dans ma famille d'échanger les vœux aussitôt que possible, de crainte qu'il se produise quelque événement fâcheux entre-temps. C'est une façon de s'assurer que ta famille et toi serez protégés s'il devait m'arriver quoi que ce soit avant que nous ne soyons publiquement unis. »

Le regard sceptique de Tunde ne la surprit pas. Un mariage zirani ne durait pas moins d'une semaine, et nécessitait la participation des deux familles. Pour respecter la tradition, il aurait fallu que Karina boive du lait avec la mère de Tunde, et que ce dernier apporte une offrande de fruits enveloppés dans des feuilles de palme au père de sa fiancée, entre autres choses. À la vérité, Karina n'était même pas certaine qu'ils puissent se considérer mari et femme avant l'issue de la cérémonie.

Rien de tout ceci n'était normal, mais à l'instant où elle se résolut à entendre son refus, il hocha la tête et dit : « Je comprends. »

Karina n'avait jamais beaucoup réfléchi à la façon dont son mariage se passerait, et peut-être était-ce mieux ainsi, car ses attentes auraient sans nul doute été piétinées par cette funeste réalité. Rien ne lui paraissait réel tandis que la prêtresse étalait un mélange d'herbes sacrées et d'eau de rose sur leurs fronts, qu'ils pressèrent l'un contre l'autre. Karina chercha une émotion en elle – excitation, tristesse, effroi –, dans ce moment pour lequel elle avait tant sacrifié. Mais elle ne trouva rien d'autre que le battement caverneux de son cœur et le souvenir obsédant d'un baiser qui n'avait pas eu lieu.

« Le monde est tel que la Grande Mère l'a voulu, et nous le sommes aussi, récitèrent-ils. Dans ce monde, il n'y a pas de tonnerre sans éclair. Pas de trahison sans confiance, pas de crépuscule sans aube. Et désormais, pas de moi sans toi. »

Comme beaucoup de choses importantes à Ziran, un mariage se scellait dans le sang. La prêtresse pratiqua deux petites incisions dans leurs bras, et leur liquide vital se mêla sur la pierre, les liant l'un à l'autre.

La plupart des gens pleuraient lors de la cérémonie. Les jeunes mariés dansaient sous les applaudissements des familles. Mais rares étaient les épouses qui passaient leur mariage à désirer un autre homme. Rares étaient celles qui passaient leur mariage à chercher un moyen d'assassiner leur nouveau mari.

Après le rituel, Karina conduisit Tunde dans sa chambre, et ils consommèrent leur mariage comme ils étaient censés le faire. Malgré tout ce qui était allé de travers entre eux, Tunde la touchait avec une telle douceur, comme une personne digne d'être aimée et chérie, que Karina faillit pleurer. Quand ils eurent terminé, elle s'assit.

Et voilà, c'était fait. Au regard des Anciennes Lois, ils étaient officiellement mariés.

Tunde possédait maintenant un cœur de roi.

Karina jeta un coup d'œil à l'oreiller sous la tête de Tunde, où patientait le couteau qu'elle avait dissimulé. Elle n'aurait jamais de meilleure occasion de le frapper que maintenant, alors qu'il était étendu, abandonné et vulnérable, à portée de sa main.

« Tu n'as pas l'air très excité, pour quelqu'un qui vient de monter sur le trône.

— C'est dur de l'être, quand c'est un honneur qu'on n'a pas mérité. » Tunde s'assit également, sa nudité cachée par les draps. « Si je te pose une question, m'y répondras-tu honnêtement ? »

Il y avait de la timidité dans sa voix, ce qui parut plutôt idiot à Karina, étant donné que ce n'était pas la première fois, tant s'en fallait, qu'ils couchaient ensemble.

« Ça dépend de la question. » Une fois qu'elle l'aurait tué, il faudrait qu'elle se barbouille d'un peu de son sang, voire qu'elle se blesse légèrement, pour accréditer la thèse de la légitime défense. Les étapes de son plan tournaient en boucle dans sa tête.

Tuer Tunde. Lui faire porter le chapeau. Sauver sa mère. Tuer Tunde. Lui faire porter le chapeau. Sauver sa mère.

« Qu'est-ce que je fais à la place d'Adil ? »

Karina s'arrêta de respirer. Les secondes s'étirèrent en silence. Elle dut détourner les yeux. « Je suis désolée. J'ai… Je suis désolée. »

Elle ne se rendit compte qu'elle tremblait que lorsque Tunde prit une de ses mains entre les siennes et lui massa tendrement les phalanges. « Si tu ne peux pas me répondre maintenant, ce n'est pas grave. »

Tunde ferma les yeux. La main libre de Karina s'approcha de la dague.

Pour sa mère. Elle le faisait pour Ziran et pour sa mère.

« Depuis le jour où notre histoire s'est terminée, j'ai prié pour avoir l'occasion d'arranger les choses. J'étais trop blessé pour comprendre ce que j'avais fait de travers au point que tu me rejettes. Être de nouveau avec toi… Je ne sais pas ce que j'ai fait pour mériter cette seconde chance, mais cette fois, je ne vais pas la gâcher. Même si cela doit me prendre le reste de ma vie, je te prouverai qu'il n'y a rien que tu doives me cacher. Qu'il n'est aucune facette de ta personnalité que je ne veuille voir. »

Il pressa la paume de Karina contre ses lèvres, et dans ce simple geste, elle sentit l'amour qui infusait ses paroles. Elle faillit éclater en sanglots. Le couteau était juste là. Le dernier élément dont elle avait besoin pour le Rite de Résurrection était juste là.

Tunde rouvrit les yeux. « Qu'est-ce qui ne va pas ? »

Pour la première fois de la soirée, Karina plongea vraiment les yeux dans ceux de son mari.

C'est alors que l'évidence la frappa, aussi nettement que les premiers rayons du soleil après une nuit trop sombre… Elle ne tuerait pas ce garçon.

Elle voulait le retour de sa mère plus que tout au monde. Mais pas au prix de la vie de Tunde. Même si le rituel fonctionnait, cela signifierait qu'une autre personne serait arrachée à la vie avant que son heure soit venue.

La mort n'était pas la réponse à la mort.

Jamais. Ni hier, ni aujourd'hui, ni demain.

Karina se mit à trembler, trop bouleversée pour parler. Tunde passa les bras autour de sa taille, l'attirant contre lui jusqu'à coller son cœur contre le sien.

« Tout va bien, dit-il en joignant leurs fronts. Tout va bien. »

Le baiser de Tunde traduisait toute la solidité de sa personne, et tandis que Karina se laissait aller contre sa chaleur, elle se rappela ce qui l'avait attirée chez lui en premier lieu. Malgré tout son second degré et ses postures, il y avait en lui une franchise qui l'avait toujours éblouie, qui la poussait à devenir la personne qu'il voyait en elle.

Tandis que Tunde l'allongeait une fois de plus sur le lit, Karina n'exclut pas la possibilité de tomber un jour amoureuse de lui. Peut-être pas dans l'année, ni même dans les cinq à venir, et peut-être pas comme elle aurait pu – voulu ? – le faire avec Adil.

Mais l'amour inébranlable né de la confiance et du respect… Karina le voyait éclore entre eux, aussi clairement qu'elle voyait des enfants aux cheveux argent comme elle, aux dents du bonheur comme lui.

C'était plus qu'elle ne pouvait espérer. Plus qu'elle ne méritait.

Karina posa la main contre la joue de son mari et l'attira vers elle jusqu'à ce que leurs lèvres se rencontrent.

« Merci », murmura-t-elle avec conviction.

Des heures plus tard, longtemps après que les créatures de la nuit étaient allées se coucher, Karina se dépêtra des bras de son mari et passa une robe simple. Tunde remua, mais ne se réveilla pas. Sortant de la chambre sur la pointe des pieds, Karina gagna le jardin de sa mère.

Elle s'assit sur le rebord de la fontaine au-dessus du Sanctuaire de la reine, à peine importunée par la fraîcheur nocturne. Tandis qu'elle faisait courir sa main sur le marbre lisse, elle se rappela sa chute à travers l'entrée secrète avec Adil. Elle sentait toujours ses bras autour d'elle après qu'ils eurent survécu à la rivière, une étreinte si similaire et pourtant à des mondes de celle qu'elle avait partagée avec Tunde.

Ne voulant pas s'appesantir davantage sur le sujet, Karina embrassa le jardin du regard. Elle ignorait ce qui allait se passer, maintenant qu'elle avait renoncé au Rite de Résurrection, mais elle allait devoir trouver quelqu'un pour s'occuper de ces plantes avec autant de talent que sa mère. La Crécerelle avait toujours eu la main exceptionnellement verte, et tandis que Karina observait les restes fanés des fleurs à ses pieds, le souvenir d'un autre après-midi en ces lieux lui revint.

Des années avant que la tragédie et le chagrin fassent de sa mère une quasi étrangère, toutes deux avaient jardiné côte à côte, les coudes et les genoux plantés dans la terre chaude. La Crécerelle s'était saisie d'une liane.

« Être une Alahari, c'est faire partie d'une lignée qui a renversé des dynasties, des rois. C'est être capable de faire des choses extraordinaires, avait déclaré sa mère, et Karina avait observé avec émerveillement la liane se couvrir de boutons de fleurs. Un jour, tu feras toi aussi des choses extraordinaires. »

Sa mère avait su commander à la terre d'un simple geste de la main. Grand-mère Bahia avait créé un enchantement qui protégeait toujours son peuple mille ans plus tard, mais Karina, elle, n'avait jamais rien accompli d'extraordinaire, rien de tel, en tout cas...

Un orage au beau milieu de la saison sèche, quand le ciel est censé être le plus calme. Un unique éclair frappant les quartiers résidentiels du palais. Un brasier qui s'était propagé d'une pièce à l'autre, auquel Baba et Hanane ne devaient jamais réchapper.

L'espace d'un instant fugace, le souvenir de cette nuit se dessina clairement dans l'esprit de Karina, mais il fut aussitôt chassé par la douleur accablante de sa migraine. Elle chercha à le retrouver, mais il demeurait confus, tel un nœud qu'elle ne savait pas comment démêler.

Une larme roula sur sa joue, suivie d'une deuxième. Bientôt Karina fut agitée d'énormes sanglots. Elle pleura non pas pour la mère qu'elle avait eue ou la reine que Ziran avait perdue, mais pour la femme saisie dans les détails délicats de ce jardin, cette femme qui avait connu l'espoir, le désespoir et le chagrin, comme tout un chacun. Elle pleura pour tout ce qu'elles auraient pu être et tout ce qu'elles n'auraient jamais, pour ses ancêtres qui avaient passé leur vie derrière les barreaux de cette cage dorée qu'était Ziran. Elle pleura jusqu'à oublier qu'elle avait oublié quelque chose.

Quand elle vit les premiers rayons du soleil matinal et la comète de Bahia traverser le ciel, Karina sut qu'elle avait fait le bon choix.

Sa mère ne reviendrait jamais.

Baba ne reviendrait jamais.

Hanane ne reviendrait jamais.

Mais elle détenait en elle tout leur amour, leurs espoirs et leurs rêves. Elle n'avait jamais été leur reflet ou leur substitut, mais plutôt la somme de ce qu'ils avaient été, un tout entièrement nouveau. Quelque chose de plus grand que ce qu'elle aurait pu être par elle-même.

La meilleure façon de leur rendre hommage serait de les emmener de l'autre côté de ce merveilleux lever de soleil, quoi qu'il puisse y avoir derrière. Et peut-être qu'en le faisant, elle trouverait le chemin des réponses tapies au-delà de sa douleur.

Et c'est ainsi que Karina se leva. Le visage baigné de soleil et les oreilles emplies du chant des oiseaux, elle quitta le jardin pour faire bon accueil au dernier jour de Solstasia.

29

Malik

Ce dernier jour arriva inopinément, laissant aux festivaliers la sensation de se réveiller d'un songe. Solstasia ne prendrait officiellement fin qu'avec la cérémonie de Clôture, le soir même, mais maintenant que les défis étaient terminés, un air d'achèvement flottait sur la ville. Les voyageurs les plus avisés tournaient déjà les yeux vers l'horizon, vers leur prochaine destination, et l'on décrochait les décorations des rues en prévision de la saison des orages imminente.

Perché sur le toit du Jardin azur, Malik regardait Ziran s'éveiller avec un certain détachement. Tous les occupants du riad l'évitaient, ne sachant que dire au garçon qui aurait dû être roi. La prêtresse de la Vie ne s'était adressée qu'une seule fois à lui, pour l'informer que le procès de Leila aurait lieu le lendemain. Elle n'avait pas eu besoin de verbaliser ce que tous deux savaient – la punition pour le meurtre d'un champion, en état de légitime défense ou pas, était la mort. Seule sa parenté avec Malik avait épargné à Leila qu'on l'exécute sur place.

Une cloche sonna dans la ville ; c'était l'appel à la dernière prière du matin de l'ère du Soleil. Dans quelques minutes,

Malik rejoindrait le reste de la cour pour remercier Gyata d'avoir veillé sur eux ces cinquante dernières années, avant que l'ère de l'Eau ne débute le lendemain.

Dans quelques minutes, il allait devoir se tenir devant Karina et se conduire comme si elle n'avait pas réduit en miettes le moindre de ses espoirs d'avenir.

Il n'oublierait jamais la façon dont elle l'avait regardé après l'Ultime Défi – comme s'il n'était rien. Il avait épargné sa vie à plusieurs reprises, au prix de celles de Leila et de Nadia, et pourtant, aux yeux de Karina, il resterait quantité négligeable.

Le pire étant qu'il ne pouvait s'en prendre qu'à lui-même. Leila, Tunde et même Karina elle-même l'avaient averti de ne pas se laisser entraîner par la frénésie de Solstasia. Tel un enfant faisant un vœu en voyant passer une étoile filante, il s'était nourri du fantasme qu'il puisse y avoir une place pour quelqu'un de sa condition dans ce monde d'opulence et de magie.

Mais aucune place n'attendait ceux qui étaient nés en bas de l'échelle. Elle était déjà réservée. Et maintenant ses sœurs allaient payer le prix de ses erreurs.

Habituellement, quand Malik était bouleversé, sa magie pétillait en lui, force vive qu'il lui fallait canaliser. Mais elle était pour l'heure anormalement inerte, telle une corde d'arc tendue à se rompre.

Il serra le poing sur le parapet de la terrasse – fin et vétuste, comme celui qui n'avait pu empêcher la mort de Driss – et invoqua la lame-esprit dans sa main libre. Passant le doigt sur le fil incroyablement tranchant de la dague, il tacha la lame d'une étroite rigole de sang.

Solstasia n'était pas encore terminé. S'il n'avait aucune chance de se retrouver seul avec Karina avant la fin du festival, alors il la provoquerait.

Après tout, il était un Ulraji Tel-Ra. Affronter les Alahari était dans son sang.

« Mes frères et sœurs, inclinons-nous devant les dieux. »

Mille fidèles s'agenouillèrent à l'unisson, et parmi eux Malik. Il se trouvait dans le temple du Soleil avec le reste de la cour pour assister à la prière du matin, et ce qui n'aurait dû être qu'une formalité avait pris des allures de rituel funéraire. Au terme de cent années et deux Solstasia, l'ère du Soleil touchait à sa fin, et il était impossible d'éviter du regard l'espace vide où Driss aurait dû se tenir. Le temple du Soleil avait été bâti pour laisser entrer un maximum de lumière, qui baignait chacun d'un halo doré guère approprié au ton solennel de la cérémonie.

On avait beau être Jour-Vie, le jour de l'alignement de Malik, ce temple resterait à jamais celui de Driss. Malik ne regrettait pas d'avoir usé de sa magie pour protéger Leila, mais il pria pour que l'âme de Driss trouve la paix auprès de la Grande Mère. Il ne savait pas trop ce qu'il devait à ce garçon, mais il pouvait au moins lui donner ça.

Karina supervisait l'office avec la prêtresse du Soleil. Elle était une fois encore vêtue de blanc, mais elle dégageait à présent quelque chose d'autre, comme si les habits lui allaient mieux que la veille. La coutume voulait que Tunde se tienne aux côtés des autres champions, mais il n'avait eu d'yeux que pour sa promise quand elle s'était avancée dans la lumière.

Au moins le futur roi avait-il eu la décence de soutenir le regard de Malik, à son entrée dans le temple ; Karina ne s'était même pas embarrassée de tels égards, et Malik ne l'en avait haïe que davantage.

Il était facile de se dire qu'il la détestait, alors qu'il ne pouvait s'empêcher de scruter le moindre de ses gestes. Il détestait l'aisance avec laquelle elle se mouvait dans la foule, sans jamais avoir besoin de se contorsionner ou de prendre moins d'espace que celui qui lui était dévolu. Il détestait la façon dont ses lèvres s'incurvaient légèrement chaque fois qu'elle parlait, comme si elle avait toujours un secret d'avance sur ses interlocuteurs.

« Solstasia afeshiya, commença-t-elle, et sa voix résonna aussi clairement qu'un carillon. Nous voici rassemblés pour célébrer l'ère du Soleil sur le point de s'achever. Ces cinquante dernières années, Gyata, la fille du Soleil, a fait briller sur nous sa lumière éclatante, et durant tout ce temps, Ziran a... Ziran a... »

Karina soupira. « À la vérité, j'avais préparé un discours sur la résilience de notre cité et de notre peuple. Mais avant de vous parler de ça, j'ai quelque chose à vous dire. »

Après une pause qui sembla durer une éternité, Karina redressa les épaules et leva le menton.

« Ma mère, Sarahel Alahari, est morte. »

Un hoquet collectif traversa le temple. Les pensées de Malik se tournèrent instantanément vers Idir. Le Roi sans visage avait-il quelque chose à voir avec ça ? Quel genre de créature malfaisante orchestrait la mort de ses propres descendants ?

Quel genre de créature malfaisante était Malik pour l'y aider ?

« Nos histoires se souviendront d'elle comme d'une brillante stratège, d'une dirigeante pleine de compassion, et d'une protectrice acharnée de la justice, à tous les niveaux. Mais je... » Karina posa la main sur son cœur. « Je m'en souviendrai comme de la mère que je n'ai vraiment appris à connaître que bien trop tard. »

Le jour du tournoi de wakama, Malik s'était demandé quelle Karina était la vraie. Il comprenait désormais que chacune n'avait été qu'une facette de la personne qui mettait à présent son âme à nu devant eux.

Une reine tant en titre qu'en apparence.

« Plutôt qu'un discours, je voudrais que nous observions une minute de silence en sa mémoire. »

Malik envisagea de mettre immédiatement son plan à exécution, mais il se ravisa et baissa la tête comme tout le monde. Il n'aurait qu'une seule chance de tendre un piège à Karina ; il ne devait pas précipiter les choses.

Il n'eut cependant pas à attendre longtemps l'occasion parfaite, qui se présenta peu de temps après sous la forme d'une migraine.

Une fois la prière du matin terminée, la congrégation se déplaça dans l'atrium pour échanger des réflexions sur l'ère du Soleil finissante. Malik vit alors Karina grimacer et porter la main à sa tempe. Tunde fut près d'elle en un instant.

« Qu'est-ce qui ne va pas ? » demanda-t-il d'une voix où transparaissait tout son amour pour elle.

Elle le repoussa d'un geste. « C'est juste une migraine. »

En entendant cela, Malik s'excusa auprès de son interlocuteur et partit dans la direction opposée. Il se cacha derrière un pilier et tissa autour de lui une illusion d'invisibilité, le cœur battant. Il jeta un coup d'œil à Karina, qui affichait un sourire douloureux. Bien... Elle était distraite.

« On dit de la princesse aînée de Ziran qu'elle était belle, avec ses cheveux argent dont les tresses descendaient sous la taille », dit Malik à voix basse. C'était la partie la plus hasardeuse de son plan ; il n'avait jamais mis au point l'illusion d'une personne qu'il n'avait jamais vue. Il imaginait une Karina plus âgée, sèche et élancée, là où la nouvelle reine exhibait des courbes généreuses.

Parle de telle sorte qu'une seule paire d'oreilles t'entende, insuffla son cœur à sa magie. *Bouge de telle sorte qu'une seule paire d'yeux te voie.*

Karina se figea au milieu d'une phrase, le regard fixé sur un éclat argenté qu'elle seule voyait à l'autre bout de l'atrium.

« Qu'y a-t-il ? s'inquiéta cette fois franchement Tunde.

— Rien. Je... Je reviens dans une seconde. »

L'intuition de Malik avait été la bonne ; dans son état de fébrilité, apercevoir sa grande sœur avait bouleversé la princesse.

Karina se dirigea d'un pas raide vers la sortie, où Malik la précéda silencieusement. Il prit soin de lui dissimuler son visage, qui ne manquerait pas de révéler la supercherie. Karina était rapide, mais Malik l'était encore plus, si bien que l'illusion de la princesse Hanane demeurait toujours hors de sa portée, mais suffisamment proche pour la tirer en avant.

« Je suis en train de devenir folle », murmura-t-elle quand Hanane disparut de son champ de vision, et elle fit demi-tour en direction de la réception. Mais alors Malik réactiva l'illusion au pied d'un escalier, et Karina lui courut après.

Il avait décidé que le toit était l'endroit le plus sûr où l'attirer ; même si elle appelait à l'aide, les secours mettraient du temps à arriver. Au moment où Karina gravissait la dernière marche de l'escalier, il fit disparaître l'illusion. La princesse prit pied sur la terrasse et n'y trouva rien d'autre que Ziran étendue devant elle. Alors qu'elle tournait les yeux de tous côtés, confuse, Malik compta jusqu'à dix avant de quitter son illusion d'invisibilité et de sortir de l'ombre de la cage d'escalier.

« Ça ne va pas, *Votre Altesse* ? » demanda-t-il, et Karina sursauta. Il lui fallut se contrôler pour ne pas invoquer la lame-esprit à cet instant.

« Si, c'est juste que j'ai cru voir… rien. Je n'ai rien vu. »

Le silence s'étira, à peine troublé par les battements de cœur de Malik. Il avait tant de choses à dire, mais il connaissait maintenant assez Karina pour savoir que s'il se montrait trop pressant, elle ne ferait que se dérober. Tout comme la lune dans son énigme, la seule façon de l'attraper était d'attendre.

« Qu'est-ce que tu fais là, Adil ? » demanda-t-elle d'une voix faible. Malik se retint de ricaner. Il aurait presque pu croire son inquiétude authentique.

« Je suis venu te dire au revoir. » La Marque s'agita autour de son bras, impatiente de remplir son office.

« C'est inutile. Je suis sûre que nous nous reverrons à la cour, à l'avenir, dit-elle, mais Malik secoua la tête.

— Je ne resterai pas à Ziran au-delà de Solstasia. »

Il comprenait maintenant pourquoi chaque fois qu'il avait essayé de mentir par le passé, il avait échoué lamentablement ; absorbé par la culpabilité morale de l'acte, il était passé à côté de la technique. Les meilleurs mensonges étaient comme les meilleures histoires – l'un et l'autre se façonnaient autour d'un noyau de vérité.

Karina prit une inspiration soudaine. « Tu vas retourner à Talafri ?

— Peut-être. Mais je ne peux pas rester ici. Pas après l'Ultime Défi. »

À sa décharge, Karina parut embarrassée à la mention de la défaite injuste de Malik. Elle s'approcha d'un pas, mais lui ne bougea pas, lui refusant même ce motif de satisfaction.

« Je ne peux pas rester ici et te voir avec Tunde. C'est impossible. »

Karina s'approcha encore d'un pas. La comète de Bahia lui faisait un halo derrière la tête, illuminant les contours de sa peau brune. La Marque s'était glissée dans le poing serré de Malik, qui s'efforça de conserver une expression neutre.

« Il y a des raisons pour lesquelles quelqu'un d'autre devait gagner, dit-elle, mais si le choix m'avait appartenu, alors… je t'aurais choisi. »

Il aurait voulu qu'elle n'ait pas prononcé ces mots. Il aurait voulu que son traître de cœur ne bondisse pas de joie en entendant ces mots. Seuls quelques centimètres les séparaient, à présent, moins qu'il n'y en avait eu entre eux dans la nécropole.

Mais Malik voyait seulement Nadia, qui attendait désespérément qu'il vienne la sauver.

« Tu sais, dit-il, ce serait le moment idéal pour m'embrasser. »

Et avec un petit soupir, elle le fit.

Il était heureux que Malik ne se soit jamais laissé aller à imaginer un baiser de Karina, car aucun de ses fantasmes ne serait arrivé à la cheville de la réalité. Elle l'embrassa comme si elle était née pour ça, et les seules parties de son corps dont il avait conscience étaient celles qui se mêlaient aux siennes. Il savait ce qui l'attendait s'il mettait les mains dans ses cheveux, aussi les posa-t-il sur sa taille et l'attira-t-il aussi près de lui qu'il le put. Le temps avait été calme quand ils étaient arrivés sur le toit, mais un vent violent s'était levé, les enlaçant plus étroitement.

L'espace d'un instant béat, Malik s'autorisa à profiter de ce baiser. C'était son premier, mais déjà il en voulait davantage. La compréhension implicite que les sentiments qu'ils éprouvaient l'un pour l'autre depuis leur première rencontre ne pourraient jamais aller plus loin que ça ne lui suffisait pas.

Il avait voulu cela. Ardemment. Et il s'était haï de désirer la seule personne qui se dressait entre lui et la liberté de Nadia.

Ils finirent par s'écarter l'un de l'autre. Karina leva sur lui des yeux brûlant d'envie. Les pensées de Malik virevoltaient sous son crâne. Un sentiment les dominait toutes, cependant : la colère qu'il ressentait bien avant qu'Idir lui ait ravi Nadia. La colère d'un peuple méprisé et brutalisé depuis des siècles, la colère de son père et de tous ses ancêtres, cristallisée dans un but limpide.

« Adil…, commença Karina.

— Je ne m'appelle pas Adil. »

La princesse fronça les sourcils, et une question commença à se former sur les lèvres que Malik mourait d'envie d'embrasser à nouveau. Mais avant qu'elle puisse la formuler, Malik invoqua sa dague et la lui planta dans le cœur.

30

Karina

Karina fixa du regard la lame dans sa poitrine comme si elle saillait d'un autre corps que le sien. Adil l'observait aussi, ses yeux plus noirs que la nuit – des yeux auxquels elle n'aurait jamais dû se fier –, aussi écarquillés que les siens.

« Je suis tellement désolé », murmura-t-il.

La pression sous le crâne de Karina avait supplanté la douleur, ou son absence, dans sa poitrine. Elle mourait. Adil l'avait embrassée, puis il l'avait poignardée, et maintenant elle mourait.

Comme lors du tournoi de wakama, tout ce qui entourait Karina se détachait sur une toile de nkra étincelante. Des milliers de filaments flottaient dans le ciel, dont les plus brillants se mêlaient à la queue de la comète de Bahia, et c'est à eux qu'elle s'accrocha tandis que ses pieds s'éloignaient du sol. Les filaments la hissèrent jusqu'aux cieux, d'où elle contempla le monde en contrebas. Mais la lumière de la comète l'aveuglait. En son centre se dressait une petite enfant.

Karina n'avait jamais connu d'autre Alahari que sa mère et sa sœur, mais la chevelure argentée ne laissait aucune place au doute. Elle était de sa famille. De sa lignée. Piégée dans la comète comme elle-même l'avait été à l'intérieur de Ziran.

« Maman ? » demanda l'enfant.

Alors Karina tomba à la renverse dans le ciel, et l'enfant l'attrapa par la main. Un afflux d'énergie la traversa, se mêlant à chaque particule de son âme. Sans rien d'autre à quoi se raccrocher, Karina s'agrippa à cette force qui faisait rage en elle et qui poussait contre la seule autre à même de lui résister à Ziran.

Plusieurs kilomètres au-dessus de sa tête, la Barrière explosa et la comète de Bahia disparut.

L'enchantement se brisa en Karina, et la longe qui l'attachait physiquement à Ziran vola en éclats, la laissant à bout de souffle et euphorique. Des vestiges brûlants de la magie ancienne plurent sur son visage, comme des milliers d'étoiles. Aussi légère qu'une plume, qu'un courant d'air, elle pouvait aller où elle voulait, faire ce qu'elle voulait.

Grâce à l'énergie de la Barrière qui palpitait en elle, Karina se saisit de la poignée de la dague et la retira de sa poitrine.

Adil écarquilla les yeux en reculant d'un pas. « Non. »

Des ombres sourdirent des lézardes du toit et virevoltèrent autour d'eux. Deux yeux serpentins étincelants émergèrent des miasmes.

« Incroyable. Tu l'as vraiment fait. »

L'individu qui sortit de la fumée avait des cheveux plus blancs que l'ivoire et une robe d'un autre temps. C'était le même homme que Karina avait vu représenté sur la fresque de la nécropole, celui dont on avait effacé le nom et le souvenir de l'histoire.

Karina se tenait devant le Roi sans visage.

Les yeux de son ancêtre s'adoucirent en cherchant les siens. « Tu lui ressembles trait pour trait. »

Comment était-ce possible ? Quelqu'un avait-il utilisé le Rite de Résurrection pour ramener l'ancien tyran à la vie ? Était-ce encore un des tours d'Adil ? La faire tomber amoureuse de lui ne lui avait-il pas suffi ?

La voix du roi semblait venir de toutes les directions à la fois. « Nous avons tant de choses à nous dire, ma chère petite-fille, mais je dois malheureusement partir. Avant cela, je dois cependant remercier notre ami Malik... » Le Roi sans visage se tourna vers Adil. « ... pour nous avoir aidés à détruire la Barrière et permis ces retrouvailles. »

Karina fronça les sourcils. « Qui est Malik ?

— Excellente question. »

Les ombres s'écartèrent du Roi sans visage sous l'effet d'un vent tourbillonnant qui balaya la terrasse. Luttant contre la tempête, Adil cria : « J'ai respecté ma part du marché, Idir ! Rendez-la-moi !

— Respecté ta part du marché ? Est-ce que cette jeune fille te paraît morte ? » Le corps du Roi sans visage n'était plus qu'ombres et vent, désormais, mais sa voix tonnait toujours. « Mes pouvoirs sont sans effet contre une Alahari, pour la même raison qu'un serpent est immunisé contre son propre venin. Je suis impuissant face à ma propre lignée.

— Vous m'avez dupé ! »

La toile d'ombres s'effondra sur elle-même, et la voix d'Idir s'éloigna. « Merci beaucoup de nous avoir libérés, mon fils et moi, jeune homme. Nous nous reverrons bientôt. »

Karina ne comprenait rien à ces histoires de marché, et elle ignorait qui était Idir. Mais il ne faisait aucun doute qu'Adil – Malik ? – était une menace. Alors que les ombres se dissipaient, Karina le plaqua au sol et appuya la lame de la dague avec laquelle il avait essayé de la tuer contre sa gorge. Des gouttes de sang perlèrent là où le métal noir touchait sa peau, mais avant qu'elle ne puisse aller plus loin, Adil fit un mouvement du poignet et l'arme disparut. Sans se laisser impressionner, Karina l'attrapa par le cou et lui cogna la tête contre la pierre.

« C'était quoi, cette créature ? hurla-t-elle. Qui es-tu ? Qu'est-ce qui se passe ?

— Malik, lâcha le garçon d'une voix étranglée, tandis que son cou se couvrait d'ecchymoses violacées. Je m'appelle Malik. »

Tout - son histoire, la nécropole, son nom même - n'avait été que mensonge. Elle avait combattu à ses côtés, elle l'avait embrassé, elle lui avait montré des aspects d'elle qu'elle n'avait jamais partagés avec personne. Elle avait même cru qu'elle pourrait être... qu'ils pourraient être...

Karina resserra sa prise. La lumière faiblit dans les yeux de Malik, mais avant qu'elle n'ait pu le blesser davantage, quelqu'un la tira en arrière. Malik s'assit, haletant, mais un autre garde sortit précipitamment de l'ombre de Karina et le remit à terre. Karina jeta un coup d'œil derrière son épaule et vit Farid courir vers elle.

« Lâchez-moi ! cria Karina d'une voix aiguë. C'est lui qui a essayé de me tuer ! »

Farid hocha la tête, et le soldat hissa Malik sur ses pieds. « Mettez-le avec l'autre. »

Malik ne se débattit pas lorsqu'on lui passa des chaînes aux poignets. Il regarda Karina, les yeux assombris par le remords, jusqu'à ce que le garde lui assène un grand coup de la poignée de son épée sur le crâne. Quand on l'eut emmené, Farid posa la main sur le bras de Karina.

« Tout va bien. Tu es en sécurité, maintenant. » La sueur lui collait les cheveux au front, et ses yeux brillaient d'un regard féroce. « Tout va bien se passer. »

Des milliers de questions fusaient dans la tête de Karina, chacune moins intelligible que la précédente. Il n'y avait plus aucun signe d'Idir, et même le ciel brisé avait disparu. Elle aurait voulu crier que le Roi sans visage était revenu à Ziran, mais tout le monde la regardait déjà comme si elle avait perdu l'esprit.

Sans autre choix que celui d'obtempérer, Karina essuya le sang de Malik sur le devant de sa robe et suivit le mouvement.

Ils rentrèrent en toute hâte à Ksar Alahari, dans l'anonymat d'un carrosse ordinaire. Farid refusa de répondre à ses questions avant qu'ils aient franchi les murs du palais.

« Où l'emmènent-ils ? demanda Karina, tandis que la Sentinelle emportait le corps inconscient d'Adil – de Malik.

— Ce garçon est manifestement une sorte d'enchanteur, et puissant, dit Farid en la faisant passer sous l'épais rideau d'une pièce sécurisée au sous-sol de Ksar Alahari. Impossible de prédire ce qui se passera si nous essayons de le tuer sans savoir de quoi il est capable. »

Karina hoqueta. « Tu connais la magie ? »

Il hocha la tête. « Il y a beaucoup de choses que je n'ai jamais pu partager avec toi. »

Sa mère n'avait dit qu'à elle la vérité sur la Barrière, et Afua n'avait senti aucun autre zawenji à Ziran. Comment pouvait-il savoir ?

Farid affichait son calme coutumier, mais cela ne soulagea en rien la boule d'angoisse au creux du ventre de Karina. Le ciel avait été d'une teinte normale à travers la grille de la fenêtre du carrosse, mais le souvenir de la destruction de la Barrière était trop vif pour n'avoir été qu'une illusion.

« Farid, nous devons évacuer la ville. » La puissante armée de Ziran ne pourrait rien contre une attaque magique du Roi sans visage. Karina n'avait d'autre choix qu'éloigner autant que possible son peuple de la cité.

Farid lui jeta un regard incrédule. « Il y a des centaines de milliers de personnes entre ces murs. Les évacuer où ? Dans le désert ?

— Je ne sais pas, mais… ailleurs ! N'as-tu pas vu le ciel virer au bleu, tout à l'heure ?

— N'est-ce pas sa couleur habituelle ?

— Ce n'est pas ce que je… » La fin de sa phrase se perdit dans une exclamation exaspérée.

Karina fit les cent pas dans la pièce en se rongeant les ongles. Ses pensées revenaient sans cesse au garçon qu'elle avait connu sous le nom d'Adil. Elle sentait toujours ses lèvres sur les siennes, ses bras autour d'elle. Le désir et la fureur se livraient en elle une bataille sans merci, tirant un voile rouge devant ses yeux.

Cependant, sa colère à l'égard de Malik était sans commune mesure avec le fait que le Roi sans visage était lâché sur Ziran.

Et tout était sa faute.

« Nous devons évacuer la cité immédiatement.

— C'est impossible… Karina, c'est du sang, sur ta robe ? »

Dans toute cette agitation, Karina avait oublié sa blessure. Aucune douleur n'accompagnait l'épanchement de sang.

« Ça va ! J'ai été poignardée par une sorte d'arme.

— Tu as été poignardée ?!

— Je vais bien ! Mais l'immense barrière magique qui interdisait au Roi sans visage d'entrer dans Ziran vient de tomber. Nous devons évacuer tout le monde avant qu'il passe à l'attaque. »

Il y eut un long silence. Puis Farid soupira et passa la main dans ses cheveux. « C'est ma faute. Je les ai laissés te malmener, et maintenant le stress affecte ta capacité de raisonnement.

— Je sais ce que j'ai vu, Farid !

— Je ne doute pas de ce que tu crois avoir vu, répliqua-t-il avec la patience d'un homme consolant un enfant. Mais ne crois-tu pas que si le ciel s'était ouvert et que le Roi sans visage s'était matérialisé au-dessus de la ville, les gens auraient paniqué ? »

Les souvenirs de Karina, très nets jusqu'à il y a encore une minute, se brouillèrent. Tout semblait parfaitement normal, et elle n'avait aucune preuve qu'Idir était celui qu'il prétendait être. Les ombres auraient pu provenir de la fumée d'un four communautaire. Même son voyage jusqu'à la comète de Bahia avait pu ne se dérouler que dans sa tête.

« Je suppose que tu as raison », concéda-t-elle.

Farid lui serra brièvement l'épaule, un geste familier qui la réconforta. « Tu as subi un immense traumatisme, tu as été surchargée de travail, et tout le monde attendait de toi que tu te donnes à fond sans même te laisser le temps de dormir. Ça n'a rien d'étonnant. »

Jamais Farid n'avait induit Karina en erreur. Peut-être était-il temps de commencer à l'écouter.

« Tu as raison, répéta-t-elle pour faire taire le doute tenace qui persistait en elle. Pardon d'avoir réagi avec excès.

— Tu ne me devras jamais d'excuses, Karina. Mais tu en dois peut-être à quelqu'un d'autre. »

Farid ouvrit la porte sur Tunde, qui se précipita dans la pièce sécurisée et la prit dans ses bras.

« Karina ! »

Il s'écarta d'elle, les yeux agrandis par la terreur, et Farid s'éclipsa discrètement, prétextant aller s'enquérir des gardes et leur chercher des vêtements propres. La pièce était exiguë et aveugle, remplie d'assez de nourriture pour sustenter la famille royale pendant des semaines. Karina ignorait pour quelle raison elle devait se trouver dans un tel endroit, s'il n'y avait aucune menace sur sa personne, mais Farid ne faisait jamais rien sans raison.

« Où est Adil ? » s'enquit Tunde en la guidant vers un canapé.

Malik, s'abstint-elle de corriger. « Je ne sais pas, répondit-elle avec sincérité.

— On m'a dit qu'on t'a trouvée sur le toit du temple avec lui. Qu'est-ce que vous faisiez ensemble ? »

La blessure dans sa voix était évidente. Karina n'ayant aucune réponse, le silence s'étira durant de longues minutes, avant que Tunde ne s'éloigne d'elle, se tassant sur lui-même comme si elle l'avait giflé. Ils étaient toujours assis en silence quand Farid revint avec des habits de rechange. Karina ne reprit la parole que lorsqu'il s'apprêta à partir.

« Farid, attends. Et si tout ça n'était pas le fruit de mon imagination ? »

L'intendant s'arrêta à la porte, une main sur le chambranle. « Tout va bien.

— Je sais, mais je crois quand même que nous devrions évacuer.

— Tu es fatiguée, ton jugement est faussé.

— Mais si ce que j'avais vu était réel ? Si…

— Arrête ! »

Karina tressaillit. Farid n'avait jamais élevé la voix contre elle, et ce simple fait la perturba davantage que tout ce qu'elle avait vécu ce jour-là. Il prit une profonde inspiration et pressa ses paumes contre ses yeux. Le regard de Tunde passa de l'un à l'autre.

« Je suis désolé, c'est juste… Il s'est passé tant de choses ces derniers temps, entre ta mère, le conseil et la nécropole. Je veux juste que cette journée se finisse. S'il te plaît, coopère, pour une fois. Pour moi. »

Karina se leva en battant des paupières. Farid pinça les lèvres.

« Karina, je n'ai pas la patience pour un de tes caprices maint…

— Je ne t'ai jamais dit que j'étais allée à la nécropole. »

Il écarquilla les yeux. « Tu me l'as dit hier.

— Non. Comment l'as-tu appris ?

— Je… Tu… »

Le regard de Farid se fit fuyant, se posant partout sauf sur le visage de Karina. « Pourquoi essaies-tu coûte que coûte de me faire douter de ce que j'ai vu ? »

Une existence entière de souvenirs s'écroula autour d'elle alors qu'elle observait l'homme à qui elle avait confié sa vie chercher désespérément un nouveau mensonge.

Farid savait qu'elle s'était rendue dans la nécropole, bien qu'elle ne le lui ait pas dit. Il était resté d'un calme olympien quand elle lui avait parlé du traître, ainsi que lors de l'interrogatoire du conseil. Et pour autant qu'elle le sache, il avait accès au jardin de sa mère.

Karina s'arrêta à quelques centimètres du visage de Farid. « C'était toi. C'était toi le traître, tout ce temps.

— Gardes ! »

Deux Sentinelles s'engouffrèrent dans la pièce. Avant qu'elles n'aient pu se saisir d'elle, Karina griffa Farid au visage, ses ongles striant sa peau de marques ensanglantées. Elle se débattit tant qu'elle put, mais elle ne faisait pas le poids contre la Sentinelle. Et quand Tunde essaya de l'aider, son acolyte le maîtrisa lui aussi.

Alors que les soldats les plaquaient au sol, elle chercha du regard les yeux de Farid – en quête de remords, de culpabilité, d'un signe de l'homme qu'il avait été.

Elle n'en trouva aucun.

« Après toutes ces années de préparation, il faut que ça se termine ainsi », dit-il en soupirant.

Karina s'attendit au pire en le voyant tirer une dague de sa manche. Elle refusa de détourner le regard des yeux sombres et vides du seul frère qu'elle avait jamais connu.

Farid abattit sa lame d'un seul geste et ouvrit la gorge de Tunde.

31

Malik

Malik avait failli mourir le jour de sa naissance.
Mama avait si souvent raconté cette histoire qu'il aurait parfois pu jurer se rappeler l'avoir vécue. Non seulement était-il venu au monde avec plusieurs semaines d'avance, mais le cordon ombilical s'était enroulé autour de son cou lors de la délivrance. Et quoique la sage-femme ait réussi à le libérer à temps, il avait passé ses deux premiers jours sur terre dans une immobilité totale.

Mama l'avait serré contre elle et n'avait laissé personne poser la main sur son petit corps inerte. Le troisième jour, quand on avait essayé de l'arracher à ses bras, il avait tant crié que la sage-femme avait été convaincue de sa nature démoniaque.

« Je t'ai appelé Malik, car je savais que tu étais fort comme les rois d'autrefois, et que personne ne pourrait t'enlever cette force », disait toujours Mama, des larmes dans les yeux.

Pour touchante que soit l'histoire, Malik savait qu'il ne méritait pas un nom si noble.

Il n'était pas fort.

Il n'était pas courageux.

Lorsque les Sentinelles le firent descendre du toit du temple du Soleil, il ne s'était jamais senti aussi éloigné de son nom.

Il se réveilla dans une cellule, éclairée par la lumière vacillante d'une torche bien au-delà de sa portée. Des murs de pierre sombre l'entouraient de toutes parts, à l'exception d'une porte constituée d'épais barreaux de métal. L'odeur putride de la pourriture et des déjections humaines le prit à la gorge. En dehors de sa tête qui le lançait là où la Sentinelle l'avait frappé, il n'était pas blessé. De larges menottes d'ivoire lui liaient les mains, à la différence de ses pieds restés libres.

Il chercha instinctivement sa magie, mais là où les filaments de pouvoir auraient dû se trouver, il n'y avait qu'une sensation pesante, silencieuse, comme si on lui avait rempli les poumons de coton. Un accès de panique monta dans sa poitrine ; était-ce l'effet des chaînes ? La Marque faisait des allers-retours le long de son bras – au moins lui restait-il cela, mais elle lui était inutile tant qu'il ne pouvait pas bouger les mains.

Peu à peu, le souvenir de ce qui s'était passé sur le toit du temple du Soleil lui revint. Le baiser qui lui avait brûlé tout le corps. Le coup fatal qui n'avait pas tué Karina.

Idir avait menti. Au lieu de tuer Karina, la lame-esprit avait détruit les barreaux de la prison de l'obosom. Malik avait cru que les enténébrés ne pouvaient pas prendre forme dans le monde réel, mais Idir l'avait manifestement déjà fait, s'il avait épousé puis combattu Bahia Alahari.

L'obosom était maintenant libre de prendre sa revanche sur la cité qu'il avait jadis aidé à construire. Revanche que Malik avait rendue possible.

Il ne lui restait plus une seule étincelle d'énergie pour nourrir son outrage ou son désespoir. Tenter de tuer Karina l'avait entièrement consumé, et même cela n'avait pas suffi à sauver Nadia.

Il n'avait pas suffi à sauver Nadia.

Il n'y avait plus rien à combattre, plus de tour à essayer.

Alors Malik ferma les yeux et cessa de lutter. Il pria la Grande Mère d'accorder à sa sœur une mort indolore, même si cela signifiait que la sienne devait l'être deux fois plus. Il pria pour que Leila ait trouvé un moyen de s'enfuir de l'endroit où on la retenait prisonnière et qu'elle parvienne à secourir Nadia, là où lui-même avait continuellement échoué.

Au bout d'un temps indéterminé, des pas résonnèrent entre les murs du donjon. « C'est donc comme ça que ça se termine, petit d'homme ? »

Au point où il en était, Malik ne s'étonna même pas que Nyeni l'ait retrouvé dans cette prison. Après toutes les choses incroyables qu'il avait vu la griotte faire, tromper la vigilance de quelques dizaines de gardes était un jeu d'enfant.

Évidemment, il ne suffisait pas à la griotte de savoir qu'elle avait gagné. Il fallait encore qu'elle lui mette le nez dans ses échecs.

Nyeni soupira. « J'attendais mieux de toi. Cela dit, tu es allé plus loin que quiconque l'avait prédit.

— Peu importe. »

Nyeni inclina la tête. « Alors tout ce que tu as fait jusqu'à maintenant n'a aucune importance ? Ce garçon que tu as aidé, durant la Veille de Solstasia… Ne compte-t-il pas ? »

Malik entrouvrit les yeux. Il dut se concentrer pour distinguer la silhouette de Nyeni qui le fixait à travers les barreaux de sa cellule. Ils ne s'étaient pas revus depuis ce fameux jour, une semaine plus tôt, et pourtant il ne pouvait se débarrasser de la sensation que la griotte l'avait observé chaque minute depuis.

« Pourquoi persistez-vous à me suivre ? demanda-t-il d'une voix rauque.

— Comme tous les bons conteurs, une fois que j'ai commencé une histoire, j'aime connaître son dénouement. Réponds à ma question. »

Malik soupira. « Avoir accordé mon aide à une personne ne réparera pas le mal que j'ai causé.

— C'est sans doute vrai. Tout comme l'est l'adage selon lequel aider une personne, c'est sauver le monde entier. »

Nyeni s'accroupit pour se mettre au niveau de Malik. Ses yeux brillaient de ce bleu irréel qui l'avait jusqu'alors terrifié. « Ta force physique n'a rien d'impressionnant. Personne ne chantera jamais de chanson là-dessus. Mais tu es bon, Malik Hilali. Ne sous-estime pas la force d'âme qu'il faut pour l'être dans un monde aussi cruel que le nôtre. »

Lorsque Malik remua, les chaînes râpèrent la peau de ses poignets déjà à vif. Il savait au plus profond de lui que la griotte se trompait.

Et pourtant...

Ses exploits de conteur durant le Deuxième Défi. Tous ces gens qui avaient cru en lui, leur champion, de tout leur cœur et de toute leur âme. Le soulagement de Boadi quand Malik s'était interposé entre lui et le vizir. Ces moments avaient appartenu à l'avatar qu'il avait créé, mais ils ne lui étaient pas moins précieux qu'aucun de ceux qu'il avait vécus auparavant. Même si ce n'était que pour un instant, il avait fait éclore quelque chose de bon dans le monde, et malgré tous ses efforts, Malik ne pouvait pas se haïr pour ça.

« Tu te fustiges pour des choses que tu ne pouvais pas savoir ou faire. Punit-on la graine de n'être pas encore un arbre ? »

Pour la première fois, Malik regarda vraiment la griotte – au-delà de ses tatouages, de son rire et de ses étranges pouvoirs, dans ses yeux d'une troublante humanité.

« Vous n'êtes pas une personne.

— Une judicieuse observation, répondit-elle avec un sourire. Une dernière énigme pour toi, petit d'homme : qui suis-je ? »

La griotte savait toujours ce qui se passait, qu'elle décide ou non de divulguer ses informations. Elle avait pris le contrôle du corps du chipekwe avec une facilité déconcertante, durant la Veille de Solstasia, et elle allait et venait à sa guise sans la moindre difficulté.

Mais le plus révélateur de ses traits était sans aucun doute le ricanement qui secouait tout son corps, un rire que Malik ne pouvait associer qu'à une seule créature.

« ... la Hyène », souffla-t-il.

À la seconde où ces mots franchirent ses lèvres, le visage de Nyeni se déforma. Son nez s'allongea et s'assombrit, un pelage au même dessin que ses tatouages lui poussa sur le corps et ses dents s'allongèrent jusqu'à sortir de sa bouche. Elle ressemblait maintenant davantage à l'animal dont elle portait le nom qu'à l'être humain qu'elle avait été.

« Je pensais sincèrement que tu l'avais deviné depuis longtemps. » Son éclat de rire secoua la pierre autour d'eux. Malik ignorait s'il devait s'incliner ou se recroqueviller dans un coin.

La Hyène était une anomalie même parmi leurs mythes, une créature qui existait quelque part au-delà des frontières de l'humain, de l'animal, de l'esprit, du dieu. Il était impossible qu'elle se tienne devant Malik, mais après tout ce dont il avait été témoin durant Solstasia, ce mot n'avait plus guère de sens.

« J'ai vu notre monde vaciller au bord du gouffre plus souvent qu'à mon tour, petit d'homme, poursuivit la Hyène. Mais Idir constitue une menace plus grave que tout ce que j'ai jamais connu. Il a laissé son chagrin le consumer, le réduire à l'ombre de l'être qu'il fut autrefois, et si nous ne faisons rien, il consumera le monde entier avec lui. Tu es l'un des derniers ulrajis en vie ; c'est ce qui a attiré son attention sur toi en premier lieu. Si quelqu'un a une chance de s'opposer à lui et de le battre, c'est toi.

— Mais vous êtes l'une des créatures les plus puissantes qui soient. Ne pouvez-vous pas l'arrêter ?

— Si je le pouvais, je l'aurais déjà fait. Je ne suis peut-être pas humaine, mais je n'en suis pas moins liée par les Anciennes Lois, comme vous, ainsi que par des serments que je ne peux rompre. » Pour la première fois, la Hyène se départit de son sourire. « De plus, j'ai déjà interféré avec l'histoire de ce monde, il y a de ça mille ans. Plus jamais. Je ne suis pas, je ne dois pas être, celle qui affrontera Idir.

— Mais si vous ne pouvez pas le battre, comment le pourrais-je ? » Malik avait appris à ses dépens que sa magie n'arrivait pas à la cheville de celle de l'esprit. Si la Hyène lui disait la vérité et qu'il lui revenait d'affronter Idir, alors le monde était pour ainsi dire condamné.

Le sourire réapparut. « Cette réponse, petit d'homme, tu dois la trouver par toi-même. Mais voici deux conseils avant que je parte – quoique vous autres ayez une fâcheuse tendance à ne pas les suivre. Premièrement, une histoire se termine quand elle se termine, et pas une seconde plus tôt. Si cette fin ne te convient pas, écris-en une nouvelle. » La Hyène regarda par-dessus son épaule quelque chose que Malik ne pouvait pas voir. « Et, deuxièmement, les gens disposés à t'aider sont souvent plus proches que tu ne le crois. »

Alors, une voix que Malik avait cru ne plus jamais entendre s'éleva. « Malik ? »

Le monde sembla s'arrêter. « Leila ? »

Malik se tourna vers la Hyène, prêt à mordre si c'était encore un de ses tours, mais l'arnaqueuse était partie. Il se jeta contre le mur, comme s'il avait pu abattre l'épaisseur de pierre le séparant de sa grande sœur.

« Est-ce que ça va ? Est-ce qu'ils t'ont fait du mal ? » demanda-t-il. Durant tout ce temps, Leila s'était trouvée à quelques mètres de lui, mais il avait été trop absorbé par son propre désespoir pour s'en rendre compte.

« Je vais bien. Ils ne m'ont même pas enchaînée. Quel jour sommes-nous ? Ils n'ont pas voulu me dire si Solstasia était terminé ou non. Est-ce que tu... » La voix de Leila s'éteignit, et une boule se forma dans la gorge de Malik.

« C'était un piège, depuis le début. J'ai utilisé la lame-esprit sur Karina, mais ça n'a pas fonctionné. Il n'a jamais été prévu que ça fonctionne. »

Ravalant ses larmes, Malik raconta tout à sa sœur. Il ne lui cacha rien, pas même les parties qui donnaient une image de lui aussi horrible qu'il se sentait à présent. Sa voix se fêla lorsqu'il lui révéla ses connexions avec l'Ulraji Tel-Ra, et une nouvelle fois quand il décrivit le baiser et la tentative d'assassinat manquée qui s'était ensuivie. Même maintenant, alors que tous ceux qu'il aimait lui avaient été enlevés, Malik ne pouvait oublier ce baiser ; ce simple aperçu de ce que sa vie aurait pu être l'obséderait à tout jamais.

« Tu avais raison, conclut Malik. J'étais si absorbé par ces histoires de champions et par mes sentiments confus que je n'ai pas vu l'évidence. Et maintenant Nadia est... Elle va... » Malik s'était juré de ne pas pleurer. Il ne voulait pas accabler Leila plus qu'il l'avait déjà fait. « Je suis désolé. Et merci. Je sais que je ne le dis pas assez. Merci.

— Il n'y a rien dont tu doives me remercier, murmura-t-elle, et Malik l'entendit elle aussi combattre les larmes. Ce que je t'ai dit lors du Mitan, ce n'était pas juste. Tu n'as rien demandé de tout cela, et moi... je n'ai pas l'habitude de ne pas savoir quoi faire. Nadia et toi avez été en danger durant toute cette semaine, et je ne pouvais rien y faire, et… je suis tellement, tellement désolée. »

Malik aurait tant voulu qu'ils se trouvent dans la même pièce afin de poser la tête sur l'épaule de sa sœur. « Si je n'ai pas à te remercier, alors tu n'as pas à t'excuser.

— Marché conclu. Et puis, tu es mon petit frère. Si tu ne me rends pas folle, qui le fera ? »

Un minuscule espoir naquit dans la poitrine de Malik. Être de nouveau ensemble n'allait pas tout réparer, mais il se sentait déjà mieux. Peut-être ne fallait-il pas en attendre plus.

« Bon, assez pleuré pour le moment. Concentrons-nous, dit Leila, et Malik n'avait jamais été aussi heureux de recevoir un ordre de toute sa vie. La Hyène nous a laissés entendre que le seul moyen de sauver Nadia était d'arrêter Idir. Peut-être es-tu censé le tromper avec une de tes illusions ? »

Malik secoua la tête. « J'ai déjà essayé, et ça n'a pas marché. De plus, je n'arrive pas à utiliser ma magie, ici. Je crois que les chaînes en ivoire la bloquent. » Il sonda de nouveau son pouvoir. Rien. Cette absence avait quelque chose de dérangeant, comme s'il marchait dans une pièce plongée dans la pénombre, nu et vulnérable. Tout en luttant contre ses entraves, Malik se creusa la cervelle en quête de ce qui pourrait l'aider à terrasser Idir. Il devait y avoir quelque chose dont même lui était capable, sans quoi la Hyène ne se serait pas fatiguée à venir le voir.

C'était une nouvelle énigme. Après la course, les énigmes étaient son point fort.

La réponse devait tenir à la nature d'Idir lui-même. Il était bien des choses – esprit, père, roi. Orgueilleux et sarcastique, aussi versatile que le fleuve dont il tirait son pouvoir.

Et il était revanchard. Depuis un millier d'années, Idir aiguisait sa colère en une arme assez tranchante pour détruire tous ceux qui se mettaient en travers de son chemin.

Mais le problème avec les épées, c'est qu'une fois affûtées, elles pouvaient être utilisées aussi bien contre un ennemi que contre son porteur. Si Malik voulait une chance de vaincre l'obosom, il devait utiliser la colère d'Idir contre lui-même.

« Rappelle-moi ce que tu m'as dit, le deuxième jour de Solstasia, interrogea Malik, alors qu'une idée germait en lui. Tu m'as parlé de lier un esprit.

— Cela ne fonctionne que si la chose à laquelle tu le lies est plus puissante que lui. » Malik entendait presque les rouages s'imbriquer sous le crâne de sa sœur alors qu'elle se penchait à son tour sur cette énigme. « Pour lier Idir, Bahia Alahari a eu besoin de toute une dimension distincte de la nôtre pour le contenir. Qu'avons-nous d'assez puissant pour l'enfermer une deuxième fois ? »

C'était une excellente question, à laquelle Malik n'avait pas de réponse. Il n'était pas aussi expérimenté en magie que Bahia Alahari l'avait été, et il n'avait pas accès à une autre dimension où bannir Idir. Ce qu'il lui fallait, c'était un terrain plus neutre, un endroit où il serait plus puissant que le Roi sans visage.

Mais, ainsi que la Hyène l'avait dit, cette histoire ne prendrait fin que lorsqu'elle prendrait fin, et il refusait de la laisser se terminer tant qu'il aurait encore quelque chose à tenter.

« Je ne sais pas, mais je dois faire quelque chose. » Malik secoua ses chaînes. « Il doit y avoir un moyen de sortir d'ici.

— As-tu toujours la lame-esprit ? »

Malik l'invoqua dans sa main et l'agita inutilement dans son dos. « Oui, mais je n'arrive pas à atteindre mes chaînes. »

Il entendit presque le sourire dans la voix de sa sœur. « Oh, mais tu ne vas pas l'utiliser sur toi. »

Quelques minutes plus tard, Leila criait de toute la force de ses poumons.

« À l'aide ! Mon frère s'est blessé ! »

Un garde apparut immédiatement devant la cellule de Malik. Il lâcha un juron à la vue du jeune homme étendu sur le sol, immobile, la lame-esprit saillant de sa poitrine.

« Mais comment il a fait son compte ? aboya l'homme en déverrouillant la porte et en se ruant à l'intérieur.

— Je ne sais pas ! » gémit Leila.

Il jura de nouveau et hissa Malik sur ses pieds. « Tu m'entends, petit ? Réponds-moi. »

Malik ouvrit les yeux. En un instant, la lame-esprit se fondit dans sa peau.

Pour réapparaître entre ses dents. D'une torsion du cou, il la planta dans le torse du garde.

La dague traversa l'armure et la peau du soldat, qui lâcha son prisonnier avec un cri en tombant sur le sol. Au prix de quelques efforts maladroits, Malik subtilisa le trousseau de clés à sa ceinture. Puis il se précipita hors de sa cellule pour rejoindre celle de Leila, à qui il donna les clés. Elle s'en servit pour ouvrir sa porte et libérer son frère de ses chaînes. La magie rugit en Malik, qui faillit en pleurer de soulagement.

« Les gardes approchèrent, mais ils ne virent personne dans le couloir », dit-il, et l'invisibilité les enveloppa tous les deux au moment où le reste des gardes faisaient irruption dans le donjon. Dans leur fuite, Malik et Leila esquivèrent les soldats qui arrivaient de partout à la fois, jusqu'à ce qu'ils trouvent une sortie donnant sur la rue au niveau supérieur. La cérémonie de Clôture avait commencé depuis longtemps, ce qui leur permit de se fondre dans la foule anonyme des festivaliers.

Sitôt qu'ils eurent mis assez de distance entre eux et la prison, Malik tourna le regard vers le feu de joie au centre de la place Jehiza. La comète de Bahia illuminait l'horizon, sa queue décrivant un arc de cercle presque complet dans le ciel.

Il restait encore un peu de temps avant la fin de Solstasia, mais pas beaucoup. Une idée se formait dans l'esprit de Malik, fuyante et incertaine, mais indéniablement là.

« Un esprit peut-il être lié à une personne ? » demanda-t-il à Leila.

Sa sœur fronça les sourcils. « Je ne vois pas pourquoi il ne le pourrait pas, mais je ne crois pas que… Malik, attends ! »

Mais son frère courait déjà en direction de la place Jehiza, où les échos de la célébration finale de Solstasia se propageaient déjà dans la nuit étoilée.

Il n'existait qu'un seul endroit au monde que Malik connaissait mieux que quiconque. S'il n'y en avait aucun autre où il puisse lier Idir, son propre corps devrait faire l'affaire.

32

Karina

L'odeur du sang de Tunde était partout.

Quoique aucune goutte n'ait atterri sur Karina, son goût métallique imprégnait chacune de ses inspirations. Le monde s'arrêta quand le corps sans vie de son mari percuta le sol avec un bruit sourd. Karina observa la terreur se déployer à partir d'un endroit situé au-delà de son corps, impuissante à l'arrêter.

Farid tendit le couteau aux deux Sentinelles, qui s'appliquèrent à extraire d'une main experte le cœur luisant et encore palpitant de la poitrine de Tunde.

L'intendant ordonna à quelqu'un de préparer Karina pour la cérémonie de Clôture, et les Sentinelles la portèrent jusqu'à sa chambre comme si elle n'était pas plus lourde qu'une poupée.

Des servantes en nombre conséquent la plongèrent de force dans son bain et récurèrent sa peau sans jamais desserrer l'étau de leurs mains sur ses bras.

La Crécerelle était morte. La commandante Hamidou était partie. Farid et le garçon qu'elle avait connu sous le nom d'Adil n'avaient jamais été de son côté.

Les servantes la ramenèrent dans sa nouvelle chambre – à l'endroit même où Tunde l'avait tenue dans ses bras la veille au soir et lui avait promis que tout irait bien, lui qui n'était maintenant plus qu'une tache de sang sur la pierre. Aminata l'y attendait, prête à l'habiller comme n'importe quel autre soir.

« Pas un mot », dit la suivante. Karina n'avait jamais entendu une telle froideur dans la voix de son amie. Néanmoins, sa présence alluma en elle une étincelle d'espoir. Farid ne ferait pas de mal à Aminata ; Karina l'en empêcherait.

« Tu dois partir d'ici, chuchota Karina tandis qu'Aminata lui faisait enfiler une robe d'un bleu profond brodé de fils d'or. Farid a tué la Crécerelle, et Tunde. C'est un monstre. »

Aminata s'interrompit. Elle choisit un diadème dans la coiffeuse et la posa sur les cheveux de Karina. « Farid a vu la corruption dans la cité et s'en est occupé quand personne d'autre ne le faisait. »

Karina sentit sa poitrine se comprimer comme sous l'effet d'un coup de marteau. Aminata était elle aussi du côté de Farid.

Pour la première fois de sa vie, Karina était vraiment seule.

Quand sa suivante en eut terminé, elle appela d'autres servantes qui emmenèrent la princesse. Son amie ne croisa même pas son regard. Karina fut conduite sur le terrain de manœuvres au pied de Ksal Alahari, où tous les participants à l'ultime procession attendaient l'ordre de se mettre en marche. Tous s'inclinèrent à son passage, sans se poser de questions sur le nombre inhabituel de gardes qui l'entouraient.

Ces derniers lui attachèrent les mains et les pieds avec des lanières de cuir, plus doux que le métal mais non moins contraignant. Puis ils la firent asseoir dans un palanquin ouvert à tous les vents, et, quand ils eurent terminé, se postèrent de part et d'autre du véhicule, aussi immobiles que des statues.

Quelques secondes plus tard, Farid apparut près d'elle, à cheval. Sa robe était du même bleu nuit que celle de Karina, mais barrée d'une écharpe dorée. Une épée en or, à la courbure plus proche d'une faucille que du sabre zirani, et gravée de glyphes kennouans, battait contre sa hanche. Une marque d'un noir d'encre s'agitait au dos de sa main, un tatouage qui se déplaçait sur sa peau comme s'il était vivant. Karina n'avait vu l'image qu'il représentait qu'en un seul endroit auparavant.

Le symbole arboré par l'Ulraji Tel-Ra sur la fresque murale du temple de la nécropole.

Karina sentit la bile lui monter dans la gorge. Farid était un descendant de l'Ulraji Tel-Ra, les sorciers qui avaient contribué à réduire ses ancêtres en esclavage et terrorisé leur peuple. Les Alahari l'avaient recueilli quand personne d'autre ne voulait de lui, l'avaient élevé comme un des leurs – et ainsi donné à leur plus grand ennemi les clés de leur destruction.

« Comment oses-tu ? » cracha Karina. Farid demeura silencieux.

Les battements de tambour s'élevèrent de l'autre côté du mur, donnant le signal de départ à la parade. Farid hocha la tête, et les gardes hissèrent le palanquin de Karina sur leurs épaules. Elle s'efforça de rester en position verticale alors qu'ils avançaient en cadence.

La parade de clôture de Solstasia fut encore plus splendide que celle de l'ouverture. Une troupe de danseuses voilées guidait la procession en chantant une reprise de *La Ballade de Bahia Alahari* qui fit venir les larmes aux yeux des spectateurs, à qui des serviteurs jetaient des pièces, des pierres précieuses et toutes sortes de merveilles – des trésors prélevés dans les coffres personnels de la famille royale. Un chipekwe recouvert de cordons au bout desquels pendaient des pampilles tressées marchait d'un pas pesant devant le palanquin de Karina. Sur son dos trônaient les membres du conseil. Le sang de la jeune femme se mit à bouillir à leur vue. À côté du palanquin, les plus grandes marionnettes de lions dansaient pour la foule et laissaient échapper de temps à autre un rugissement étonnamment réaliste.

Personne ne semblait se formaliser que Karina ne participe pas.

« Au secours ! » cria-t-elle, sa voix à peine audible dans la clameur générale. Ceux qui l'entendirent hurlèrent de joie en retour, et ce n'est qu'alors qu'elle comprit : les gens pensaient que ses liens faisaient partie de la mise en scène.

Faute de mieux, elle se concentra sur Farid.

« Pourquoi te comportes-tu ainsi ? l'interrogea-t-elle. C'est à cause de quelque chose que j'ai fait ? »

Le feu de joie de la place Jehiza se profilait à l'horizon. Les flammes jetaient une rougeur infernale sur le ciel vespéral, rappelant à Karina des images de brasier et de fumées âcres arrachées à ses pires cauchemars. La respiration irrégulière, elle lutta pour former des pensées cohérentes malgré la douleur qui lui martyrisait le crâne.

« Je t'en prie, Farid, supplia-t-elle. Quoi que je t'aie fait, je te jure que je vais arranger les choses.

— C'est la seule solution, prononça-t-il d'une voix si basse qu'elle douta de l'avoir entendu.

— De quoi tu parles ? »

Le feu de joie se refléta dans ses yeux sombres. « La seule solution pour qu'elle me revienne.

— Qu'elle te revienne… » Un seul « elle » avait un jour compté pour Farid, quel que soit le nombre des années qui s'étaient écoulées depuis sa mort. Karina prit une vive inspiration. « Hanane ?

— Je te défends de dire son nom ! » aboya-t-il. La colère de Karina s'amplifia – même après tout ce qu'il lui avait infligé, on en revenait toujours, *toujours*, à Hanane.

Ils avaient maintenant traversé la moitié de la place. Le bûcher se rapprochait de seconde en seconde. La fumée dans ses poumons menaçait d'étrangler Karina.

« Qui es-tu pour m'interdire de prononcer le nom de ma propre sœur ? » toussa-t-elle. Elle chercha des visages familiers dans la foule, mais n'y trouva qu'une marée d'étrangers.

« Tu ne te souviens vraiment de rien. » Karina n'aurait su dire si c'était du dégoût ou de l'émerveillement sur le visage de Farid. « Tu ne te souviens vraiment pas que tu l'as tuée. »

La douleur lui fendit le crâne. Karina se plia en deux, les joues baignées de larmes qui coulaient maintenant sans retenue. « Hanane est morte dans un incendie.

— Un incendie que tu as causé, dit froidement Farid, quand le palais a été frappé par un éclair que tu as invoqué. C'est ce que tu as toujours fait : tout casser et laisser les autres se débrouiller avec les dégâts. »

Il mentait. L'orage avait été une aberration climatique au milieu de la saison sèche. Elle n'aurait jamais pu, et encore moins voulu, invoquer quelque chose d'aussi destructeur. Karina essaya de se remémorer cette abominable nuit, mais le souvenir demeurait imbriqué dans le nœud qu'elle essayait en vain de démêler depuis des années.

Ils avaient atteint la plateforme au pied de la colonne de flammes, où la chaleur du brasier était presque insoutenable. La foule exultait, électrisée par l'énergie de Solstasia concentrée en cet ultime et unique moment.

« J'ai promis à Hanane que je trouverais un moyen de détruire cette maudite Barrière. » La voix de Farid se fissura. « Je lui ai promis qu'une fois cela fait, nous irions vivre où bon nous semblerait. C'est ça que tu m'as pris. Engager et entraîner l'assassin, manipuler Mwale Omar et le conseil... Tout cela ne servait qu'un seul but. »

En regardant le profil découpé de Farid, Karina vit la main de la Crécerelle sur son épaule, qui l'encourageait tendrement à prendre soin de lui-même.

« Ma mère t'a élevé comme son propre fils ! s'écria Karina.

— Ta mère n'a jamais su qui j'étais en réalité, lui rétorqua-t-il d'une voix acerbe. Crois-tu qu'elle m'aurait laissé vivre, autrement ? Elle m'aurait condamné à mort le jour même de mon arrivée à Ksal Alahari. » La voix de Farid était plus tranchante que le fil de l'épée sur sa hanche, mais elle vacillait, comme s'il essayait de se convaincre lui-même plus que quiconque. « Hanane était la seule à connaître toute la vérité et à m'accepter sans me juger. »

Karina aurait voulu pouvoir dire à Farid qu'il se trompait, que sa mère l'aurait aimé même en sachant qu'il était l'héritier de l'Ulraji Tel-Ra. Mais elle avait vu de ses yeux la colère de la Crécerelle dans le Sanctuaire de la reine à la simple mention des sorciers du passé. Si elle avait su que son pupille était un de leurs descendants…

Devant son silence, les yeux de Farid s'assombrirent et ses lèvres se réduisirent à une ligne étroite.

« Merci d'avoir trouvé la lune-de-sang, dit-il. J'ai cherché pendant des années l'entrée de la nécropole, en vain. Je vais maintenant pouvoir récupérer l'avenir que tu m'as volé. »

Il appela les gardes. Karina ne proféra pas un son tandis qu'ils la sortaient rudement du palanquin.

Elle ne hurla pas quand ils la mirent de force à genoux devant les milliers de spectateurs.

Lorsque les griots immortaliseraient cette nuit dans leurs contes, personne ne dirait que Karina Alahari avait affronté la mort comme une lâche.

Farid fit face à tout Ziran.

« Ce matin, Son Altesse la princesse Karina vous a annoncé que Sa Majesté Haissa Sarahel nous avait quittés. Ce que la princesse ne vous a pas dit, cependant, c'est que c'est elle qui a orchestré la mort de la sultane. »

Karina avait cru que Farid ne pouvait pas tomber plus bas, mais elle s'était trompée. Non seulement avait-il commandité l'assassinat de la Crécerelle, mais il allait le lui mettre sur le dos.

« Menteur ! » rugit Karina, en s'agitant inutilement contre ses liens. Sa migraine palpitait en rythme avec le feu qui crépitait derrière elle. Farid mentait, comme il avait menti en lui disant qu'elle avait tué Baba et Hanane.

« Pas uniquement celle de sa mère, poursuivit-il, mais également celles de son père et de sa sœur. Même enfant, sa soif de pouvoir était telle qu'elle était prête à tuer sa propre famille pour la satisfaire. »

En admettant que Karina ait eu les mots pour se défendre, personne ne les aurait entendus dans le vacarme assourdissant que produisaient les Ziranis avides de justice. La défiance de sa mère à son égard avait été de notoriété publique ; maintenant que Farid avait réécrit l'histoire à sa convenance, il n'y avait rien que Karina puisse dire pour ramener le public de son côté. À travers le brouillard de haine et de moqueries, elle vit une personne vêtue de pourpre s'accroupir près de la plateforme.

Farid leva la main. « Ce soir, nous allons rendre justice pour notre reine. Gardes ! »

Deux Sentinelles apportèrent un fardeau de taille humaine enveloppé dans un linceul funéraire. Karina comprit seulement à cet instant ce qu'il avait l'intention de faire.

« Non ! » Elle se tortilla inutilement dans tous les sens. « Ça ne va pas marcher ! Farid, c'est impossible ! »

L'intendant n'avait d'yeux que pour le corps posé devant lui. « Et pourtant si. Mes ancêtres maîtrisaient ce rituel il y a des milliers d'années. »

Le tatouage glissa du bras de Farid et forma une flaque sur la plateforme, qui se répandait comme une goutte d'encre dans l'eau. La foule poussa une acclamation quand une silhouette se forma à partir de la masse noire. Idir se redressa de toute sa hauteur et considéra Karina de ses yeux plissés.

« Nos chemins se croisent à nouveau, ma petite-fille. »

La peur avait pris possession de tous ses sens, mais Karina lança d'une voix sèche : « Bien sûr, c'est vous qui êtes derrière tout ça. Trahir notre famille une fois ne vous a pas suffi ?

— Grogne tant que tu voudras, mais cette rencontre est entièrement son œuvre, dit Idir en désignant Farid du menton. C'est lui qui m'a rendu visite en mon royaume pour me demander de l'aider à ressusciter ta sœur. Quand j'ai compris que Solstasia me fournirait l'occasion parfaite de détruire en même temps les Alahari et la Barrière, je n'ai pas pu refuser. Ta magie combinée avec celle du garçon s'est révélée aussi puissante que je le soupçonnais. »

Karina retint un cri quand sa migraine redouble. « Mais nous sommes aussi vos descendants ! Pourquoi vouloir faire du mal à sa propre famille ?

— Vous avez cessé d'être ma famille au moment où ma chère femme a tué notre fils pour ériger la Barrière et m'a banni dans ces limbes pourrissants. » Idir embrassa du regard la vaste ligne des toits de Ziran. « Tout ceci, vous le devez à mon pouvoir. J'ai tous les droits de vous le reprendre, comme Bahia me l'a pris.

— J'ai rempli ma part du marché, Idir, intervint Farid. La Barrière est tombée. Maintenant, accomplissez le rituel. »

Idir leva les yeux au ciel. « Un marché est malheureusement un marché. D'abord, les pétales de la lune-de-sang, qui ne pousse que dans la cité des morts. »

Farid renversa le contenu de la bourse à sa ceinture au-dessus du feu. Les flammes orange se parèrent du rouge profond qui donnait son nom à la fleur.

« Ensuite, le cœur d'un roi. »

Les Sentinelles tendirent à Farid le cœur de Tunde, qu'il lança à son tour dans le feu, comme s'il n'avait jamais appartenu à une personne vivante, en chair et en os. Le visage rayonnant de joie de la mère de Tunde traversa l'esprit de Karina tandis que les flammes reprenaient leur teinte jaune. Elle ne savait toujours pas que son fils était mort.

« Et pour finir, le corps de la défunte.

— Ne la touchez pas ! » s'écria Karina quand les Sentinelles apportèrent le corps de Hanane à Farid. « Même si ça marche, ce ne sera plus comme avant. »

Farid regarda Karina droit dans les yeux. « Bien sûr que non. Ce sera mieux. »

Soulevant le corps de Hanane avec un soin qui trahissait l'amour qu'il lui portait, Farid le déposa dans les flammes. Pour la deuxième fois de sa vie, Karina vit sa douce sœur aux yeux rieurs disparaître dans un brasier rugissant. Elle eut un haut-le-cœur, mais rien ne sortit. Les spectateurs les plus proches de la plateforme se turent.

Les flammes virèrent au blanc et bondirent si haut qu'elles semblèrent toucher les étoiles. Le ciel, de nouveau fragmenté, laissait apparaître des fissures dans lesquelles pulsait une lumière bleutée.

« À présent le nkra va lier ces éléments ensemble et ramener ce qui a été perdu, déclara Idir. D'ici là, souviens-toi de ta promesse. »

Farid et Idir se tournèrent vers Karina. Dégainant la faucille kennouane à sa ceinture, l'intendant s'avança vers elle, les yeux brillant d'une angoisse sincère.

« C'est le seul moyen », dit-il, plus pour lui-même que pour Karina.

Au moment où la lame de Farid entamait sa course descendante, quelqu'un cria : « Idir ! »

Apparaissant comme par magie, Malik se précipita sur la plateforme, à proximité de Farid, qui en oublia de mener son geste à son terme. Deux gardes défouraillèrent leur épée et marchèrent sur le garçon, mais Idir les interrompit : « Amenez-le-moi. »

Les soldats traînèrent Malik aux pieds de l'obosom. Karina tira de nouveau sur ses entraves, mais elles tinrent bon.

« Il m'avait bien semblé sentir ton odeur, dit Idir en toisant la masse informe de Malik sur le sol. Pourquoi n'es-tu pas en train de pourrir dans ta cellule ?

— Votre Majesté, durant le Premier Défi, vous avez répondu favorablement à ma requête, et je ne vous ai jamais remboursé. Je viens m'acquitter de ma dette. » La voix de Malik tremblait, mais ses yeux ne quittèrent jamais ceux de l'esprit. Même maintenant, ce qu'il y avait de plus primal en Karina était attiré vers lui, comme l'aiguille d'une boussole pointant invariablement vers le nord. « Vous attendez de prendre votre revanche sur les Alahari depuis des siècles. Pourquoi laisser à un autre le plaisir de mettre fin à la lignée de Bahia, alors que vous pourriez le faire vous-même ?

— Tu crois que je n'en ai pas rêvé ? aboya Idir. Si la magie que nous partageons ne m'en empêchait pas, j'aurais tordu le cou de chacun de ses rejetons de mes propres mains.

— Alors faites-le. » Malik tendit la main à Idir. « À travers moi. Je vous offre mon corps en paiement de ma dette.

— C'est ridicule. Tranchez-lui la gorge, ordonna Farid.

— Ne faites pas un geste », rugit Idir, et les Sentinelles se figèrent. Le Roi sans visage se tourna de nouveau vers Malik, les yeux plissés. « Explique-toi.

— Contrairement à vous, je ne suis pas lié aux Alahari. Prenez mon corps et utilisez-le pour tuer vous-même la princesse. »

Quelque chose à mi-chemin entre un sanglot et un rire hystérique s'échappa des lèvres de Karina. Elle était une idiote, une idiote remplie d'un espoir délirant, si elle avait cru que ce garçon avait encore des sentiments pour elle. Il avait déjà essayé de la tuer, et voilà qu'il offrait son corps à un monstre pour avoir l'occasion de recommencer.

Plusieurs émotions se succédèrent sur le visage d'Idir, chacune plus féroce que la précédente. « Pourquoi me fais-tu cette offre ?

— Parce qu'ainsi, j'accomplis la tâche que vous m'avez confiée en premier lieu. Si vous tuez la fille à travers moi, vous laisserez partir ma sœur. » Malik irradiait la lumière du bûcher. « Acceptez-vous mon offre ? »

Une vie entière s'écoula en l'espace d'une respiration. Puis Idir sourit. « J'accepte. »

Il attrapa la main de Malik. Il y eut un moment d'immobilité parfaite, totale, entre la terre et le ciel. À la dernière seconde, le jeune homme se tourna vers Karina et lui sourit d'un air rassurant. Son visage avait été conçu pour sourire, tel le soleil perçant les nuages après un orage ; quel dommage qu'il ne l'ait pas fait plus souvent quand il en avait eu l'occasion.

Aussi brusquement qu'une flamme s'éteint, Idir disparut, et Malik tomba à genoux.

33

Malik

La créature qui avait été Malik se leva et considéra son corps avec émerveillement. Ses traits demeuraient les mêmes sauf un – ses yeux, jusqu'alors d'un noir plus sombre que les ailes d'un corbeau volant dans la nuit, brillaient maintenant d'un éclat bleu surnaturel.

Idir rejeta la tête de Malik en arrière et partit d'un grand rire. Il griffa les joues de son hôte, y laissant plusieurs rigoles de sang ruisselant sur son visage, puis il porta les doigts de Malik à ses lèvres.

« Fascinant. Proprement fascinant. »

Idir s'avança vers Karina. Ses jambes et ses bras se mouvaient à des vitesses différentes, telle une marionnette contrôlée par un marionnettiste ivre. Ceux qui se trouvaient sur la plateforme auraient pu l'arrêter, mais tous étaient paralysés par la peur. Le garde le plus proche de lui se tassa sur lui-même quand Idir lui arracha son épée des mains.

« Attendez, ce n'était pas prévu, s'écria Farid, ses yeux se posant alternativement sur le garçon possédé et la princesse.

— Reste tranquille et estime-toi heureux que je n'aie pas purement et simplement rasé cette ville. Pas encore. »

Idir tourna le visage de Malik vers le ciel, où la comète de Bahia aurait dû se trouver.

« Bahia, mon amour, si tu me regardes… j'ai gagné. »

Idir fit pivoter le corps de Malik face à Karina et arma son bras.

Malik n'avait pas su à quoi s'attendre lorsqu'il avait laissé Idir entrer en lui. Sans doute était-ce une idée stupide, mais c'était le seul endroit dans tout Ziran où il jouissait d'un avantage, quel qu'il soit.

S'il y avait réfléchi, il aurait peut-être vu son esprit comme un lieu désolé et brisé, à l'instar de la prison d'Idir. Cependant, après avoir cédé le contrôle de son corps à l'esprit, Malik se retrouva au pied d'un grand citronnier, parmi des centaines d'autres qui s'étendaient dans toutes les directions. Le monde autour de lui était d'un vert que Malik n'avait jamais vu qu'à un seul endroit.

Chez lui.

C'était l'Oboure de son enfance, à une époque où la vie n'était qu'une succession sans fin de journées d'été. Malik chercha sa maison des yeux, mais il n'y avait que lui et la citronneraie.

Quoiqu'il ne puisse ni voir ni entendre le monde extérieur, Malik avait vaguement conscience des mouvements de son corps. Il sentit la brûlure de ses ongles sur ses joues, et l'appétit mortel qui enflait dans sa poitrine quand l'obosom se tourna vers Karina.

Mais il remarqua aussi plusieurs signaux qui échappèrent à Idir, comme son essoufflement ou l'emballement soudain de son cœur au moment où le Roi sans visage levait sa lame.

Malik n'aimait pas toujours son esprit, mais il le connaissait bien. Aussi, plutôt que de lutter pour en reprendre le contrôle, il patienta.

Idir posa la main de Malik contre sa poitrine, ses yeux s'écarquillant à mesure qu'elle se serrait.

« Qu'est-ce qui ne va pas chez toi ? » lui demanda sèchement Idir, quoiqu'aux yeux de tous, il semble se parler à lui-même. S'il avait eu le contrôle de son corps, Malik aurait haussé les épaules.

« Mon esprit n'est pas l'environnement le plus hospitalier. »

La crise de panique avait pris racine dans son esprit telle une mauvaise herbe envahissant un jardin. Une toile d'araignée de fissures s'étendit à toute la citronneraie et la réduisit en miettes. Malik serra ses bras autour de lui en observant de larges portions du paysage sombrer dans un gouffre béant sous ses pieds.

Idir agrippa la poitrine de Malik. « Qu'est-ce que... Je ne... Qu'est-ce que tu es en train de me faire ? »

Cela lui semblait curieux d'assister à une de ses crises de panique sans vraiment y participer. Quand Malik sentit l'emprise d'Idir sur le paysage mental se desserrer, il prit la parole.

« Il y a mille ans, un obosom tomba amoureux d'une mortelle. »

Le vert de la citronneraie céda la place à des sables dorés et à des roches levées. La pierre formait une cité de pyramides et d'obélisques au milieu de laquelle coulait un étincelant fleuve saphir. Au bord d'un de ses méandres reculés, une fille plongea la main dans un puits et en retira un serpent. Idir gémit lorsque le serpent se changea en une silhouette aux cheveux blancs entre les bras de la fille.

« Ils furent nombreux à avertir l'esprit que seule une tragédie pouvait naître d'un tel amour, mais il n'écouta personne. Quand elle partit en guerre contre le maître qui l'avait réduite en esclavage, il se battit à ses côtés. Et quand elle fonda une nation pour accueillir ceux de son peuple, il régna à ses côtés. »

Le lien de Malik avec le monde extérieur se rompit totalement alors qu'il s'appliquait à tisser l'illusion autour d'eux. La cité kennouane s'effondra sur elle-même, et le champ de bataille jonché de cadavres en son centre s'étendit à l'infini. Les deux silhouettes de la première illusion se battaient côte à côte au milieu du carnage.

Puis le champ de bataille céda la place à un petit village de maisons en torchis et de huttes peuplé de gens lassés de la guerre, mais remplis d'espoir. Les deux silhouettes se dressaient fièrement sur un promontoire rocheux surplombant le village, et deux enfants aux cheveux argent se tenaient entre eux.

« Mais un jour, l'obosom en conçut de la jalousie. L'amour qu'elle lui réservait autrefois, elle le dispensait maintenant à tout son peuple, et il n'était pas prêt à le partager ni à la partager, elle. »

Idir cria lorsque le village s'étendit, lorsque les huttes se transformèrent en bâtiments, en boutiques. Un palais d'albâtre et d'or poussa à la périphérie de l'agglomération, croissant telle une plante grimpante. La ville prit de l'ampleur, et la fille aux cheveux de nuit s'éloigna de plus en plus de l'emprise de la silhouette aux cheveux blancs.

La citronneraie frissonna. Malik sentit l'esprit essayer d'en reprendre le contrôle.

Respire. Reste présent. Reste ici.

« Alors, avec l'aide de ses alliés surnaturels, l'obosom se rangea du côté des ennemis de la fille dans l'espoir de détruire tout ce qu'elle avait bâti. Ainsi, elle n'aurait plus rien vers quoi se tourner, sinon lui. Pour protéger son peuple, elle le bannit dans un royaume désolé, oublié, où rien ne poussait et où le soleil ne brillait jamais. »

Ils se trouvaient à présent dans le monde vide où Malik avait rencontré Idir pour la première fois. Au milieu des arbustes chétifs et morts depuis longtemps, on voyait l'obosom griffer la terre à la recherche d'une issue à sa prison.

« Et depuis, vous n'avez pas quitté cet endroit, conclut Malik en s'agenouillant auprès de la pitoyable créature. Votre chagrin est devenu une rage obsédante.

— Tais-toi ! » vociféra Idir. Malik refit apparaître l'illusion de la citronneraie, dont la familiarité lui redonnait des forces.

« Je n'imagine pas à quoi ces siècles d'isolement ont dû ressembler », reprit Malik. Après tous ces mensonges, énoncer la vérité recelait un pouvoir en soi. « Nulle créature n'est censée vivre ainsi. Je suis navré de ce qui vous est arrivé. Et je suis navré que votre peuple ait choisi d'oblitérer votre existence même plutôt que de faire face à votre trahison. »

Malik arracha une longue bande d'écorce au tronc de l'arbre le plus proche. Idir tenta de ramper hors de sa portée, mais les citronniers se resserrèrent autour de lui, lui empêchant toute fuite.

« Cependant, la souffrance que vous avez endurée ne justifie pas celle que vous infligez aux autres. Je ne vous laisserai plus briser aucune vie au nom de votre vengeance. »

Il ne resta plus que le citronnier sous lequel ils se tenaient tous les deux. Idir essaya d'y grimper, mais les branches s'ingéniaient à le fuir. Malik lui saisit le bras.

« Vous vouliez mon esprit, il est tout à vous – ainsi que toutes les peurs et les anomalies qu'il contient. »

Il enroula la bande d'écorce autour d'Idir et du tronc de l'arbre, les attachant solidement l'un à l'autre.

« Même quand mon propre esprit menace de me mettre en pièces, je lutte. Et quand j'échoue, je me relève et je continue le combat, pour vain qu'il soit. Voilà ce que vous ne comprenez pas chez les humains, et voilà pourquoi vous ne pourrez jamais me vaincre. »

L'obosom hurla des imprécations dans des langues oubliées depuis longtemps et mortes depuis encore plus longtemps. Quand Malik arriva au bout de sa bande d'écorce, il recula d'un pas.

« C'est mon esprit. Ici, personne n'est plus fort que moi. »

Et d'une simple inspiration, Malik fut de retour dans son corps. La fumée âcre du feu de joie lui piqua les yeux. Il sentait Idir s'agiter au fond de son esprit. Il ne s'écoulerait peut-être que quelques minutes – voire quelques secondes – avant qu'il n'en reprenne le contrôle.

Cependant, cela n'effrayait pas Malik. Avoir des démons dans sa tête n'était pas une nouveauté.

De plus, c'était son esprit, son corps.

C'était à lui de le commander.

Et à lui de le détruire.

Malik jeta l'épée ziranie qu'il tenait encore et invoqua la lame-esprit. Il se tourna vers Karina et lui sourit faiblement.

« Je suis vraiment désolé de t'avoir causé tant de soucis. »

À court de mots, Malik plongea la dague dans son propre cœur.

34

Karina

Karina n'eut pas le temps de songer au sacrifice de Malik, car à l'instant où le corps du garçon s'écroula sur la plateforme, elle croisa le regard de Hanane.

Il existait des moments dans une vie que le langage était impuissant à décrire. Des moments de joie incommensurable et de perte indicible, des moments où la naissance, la mort et de tous les étranges tours et détours que la vie empruntait entre elles deux se confondaient.

Voir Hanane s'élever d'entre les morts était encore au-delà de ça.

L'espace d'un battement de cœur qui dura une éternité, les deux sœurs se fixèrent du regard.

« Karina ? » souffla Hanane. Le visage de sa sœur était exactement semblable au souvenir qu'en gardait Karina : chaleureux, allongé et taché de son.

Le Rite de Résurrection avait fonctionné.

Karina essaya de parler, mais pas un son ne sortit de sa bouche. C'était ce qu'elle avait toujours voulu, la réponse à une décennie de prière et de solitude. Mais alors, les yeux de

Hanane s'agrandirent, et une vague de révulsion submergea Karina.

Quelque chose n'allait *pas*.

Une éruption de flammes se produisit dans le ciel. Le monde se remit à tournoyer et le cœur de Karina regagna sa place dans sa poitrine. La lumière explosa dans le ciel en efflorescences rouge et argent, pour le plus grand plaisir de la foule. Parmi les centaines de documents détaillant les préparatifs de Solstasia que Karina avait compulsés, nulle part elle n'avait vu mention de feux d'artifice. Elle ne les vit cependant pas, car jamais ses yeux ne quittèrent sa sœur.

Sa sœur, vivante, en chair et en os.

Le spectacle des feux d'artifice était tel que personne ne remarqua que les marionnettes de lions s'étaient bien trop rapprochées de la plateforme. Quelqu'un cria, et elles s'ouvrirent pour déverser un flot de combattants armés d'épées étincelantes qui se précipitèrent sur la scène et chargèrent Karina et Farid. Deux des gardes prirent immédiatement position devant l'intendant, mais il leur beugla d'aller mettre Hanane en sécurité.

« Ne la touchez pas ! » hurla Karina, mais à cet instant un coup sec sur ses liens l'envoya bouler entre les mâchoires d'un lion. Elle se prépara à l'impact, mais des bras puissants la retinrent de tomber. La commandante Hamidou la tenait fermement d'une main tandis que, de l'autre, elle s'appliquait à trancher ses liens. Sa surprise ne dura que jusqu'à ce qu'elle se souvienne que les Sentinelles, ses anciens protecteurs, avaient suivi les ordres de Farid sans se poser la moindre question.

« Lâchez-moi ! cria Karina, en se débattant entre les bras de la commandante.

— Karina, tout va bien ! » Le visage trempé de sueur d'Aminata apparut par-dessus l'épaule de la commandante

Hamidou. « Je te jure que tu peux avoir confiance en nous, alors arrête de lutter, s'il te plaît, et bouge ! »

Ce devait être un autre des tours de Farid. Karina se débattit de plus belle, au point que la commandante dut resserrer ses liens et lui passer un bâillon dans la bouche. Aminata aboya un ordre, et le lion se sépara en deux moitiés, chacune avec sa tête. La moitié dans laquelle Karina était tombée courut à droite de la plateforme, et d'après les bruits et les cris autour d'elle, une escouade de soldats l'avait suivie.

La commandante Hamidou et Aminata firent discrètement passer Karina par un rabat du tissu dans une autre marionnette, de zèbre cette fois, puis de girafe. On se transmettait la princesse de main en main comme un sac de riz, et c'est ainsi que les insurgés quittèrent la place Jehiza.

Les feux d'artifice éclataient au-dessus de leurs têtes, assourdis par la toile empesée qui les recouvrait. Karina ne voyait rien d'autre que les ombres qui s'agitaient autour d'eux quand la foule s'écartait pour laisser passer la monstruosité de tissu.

Tout du long, une pensée tournait en boucle dans sa tête.

Cette chose sur la plateforme n'était pas sa sœur.

Et Hanane était morte en premier lieu à cause de Karina. Les souvenirs qu'elle avait refoulés pendant tant d'années revenaient en force, mais brumeux, embrouillés. Hanane et elle se disputaient pour quelque chose, et Karina s'était mise dans une telle *colère*, et puis il y avait eu un éclair, et...

Sa tête hurla de protestation. Ces souvenirs étaient enterrés sous trop de couches de douleur pour qu'elle se les remémore.

Après ce qui lui sembla une éternité, Aminata donna l'ordre de s'arrêter, et ils se débarrassèrent de leur costume. Ils se trouvaient dans le marché de la Rivière, non loin de la porte du Ponant. Une ruelle sombre s'étirait devant eux, étrangement silencieuse après la cacophonie de la place Jehiza.

La commandante Hamidou finit par retirer son bâillon à Karina et lui détacher les membres. La princesse recula contre le mur, en regrettant de ne pas être armée. « Bon sang, mais qu'est-ce qui se passe ?

— On te sauve la vie, apparemment, répondit Aminata. Ta mère m'a fait promettre que si un jour le palais devenait hostile, je devrais faire tout mon possible pour t'en sortir. Nous nous préparons depuis sa mort, et la cérémonie de Clôture nous a fourni une diversion idéale.

— Mais tu prétendais être d'accord avec Farid, tout à l'heure. »

Aminata soupira et essuya son visage trempé de sueur. « Il y avait, et il y a toujours, beaucoup de problèmes à Ziran. Rien de bon ne peut sortir d'une ville aveugle à la douleur de ceux sur le dos desquels elle a été bâtie. Mais les méthodes de Farid sont condamnables. Je ferai tout ce que je peux pour l'arrêter, tant qu'il ne me soupçonne pas. »

Karina dévisagea Aminata, voyant en elle pour la première fois quelqu'un d'autre que la jeune fille avec qui elle avait grandi. Même quand Karina lui avait tourné le dos, Aminata lui était restée fidèle.

Une émotion dont Karina ne connaissait pas le nom la submergea, et elle jeta les bras autour de son amie. « Pardon, pardon, pour tout. »

Aminata se dégagea légèrement et colla son front contre celui de Karina. « Ne t'inquiète pas. Il y a encore beaucoup à faire. L'heure n'est pas aux adieux. » Elle fit un signe de tête à la commandante. « Je vais cacher le lion quelque part pour les envoyer sur une fausse piste, puis je devrai rentrer au palais avant que quiconque remarque mon absence. Suis la commandante Hamidou. Elle t'emmène chez des gens qui pourront t'aider. »

La peur se reflétait dans les yeux d'Aminata, mais sa voix demeura ferme. Hochant la tête, Karina s'essuya le visage d'un revers de manche et rejoignit la commandante à l'entrée de la ruelle.

« On se reverra bientôt », dit Karina en levant à moitié la main. Ce n'étaient pas des adieux. Ça ne se pouvait.

« On se reverra bientôt », répéta Aminata.

La commandante Hamidou fit avancer Karina au pas de course à travers un réseau complexe de ruelles décrépites. Chaque fois qu'elle était certaine de ne pas pouvoir faire un pas de plus, elle se rappelait la fausse Hanane, et une décharge d'énergie la propulsait en avant. Après ce qui lui sembla être des heures, mais qui avait pu n'être que des minutes, elle s'effondra contre un mur à moitié éboulé, la poitrine se soulevant à un rythme irrégulier.

« Je dois... me reposer..., siffla-t-elle.

— Nous devons continuer, Majesté, insista la commandante Hamidou en scrutant les environs. Encore que notre contact devrait nous retrouver quelque part par...

— ... ici ! » Une silhouette encapuchonnée apparut au coin d'une rue plongée dans l'ombre. « Salut, commandante ! Salut, princesse ! »

Karina faillit pousser un cri de joie en entendant la voix d'Afua. « Je te croyais sous bonne garde des Sentinelles !

— Je l'étais. Mais les prisons ordinaires ne sont pas ce qui se fait de mieux pour enfermer les personnes aux pouvoirs extraordinaires. » La magie sourdait de chacun des mouvements d'Afua, identique au nkra que Karina avait senti quand la Barrière avait volé en éclats. Peut-être avait-elle sous-estimé la jeune fille.

« Il est l'heure de... » La commandante Hamidou s'interrompit au milieu de sa phrase et porta vivement la main à son épée alors que des cris et des bruits de bottes se rapprochaient d'eux. « Afua, emmène la sultane. Partez. »

Karina et Afua échangèrent un regard qui exprimait tout ce que la Sentinelle ne disait pas : la commandante Hamidou, malgré sa force et son expérience du combat, allait certainement perdre la vie, face à tant de soldats. Mais elle serait sans doute capable de les retarder suffisamment pour permettre aux deux jeunes femmes de s'enfuir. Avant que Karina puisse protester, la soldate se défit de sa cape et l'attacha fermement sous le menton de Karina.

« Votre mère ne vous a jamais reproché leurs morts. Aucun de nous ne l'a fait, affirma la commandante, et Karina ne put empêcher ses larmes de ruisseler sur ses joues. Quand vous reviendrez, rappelez-nous à tous pourquoi c'est un honneur de porter cette armure au nom de votre famille. »

Quand, pas *si*.

La gorge trop serrée pour parler, Karina acquiesça et s'inclina aussi bas qu'elle le put. Elle pressa ses doigts contre ses lèvres puis contre son cœur. La commandante Hamidou hocha la tête, puis se tourna face aux assaillants. Quand elle leva la paume gauche, une étincelle s'alluma au centre de son emblème.

« Du reste, Majesté, vous n'avez pas le monopole de la magie. »

Un jet de flammes jaillit de la main de la commandante et engloutit les Sentinelles en approche. Karina tressaillit, l'esprit envahi de millions de questions, mais il n'y avait pas de temps à perdre ; le fracas du métal et le rugissement du feu résonnaient à ses oreilles tandis qu'Afua et elle couraient à en perdre haleine et mettaient à profit le sacrifice de la commandante pour s'enfuir.

« Où est-ce qu'on va ? Quel est le plan ? demanda Karina lorsqu'elles parvinrent à proximité du Rempart, dans un quartier inhabité depuis si longtemps qu'il n'avait même plus de nom.

— On a rendez-vous avec quelqu'un ! »

Le chemin aboutissait à ce qui semblait être un fonduk abandonné, apparemment conçu pour accueillir des centaines de voyageurs. Au centre de l'espace, Dedele se tenait à un bout d'une barge du désert pourvue d'une modeste voile brune. Ses lèvres dessinèrent un sourire amusé à la vue de la mine abasourdie de Karina.

« Ravie de vous revoir, Majesté, lança la championne du Feu tandis qu'Afua et Karina grimpaient à bord. On m'a dit que vous auriez une Sentinelle avec vous.

— Elle ne s'en est pas sortie », marmonna Karina, le cœur serré au souvenir des flammes de la commandante Hamidou. Elle était – avait été – une zawenjie, comme Afua.

… et comme Karina.

Afua s'assit en tailleur au milieu de la barge. « Tirons-nous d'ici. »

Malgré elle, Karina hésita. Le souvenir de la Barrière lui intimait de faire demi-tour, bien que l'enchantement lui-même n'existe plus. Serrant les dents, elle se contraignit à l'immobilité lorsque Afua posa les paumes à plat contre le bois sombre. Les barges du désert étaient habituellement tirées par des chameaux ou d'autres bêtes de trait, mais celle-ci fit un bond en avant au simple toucher de l'Arkwasienne.

Une sensation euphorique s'empara de Karina quand elles franchirent le Rempart sans incident.

La Barrière avait vraiment disparu. Elle était libre.

Elle laissait Hanane derrière elle.

Le bateau, manœuvré d'une main experte par Dedele, fendait le sable aussi facilement que de l'eau. La magie d'Afua lui conférait une vitesse surnaturelle. Sous les doigts de Karina, le bois chaud semblait presque vivant.

Mais elles n'étaient pas encore en sécurité. Quelques centaines de mètres devant elles, des dizaines de soldats montés les chargeaient depuis l'avant-poste en amont de la porte du Ponant. Une pluie sifflante de flèches s'abattit sur la barge. Afua se serait fait empaler si Karina ne l'avait pas vivement poussée sur le côté.

Dedele essaya de contourner la ligne que formaient leurs assaillants, mais celle-ci se refermait trop vite sur le bateau. Karina se recroquevilla contre le bastingage, cette fois impuissante à sauver quiconque.

Elle avait 8 ans, et sa famille brûlait vive dans un incendie qu'elle avait déclenché.

Elle avait 12 ans, et le gouffre entre elle et sa mère s'élargissait un peu plus chaque jour.

Elle revint au présent, vacillant au bord de tout ce qu'elle s'était efforcée d'oublier.

Une seule pensée s'éleva au-dessus du vacarme :

Ma mère ne voudrait pas que je meure ici.

Fermant les yeux, Karina visualisa son nkra comme une masse de fils d'argent entremêlés. Elle y plongea les doigts, mais plus elle essayait de le démêler, plus il se resserrait. Les soldats approchaient, barrant leur seule route vers la liberté. Karina tourna de nouveau ses pensées vers cette nuit qui avait tout changé, se souvint de la vague de pouvoir qui l'avait submergée quand elle avait invoqué l'orage qui avait décimé sa famille.

Une douleur telle qu'elle n'en avait jamais connu lui arracha un cri.

La dernière chose qu'elle vit fut la petite fille qu'elle était alors. Un sourire plus brillant qu'aucune étoile aux lèvres, cette version plus jeune d'elle-même lui tendit les mains, et Karina serra les petits doigts dans les siens.

Rejetant la tête en arrière, elle partit d'un grand rire, et sa magie se dénoua.

Tombant au rythme de ses éclats de voix, la pluie arrosa Ziran pour la première fois depuis dix ans.

Karina imagina toute cette eau s'abattre sur la ville au milieu des cris perçants. Elle imagina les antiques fondations conçues pour ne contenir que quelques centimètres d'eau s'effondrer sous le poids de l'inondation. Elle imagina les violentes bourrasques projeter dans les airs tout ce qui n'était pas solidement attaché. Elle imagina chacun sur la plateforme courir se mettre à l'abri, Farid sauver Hanane, le corps de Malik disparaître sous le déluge.

Karina donna à la tempête un seul ordre : *en avant*. Et celle-ci obéit, tel un chien trop heureux de plaire à son maître. Propulsée par des vents implacables, la barge franchit le barrage à une vitesse qui la rendait presque invisible. Les cordages du bateau hurlèrent de protestation, et une veine saillit au front d'Afua, qui s'agrippa plus fermement au bois.

Maintenant que sa magie lui était revenue, Karina n'arrivait pas à croire qu'elle ait pu oublier la formidable sensation qu'elle lui procurait. Après l'incendie, elle l'avait enfouie au fond d'elle-même et l'avait laissée s'effacer.

Plus jamais.

Le pouvoir dont elle avait si longtemps nié l'existence allait à présent leur sauver la vie.

35

Malik

« Je ne vois toujours pas pourquoi j'aurais besoin d'un nouveau nom.

— Si je t'appelle Ɔwɔ, tout le monde saura qui tu es. Si tu veux être humain, tu dois avoir un nom humain.

— Très bien. Nomme-moi.

— Idir ? Je l'ai entendu dans une histoire.

— Idir. Ça me plaît. »

« Son armée n'est qu'à un jour de marche de la cité. Les renforts d'Arkwasi n'arriveront pas à temps.

— Même s'il parvient jusqu'ici, tout ira bien.

— Bien sûr que non ! Je ne le laisserai pas prendre cette ville, et je ne retournerai pas à une vie d'esclave ! Plus jamais… Il doit y avoir un moyen de les empêcher d'entrer… »

« Maman ? Qu'est-ce que tu… Non ! Attends, maman, s'il te plaît, je suis désolé ! Baba, au secours ! Maman, pardon, s'il te plaît, pardon ! Maman !

— Chuut, mon cœur, tout va bien. Ça ne fera même pas mal. Fais-moi confiance. »

Malik se dégagea brusquement des souvenirs d'Idir. Étendu sur le dos dans le paysage de son esprit, il observait l'obosom lutter faiblement contre l'écorce qui le maintenait prisonnier du citronnier. Ni l'un ni l'autre ne se battait plus pour reprendre le contrôle, car il n'y avait plus rien à contrôler.

« Votre fils, murmura Malik. Bahia Alahari l'a sacrifié pour créer la Barrière et mettre fin à la guerre. »

Idir rit sèchement.

« Le nkra est une force curieuse. Il ne répond qu'aux liens, sans se demander s'ils sont positifs ou négatifs. Plus puissant est le lien entre deux choses, plus il générera de nkra. Et la quantité de nkra obtenu quand on tue quelqu'un qu'on aime… À l'origine, je n'étais pas la cible de la Barrière, mais quand j'ai compris ce qu'elle avait l'intention de faire, elle m'a banni moi aussi. »

Idir abandonna la lutte et s'affaissa contre l'arbre. « C'est Bahia qui a assassiné notre fils et c'est moi qui suis devenu le méchant de l'histoire. » Il tourna le visage vers le ciel. « Mais la Barrière n'est plus, et la fraction de son âme qui y était attachée est maintenant libre de passer dans l'Au-delà. J'ai au moins cette consolation. »

Malik sentit son cœur se serrer – une douleur qui n'avait rien à voir avec sa blessure. « Encore une question.

— Tu parles beaucoup, pour une créature mourante.

— Si vous voulez mettre fin à la lignée de Bahia, pourquoi avez-vous aidé à la résurrection de la princesse Hanane ? »

Cette fois, le rire d'Idir était authentique. « Les morts sont morts et bien morts. Il y a une grande différence entre une personne vivante et une liche. »

Malik frissonna. Selon les histoires anciennes, une liche était à peine plus qu'un corps dépourvu d'esprit réanimé par la magie noire.

À quelle misérable créature Farid avait-il donné naissance ?

Le monde autour d'eux avait presque entièrement sombré dans le néant, à présent. Les branches du citronnier s'étaient enroulées autour de la carcasse émaciée d'Idir, dont on ne voyait plus maintenant que le visage.

« Tout ceci est vain, dit l'obosom d'une voix lasse. Tu es mort, que j'exerce le contrôle sur ton esprit ou non. »

Il y avait pourtant une différence. Un serment de sang devient nul et non avenu à la mort de l'un ou l'autre des contractants. Une fois Malik décédé, Nadia serait libre, raison pour laquelle il affrontait la mort sans peur.

Malik ferma les yeux pour profiter des derniers instants dans son corps.

Pas en tant qu'Adil. Pas en tant qu'Idir.

En tant que lui et personne d'autre.

36

Karina

La tempête avait acquis une vie propre. Karina ne contrôlait plus les vents hurlants qui poussaient leur barge à une vitesse étourdissante. L'effort qu'Afua fournissait pour garder leur embarcation en un seul morceau la faisait saigner du nez. Karina essaya une fois de plus de mettre un terme à l'ouragan, mais elle aurait tout aussi bien pu tenter de retenir un lion avec un bout de tissu.

« Arrête-toi, je t'en prie », implora-t-elle. Elle scruta le ciel à la recherche de quoi que ce soit qui puisse l'aider, mais elle n'y vit rien d'autre que la pluie qui martelait la terre sèche et de sombres nuages d'orage.

« Stop », ordonna de nouveau Karina. Rien ne se produisit. La barge commença à se désagréger sous leurs pieds. Dedele leur lança un avertissement. Serrant les paupières, Karina hurla à la tempête de se calmer.

Et elle le fit.

Toutes trois furent projetées en avant quand la barge cessa brutalement d'avancer. L'orage disparut, et les nuages s'écartèrent pour révéler une mer de constellations. Afua desserra sa prise sur le pont du bateau et tomba face contre terre.

Jurant entre ses dents, Dedele s'accroupit près d'elle et la gifla. « Allez, lève-toi. Tu n'as rien. »

Au bout de plusieurs minutes interminables, Afua papillonna des paupières en grognant. « Une chamelle peut produire jusqu'à cent cinquante litres de lait par jour si elle est bien soignée. »

Karina laissa échapper un soupir de soulagement. Pour une fois, la Grande Mère avait répondu à ses prières.

Pendant que Dedele essuyait le sang du visage d'Afua, Karina regarda autour d'elles. Elles étaient seules au milieu d'un monde de sable et d'étoiles. Ziran se résumait à un point brillant sur l'horizon. Elles étaient environnées d'inquiétantes formations rocheuses et d'étranges lumières qui disparaissaient sitôt qu'elle les regardait directement trop longtemps.

Pour la première fois depuis mille ans, une Alahari avait quitté Ziran, et c'était entièrement de son fait. Karina considéra ses mains avec un mélange de peur et d'émerveillement. L'enfant en elle se demanda si ses ancêtres la gronderaient pour avoir désobéi à l'une des règles familiales les plus fondamentales.

« Il ne faudrait pas tarder à reprendre notre chemin, mais si nous ne nous reposons pas maintenant, nos cadavres le termineront sans nous, déclara Dedele en adossant Afua au bastingage.

— Je suis désolée que tu aies été mêlée à ça », dit Karina.

Dedele sourit. « Ce n'est pas tous les jours qu'on a l'occasion de sauver la sultane. En vérité, j'étais très excitée quand votre suivante m'a fait part de ce plan après le tournoi de wakama. C'était très malin de sa part de penser que le conseil serait tant accaparé par la fausse piste arkwasienne qu'il n'aurait pas l'idée de mener l'enquête parmi le petit peuple. »

Karina se sentit honteuse à la mention des préjugés ziranis. Se fier à ces croyances bigotes lui avait sauvé la vie, mais ça ne lui donnait pas le droit d'en être fière.

« Et tous ceux qui animaient les marionnettes, qui étaient-ils ?

— Ma famille. » Dedele marqua une pause, avant d'ajouter : « Est-ce que vous avez pu voir si certains d'entre eux ont réussi à sortir de la place ? » Karina secoua la tête, et Dedele acquiesça d'un air solennel, les épaules basses.

« Où va-t-on ? s'enquit Karina.

— À Osodae, en Arkwasi, répondit Afua en se redressant enfin. Il y a là-bas des gens qui pourront vous apprendre ce que ça veut dire, d'être une zawenjie, surtout si vous descendez aussi d'un puissant esprit. »

Karina se demanda si elle se sentirait un jour aussi à l'aise avec sa nature de zawenjie que l'était Afua. « Mais si je suis vraiment une zawenjie, comment se fait-il que tu ne l'aies pas senti quand nous nous sommes rencontrées ?

— Parce que vous refouliez vos pouvoirs, expliqua patiemment Afua. Pas seulement vous, d'ailleurs, mais tous les autres zawenjis de Ziran. »

Le cœur de Karina s'emballa au souvenir du feu jaillissant des mains de la commandante Hamidou. « Les Sentinelles. Ce sont tous les zawenjis de Ziran que tu n'arrivais pas à trouver. »

Afua opina. « La magie de vos Sentinelles est tout entière canalisée dans le but d'améliorer leurs capacités physiques. J'ai modifié cette fonction chez la commandante Hamidou pendant que nous nous cachions, mais je suis certaine que Farid, ou quiconque comprend un tant soit peu la magie, est capable de le faire aussi. »

Karina était trop horrifiée pour répondre. La force et la vitesse des Sentinelles, la façon dont leurs mouvements n'avaient jamais vraiment paru leur appartenir l'avait déstabilisée plus d'une fois. Sa propre famille était responsable de leur état depuis la fondation de Ziran. Si elle n'avait pas été une Alahari, elle aussi aurait été changée en arme par la cité même qu'elle avait juré de protéger.

« Si je comprends bien, le meurtrier obsédé par une adolescente a aussi une armée magique à sa disposition. » Dedele soupira. « De mieux en mieux. »

Un frisson parcourut l'épine dorsale de Karina à l'idée de la vie de servitude à côté de laquelle elle était passée de justesse. Elle serra les bras autour d'elle en considérant les deux jeunes femmes qui la connaissaient à peine et qui avaient pourtant risqué leur vie pour la mettre en sécurité.

« Je vous revaudrais ça un jour, promit-elle, et Dedele sourit.

— Entre ça et mon forfait à Solstasia, vous commencez à me devoir pas mal de choses, princesse. Vous pouvez démarrer les remboursements en évitant qu'une tempête de sable réduise mon bateau en miettes avant que nous arrivions à Osodae. »

Pendant qu'Afua se reposait et que Dedele faisait l'inventaire des avaries, Karina alla s'asseoir au bout de la barge. Les souvenirs lui revenaient un à un, tels les grains s'écoulant dans un sablier.

Elle se revoyait faire rire Hanane en faisant trébucher leurs gouvernantes d'un coup de vent soudain.

Elle se revoyait promettre à ses parents de ne jamais montrer à quiconque en dehors de leur famille ce dont elle était capable, et de ne jamais utiliser ses pouvoirs pour blesser quelqu'un.

Elle se revoyait accidentellement invoquer l'éclair qui réduirait définitivement son père et sa sœur au silence.

Elle était responsable de cette tragédie. Elle seule.

Et désormais, une nouvelle version de Hanane foulait cette terre, en violation des Anciennes Lois. Karina avait passé sa vie à souhaiter revoir sa sœur, ne serait-ce qu'une minute, et maintenant qu'elle en avait l'occasion, il lui était impossible de réprimer le mauvais pressentiment que cela lui inspirait.

« Tu n'aurais pas l'air plus désolée si quelqu'un avait pissé dans ton point d'eau préféré. »

Une hyène massive toisait Karina depuis l'avant du bateau ; la princesse fit un bond en arrière. D'étranges spirales blanches sur son pelage la différenciaient de ses congénères, et les deux autres ne réagissaient pas à sa présence, comme si elles ne la voyaient pas.

« Une hyène parlante, maintenant, soupira Karina en s'efforçant de ne pas laisser paraître sa surprise. Au point où on en est…

— C'est *la* Hyène parlante, pour toi. Avec un *H* majuscule. Et est-ce une façon de s'adresser à celle qui a arrêté ton petit ouragan ? Tu devrais apprendre à contrôler ça avant de tuer quelqu'un… enfin, de tuer *d'autres* personnes. »

Karina retroussa les lèvres et gronda. Elle n'était pas d'humeur pour les moqueries, même venant d'une légende vivante. « J'ai évidemment entendu parler de vous, mais vous vous adressez à moi comme si nous nous étions déjà rencontrées. »

La Hyène ricana tandis que son visage devenait celui d'un homme dont l'impressionnante moustache sentait l'essence d'orange. Karina se redressa, toute son attention tournée vers l'arnaqueuse.

« C'était vous, le barde, au *Phoque dansant* ! s'écria-t-elle, sans se soucier de donner à Dedele et à Afua l'impression de parler toute seule. Tout est votre faute ! Si je n'avais jamais lu ce livre stupide…

— … le sorcier ulraji que tu appelles Farid aurait quand même découvert un moyen de te faire accomplir le rituel, tu n'aurais jamais retrouvé ta magie ou appris la vérité sur tes origines, et tu n'aurais jamais détruit la Barrière, énuméra la

Hyène en reprenant son apparence canine. Idir a eu raison de croire que ta magie rivalise avec celle de Bahia. Ce matin, quand le garçon a essayé de te tuer avec la lame que l'obosom lui a confiée, ta magie zawenjie est entrée en contact avec sa magie ulrajie, et ce catalyseur a suffi pour libérer d'un seul coup dix ans de ton nkra refoulé et faire disjoncter la Barrière. »

Karina détestait la façon dont son cœur s'emballait à la mention de Malik. Elle s'accrocha à sa haine et la laissa se diffuser dans les recoins où son affection pour lui demeurait. Le garçon était un ulraji, ce qui faisait de lui son ennemi naturel. Elle n'avait aucun amour à gâcher pour ses ennemis.

« Pourquoi m'avez-vous donné le livre ? »

La Hyène baissa les yeux. « Disons que je dois plus à Bahia Alahari que je ne pourrais jamais lui rembourser, dussé-je y passer l'éternité.

— Que va-t-il se passer, maintenant ? »

L'arnaqueuse haussa les épaules. « Il peut arriver bien des choses. Tu pourrais rejoindre Osodae et retrouver d'autres personnes comme toi. Ou bien sauter de cette barge et errer dans le désert jusqu'à ta mort. Les possibilités sont infinies. »

La Hyène se pencha en avant, et Karina se demanda si Bahia Alahari avait eu si peur lors de sa première rencontre avec l'arnaqueuse.

« Mais je peux te promettre une chose : quel que soit le chemin que tu choisiras, il croisera un jour ou l'autre celui du jeune ulraji, car lui et toi êtes prédestinés.

— Prédestinés à quoi ?

— Ça, petite zawenjie, c'est à toi de le décider. »

Karina faillit lui rire au nez avant de s'aviser qu'il valait mieux éviter d'offenser un être légendaire. Si elle devait un jour revoir Malik, la seule chose à laquelle il était prédestiné, c'était un coup de poing dans le nez. « Je croyais que le destin avait justement pour objet d'être écrit à l'avance. »

Le ricanement de la Hyène secoua le bateau. « Voilà pourquoi j'aime toujours autant interagir avec vous autres humains, même après tous ces siècles. Vous ne comprenez rien à rien. C'est adorable. »

Bandant ses muscles en position d'arrêt, la Hyène hocha la tête. « À bientôt, Majesté. Je suis très curieuse de voir qui tu seras devenue la prochaine fois que nos routes se croiseront. Et pour ta gouverne, je ne serai pas là pour arrêter un nouvel ouragan. Contrôler ta magie est maintenant ton problème. »

L'arnaqueuse sauta de la barge avec un hurlement sauvage. Karina courut jusqu'au bastingage, mais ne vit que du sable là où la Hyène aurait dû atterrir. Leur conversation n'avait pas eu beaucoup de sens, mais s'il fallait en croire les contes, c'était toujours le cas, avec elle. La seule partie que Karina avait comprise, c'est qu'elle reverrait Malik un jour, ce qui lui faisait voir rouge.

Plutôt que de s'appesantir sur sa colère, elle regarda droit devant elle. Quelque part bien au-delà du désert, au cœur de la jungle, se dressait Osodae, capitale de l'Arkwasi. Elle y trouverait l'école qu'Afua avait mentionnée, mais, plus important, elle y trouverait l'Arkwasi-hene, qui disposait de la seule armée de Sonande capable de rivaliser avec celle de Ziran. Sa seule chance de vaincre Farid et ses Sentinelles était de convaincre l'Arkwasi-hene de l'aider.

« Majesté, vous êtes prête ? » lança Dedele.

Karina observa par-dessus son épaule la championne du Feu prendre en main le gouvernail et Afua s'accroupir comme précédemment au milieu du bateau, laissant sa magie sourdre de ses mains. Elle porta le regard loin derrière elles sur le peu qu'elle voyait de Ziran, guère plus qu'une petite tâche, dans laquelle elle avait vécu depuis sa naissance.

Elle reviendrait un jour et deviendrait la reine dont son peuple avait besoin. Elle reviendrait et réclamerait la justice pour sa famille, contre l'homme qu'elle appelait jadis son frère. Elle remédierait à cette résurrection inhumaine dont était issue la créature qui portait le visage de sa sœur.

Tel était le serment que Karina se jura en quittant son passé des yeux et en les tournant vers son avenir. Devant elle s'étendait un monde qui n'attendait que de la rencontrer. La promesse de toutes les choses à venir palpitait au gré des bourrasques autour d'elle.

« Je suis prête. Allons-y. »

Poussée par le vent sous les traînes blanches des étoiles, Karina partit vers l'inconnu.

37

Malik

Malik s'était attendu à ce que mourir ressemble à une plongée dans un néant si immense qu'il défierait toute tentative de description, ou peut-être à une poigne glacée qui drainerait toute sensation de son corps. Mais il ne ressentait à présent que chaleur, comme s'il s'était glissé sous une couverture par une nuit sombre et venteuse. Malik se rapprocha instinctivement de cette sensation, tel un enfant cherchant la présence de ses parents après un cauchemar, et elle l'enveloppa complètement.

« Oh, vous êtes réveillé. »

Malik ouvrit les yeux en grand. Il se trouvait dans une pièce qui sentait les herbes coupées, où des lits s'alignaient le long des deux murs opposés. Un homme assis sur un tabouret près du sien disposait un tissu frais sur le front de Malik. Ce dernier essaya de se lever, mais l'homme le repoussa doucement.

« Votre corps ne s'est pas encore ajusté aux changements que vous lui avez fait subir. Mieux vaut ne pas vous surmener tant que vous n'êtes pas habitué à la présence que vous abritez à présent. »

Malik avait déjà rencontré cet homme, il en était certain. C'était Farid Sibari, l'intendant du palais, qui l'avait accueilli le jour de son arrivée au Jardin azur et qui avait accusé Karina de meurtre lors de la cérémonie de Clôture.

L'homme qui portait également la Marque de l'Ulraji Tel-Ra, ce qui signifiait qu'il disposait de la même magie que Malik. Malgré ses manières apaisées, l'intendant irradiait une énergie volatile assez semblable à la colère violente dont il avait fait preuve durant la cérémonie de Clôture. Cet homme était dangereux, peut-être même plus qu'Idir.

Et pour une raison qu'il ne s'expliquait pas, Farid avait choisi de le sauver.

« Comment puis-je être vivant ? » demanda Malik d'une voix rauque et sèche, comme s'il ne l'avait pas utilisée depuis des années. Il ressentait une douleur dans sa poitrine là où la lame-esprit s'était enfoncée dans son cœur – aucun être humain n'est censé survivre à une telle blessure.

« Le cœur persiste à battre plusieurs minutes après un coup direct. Dans cet intervalle, j'ai ralenti votre magie pour induire une sorte de coma, et nos guérisseurs ont pu arrêter l'hémorragie et traiter la blessure. Vous récupérez depuis plusieurs jours. »

Plusieurs *jours* ? Qu'était-il arrivé à Nadia et à Leila pendant qu'il était inconscient ? Savaient-elles qu'il n'était pas mort ? Malik s'efforça de nouveau de s'asseoir, et Farid le repoussa avec un peu plus de fermeté.

« Pourquoi faites-vous ça ? » demanda Malik faiblement.

Après avoir essuyé le front de Malik avec le tissu, Farid répondit : « J'ai soupçonné votre nature lors de notre première rencontre, mais je n'en ai acquis la certitude qu'au cours du Deuxième Défi. Là où tout le monde n'a vu qu'un étrange tour de passe-passe, j'ai compris qu'il s'agissait d'un puissant enchantement, qu'il faut des années pour maîtriser. Depuis des décennies que j'étudie la magie ulrajie, je n'ai jamais rencontré de tisseur d'histoires aussi naturellement doué que vous. » Farid secoua la tête. « C'est fou, j'ai passé ma vie à chercher un autre descendant de l'Ulraji Tel-Ra, et voilà qu'il s'en présente deux aux portes de ma ville, de leur propre chef. »

Malik prit une profonde inspiration que la douleur le fit regretter aussitôt. « Où est ma sœur ?

— Ici, au palais. Je lui ferai savoir que vous êtes réveillé. Je m'excuse de vous avoir tous deux fait enfermer avant la cérémonie de Clôture, mais je voulais m'assurer que vous vous trouviez dans un endroit sûr où nous pouvions garder un œil sur vous. »

Pour cet homme, une prison était donc un endroit sûr. Est-ce qu'il s'entendait ?

« Les chaînes d'ivoire qui bloquaient ma magie, dit Malik, alors que les pièces s'emboîtaient peu à peu. C'est vous qui les avez faites. Et durant le Premier Défi, une force extérieure a neutralisé mes pouvoirs. »

Farid hocha la tête. « Je plaide coupable. Votre magie se manifeste sous forme d'illusions ; la mienne me permet de tirer sur les fils de nkra qui nous lient tous les uns aux autres, notamment les fils magiques. J'avais besoin que Karina reste en vie afin de me procurer un cœur de roi pour le Rite de Résurrection, mais je ne pouvais pas encore me révéler à vous. J'ai toujours espéré que d'autres descendants de l'Ulraji Tel-Ra aient survécu à la destruction de Kennoua, mais vous et votre sœur êtes les seuls que j'aie trouvés jusqu'à maintenant, et il n'y a que vous qui jouissiez des pouvoirs de l'ulraji. »

Farid s'exprimait d'un ton égal, comme s'ils discutaient du temps et non d'une sorcellerie ancienne. Malik se contraignit à soutenir le regard de son interlocuteur malgré la panique familière qui enflait en lui.

Farid lui adressa un sourire dégoulinant de secrets. « Votre zirani est excellent, mais j'y décèle une pointe d'accent occidental – Eshran, je suppose ? Votre peuple n'avait-il pas ses propres dieux avant que Ziran vous impose les divinités patronnesses ? » Ses yeux se remplirent de dédain en suivant les lignes de l'emblème de la lune dans sa paume. « Nos ancêtres ulrajis contestaient l'idée que les éléments puissent être adorés comme des divinités, et ils furent chassés par leurs homologues zawenjis pour cette raison. C'est ainsi qu'ils partirent fonder Kennoua et en firent le plus grand empire que ce monde ait jamais connu. »

Farid retira le chiffon. « Malik, vous et moi avons le pouvoir de faire plier la réalité à notre guise. Entre vos illusions et ma maîtrise du nkra, nous pourrions réduire ce monde en miettes et en bâtir un meilleur. Nous pouvons faire en sorte que personne ne nous prenne plus jamais ceux que nous aimons. Voilà pourquoi j'ai cherché Idir, et pourquoi j'ai appris tout ce qu'il y a à savoir sur la magie. Et je peux vous l'enseigner. »

Malik ne savait pas quoi dire. Nkra ? Zawenji ? Les divinités patronnesses n'étaient pas vraiment des dieux ? Cela faisait beaucoup à assimiler pour lui qui n'aspirait qu'à retrouver ses sœurs. Devant le silence de Malik, Farid sourit et se leva. « Bien sûr, je n'attends pas une réponse immédiate. Je reviendrai m'enquérir de votre santé, et nous reparlerons de tout ça. »

L'intendant quitta la pièce. Malik contempla le plafond, incapable de faire plus dans son état. Il suivit des yeux les motifs compliqués autour de lui en se demandant si Ksar Alahari était toujours Ksar Alahari, maintenant qu'il n'y avait plus d'Alahari dedans.

En l'occurrence, ce n'était pas tout à fait vrai. Il restait une Alahari.

La liche n'est pas ma descendante, rugit Idir. L'obosom secoua ses liens, et le corps de Malik fut agité de frissons involontaires, mais il en reprit rapidement le contrôle. Il resta allongé plusieurs effrayantes minutes, terrifié à l'idée que le Roi sans visage s'impose de nouveau à lui s'il s'endormait, quand une deuxième personne entra dans le dispensaire.

Leila courut au chevet de Malik, mais s'arrêta quelques pas avant d'y arriver, le considérant du regard inquiet qu'on réservait aux lions enchaînés.

Pour l'heure soumis, mais toujours une menace.

« Comment te sens-tu ? » lui demanda-t-elle.

Il y avait beaucoup de réponses à cette question. Effrayé par Farid et par la cohabitation forcée avec Idir dans son esprit. Curieux d'apprendre la vérité sur ses pouvoirs. Plein de remords de ne pas avoir fait plus pour arrêter l'obosom quand il en avait eu l'occasion.

« Bien », mentit Malik.

Leila hocha la tête. « Et pour… » Elle n'eut pas besoin de poursuivre sa phrase pour qu'il comprenne ce qu'elle voulait dire : maintenant que Malik contrôlait Idir, qu'est-ce que ça signifiait pour Nadia ?

Où est-elle ? demanda-t-il à l'esprit. Il le sentit s'agiter violemment au fond de lui, comme une écharde enfoncée trop loin sous sa peau pour l'atteindre.

Tu n'as qu'à la trouver tout seul, rétorqua sèchement Idir. Un engourdissement se propagea aux doigts de Malik tandis que l'obosom luttait pour se libérer, mais le jeune homme rendit coup pour coup. Utilisant le peu d'énergie qu'il lui restait, Malik passa les pensées d'Idir au crible, laissant de côté un millier d'années de rage et de chagrin pour se concentrer sur les souvenirs récents d'une petite créature errant seule dans un monde vide. Il invoqua le pouvoir d'Idir – non, c'était son esprit et son pouvoir, à présent – pour percer une brèche dans la frontière entre les deux royaumes.

« Nadia », appela-t-il en ouvrant grand les bras. Ça allait marcher… Il le fallait, sans quoi Malik serait incapable de continuer.

Et aussi simplement que ça, Nadia fut là, sa petite tête enfouie sous le menton de Malik. Leila laissa échapper un sanglot et entoura son frère et sa sœur de ses bras. Malik se sentit entier pour la première fois depuis longtemps.

« Je savais que vous ne me laisseriez pas tomber », dit Nadia d'une voix ensommeillée. Sa main menue agrippait le tissu de la chemise de Malik, comme si elle craignait de tomber.

Mais elle ne tomberait pas. Et même alors, tous deux savaient que Malik la rattraperait.

Le frère et les deux sœurs s'emmitouflèrent dans un cocon de couvertures, comme ils le faisaient autrefois à Oboure. Malik et Leila racontèrent à Nadia tous les détails de Solstasia, en passant sous silence tout ce qui n'était pas pour les oreilles d'une enfant de 6 ans – oui, la princesse avait les cheveux argentés, et oui, on pouvait vraiment acheter des gâteaux au citron aussi gros que la tête de la fillette.

Un jour, ils lui feraient le récit complet de la semaine qu'ils avaient vécue, chacun de son côté. Mais pas encore.

Le temps que Malik en arrive à l'Ultime Défi, Nadia s'était endormie, un filet de bave au menton. Leila et lui discutèrent de l'offre de Farid, passant en revue les avantages et les inconvénients qu'il y aurait à rester à Ziran. Leila finit elle aussi par succomber au sommeil, les petites mains de Nadia serrées dans les siennes. Observant ses deux sœurs assoupies, Malik se sentit non pas en paix, mais plus serein qu'il ne l'avait été depuis longtemps.

Il se laissa aller contre son oreiller et fut surpris de voir la Marque se glisser au dos de sa main. Il avait cru que le tatouage disparaîtrait une fois le serment de sang arrivé à son terme, mais ce changement, comme bien d'autres que Solstasia avait opérés en lui, semblait devoir être permanent.

Parlant à voix basse pour ne pas réveiller ses sœurs, Malik fit apparaître une dent-de-lion, d'un jaune aussi vif que celles qui avaient tapissé le jardin de leur ferme. Un par un, les pétales disparurent, mais leur senteur suave demeura.

Tissage d'histoires. C'était ainsi que Farid avait qualifié les illusions créées par Malik.

Il s'imaginait déjà de quelles manières terribles l'intendant manipulerait ses talents. Ce n'était pas sans raison que les Kennouans étaient universellement détestés. Le joug de terreur et d'esclavage qu'ils avaient fait peser sur Sonande avait laissé des traces.

Mais Malik ne pouvait oublier les visages rayonnants de joie de son auditoire, et l'apaisement que lui procurait l'usage de ses pouvoirs. Peut-être la magie ulrajie était-elle davantage que ce que les histoires voulaient bien en dire.

Si Malik avait été capable de créer un tel enchantement lors du Deuxième Défi, que ne pourrait-il pas faire avec l'entraînement de Farid ?

Qui deviendrait-il ?

Déplaçant Nadia pour qu'elle ne bave pas sur son torse, Malik regarda par la fenêtre et vit pour la première fois le coût de la fuite de Karina. Ziran, dont près d'un tiers des bâtiments avait été endommagé par la tempête, était un chaos. Sous le ciel maintenant d'un bleu limpide, les rues inondées, les immeubles effondrés et les murs éboulés témoignaient de la puissance de sa magie. Le cœur de Malik se serra. Il s'écoulerait des mois, peut-être des années, avant que les gens récupèrent ce qu'ils avaient perdu. Malgré tout, il espérait que Karina était en bonne santé, où qu'elle se trouve.

Il s'arracha à ce paysage de destruction et porta le regard sur l'horizon, dans la direction d'Eshra. À un moment ou à un autre, ses sœurs et lui devraient retrouver Mama et Nana, et découvrir s'il y avait un moyen de rentrer chez eux.

Mais pour l'heure, il se passait quelque chose de bien plus grave que leur tragédie familiale, quelque chose qui infusait depuis plus de mille ans. Consciemment ou non, Malik et ses sœurs s'étaient retrouvés au cœur de ces événements. Et ici, ils ne devaient attendre de protection que d'eux-mêmes.

Un éclair de cheveux argent dans la cour en contrebas attira l'attention de Malik, mais il disparut aussitôt. Le jeune homme se retourna en entendant des pas derrière lui. Farid se tenait dans l'encadrement de la porte. Si l'intendant fut surpris de voir Nadia, il n'en laissa rien paraître.

« Quelle est votre réponse ? » l'interrogea-t-il.

Quand Malik parla enfin, il n'y avait nulle peur dans sa voix.

« Enseignez-moi ce que vous savez. »

REMERCIEMENTS

Quand m'est venue l'étincelle de ce qui deviendrait *Le Chant des sans repos*, j'ignorais à quel point ces personnages allaient changer ma vie, de la plus merveilleuse et de la plus étrange façon qui soit. Tout enfant a besoin d'un village, et je n'aurais pas pu en rêver de meilleur pour transformer mon brouillon vagissant en l'histoire que vous tenez à présent entre les mains.

Merci à mon agente, Quressa Robinson, incontestablement la plus féroce et la plus chic du métier. Désolée, ce n'est pas moi qui écris les règles. Merci d'avoir répondu avec la patience d'une sainte aux huit millions de questions que je posais chaque heure du jour, et de t'être toujours battue pour moi et pour mon travail. Buvons à l'émergence de tout plein d'autres romans du Black Girl Magic et du Black Boy Joy.

Merci à Kristin Nelson et à tous ceux de la Nelson Literary Agency de m'avoir guidée dans les eaux souvent troubles du monde de l'édition. Merci à mon agente audiovisuelle, Alice

Lawson, d'avoir suffisamment cru en cette histoire pour la porter dans le monde sauvage d'Hollywood.

Merci à mon éditrice, Kristin Rens, qui a embrassé le cœur de ce livre dès le premier jour, et qui m'a poussée à le rendre plus grand et plus courageux que je ne le soupçonnais. Et qui a compris bien avant moi qu'il s'agissait d'une romance. Et merci pour les photos de ton chien ! Je ferai de mon mieux pour garder en vie tous tes personnages préférés (mais je ne te promets rien).

Merci à Caitlin Johnson d'avoir posé les bonnes questions éditoriales pour discipliner ce livre et à Ebony LaDelle et Valerie Wong, les reines du marketing. Merci à Kadeen Griffiths et à Anna Bernard pour toute la publicité. Merci à Jane Lee et à Tylezr Breitfeller, qui gèrent la (à mon humble avis) plus cool des communautés YA en ligne, et merci à Patty Rosati, à Mimi Rankin et à Katie Dutton d'avoir fait entrer ce livre dans les écoles et dans les bibliothèques partout dans le pays. Merci à mes relectrices, Shona McCarthy et Janet Rosenberg, d'avoir repéré plus d'erreurs de grammaire qu'aucun livre ne devrait en contenir, et merci aux équipes de Blazer + Bray, Epic Reads et HarperCollins de mettre autant de passion dans leur travail. Je n'aurais pas pu rêver meilleure maison pour un premier roman.

Merci à mes graphistes, Jessie Gang, Jenna Stempel-Lobell et Alison Donalty, et à l'illustratrice de couverture, Tawny Chatmon, d'avoir réussi à réunir toutes sortes de Black Girl Magic en une image et d'en avoir fait l'une des plus saisissantes couvertures que j'aie jamais vues. Et un immense merci à notre modèle, Tania Toussaint, pour avoir donné vie à ma Karina.

Merci à Laura Pohl d'avoir été l'une des premières personnes à voir le cœur de ce livre sous des couches et des couches de guimauve débutante et de m'avoir choisie pour disciple. Merci à Brenda Drake d'avoir créé un programme qui a apporté tant de choses au monde de l'écriture, et à June Tan, Ciannon Smart, Hannah Whitten et à toute la Pitch War Class de 2017. Honnêtement, je ne sais pas du tout comment, mais nous avons réussi !

Merci à Deborah Falaye d'être une déesse de l'écriture parmi les reines et un pilier de force et de soutien. Je refuse de m'excuser pour toutes les bizarreries que j'ai laissées dans tes DM.

Merci à Brittney Morris, l'excellence personnifiée et l'une des personnes les plus gracieuses qu'il m'ait été donné de connaître – même si tu as des idées discutables sur les décorations de Noël.

Merci à Swati Teerdhala, extraordinaire bêta-lectrice, d'être toujours restée elle-même avec moi, et merci à Tanvi Berwah d'avoir répondu à tous mes messages, même les plus ridicules ; à Crystal Seitz pour toute l'aide graphique et les encouragements constants ; à Chelsea Beam pour toutes les recommandations de mangas ; et à Lena Jeong, juste parce qu'elle est la plus cool. Notre Wildcats Slack est mon espace préféré sur Internet.

Merci à Namina Forna, Faridah Àbíkẹ́ Íyímídé et Louisa Onoùé, l'escouade d'écrivaines africaines que j'ai toujours rêvé d'avoir. On la prendra, cette retraite dans les Caraïbes, n'en doutez pas !

Merci à Kate Brauning, Ashley Hearn et Bethany Robison, pour votre mentorat et votre aide lors d'un des meilleurs stages que j'aie effectués.

Merci à M. Vennard, Mlle Stackhouse et M. Sackett, les meilleurs professeurs d'anglais de la planète, de m'avoir encouragée à écrire, même quand je rendais quinze pages alors que vous n'en demandiez que trois. Merci à Johnna Schmidt et Vivianne Salgado pour tout ce que vous faites pour les jeunes auteurs à la Jiménez-Porter Writer's House. Votre programme a eu valeur de cursus universitaire pour moi.

Merci à Kyra Kevin, la seule personne au monde à avoir lu le premier jet de ce livre, de n'avoir pas laissé fuiter ses horreurs. Merci à Hanna Greenblott pour les soirées *fandom* tardives, à Jackie Dubin, la reine des librairies et des galeries, et à Theresa Soonyoung Park, la première personne que j'appelle dès qu'il se passe quoi que ce soit de bon ou de mauvais dans ma vie d'écrivaine. Vous êtes une bande de nerds, mais vous êtes mes nerds.

Merci à Meredith Guerinot pour une décennie et des poussières d'amitié, et de toujours me rappeler que le rire peut naître des larmes. Merci à Lucy Hall et Jenny Parks pour votre soutien, créatif et autre, durant toutes ces années. Je n'en reviens pas que le 2013 Tumblr Batman Fandom nous ait ainsi réunies, mais je suis si reconnaissante que ce soit le cas.

Merci à Nabil Azzouzi de m'avoir fait profiter de ses lumières sur la culture marocaine, et pour ton amitié au fil des ans. À la famille Hilali : merci de m'avoir ouvert votre maison et d'avoir prêté votre nom de famille à Malik.

Merci au personnel du *Joyfull* près de Nomi, au Japon, de m'avoir laissée travailler, plusieurs fois et à n'importe quel moment de la journée, plus de sept heures d'affilée à la réécriture de mon manuscrit. Merci à tous mes amis au Japon de m'avoir portée à bout de bras durant les montagnes russes émotionnelles de l'édition de ce livre.

Merci à Mariah, qui a probablement crié plus fort que quiconque pour le faire exister. Merci à Rachel et Emma, les plus cool des petites sœurs. Merci à tous les Brown, à tous les Wilderus et à tous mes cousins/cousines/tantes/oncles au Ghana et partout dans le monde. Toute ressemblance entre l'immense famille aimante d'Afua et la nôtre est parfaitement intentionnelle. Mais arrêtez de me mettre à la table des enfants.

Merci à toi, Papa, d'avoir fait tout ce que tu as pu pour nous offrir une vie meilleure, et à toi, Maman, pour me montrer encore et encore que la gentillesse est l'acte le plus courageux au monde. Je vous aime et vous aimerai toujours.

À PROPOS DE L'AUTRICE

© Ashley Hirasuna

Roseanne « Rosie » A. Brown est née à Kumasi, au Ghana, et a immigré dans les jungles sauvages du centre du Maryland lorsqu'elle était enfant. L'écriture a été son premier amour et elle a su dès son plus jeune âge qu'elle voulait utiliser le pouvoir de l'écriture – créative ou autre – pour connecter entre elles ses différentes cultures. Elle est diplômée de l'Université du Maryland avec une licence en journalisme et a également été assistante d'enseignement pour le programme scolaire Jiménez-Porter Writers' House. Son travail journalistique a été présenté dans Voice of America entre autres. Rosie vit actuellement à l'extérieur de Washington D.C., où pendant son temps libre, on la trouve généralement à errer dans les bois, à faire des *mèmes* ou à penser à ***Star Wars***.

www.roseanneabrown.com
@rosiesrambles
@rosiesrambles

Composition et mise en pages
Nord Compo à Villeneuve-d'Ascq

PEFC
PEFC/18-31-280
Certifié PEFC
Ce produit est issu de forêts gérées durablement et de sources contrôlées
www.pefc-france.org

Le papier intérieur de cet ouvrage est composé de fibres naturelles, renouvelables, recyclables et fabriquées à partir de bois issu de forêts plantées expressément pour la fabrication de pâte à papier.

ISBN : 978-2-37876-137-0 (broché)
ISBN : 978-2-37876-136-3 (relié)

Dépôt légal : décembre 2021

N° d'édition : 0054-029-01-01 (broché)
N° d'édition : 0055-029-02-01 (relié)

Achevé d'imprimer en Italie par L.E.G.O. – Lavis